나도향 중단편선

벙어리 삼룡이

책임 편집 · 우찬제

서강대학교 경제학과와 같은 대학원 국문학과 졸업.
현재 서강대학교 국어국문학과 교수로 재직 중.
저서로 『욕망의 시학』 『상처와 상징』 『타자의 목소리: 세기말 시간의식과 타자성의
문학』 『고독한 공생: 밀레니엄 시기 소설 담론』 『텍스트의 수사학』 『프로테우스의 탈주』
『불안의 수사학』 등이 있음.

한국문학전집 43

벙어리 삼룡이

나도향 중단편선

초판 1쇄 발행 2014년 2월 20일
초판 4쇄 발행 2022년 11월 5일

지 은 이   나도향
책임 편집   우찬제
펴 낸 이   이광호
펴 낸 곳   ㈜**문학과지성사**
등록번호   제1993-000098호

주   소   04034 서울 마포구 잔다리로7길 18(서교동 377-20)
전   화   02)338-7224
팩   스   02)323-4180(편집) 02)338-7221(영업)
전자우편   moonji@moonji.com
홈페이지   www.moonji.com

ⓒ ㈜**문학과지성사**, 2014. Printed in Seoul, Korea

ISBN 978-89-320-2536-0 04810
ISBN 978-89-320-1552-1(세트)

나도향 중단편선

벙어리 삼룡이

우찬제 책임 편집

문학과지성사 한국문학전집 43

| 차 례 |

| 일러두기 |

1. 이 책에 실린 작품은 주종연·김상태·유남옥이 공동으로 편집한 『나도향 전집 上·下』(집문당, 1988)를 중심으로 하여, 기존에 출간된 『나빈 작품집』(김동리 외 편, 한국 대표단편문학선집 4, 정한출판사, 1977), 『나도향·현진건』(한국현대문학전집 5, 삼성 출판사, 1978), 『어머니(외)』(박헌호 편, 범우, 2004), 『벙어리 삼룡이』(권영민 편, 문학사상사, 2005), 『나도향 단편집』(김춘식 편, 지식을만드는지식, 2012) 등을 두루 참조하고, 필요한 경우 처음 발표된 잡지본을 통해 원전을 확정하고자 했다. 특히 「벙어리 삼룡이」는 처음 발표된 『여명』 창간호(1925. 7)를 저본으로 하여 표기만 현대 표준어법에 맞추었다. 각 작품의 발표지는 주에 명기되어 있다.

2. 이 책의 맞춤법은 1988년 1월 19일 문교부 교시 '한글 맞춤법'에 따르는 것을 원칙으로 하였다. 단 작품의 분위기에 영향을 준다고 판단되는 방언이나 구어체 표현, 의성어, 의태어 등은 그대로 두었다. 또한 작품의 특성상 남한과 다른 북한 표기법을 노출시켰다.
   예) 그윽하고도 달콤한 내음새를
       나의 가슴속에 감추인 영혼과

3. 원본의 한자는 가급적 한글로 바꾸었으며, 작품 이해에 도움이 될 만한 한자는 그대로 두고 괄호 안에 넣었다. 반복적으로 등장하는 한자어는 최초에만 괄호 안에 한자를 병기하고 후에는 한글로만 표기하였다.

4. 대화를 표시하는 「 」 혹은 『 』은 모두 " "로, 대화가 아닌 경우에는 ' '로 바꾸었다. 책 제목은 『 』로, 노래 제목은 「 」로 표시하였다. 말줄임표 '‥' '⋯' '……'는 모두 '……'로 통일하였다. 단 원문에서 등장인물의 머릿속 생각을 표시하는 괄호는 작은따옴표(' ')로 바꾸었고, 작가가 편집자적 논평을 붙인 부분은 괄호(( )) 안에 표시하였다.

5. 외래어 표기는 1986년 1월 7일 문교부 교시 '외래어 표기법'에 따라 바꾸었다. 단 작품의 분위기에 영향을 준다고 판단되는 경우에는 원문을 그대로 살렸다. 일본어로 발음되어 표기된 부분은 원문 그대로 두었다.

6. 과도하게 사용된 생략 부호나 이음 부호는 읽기에 편하도록 조정하였다.

7. 책임 편집자가 부가적으로 설명이나 단어 풀이가 필요하다고 판단한 경우에는 미주로 설명을 붙여놓았다.

젊은이의 시절

아침 이슬이 겨우 풀 끝에서 사라지려 하는 봄날 아침이었다. 부드러운 공기는 온 우주의 향기를 다 모아다가 은하(銀河) 같은 맑은 물에 씻어 그윽하고도 달콤한 내음새를 가는 바람에 실어다 주는 듯하였다. 꽃다운 풀 내음새는 사면에서 난다.

작은 여신의 젖가슴 같은 부드러운 풀포기 위에 다리를 뻗고 사람의 혼을 최면제(催眠劑)의 마약으로 마비시키는 듯한 봄날의 보이지 않는 기운에 취하여 멀거니 앉아 있는 조철하(趙哲夏)는 그의 핏기 있고 타는 듯한 청년다운 얼굴은 보이지 않고 어디인지 찾아낼 수 없는 우수의 빛이 보인다.

그는 때때로 가슴이 꺼지는 듯한 한숨을 쉬었다. 그는 몸을 일으켜 천천한 걸음으로 시내가 흐르는 구부러진 나무 밑으로 갔다. 흐르는 맑은 물은 재미있게 속살대며 흘러간다. 푸른 하늘에 높다랗게 떠 가는 흰 구름이 맑은 시내 속에 비치어 어룽어룽한다.

꾀꼬리 한 마리는 그 나무 위에서 울었다. 흰 나비 한 마리가 그 옆 할미꽃 위에 앉아 그의 날개를 한가히 좁혔다 폈다 한다. 철하는 속으로 무슨 비애가 뭉친 감상(感傷)의 노래를 불렀다.

사면의 모든 것은 기꺼움과 즐거움이었다. 교묘하게 조성된 미술이었다. 음악이었다.

그러나 그의 입속으로 부르는 노랫소리나 그의 눈초리에 나타나는 표정은 이 모든 기꺼움과 즐거움과 아름다운 포위(包圍) 속에서 다만 눈물이 날 듯한 우수와 전신이 사라지는 듯한 감상뿐이었다.

그는 속마음으로 부르짖었다.

하느님이여! 하느님은 나에게 가슴을 뭉클하게 하고 말할 수 없이 갑갑하게 하며 아침날에 광채 나는 처녀의 살빛 같은 햇볕을 대할 때나, 종알거리며 경쾌하고 활발하게 흐르는 시내를 만날 때나, 너울너울 춤추는 나비를 볼 때나, 웃는 꽃이나 깜박이는 별이나 하늘을 흐르는 은하를 볼 때, 아아 나의 사지를 흐르는 끓는 피 속에 오뇌의 요정을 던지셨나이까? 감상의 마액(魔液)을 흘리셨나이까?

아아, 악마여, 너는 나의 심장의 붉고 또 타는 것을 보았는가? 나의 심장은 밤중에 요정과 꿀 같은 사랑의 뜨거운 입을 맞추고, 피는 아침의 붉은 월계(月桂)보다 붉고, 나의 온몸을 돌아가는 피는 마왕의 제단에 올리려고 잡는 어린 양의 애처로운 피보다도 정(精)하였다. 또 정하다. 아아, 너는 그것을 빼앗아 가려느냐? 너는 그것을 너의 그치지 않는 불꽃 속에 던지려느냐?

이 젊은 청년은 어렸을 때부터 저녁 해가 뉘엿뉘엿 서산으로 넘으려 할 때 붉은 석양에 연기 끼인 공기를 울리며 그의 대문 앞을 지나 멀리 가는 저녁 두부장수의 슬피 부르짖는 '두부 사려!' 하는 소리나 집터를 다지는 노동자들의 '얼럴러 상사디야' 소리를 들을 때나 한적한 여름날 처녀 혼자 지키는 집에 꽹과리 두드리며 동냥하는 중의 소리를 들을 때나, 더구나 아자(我子)의 영원히 떠남을 탄식하며 눈물지어 우는 어머니의 울음을 조각달이 서산으로 시름없이¹ 넘어가는 새벽 아침에 들을 때, 아아 하늘 위에 한없이 떠 가는 흰 구름이여, 나의 가슴속에 감추인 영혼과 그의 지배를 받는 이 나의 육체를 끝없는 저 천애(天涯)로 둥실둥실 실어다 주어지라! 나는 형적(形迹)도 없고 보이지도 않는 그 소리 속에 섞이고 또 섞이어 내가 나도 아니요, 소리가 소리도 아니요, 내가 소리도 아니요, 소리가 나도 아니게 화하고 녹아서 괴로움 많고, 거짓 많고, 부질없는 것이 많은 이 세상을 꿈꾸는 듯 취한 듯한 가운데 영원히 흐르기를 바란다 하였다.

그는 어렸을 때부터 자연의 미묘한 소리에 한없는 감화를 받았다. 그는 홀로 저녁 종소리를 듣고 눈물을 씻었으며 동요를 부르며 지나가는 어린 계집아이를 안아주었다.

그는 가끔 음악회에도 가고 음악에 대한 서적도 많이 보았다. 더구나 예술의 뭉치인 가극(歌劇)이나 악극(樂劇)을 구경할 때에 그 무대에 나타나는 여우(女優)의 리듬 맞춘 경쾌하고 사랑스럽고 또 말할 수 없는 정욕을 주는 거동을 볼 때나 여신같이 차린 처녀의 애연한 소리나 황자(皇子) 같은 배우의 추력(醜力)을 가진 목소리가 모든 것과 잘 조화되어 다만 그에게 주는 것은 말하기 어려운 환상뿐이었다. 넘칠 듯한 이상(理想)뿐이었다. 인생의 비애뿐이었다.

그는 지금 나무 밑에 서서 주먹을 단단히 쥐고 공중을 치며,

"음악가가 되었으면! 세상에 가장 크고 극치의 예술은 음악이다. 나는 음악가가 될 터이다." 그는 한참 있다가 다시 "아니, 아니 '음악가가 될 터이야'가 아니다. 내가 나를 음악가라 이름 짓는 것은 못난이 짓이다. 아직 세상을 초탈하지 못한 까닭이다. 그렇다. 다만 내 속에 음악을 놓고 내가 음악 속에 들 뿐이다."

그의 표정에는 이 세상 모든 것을 조소하는 웃음이 넘치는 듯하였다. 그는 한참 가만히 있었다. 그러다가 그는 갑자기 눈에 희미한 눈물방울을 괴었다. 그리고 다시 주먹을 쥐고,

"아, 가정이란 다 무엇이냐? 깨뜨려버려야지, 가정이란 사랑의 형식이다. 사랑 없는 가정은 생명 없는 시체다. 아아, 이 세상에는 목숨 없는 송장 같은 가정이 얼마나 될까? 불쌍한 아버지와 애처로운 어머니는 왜 나를 나셨소. 참진리와 인생의 극치를 바라보고 가려는 나를 왜 못 나가게 하세요. 어머니 아버지가 나를 낳아 기를 때에 얼마나 애끓이는 생각을 하셨어요. 어머니는 나를 업고 어떠한 날 새벽에 우리 집에 도적이 들어오니까 담을 넘어 도망을 하시려다 맨발바닥에 긴 못을 밟으시어…… 아아, 어머니, 나는 지금 그것을 생각만 하여도 가슴을 찌르는 듯합니다. 그러하나 어머니, 어머니의 그와 같은 자비와 애정은 헛된 것이 되었습니다. 나는 차마 못 하는 눈물을 흘리고서라도 가정을 뒤로

두고 나 갈 곳으로 갈까 합니다."

이렇게 흥분하여 있을 때에 누구인지 뒤에서,

"그러면 같이 갑시다……" 하는 고운 여성의 목소리가 들린다. 그는 돌아다보고 눈물 괸 두 눈에 웃음을 띠었다. 두 눈에 괸 눈물은 더 또렷하게 광채가 났다. 눈물은 그의 뺨으로 흘러 떨어졌다.

"아아, 누님, 아아, 영빈(英彬) 씨" 하고 그는 손을 내밀었다. 누님은 그의 동생의 눈물을 보고 아주 조소하듯, "시인은 눈물이 많도다……" 하고 "하하" 하고 웃는데, 누님하고 같이 온 영빈이란 청년은 껄껄하고 어디인지 아주 불유쾌한 표정을 나타내며,

"눈물은 위안의 할아버지요, 허허허."

철하는 눈물을 씻고 아주 어린아이같이 한 번 빙긋 웃고,

"왜 인제 오세요, 네? 나는 한참 기다렸어요. 그러나 그것은 어찌나 되었어요?"

이 말대답을 영빈이가 가로맡아서 대답하였다.

"다…… 틀렸어요. 실업가의 아드님은 부모에게 정신 유전을 받는 것같이 직업이나 학업도 유전적으로 해야 한다고 당당한 다윈의 학설을 주장하시니까요. 저는 더 말할 것 없습니다마는…… 제삼자가 되어서…… 매씨(妹氏)께서도 퍽 말씀을 하셨으나 무엇무엇 당초에……"

철하는 이 소리를 듣고 과도의 실망으로부터 나오는 침착으로 도리어 기막힌 웃음을 띠고,

"아아, 제이세 진화론자의 학설은 꽤 범위가 넓구나……"

그러하나 그의 누이 경애(瓊愛)는 상냥하고도 부드러운 표정을

하고 그에게로 가까이 가서,

"무엇 그렇게까지 슬퍼할 것은 없을 듯하다. 아주머니도 네가 날마다 울고 지내는 것을 보시고 아버지께 자주자주 여쭙기는 하나 본래 분주하시니까 여태껏 자세히는 못 여쭈어보신 모양인데 무엇 아무렇기로 너 하나 음악 공부 못 시키겠니. 아버지가 안 시키면 아주머니라도 시키겠다고 하셨는데…… 아무 염려 마라 응! 너의 뒤에는 부드러운 햇솜 같은 여성의 후원자가 둘이나 있으니까, 무얼. 아버지도 한때 망령으로 그러시는 것이지, 사회에 예술이 얼마나 유익한 것인지 아주 모르시지도 않는 것이고…… 자, 너무 그러지 말고 천천히 집으로 들어가자. 그리고 오늘 저녁에는 중앙극장에 오페라 구경이나 가자. 이것은 무엇이냐, 사내가 눈물을 자꾸 흘리며…… 실연했니? 하하하, 자, 어서 가자, 어서."

아지랑이 같은 부드러운 경애의 마음이여, 천사의 날개에서 일어나는 바람결같이 가벼운 그의 음조. 공중으로 떠오르는 듯한 철하의 가슴속에 있는 모든 열정의 뭉친 의식을 그의 누님의 그 마음과 음조는 모두 다 녹여버렸다. 그 녹은 것은 눈물이 되어 쏟아져 나왔다.

"누님, 저의 마음은 자꾸만 외로워져요. 아버지, 어머니 다 믿을 수 없어요. 나는 누구를 믿을까요? 나는 누님밖에 믿을 사람이 없습니다. 나의 가슴에 보이지 않게 뭉친 것은 누님만 알아주십니다."

그의 애원하는 정은 그의 가슴에 복받쳐 올라와 눈물지으면서 그의 누이의 손을 쥐었다. 그러나 여성의 손을 잡는 감정적(感情的)에 그는 아무리 자기의 누님이라 할지라도 알지 못하게 가슴을 지나가는 발랄한 맛을 보았다. 그는 얼른 손을 놓았다.

저녁 해가 질 만하여 그들은 넓고 넓은 들 언덕을 걸어간다. 경애는 파라솔을 접어 풀밭을 짚으면서 구두 끝으로 앞 치맛자락을 톡톡 차면서 걸어가고 영빈은 무슨 책인지 금자(金字)로 쓴 커다란 책을 들고 그 옆을 따라가며 철하는 두 사람보다 조금 앞서서 두 사람을 가지 못하게 막는 듯이 걸어간다. 동리에 저녁 안개는 공중에 퍼지어 그 맑던 공기를 희미하게 하고 땅에 난 선명하게 푸른 풀은 횟빛으로 물들인다. 경애는 다시 말을 내어 영빈에게, "저는 예술이란 것을 알지 못합니다마는 예술가들은 다 저 모양입니까?" 하며 자기 오라비동생을 가리킨다. 영빈은 기침을 두어 번 하고,

"그렇지요, 예술을 맛보려 하는 사람은, 더구나 예술의 맛을 본 사람은 처녀가 사랑을 맛보려는 것이나 맛을 안 것과 같습니다" 하고 유심히 경애의 얼굴을 들여다본다. 그 들여다보는 것에는 무슨 의미가 있는 듯하였다. 경애는 그 뚫어지게 들여다보는 영빈의 눈을 피하여 다시 철하를 바라보며,

'참으로 그러한가?' 하는 듯하였다. 그리고, "나는 너를 다시 동정하겠다. 지금까지는 다만 남매의 정으로 동정하여왔지마는 지금부터는 참으로 너의 괴로운 가슴을 동정하리라" 하였다. 왜 그런고 하니 그는 사랑으로 인하여 마음의 견디기 어려운 괴로움을 당하여본 까닭이었다.

사랑은 이 세상 모든 것에서 떠나고 뛰어넘은 것이고, 벗어난 것이다. 문학가가 신의 부르는 영(靈)의 곡을 받아서 써놓은 것이나, 음악가, 미술가, 배우 들이 그 예술 속에 화(化)하여 이 세상 모든 것으로부터 떠나는 것과 같은 경우를 생각하고 시기를 생각하는 것은 참사랑이 아니다.

경애는 영빈을 사랑한다. 영빈도 경애를 사랑한다고 한다. 경애는 사랑이요, 사랑은 경애요, 영빈은 사랑이요, 사랑은 영빈이라. 사랑과 영빈과 경애는 한 몸이다. 세 사람은 어떠한 요릿집에서 저녁을 먹고, 철하는 두 사람에게 작별을 하고 어디로인지 혼자 가버렸다.

두 주일이 지났다. 철하는 날마다 자기 방에 앉아 울었다. 그는 다만 자기 희망의 머리카락만 한 것은 자기의 누님으로 생각하였다. 자기의 누님은 예술이란 것을 이해하고 자기의 마음을 알아주고 자기를 위하여준다 하였다. 아아, 하늘의 선녀여, 바닷가의 정(精)이여, 그대는 나를 위하여 나를 쌀 것이다. 숭엄하고 순결한 것이라야 숭엄하고도 순결한 것을 싸나니 그대는 나를 싸줄 것이다. 예술이란 숭엄하고도 순결하니까.

그는 저녁마다 꿈을 꾸었다. 꿈마다 천사와 만난 그는 천사에게 아름다운 음악을 들려 받았다. 그 음악 소리는 그의 모든 것을 여름날 지평선 위로 떠오르는 흰 구름같이 희고, 그 뒤에는 봄날의 아지랑이같이 희고, 그 뒤에는 한 줄기의 외로운 바이올린 같은 선으로 떨려 오르는 세장(細長)하고 유원(幽遠)한 음악 소리로 화하였다. 그는 그 음악 소리를 타고 한없는 곳으로 영원히 흐르는 듯하였다. 조그마한 근심도 없고 다만 아름다움과 말하기 어려운 즐거움뿐으로…… 그가 그 음악 소리를 타고 흐를 때 우리가 땅 위에서 무엇을 타며 다니는 것과 같이 규칙 없는 박절(拍節)로서 흐르는 것이 아니라 간단없고 한결같아 그의 기꺼움은 있다 없다 하는 웃음으로 나타나지 않고 그의 자는 얼굴에는 빛나는 미소로 찼었으며, 빛나는 달빛이 창으로 새어들어 그의 얼굴을 한층 더 빛나게 하였다.

그가 한참 흘러가다가 멈칫하고 쉴 때에는 잠을 깨었다. 괴로움과 원망함이 다시 생기었다. 그가 창을 열고 달빛이 가득 찬 마당을 볼 때 차디찬 무엇이 그의 피를 식혀버리는 듯하였다. 그는 또다시 울었다. 그의 울음은 결코 황혼에 쇠북 소리를 듣는 듯한 얼없이 가슴 서늘한 설움에서 나오는 것이 아니라 파란 물 위에서 은빛 물결이 뛸 때 강 언덕 마을 집에서 일어나는 젊은 과부의 창자를 끊는 듯한 울음소리 같은 슬픔으로 나오는 울음소리였다. 그는 머리를 팔에 대고 느껴가며 울었다.

그는 속마음으로, 천사여, 하고 불렀다. 또 미녀여, 하고 불렀다.

너희들은 무엇들을 하는가? 달이 빛을 내리쏘는 것이나, 별들이 속살대이는 것이나, 모래가 반짝거리는 것이나, 나뭇잎에 이슬이 달빛을 반사하여 번쩍거리는 것이나, 나의 전신의 피를 식히는 듯이 선뜩하게 하는 것이나, 나의 가슴속을 괴롭게 하는 것이 천사여, 너나, 마녀여, 너나 누구의 술법으로써 나를 괴롭게 하는 것이라 하면 혹은 지나간 세상에서 나에게 실연을 당한 자가 천사가 되고 마녀가 되어 나를 괴롭게 하는 것이면 누구든지 그중에 힘센 자는 나를 가져가라. 천사나 마녀나 그리고 너의 가장 지독한 복수의 방법을 취하라. 그러나 데려다가 못 견딜 빨간 키스는 하지 말 것이다.

그렇지 않고 둘이 다 세력이 같거든 나는 둘에 쪼개 가라. 아니 아니, 잠깐 가만히 있거라, 나는 조그마한 희망이 있다. 나의 누님이시다.

그는 다시 잤다.

그 이튿날, 경애는 일어나 세수를 하고 근심이 있는 듯이 자기 오라비 아우에게로 왔다. 그가 드러누워 있는 아우의 자리로 가까이 와,

"어서 일어나거라, 무슨 잠을 여태 자니?"

"가만히 계세요. 남은 지금 재미있는 꿈을 꾸는데."

"무슨 꿈을?" 하고 경애는 조금 말을 그쳤다가, "그런데 영빈 씨는 웬일이냐. 그 후 한 번도 만나 보지 못하고 또 편지 한 장 없으니…… 어디가 편치 않은지도 몰라. 벌써 두 주일이나 되었지? 그러나 무엇 다른 일 없겠지. 너 오늘 좀 가보렴, 아침 먹고……"

철하는 빙그레 웃으며 고개를 돌리어 벽을 향하여 드러누우며,

"싫어요. 나는 그런 심부름만 한답디까? 영빈 씨인지 무엇인지 무엇을 아는 척 그까짓 게 예술가가 무엇이야. 어떻게 열이 나는지, 지금 생각하여도 분하거든. 남은 한참 누님 오기만 기다리고 있는데…… 무슨 좋은 소식이나 올까 하고…… 묻지 않는 말을 꺼내어, '다 틀렸어요, 실업가의 아드님은……' 어찌하고 알지도 못하고 떠드는 것은 참 불치를 저지르고 싶거든. 망할 자식."

감상적인 철하는 생각나는 대로 말을 다 하고 다시 돌아누웠다. 그의 누님은 얼굴이 빨갰다 파랬다 한다. 아무리 자기의 동생일지라도 자기 정인(情人)에게 치욕을 주는 것은 그대로 견뎌내기 어려웠다. 그러나 무엇이라 말을 할 수도 없고 억지로 분함을 참으면서, "어디 너 얼마나 그러나 보자. 내 말을 듣지 않고 무엇이 될 줄 아니? 고만두어라." 일어서서 나아간다.

철하는 돌아누운 채 속으로 혼자 웃으면서 일부러 부르지도 아니하였다. 그러나 경애는 철하가 다시 부르려니 하였다. 그것이 여성의 약하고도 아름다운 점이었다.

철하는 아침을 먹고 대문을 나섰다. 정한 곳 없이 걸어갔다. 그는 어떠한 네거리에 왔다. 거기에는 전차를 기다리는 사람이 많이 서 있었다. 그 어떠한 여자 하나이 거기 서서 전차를 기다리고 있는 것을 보았다. 그 여자는 자기 누이보다 더 예쁘지는 못하나 어디인지 자기 누이가 갖지 못한 미점(美點)이 있는 여자라 하겠다. 그는 한참 보다가 다시 두어 걸음 나아가 또다시 돌아보았다. 그는 그 옆에 영빈이가 서 있는 것을 보았다. 영빈은 그 여자와 무슨 이야기를 하고 서 있었다.

철하는 다만 반가움을 못 이기어,

"야! 영빈 씨 오래간만이십니다그려. 왜 그렇게 한 번도 아니 오세요. 저의 누님은 매우……"

"네…… 네…… 어디로 가십니까?"

영빈은 아주 냉담하였다. 철하를 아주 싫어하는 듯하였다. 그리고 전차가 얼른 왔으면 하는 듯이 저편 전차가 오는 곳을 바라본

다. 철하는 그래도 여전하게 반가이,

"네 아무래도 좋지요. 참 오래간만입니다. 마침 좀 만나 뵈오려 하였더니 잘되었습니다. 바쁘지 않으시거든 우리 집까지 좀 가시지요."

그전 같으면 가자기 전에 먼저 나설 영빈이가 오늘은 아주 냉정하게,

"아녜요. 오늘은 좀 일이 있어요. 일간² 한번 들르지요."

그때 전차가 달려온다. 영빈은 그 여자와 함께 전차를 타며 모자를 벗는 둥 마는 둥 하더니, "또 뵙겠습니다" 한다. 철하는 기막힌 듯이 가만히 서 있었다. 전차는 떠났다. 멀리 달아나는 전차만 멀거니 바라보는 철하는 분한 생각이 갑자기 나서, "에! 분해……"

사람의 본능이여! 아침에 방에 드러누워서는 일부러 장난으로 자기 누이에게 영빈과의 사랑을 냉소하였으나 지금은 다만 자기 누이의 불행을 위하여 눈물을 흘리고 가슴을 쓰리게 하지 아니치 못하였다. 나의 가장 사랑하는 누이가 영빈이란 가예술가(假藝術家), 부랑자, 악마 같은 놈에게 애인이란 소리를 들었던가 하는 생각을 할 때 그는 기어코 원수를 갚아야 하겠다 하였다. 그는 부리나케 전차가 간 곳으로 향해 갔다. 그는 주먹을 쥐고 무엇이라 중얼중얼하였다. 또다시 정처 없이 갔다.

그는 하루 종일 집에 돌아가지 않고 돌아다녔다. 만난 사람도 별로 없다. 저녁이 거의 되었다. 전등은 켜지었다. 철하는 영빈에게 꼭 원수를 갚으리라 하고 그의 집 대문으로 들어섰다.

"이리 오너라······" 하고 불렀다. 하인이 나와 보다가 아무 말도 아니하고 들어가더니 영빈이가 나오며,

"아! 아까는 대단히 실례하였습니다. 이리로 들어오시지요" 하고 그전과 같이 반갑게 맞아준다. 철하는 그러하면 내가 공연히 영빈을 의심하였다 하는 생각이 들며 하루 종일 벼르던 분한 생각이 반이나 사라진다.

철하는 방문에 버티고 서서 방 안을 들여다보며,

"아녜요. 잠깐 다녀오라고 하여서 왔어요."

"아까 매씨도 다녀가셨습니다." 영빈은 무슨 하지 못할 말을 억지로 하는 듯하였다. 그의 얼굴에는 무슨 죄악의 그림자가 보이는 듯하였다. 철하의 분한 마음은 자기 누이가 다녀갔다는 말에다 날아가버렸다. 그러나 그의 머릿속에는 아무도 없는 영빈의 방에 자기 누이인 여성이 다녀갔다는 말을 들을 때에 여자를 입맞추는 것, 음란한 행동의 환영이 보이고 또 사랑의 귀여움도 생각하였다. 그는 미소를 띠며,

"네, 그래요? 그러면 제가 오히려 늦었습니다그려. 그러면 가보겠습니다."

"왜 그렇게 들어오지도 않으시고 가세요."

"아녜요. 관계치 않습니다. 얼핏 가보아야지요."

철하는 대문에까지 나와 다시 무엇을 생각한 듯이 영빈에게,

"아까 그 여자가 누구입니까?" 하였다. 영빈은 주저주저하다가,

"네······ 네······ 저의 사촌 누이예요."

"네, 그러세요. 그러면 내일 한번 우리 집에 놀러 오시지요. 안

녕히 주무십쇼."

철하는 휘적휘적 자기 집으로 돌아갔다. 철하가 안 마루 끝에서
구두끈을 끄를 때에 경애가 자기 아우가 돌아옴을 보고 반기어
나오면서도 어쩐 까닭인지 그전에 없던 부끄러움을 띠고,

"어디 갔다 인제야 오니?"

"공연히 돌아다녔죠."

철하는 자기 누이의 부끄러움을 알지 못하였다. 철하는 도리어
자기 누이에게,

"누님은 오늘 어디 갔다 오셨어요?"

하고 물었다. 경애는 주저주저하며 황망히,

"응, 우리 동무의 집에 잠깐……"

"또요?"

"없어."

이 말을 듣는 철하의 가슴은 선뜩하였다. 그리고 자기 누이를
한번 쳐다보며,

"정말 없어요?"

"왜 그러니……"

"왜든지요."

철하의 눈에서는 눈물이 날 듯 날 듯하다. 알지 못하는 원망의
마음과 가슴을 뻗대는 듯한 슬픔은 철하를 못 견디게 하였다.
아…… 왜 나의 또다시 없는 사랑하는 누이가 나를 속이나? 사랑
이라는 것이 형제의 의리까지 없이한다 하면? 아…… 나는 사랑
을 하지 않을 터이야. 우리 누이는 평생에 처음으로 나를 속이었

다. 나는 이제 믿을 사람이 하나도 없다. 영빈에게 갔다 왔다고 하면 어때서 나를 속일까? 거기에 무슨 죄악이 들어 있나? 비밀이 감추어 있나?

경애는 가까스로 참다못하는 듯이,

"그이 집에" 하고 얼굴이 발개진다.

"그의 집이 누구의 집예요? 그이가 누구예요?"

"영빈 씨 말이야."

"네…… 영빈이요, 그러면 왜 아까는 속이셨어요? 에…… 나는 인제는 믿을 사람이 하나도 없어요."

그는 갑자기 눈물이 솟구쳤다. 그는 아무 소리 없이 자기 방으로 뛰어 들어갔다. "이 세상에는 한 사람도 믿을 사람이 없어……" 그는 엎드려서 느껴가며 울었다. 전깃불은 고요히 온 방 안을 비추었다.

경애는 자기의 잘못으로 인하여 가뜩이나 울기 잘하는 철하가 우는 것을 보고 얼마큼 불쌍하고 또 사랑의 참정이 북받쳐 올랐다. 그는 철하의 방 문을 열었다. 철하는 눈물을 흘리고 이불도 덮지 않고 드러누워 있었다. 만일 영빈이가 이렇게 하고 있는 것을 보았다면? 경애의 마음은? 끼어안고 입이라도 맞추었을 것이지만 그렇게 할 수 없는 철하에게는 가만히 전깃불을 반사하는 철하의 아랫눈썹에 괸 눈물을 그의 수건으로 씻어주었다. 철하는 잠이 들었었다. 가끔가끔 긴 한숨을 쉬며 부드러운 입김을 토하였다.

'왜? 내가 한 번도 거짓말을 하여보지 못한 나의 오라비에게 거짓말을 하였을까? 아…… 육체의 쾌락은 모든 것의 죄악이다. 아무리 사랑하는 자에게 안김을 받은 것일지라도 죄악이다. 그 죄는 나로 하여금 가장 사랑하는 나의 아우를 속이게 하였다.'

그는 자기 아우의 파리하여가는 얼굴을 들여다보며 자꾸자꾸 울었다. 그러하나 그는 감히 그날 지낸 것을 자기 아우에게 이야기할 용기는 없었다. 그는 붓과 종이를 들어 그날 하루의 지낸 쾌업(快業)을 쓰려 하였다. 그는 썼다.

철하는 자다가 일어났다. 희망 없는 사람이다. 도와주는 사람은 없다. 하느님을 믿을까? 의지할까? 도와주심을 빌까? 그러나 만일 신이 실재(實在)가 아니라 하면? 그렇다, 하느님도 믿을 수 없고 의지할 수 없었다. 그의 가슴속에는 신앙이 없었다. 그의 가슴에는 하느님의 위안이 없었다. 하느님의 위안은 있는 사람에게 있고, 없는 사람에게는 없다. 또 있는 것을 없이할 필요도 없는 것을 일부러 있게 할 것도 없다 하였다.

그는 밤새도록 울었다. 오늘 저녁에는 엊저녁같이 아름다운 꿈을 꾸지 못하였다. 그는 새벽에 그의 누이가 써놓은 글을 읽었다. 그러나 그는 그리 괴이하게 읽지 않았다.

영빈은 경애를 그의 침상에서 맞은 것이었다. 뭉친 사랑은 파열을 당하였다. 익고 또 익어 농익은 앵두같이 얇아지고 또 얇아진 사랑의 참지 못하는 껍질은 터지었다. 그러나 터진 그때부터 그 사랑은 귀여운 사랑이 아니었다. 사랑이 터진 후로부터 경애는 알 수 없는 무슨 괴로움을 깨달았다. 순간적인 쾌락이 언제까지든지 계속하겠지, 하고 영원한 희망을 갖고 있는 그는 그 순간이

지난 후부터 무슨 비애와 부끄러움이 그의 가슴에 닥쳐왔다. 그리하고 가장 사랑하는 자기 오라비를 속이게 되었다. 그리고 그 이튿날도 종일 눈물을 흘리게 되었다. 그는, "하느님이여, 어찌하여 나를 약한 자로 세상에 오게 하셨나이까? 운명의 신이여, 어찌하여 나를 이브의 후예로 나게 하였나이까? 부드럽고 연한 살과 욕정을 품은 붉은 입술과 최음(催淫)의 정(情)을 감춘 두 눈과 끓는 피가 모두 부끄러움과 강한 자의 미끼를 위하여 만들어지지 않지는 못할 것입니까?" 하고 혼자 가슴이 답답하였다.

철하는 경애의 고백문 같은 것을 읽고 아무 말도 없이, 다만 사랑의 결과는 찢어졌구나, 그러하나 아무것도 부끄러울 것이 없지 아니한가, 부정(不貞)이란 치욕만 없으면 그만이지, 영구(永久)한 사랑만 있으면 그만이지, 영빈과 누님이 영원한 한 사람이면 그만이지. 그러나 여자는 약하다. 그 순간의 쾌락을 부끄러워서 나를 속이었고나.

아침이 되었다. 해는 아침 안개 속으로 온통 붉은빛을 내려 쏟는다. 하인들은 들락날락, 부엌에서는 도마에 칼 맞는 소리가 난다. 아름다운 아침이었다. 분주한 아침이었다.

경애는 일어나며 철하의 방으로 갔다. 창틈으로 자고 있는 철하를 들여다보았다. 철하는 곤하게 자고 있었다. 경애는 멀거니 공중만 바라보며 아무 소리도 없이 서 있었다.

철하는 겨우 눈을 뜨고 하품을 하였다. 밖에 섰던 경애는 깜짝 놀라서 저리로 뛰어갔다. 철하는 창을 열고 경애를 바라보며,

"왜 거기 가 계세요? 들어오시지 않고."

그는 조금도 다른 기색이 없이 평상시와 같았다. 경애는 오히려 부끄러워 바로 철하를 보지 못하였다.

"무얼 그러세요, 거기 앉으시지."

"뭐 어떠니?"

하며 어색한 말씨로,

"나는 네가 너무 울기만 하니까 대단히 염려가 되더라."

"염려되신다는 것은 고맙지만, 어쩔 수 없는 일이지요. 그러나 아버지는 또 무엇이라세요?"

"무얼 무어라셔, 언제든지 그렇지."

"그러세요"

하고 그는 한참 생각하듯이 고개를 숙이고 있다가 갑자기 고개를 들고,

"누님, 나는 그러면 맨 나중 수단을 쓰는 수밖에 없습니다. 내가 부모를 바라는 것이 잘못이지요. 나는 나의 하고 싶은 것을 하지 못하고 이렇게 쓸데없는 시일을 보낼 수가 없어요. 집에 있어야 울음뿐입니다."

"그러면 어떻게 한단 말이냐?"

"저는 갈 터입니다. 정처 없이 가요."

"얘가, 또 미친 소리 하는고나. 가면 어디로 가니?"

"날더러 미쳤다고요! 흥!"

"그런 소리 말고 조금만 더 참아보아라. 나하고 아주머니하고 어떻게든지 하여볼 터이니 마음을 안정하고 조금만 더 참으렴. 또 네가 정처 없이 간다니 가면 어디로 가니? 가다가 거지밖에 더

되니. 너만 어렵다. 네가 무엇이 있니? 돈이 있니? 학식이 있니?"

"네, 저는 거지가 되렵니다. 거지가 더 자유스러워요, 더 행복스러워요. 지금 저는 거지 아닌 듯싶으십니까? 아버지의 밥을 얻어먹고 있는 거지입니다. 그러나 마음은 항상 괴로워요. 차라리 찬밥 한 덩이를 빌어먹더라도 마음 편하고 자유로운 거지가 더 좋습니다."

그의 가슴에서는 한때 복받치는 결심의 피가 끓었다. 나는 가정을 떠날 터이다. 차디찬 가정을. 그리하고 또 되는 대로 가는 대로 흐를 터이다. 적적하게 빈 외로운 절 기둥 밑에 이슬을 맞으며 자고 한 뭉치 밥을 빌어 찬물에 말아 먹고, 아아 그리운 방랑의 생활, 길가에 핀 한 송이 백합꽃이 아무러하지 않고도 그같이 고우며, 열 섬의 쌀을 참새 하나가 한꺼번에 다 못 먹는다. 불쌍한 자들아! 어리석은 자들아! 오늘 근심은 오늘에 하고 내일 근심은 내일에 하라.

아아, 어두운 동굴 속에도 나의 자리가 있고 해골이 쌓인 곳에도 나의 동무가 있다. 오막살이 초가집에도 하늘의 천사에게 향연을 베풀며 망망한 대양에 반짝거리는 어선의 등불 밑에도 달콤한 정화(情話)가 있지 아니한가. 한 방울의 물로 그 대양 됨을 알지 못하나니, 사람이 무엇으로 크다고 하며 무엇으로 자기인 체하느뇨? 재산은 들고 가려느냐, 땅은 사서 메고 가려느냐, 죽어지면 개미가 엉기는 몸뚱이에 기름을 바르는 여자들아, 분 바르고 기름칠하면 땅속에서 썩지 않고 다시 산다더냐? 떠나라! 거짓에서 떠나고 사랑 없는 곳에서 떠나라! 너의 갈 곳은 이 세상 어디

든지 있고, 너의 몸을 묻는 한 뼘의 작은 터가 어느 산모퉁이든
지 있느니라. 아! 갈 것이다. 심령의 오로라여, 나를 이끌라. 진리
와 밝은 별이여, 그대는 어디든지 있도다. 아! 갈지라, 나는 갈지
로다.

그는 이렇게 결심하였다. 그러나 그는 눈물을 아니 흘리지 못하
였다. 육체인 그는, 감정의 그는 울지 아니하지 못하였다.

"누님, 저는 갈 터입니다. 삼각산 높은 봉에 쉬어 넘는 구름과
같이 가요. 붉은 해가 서산을 넘어가기만 하고 오지 않는 것같이
가요. 산 넘고 물 건너 걷기도 하고 배도 타고, 얼음 나라도 가고,
수풀 사이로 흐르는 시냇가에도 가고, 인도에도 가고, 애급에도
가고, 예루살렘에도 가고, 이태리에도 가고, 어디든지 갈 터입니
다."

이때 하인이 편지 한 장을 갖다가 경애 앞에 놓았다. 그는 반가
워 뜯어 보았다.

경애여, 그대의 오라비는 나를 욕보였다. 진실한 사랑을 의심
하여 나에게 치욕을 주었다. 나는 다시 그대의 남매를 보지 않
을 터이다. 그대의 오라비는 나를 의심하여, "그 여자가 누구입
니까?" 하던 그 여자는 참으로 나의 정인이다. 너의 연한 살과
부드러운 입술과, 너의 육체의 아무것으로라도 흉내 내기 어려
운 사랑의 애정(哀情)인 그의 두 눈의 광채를 보라. 타는 가슴
에 불이 붙는 것의 상징인 그의 뺨을 보라. 그는 참으로 산 자이
다. 그러나 너는 죽은 자이다. 죽은 자는 죽은 자라야 사랑한다.

그만.

영빈

경애는 땅에 엎디어 울었다. 그는 편지를 북북 찢으며,

"예술가? 예술이 다 무엇이냐, 죽음을 저주하는 주문이냐, 마녀의 독창이냐, 보기에도 부끄러운 음화냐, 다 무엇이냐. 사랑 같은 예술이 어찌 그 모양이냐? 아 분해, 너도 예술 다 고만두어라. 예술가는 다 악마이다. 다 고만두어라."

그는 자꾸자꾸 느껴 운다. 그는 자꾸자꾸 분한 마음이 나며 또 한옆으로 자기 누이가 그리하는 것을 보매 실망되는 생각이 나서 마음은 자꾸 괴로워진다.

"누님, 무엇을 그러세요?"

"무엇이 무엇이냐. 나는 예술가에게 더러움을 당하였다. 속았다. 다 고만두어라, 예술가는 다 독사다. 악마이다. 여호와를 속인 뱀과 같다. 다 고만두어라."

철하의 마음은 갑갑할 뿐이었다. 쉴 새 없이 흐르는 그의 더운 피가 갑자기 꽉 막히는 듯하였다. 자기의 누님이, 가장 미덥고 가장 사랑하는 누님이 가짜 예술가에게, 독사에게, 악마에게 아! 그 곱고 정한 몸은 그 순간에 더럽히었다. 아니 아니, 그 순간이 아니다. 더럽힌 것이 그 순간이 아니다. 형식을 벗어난 사랑의 결과를 나는 책망하지 않는다. 그러나 영빈의 머릿속에는 벌써부터 나의 누이를 더럽히고 있었다. 보이지 않는 그의 머릿속에서는 몇만 번 나의 누님을 침상에서 맞았다. 그의 머릿속에 있던 음욕

의 환영은 몇천 번인지 모른다. 아아, 악마, 독사, 너는 옛적에 에덴에서 이브를 꼬이던 뱀이다. 거침없고 흠 없던 이브는 그 뱀으로 인하여 모든 세상의 괴로움을 깨달은 것과 같이, 너는 나의 누님에게 고통을 주었다. 거리낌 없는 나에게 거짓말을 하게 되었다. 인생의 모든 것을 저주하게 되었다.

철하의 가슴은 갑자기 무엇이 터지는 듯하였다. 모였던 물이 터지는 듯하였다. 막혔던 피는 다시 높은 속도로 돌았다. 그의 천칭(天秤)의 중심 같은 신경은 그의 뜨거운 피의 몰려가는 자극을 받아 한없이 흥분하였다. 그는 갑자기, "누님!" 하고 부르짖으며,

"누님은 예술을 욕보였습니다. 예술이란 것이 어떠한 뭉치로나 부분의 한 개로 있는 것이 아니에요. 생이 있을 때까지는 예술이 없어지지 않아요. 아아, 누님은 생의 모든 것을 욕보였습니다. 누님은 누님 자기를 욕하고, 가장 사랑하는 아우를 욕하고…… 아아, 나는 참으로 그 말을 그대로 듣고 있을 수 없어요. 나의 목을 누르는 듯한 누님의 말을 그대로 듣고 있을 수는 없어요. 아아, 내가 독사 악마라면 누님은 나보다 더 무엇이라 할 수 없는 요녀입니다. 사람의 육체를 앙상한 이빨로 뜯어 먹는 요녀예요. 무덤 위로 방황하는 야차(夜叉)[3]입니다. 아아, 나의 가슴은 터지는 듯해요. 가슴에 뛰는 심장은 악마의 칼로 찌르는 듯해요. 아아, 어찌하면 좋을까요. 누님…… 네……"

경애는 자기 오라비의 갑갑하여 어찌할 줄 모르는 것을 보고, 그가 엎드려져 가슴을 문지르며 우는 것을 보고, 또 자기에게 원망하는 듯 하는 소리에 말하기 어려운 비애가 뭉친 것을 보고, 어

디까지 여성인 그는 인자가 가득 찬 무엇이라 말할 수 없는 원망과 슬픔과 사랑과 어짊이 뒤섞인 마음이 생기어 그의 오라비를 눈물 괸 눈으로 바라보았다. 물끄러미 아무 말 없이 쳐다보는 그의 눈에는 사랑의 빛이 찼다. 그의 눈물이 하얀 뺨을 흘러 떨어질 때마다 그는 침을 삼키며 한숨이 가슴에 복받친다. 그는 메어가는 목소리로,

"철하야, 다 고만두자, 지나간 일은 잊어버리자, 나는 전과 같이 너를 사랑할 터이다. 나는 또다시 너를 속이지 않을 터이다. 아아, 그러하나 나는 분해. 참으로 분해……"

"모두 다 한때의 감정이지요. 그러나 누님, 분해하는 누님을 보는 나는 더 분해요. 저는 누님보다 더 분해요…… 에…… 나는 그대로 참지는 못하겠어요. 참지 못해요. 내가 죽어 없어지기 전에는 참지 못해요. 그놈이 나의 누님의 원수라 함보다도 나의 원수입니다. 그놈은 예술을 욕보였습니다."

철하는 자기 누이의 사랑스러운 항복을 받고 갑자기 더욱 흥분되었다. 그리고 벌떡 일어났다.

"아녜요, 가만히 있을 수 없어요."

그의 누이는 그의 옷자락을 잡으며,

"어디를 가니?"

"놓으세요, 그놈을 그대로 두지 못해요. 독사 같고 악마 같은 놈을 그대로 둘 수는 없어요. 나의 손에 주정(酒精)이 타는 듯한 날카로운 칼은 없지마는 그놈의 가슴을 이 손으로라도 깨뜨려버릴 터입니다. 놓으세요, 자, 놓으세요."

경애의 손은 떨리며 나지막한 소리로 애원하는 정이 뭉친 듯하게 그를 쳐다보며,

"이애, 왜 이러니, 그렇게 감정적으로 하면 안 된다. 자 참아라. 참아……"

"그러면 누님은 나보다도 나의 생명보다도 영빈의 그 악마의 생명을 더 아끼십니까, 안 됩니다. 안 돼요."

경애의 마음은 어디까지 사랑스러웠다. 그의 마음에는 오히려 지나간 흔적이 남아 있었다. 부질없는 지나간 때의 단꿈의 기억은 오히려 영빈을 호의로 의심하게 되었다. 자기의 불행을 조금 더 무슨 희망과 서광이 보이는 듯이 인정하게 되었다. 아무렇기로 영빈 씨가 그리하였으랴. 그것은 무슨 잘못된 일이 아닌가? 하였다. 그리고 어떠한 때에는 자기 오라비에게 대한 사랑이 영빈의 그것과 대조하여 미치지 못하는 점이 있었다. 철하는 아주 냉담하게,

"저는 일어섰습니다. 누님을 위하여 일어섰으며 예술을 위하여 일어섰습니다. 저는 다시 앉을 수는 없어요."

"이애, 너는 나를 위하여 한다 하면서 그러면 어째 나의 애원을 들어주지는 않니! 자아…… 앉아라, 앉아. 너무 그리 급히 무슨 일을 하다가는 무슨 오해가 생기기 쉬우니라. 응!"

"앉을 수 없어요. 만일 누님이 영빈이를 위하여 나에게 한번 일어선 마음을 꺾으라 하면, 아…… 네 알았습니다. 영빈에게는 가지 않겠습니다. 영빈을 위하여 가지 않는 것이 아니라 나의 누님을 위하여……"

"아아 정말 고맙다. 그러면 여기 앉아라."

"그렇다고 앉지는 못해요, 나는 일어선 사람입니다. 혈기 있는 청년예요. 나는 누님을 위하여 나의 몸을 바칠 터입니다. 자……
놓으세요, 저는 저 가고 싶은 곳으로 갈 터입니다. 자…… 놓으세
요."

경애는 어찌할 줄 몰랐다. 그는 철하의 옷자락을 어리광도 같고 원망하는 것도 같이 잡아당기며 거기 매달려 한참 엎디어 소리를 내어 울었다. 그 꼴을 보는 철하의 마음은 괴로웠다. 눈물은 한없이 흘렀다.

"누님, 그러면 어떻게 해요, 갈 수도 없고, 있을 수도 없고, 어떻게 하란 말씀이오!"

"나는 어떻게 해야 좋을지 모르겠다. 그러나 너를 놓아줄 수는 없어. 놓을 수는 없어."

철하는 그대로 사라져버렸으면 하였다. 그러나 자기 누님의 눈물과 한숨을 보면 볼수록 자기의 마음은 약하여졌다. 철하의 결심은 식어버리기 시작하였다. 그는 아주 단념한 듯이,

"그러면 놓으세요, 저는 다…… 고만두겠습니다. 안 갈 터입니다……"

그가 다시 자기 책상 앞에 가서 "아하" 하고 한숨을 쉬고 팔을 모으고 고개를 대고 엎드리려 할 때 하인이 창을 열고, "아가씨, 마님이 좀 들어오시라고요" 하고 의심스럽고, 호기의 웃음을 띠고 쳐다본다. 경애는 눈물을 씻고 아무 소리 없이 나간다. 그의 몸을 슬쩍 돌릴 때에 그의 희고 고운 옷자락이 바람에 슬쩍 날리

어 그의 부드러운 육체의 윤곽이 선명하게 철하 눈에 보였다. 아아, 욕정! 그는 고개를 다시 내려 엎드려 책상 위에 엎드렸다. 그는 자꾸 울었다. 방 안은 고요하다. 그때는 철하의 머릿속에는 아무 의식도 없었다. 그는 깜박 잠이 들었다.

그는 고개를 땅에 대고 엎드려 있었다. 사면은 다만 지평선밖에 보이지 않는 넓고 넓은 사막이었다. 아무것도 보이지 않았다. 저쪽 우묵히 들어간 곳에는 도적에게 해를 당한 행려(行旅)의 주검이 놓여 있다. 어디서인지도 모르게 괴수의 울음소리가 들린다. 멀리 두어 개 종려나무가 부채 같은 잎사귀를 흔들었다. 적적하고 두려운 생각을 내이는 정막(靜寞)한 것이었다.

그의 눈물은 엎디어 있는 팔 밑으로 새어 시내같이 흘렀다. 그는 목이 마르고 가슴이 답답하였다. 두려움이 생겼다. 조금도 눈을 떠 다른 곳을 못 보았다. 지나가는 바람 소리가 날 때 그의 머리끝은 으쓱으쓱하여지고 귀신의 날개 치는 소리가 아닌가 하였다. 그러나 그의 울음은 그치지 않았다. 그의 울음은 극도의 무서움까지라도 그치게 하지 못하였다. 그는 자꾸 울었다.

그때 하늘 구름 사이로 황금빛이 나타났다. 온 사막은 기꺼움의 광채로 가득 찼었다. 도적에게 맞아 죽은 주검까지 전신에 환희의 광채가 났다. 그 구름 위에는 2천 년 전에 갈보리 산 위에서 십자가에 돌아간 예수의 인자한 얼굴이 나타났다. 웃지도 않는 얼굴에는 측은하여하는 빛과 사랑의 빛이 찼다. 그는 곧바로 철하의 엎디어 있는 공중 위에 가까이 왔다. 그는 한참 철하를 바라보더니 그의 바른손을 들었다. 그의 못 박힌 자국으로부터는 붉은 피가 하얀 구름을 빨갛게 적시며 철하의 머리털 위에 떨어졌다. 그리고 다시 하얀 모래 위에 발갛게 물들인다. 그때 모든 천사는 예수를 찬송하는 노래를 불렀다. 구름과 예수와 천사들은 다 사라졌다.

철하는 고개를 들어 쳐다보았다. 그러나 아무 위안을 주지 못하였다. 모래 위의 피는 다 사라졌다. 마음은 여전히 괴롭고 두려웠다. 그는 다시 엎드렸다. 어느덧 공중에 달이 솟았다. 온 사막은 차고 푸른빛으로 덮이었다. 지평선 위 공중에서는 별들이 깜박거리었다. 아주 신비의 밤이었다.

어디서인지 장구와 피리 소리가 들리었다. 그 소리는 아주 향락적 음악을 아뢰었다. 그때 저쪽 어둠 속에서 아주 사람이 좋은 듯이 싱글싱글 웃는 마왕 하나가 피리와 장구의 곡조에 맞추어 덩실덩실 춤을 추며 이리로 가까이 왔다. 그의 몸에는 혈색의 옷을 입었다. 그가 밟는 발자국 밑 모래 위에는 파란 액체가 괴었다. 그는 달님과 별님에게 고개를 끄덕 인사를 하고 철하 앞에 와서 넘실넘실 춤을 추었다. 그는 유창하게 크게 웃었다. 아주 낙환(樂歡)의 마왕이었다.

"하—하."

빙글빙글 웃는 달
나의 얼굴 밝히소서

첫날 저녁 촛불 밑에

다홍치마 입고서
비스듬히 기대앉아
아무 소리 아니 하고
신랑의 얼굴만
곁눈으로 흘겨보는
새색시의 얼굴 같은
달님의 얼굴빛을
나는 보기 원합니다.

쌍긋쌍긋 웃는 별님
홍등촌(紅燈村) 사창(紗窓) 열고
바깥 보고 혼자 서서
지나가는 손님 보고
치마꼬리 입에 물고
가는 허리 배배 꼬며
푸른 웃음 던지면서
부끄러워 창 톡 닫고
살짝 돌아 들어가는
빨간 사랑 감춘
웃는 아씨 그것같이
나에게도 그 웃음을
던져 주기 비옵니다.
하하하 하하하하.

하늘 위에 흐르는 물
은하수가 되었어라
인간에는 물이지만
하늘에는 술뿐이라
쉬지 않고 흐르는 술
인간에도 들어부어
눈물 없는 이 마왕과
한숨 없는 이 마왕과
원망 없는 이 마왕과
거짓 없는 이 마왕과
웃음뿐인 이 마왕과
즐거움만 아는 나와
사랑만 아는 나와
꿈속에서 아찔하게
영원토록 살려 하는
이 마왕의 모든 친구
모다 모시게 하옵소서.
하하하 하하하하하.

　　마왕은 철하 귀에 입을 대고, "철하" 하고 아주 유혹하듯이 나
지막한 목소리로 불렀다.
　　"철하, 일어나게. 근심은 무엇이고 눈물은 왜 흘리나. 나는 여

태껏 그것을 몰라. 자— 일어나게. 내 그 눈물과 근심을 다 없이 할 것을 줄 터이니."

철하는 가만히 눈을 들어 보았다. 그는 조금 주저주저하였다.

"하하, 철하, 그대는 나를 알 터이지, 어여쁜 처녀의 붉은 입술 같이 언제든지 짜르르하게 타는 달콤한 '술의 마왕'을! 자— 나의 동무가 되라. 나와 사귀면 근심을 모르는, 눈물을 모르는 어느 때든지 저 달님과 별님과 같이 될 것이라. 자, 나와 같이 '술의 노래'를 부르며 춤추고 놀아보자. 하하하하하 하하하하하."

철하는 그의 손을 잡고 일어섰다. 마왕은 자기 발자국에 고이는 파란빛의 액체를 철하에게 먹였다. 철하는 모든 근심, 모든 괴로움을 잊어버리게 되었다. 그리하고 마왕과 함께 춤을 덩실 추었다. 그리고 그의 가슴에서는 뜨거운 정욕만 자꾸자꾸 일어났다. 그의 입술은 점점 붉어지고 온 전신은 열정으로 타는 듯하였다. 그는 부끄러움도 잊어버리고 옷을 벗었다.

그때에 누구인지 보드랍고 따뜻한 손으로 그의 손을 잡는 자가 있었다. 그의 가슴에 정욕은 더 높아졌다. 그는 돌아다보았다. 철하 뒤에는 눈썹을 푸르게 단장하고 가슴의 유방을 내어 보이며 입에는 말하기 어려운 정욕의 웃음을 띠고 푸른 달빛을 통하여 아지랑이 같은 홑옷 속으로 타는 듯한 육체의 말할 수 없는 부드러운 대리석 같은 살의 윤곽을 비추었다. 그의 벗은 발 밑에서는 금강석 같은 모래가 반짝였다.

철하의 가슴속의 붉은 심장은 가장 높은 속도로 뛰었다. 그가 마왕에게 취한 게슴츠레한 눈으로 사랑의 이슬이 스미는 듯한 그의 입술을 바라볼 때 그는 알지 못하게 그 여자의 뭉클하고 부드러운 유방을 끼어안았다. 그는 타는 듯한 입을 맞추었다. 초자연의 순간이었다. 그때 또다시 유창한 마왕의 웃는 소리가 들리었다.

"하하하하 하하하하하."

철하는 꿈같이 몇 시간을 보내었다. 이때 멀리 새벽을 고하는 종소리가 들리었다. 마왕과 그 여자는 깜짝 놀라서 손을 마주 잡고 여명 속에 숨어버리었다. 달은 서쪽 지평선 저쪽으로 넘어가며 얼굴이 노한 듯 불쾌하여 철하를 흘겨보는 듯하였다. 별들은 눈을 부비는 듯하였다. 철하는 혼자 남아 있다가 다시 엎디었다. 마음은 시끄러웠다.

아아, 사랑스러운 새벽빛이 동편 지평선의 저쪽으로 새어 들어왔다. 하늘은 파르스름하게 개었다. 그는 어디서 오는 것인지 길고도 그윽한 정신을 취하게 하는 바이올린 소리를 들었다. 천애 저쪽으로부터 들려오는 음악 소리에 화(和)하여 처녀의 조금도 상치 않은 목소리가 들렸다. 그러나 그 소리가 어디서 오며 어디로 가는지 몰랐다. 그때 철하는 눈물을 흘리며 멀리 저쪽 하늘 끝을 바라보았다.

그 음악 소리는 산을 넘고 물을 건너 한없이 왔다. 그 보이지 않는 소리는 처음에는 아지랑이같이 희미하게 보이게 변하고 또 그 다음에는 여름에 지평선 위로 떠오르는 흰 구름 같은 것으로 변하고 나중에는 육체를 가진 여신으로 변하였다. 그는 사막 위로 걸어 철하에게로 가까이 왔다. 철하가 그 여신의 빛나는 눈을 볼 때 아아, 모든 근심과 눈물은 사라졌다. 자기가 그 여신 같기도

하고, 여신이 자기 같기도 하였다. 그러나 그 여신의 눈에는 눈물
이 있었다. 새로운 아침 빛이 그것을 비추었다. 음악의 여신은 아
무 말도 없었다. 그는 다만 철하의 손을 잡고 물끄러미 쳐다볼 뿐
이었다. 그 여신은 감정적인 여신이었다. 그의 눈에서는 눈물이
자꾸자꾸 흘렀다. 그 눈물은 철하의 손등에 떨어졌다. 그 여신은
철하를 끼어안고 어머니가 어린 자식을 어루만지듯 하였다. 철하
는 그 여신을 단단히 쥐었다. 그러나 그 여신은 돌아가려 하였다.
철하는 놓치지 않았다. 그때 여신의 몸은 구름같이 변하고 아지
랑이같이 변하고 보이지 않는 소리로 변하였다. 그리고 저쪽 지
평선으로 넘어갔다. 철하는 여신의 사라진 손만 쥐고 있었다. 그
는 다시 엎드려 울었다.

   철하가 눈을 떴을 때에는 그 여신을 잡았던 손에 자기 누이의
고운 손이 잡혀 있었다. 자기 누이는 자기 손을 잡고 그 위에 눈
물을 뿌리고 있었다.

별을 안거든 우지나 말걸

──건반(鍵盤) 위에 피곤한 손을 한가히 쉬이시는 만하(晩霞) 누님에게 한 구절 애달픈 울음의 노래를 드려볼까 하나이다.

1

저는 이 글을 쓰기 전에 우선 누님 누님 누님 하고 눈물이 날 만큼 감격에 떨리는 목소리로 누님을 불러보고 싶습니다.

그것도 한낱 꿈일까요? 꿈이나 같으면 오히려 허무로 들리어 보내일 얼마간의 위로가 있겠지만 그러나 그러나 그것도 꿈이 아닌가 하나이다. 시간을 타고 뒷걸음질 친 또렷하고 분명한 현실이었나이다. 저의 일생의 짧은 경로의 한 마디를 꾸미고 스러진 또다시 있기 어려운 과거이었나이다.

그러나 꿈도 슬픈 꿈을 꾸고 나면 못 견딜 울음이 복받쳐 올라오는데, 더구나 그 저의 작은 가슴에 쓰리고 아픈 전상(箭傷)을 주고 푸른 비애로 물들여주고 빼지 못할 애달픈 인상을 박아준 그 몽롱한 과거를 지금 다시 돌아다볼 때 어찌 눈물이 아니 나고 어째 가슴이 못 견디게 쓰리지 않을 수가 있을까요?

그러나 멀리멀리 간 과거는 어쨌든 가버리었습니다. 저의 일생을 꽃다운 역사, 행복스러운 역사로 꾸미기를 간절히 바라는 바가 아닌 게 아니지마는 지나갔는지라 어찌할까요. 다시 뒷걸음질을 칠 수도 없고 다만 우연히 났다 우연히 사라지는 우리 인생의 사람들이 말하는바 운명이라 덮어버리고 다만 때 없이 생각되는 기억의 안타까움으로 녹는 듯한 감정이나 맛볼까 할 뿐이외다.

2

그날도 그전과 같이 고개를 숙이고 무엇을 생각하였는지 몽롱한 의식 속에 C동 R의 집에를 갔었나이다. R은 여전히 나를 보더니 반가워 맞으면서 그의 파리한 바른손을 내밀어 악수를 하여주었나이다. 저는 그의 집에 들어가 마루 끝에 앉으며,

"오늘도 또 자네의 집 단골 나그네가 되어볼까?" 하고 구두끈을 끄르고 방 안으로 들어가 모자를 벗어 아무 데나 홱 내던지며 방바닥에 가 펄썩 주저앉았다가 그 R의 외투 주머니에 손을 넣어 담배 한 개를 꺼내어 피워 물었나이다.

바닷가에서는 거의거의 그쳐가는 가늘은 눈이 사르락사르락 힘 없이 떨어지고 있었나이다.

그때 R의 얼굴은 어째 그전과 같이 즐겁고 사념(邪念) 없는 빛이 보이지 않고 제가 주는 농담에 다만 입 가장자리로 힘없이 도는 쓸쓸한 미소를 줄 뿐이었나이다. 저는 그것을 보고 아주 마음이 공연히 힘이 없어지며 다만 멍멍히 담배 연기만 뿜고 있었나이다.

R은 무엇을 생각하였는지 멀거니 앉았다가,

"DH" 하고 갑자기 부르지요. 그래 나는,

"왜 그러나?" 하였더니,

"오늘 KC에 갈까?" 하기에 본래 돌아다니기 좋아하는 저는 아주 시원하게,

"가지" 하고 대답을 하였더니 R은 아주 만족한 듯이 웃음을 웃으며,

"그러면 가세" 하고 어디 갈 것인지 편지 한 장을 써 가지고 곧 KC를 향하여 떠났나이다.

KC가 여기서부터 육십 리, R의 말을 들으면 험한 산로(山路)를 넘어가지 않으면 안 된다 하지요. 그리고 벌써 열한 시나 되었으니 거기를 가자면 어두워서나 들어갈 곳인데 거기다가 오다가 스러지는 함박눈이 태산같이 쌓였나이다.

어떻든 우리는 떠났나이다. 어린아이들같이 기꺼운 마음으로 뛰어갈 듯이 떠났나이다.

우리가 수구문(水口門)에서 전차를 타고 왕십리 정류장에 가서

내릴 때에는 검은 구름이 흩어지기를 시작하고 눈이 부신 햇살이 구름 사이를 통하여 새로 덮인 흰 눈을 반짝반짝 무지갯빛으로 물들였었나이다. 저는 그 눈을 밟을 때마다 처녀의 붉은 입술 사이에서 때 없이 지저귀는 어린 꾀꼬리의 그 소리같이 연하고도 애처롭게 얼크러지는 듯한 눈 소리를 들으며 무슨 법열권 내(法悅圈內)에 들어나 간 듯이 다만 R의 손만 붙잡고 멀리 보이는 구부러진 넓은 시골길만 내려다보며 천천히 걸어갔을 뿐이외다.

그러나 R의 기색은 그리 좋지 못하였나이다. 무슨 푸른 비애의 기억이 그를 싸고 돌아가는 것같이 그의 앞을 내다보는 두 눈에는 검은 그림자가 덮여 있는 듯하였나이다. 그리고 때때 내가 주는 말에 대답도 하지 않고 보이지 않게 가벼운 한숨을 쉬며 그의 괴로운 듯한 가슴을 내려앉혔나이다.

때때 거리거리 서울로 향하여 떠돌아 온 시골 나무장사의 소몰이 소리가 한적한 시골의 가만한 공기를 울리어 부질없이 뜨겁게 돌아가는 저의 핏속으로 쓸쓸하게 기어들어올 뿐이었나이다.

넓고 넓은 벌판에는 보이는 것이 눈뿐이요, 여기저기 군데군데 서 있는 수척한 나무가 보일 뿐이었나이다. 저는 이것을 볼 때마다 저— 북쪽 나라를 생각하였으며 정처 없는 방랑의 생활을 생각하였나이다.

그리고 지금 우리 두 사람이 방랑의 길을 떠난다고 가정까지 하여보았나이다. R은 다만 나의 유쾌하게 뛰어가는 것을 보고 쓸쓸한 웃음을 웃을 뿐이었나이다.

우리가 SC강을 건널 때에는 참으로 유쾌하였지요. 회오리바람만 이 귀퉁이에서 저 귀퉁이로 저 귀퉁이에서 이 귀퉁이로 획획 불어갈 때에 발이 빠지는 눈 위로 더벅더벅 걸어갈 제 은싸라기 같은 눈가루가 이리로 사르락 저리로 사르락 바람에 불려가는 것이 참으로 끼어안을 듯이 깜찍하게 귀여웠나이다. 우리는 그 눈 덮인 모래톱으로 두 손을 마주 잡고 하나, 둘을 부르며 달음질을 하였나이다. 그리고 또다시 SP강에 다다랐을 때에는 보기에도 무서워 보이는 푸른 물결이 음녀(淫女)의 남치맛자락이 바람에 불리어 그의 구김살이 울멍줄멍하는¹ 것같이 움실움실 출렁출렁하고 있었습니다.

우리는 나룻배를 타고 그 강을 건너 주막거리에서 점심을 먹을 때에 R이 나에게 말하기를,

"술 한잔 먹으려나?" 하기에 나는 하도 이상하여, "술!" 하고 아무 소리도 못 하였습니다. 여태까지 술을 먹을 줄 모르는 R이 자진하여 술을 먹자는 것은 한 가지 이상한 일이었나이다.

KC를 무엇하러 가는지도 모르고 가는 저는 또한 R이 술 먹자는 것을 또다시 그 이유까지 물어볼 필요가 없었나이다.

그는 처음으로 술을 먹었나이다.

우리는 또다시 걸어갔나이다. 마액(魔液)은 그 쓸쓸스러운 R을 무한히 흥분시켰나이다. 그는 팔을 내저으며 목소리를 크게 하여 말하기를 시작하였나이다. 그는 나의 손을 힘 있게 쥐며,

"DH" 하고 부르더니 무슨 감격한 듯한 어조로,

"날더러 형님이라고 하게" 하고 조금 있다가 다시,

"나는 DH를 얼마간 이해하고 또한 어디까지 인정하는데" 하였

나이다.

아, 얼마나 고마운 소리일까요? 저는 손아래 동생은 있어도 손위의 형님을 가질 운명에서 나지를 못하였나이다. 손목 잡고 뒷동산 수풀 사이나, 등에 업고 앞세워 물가로 데리고 다녀줄 사람이 없었나이다. 무릎에 얼굴을 비벼가며 어리광 부려 말할 사람이 없었나이다. 다만 어린 마음 외로운 감정을 그렁저렁한 눈물 가운데 맛볼 뿐이었나이다.

그리고 할아버지나 할머니의 머리를 쓰다듬어주시는 부드러운 사랑을 맛보지 못하였나이다. 그리고 아버지 어머니는 본래 젊으시니까—

그리고 어려서부터 오늘날까지 지낸 과거를 생각하여보면 웬일인지 한 귀퉁이 가슴속이 메인 듯해요.

그런데 '형님'이라 부르고 '아우'라고 부르라는 소리를 듣는 저는 그 얼마나 기꺼웠을까요? 그 얼마나 반가웠을까요. 그리고 나를 이해하고 나를 얼마간일지라도 인정하여준다는 말을 들은 나는 얼마나 감사하였을까요.

그러나 그 감사하고 반갑고 기꺼운 말소리에 나는 얼핏 '네' 하지를 아니하였나이다.

그 '네' 하지 않은 것이 잘못일는지 잘못 아닐는지 알 수 없으나 어찌하였든 저는 '네' 소리를 하지 못하였습니다. 그러면 그것이 나를 이해하고 나를 인정하여주는 그 R의 마음을 더 슬프게 하였을는지 더 무슨 만족을 주었을는지는 알 수 없으나 나는 거기에 이렇게 대답을 하였나이다.

"좋은 말이오. 우리 두 사람이 어떠한 공통 선상에 서서 서로 인정하고 서로 이해함을 서로 받고 주면 그만큼 더 행복스러운 일이 없지. 그러하나 형이라 부르거나 아우라 부르지 않고라도 될 수 있는 일이 아닐까? 도리어 형이라 아우라는 형식을 만들 것이 없지 아니하냐?"고 말을 하였더니 그는 무엇을 깨달은 듯이,

"딴은 그것도 그렇지" 하고 나의 손을 더 힘 있게 쥐었나이다.

3

금빛 나는 종소리가 파랗게 갠 공중을 울리고 어디로 사라져버리는지? 그렇지 아니하면 온 우주에 가득 찬 에테르를 울리며 멀리멀리 자꾸자꾸 끝없이 가는지, 어떻든 그 예배당 종소리가 우두커니 장안을 내려다보는 인왕산 아래 붉은 벽돌집에서 날 때 저와 R은 C 예배당으로 들어갔나이다.

그때에 누님도 거기에 앉아 계시었지요. 그리고 그 MP양도……

처음 보지 않는 MP양이지마는 보면 볼수록 그에게서 볼 수 있는 것이 자꾸자꾸 변하여갔나이다. 지난번과 이번이 또 다르지요. 지난번 볼 때에는 적지 않은 불안을 가지고 그 여성을 보았습니다. 그리고 얼마간의 낙망을 가지고 보았는지도 모르지요. 그러나 이번에 그를 볼 때에는 웬일인지 그에게서 보이지 않게 새어 나오는 무슨 매력이 나의 온 감정을 몽롱한 안개 속으로 헤

매이는 듯하게 하였나이다.

그리고 그의 육체의 미도 지난번 볼 때에는 어째 흙냄새가 나는 듯이 누런 감정을 나에게 주더니 오늘에는 불그레하게 황금색이 나는 빛을 나에게 던져 주더이다. 그리고 그 황금색이 농후한 액체가 평평한 곳으로 퍼지는 듯이 점점점점 보이지 않게 변하여 동색(銅色)의 붉은빛으로 변하고 나중에는 어여쁜 처녀의 분홍 저고리 빛으로 변하기까지 하였나이다.

그리고 그가 고개를 돌릴 듯 돌릴 듯 할 때마다 나의 전신의 혈액은 타오르는 듯하고 천국의 햇발 같은 행복의 빛이 나의 온몸 위에 내리붓는 듯하였나이다.

그리고 한 시간밖에 안 되는 예배 시간이 나의 마음을 공연히 못살게 굴었나이다.

어찌하였든 예배는 끝이 났지요. 그리고 나와 R은 바깥으로 나왔지요. 그때 누님은 나를 기다리었지요. 그리고 저와 누님은 무슨 이야기든가 그 이야기를 할 때 아아, 왜 MP양이 누님을 쫓아오다가 저를 보고 부끄러워 고개를 돌리고 저편으로 줄달음질쳐 달아났을까요?——그렇지 않다는 그 MP양이——누님, 그 MP양이 고개를 돌리고 줄달음질을 하거나 부끄러워 얼굴빛이 타오르는 저녁 노을빛 같거나 그것이 나에게 무엇이 되겠습니까?

그러나 왜 나를 보고 그리하였을까요? 아마 다른 남성을 보고는 그리 안 했을 터이지요? 그리고 그 줄달음질하여 저쪽으로 돌아가서는 그의 마음이 어떠하였을까요? 더욱 부끄럽지나 아니하였을까요? 그렇지 않으면 후회하는 마음이 나지나 아니하였을까요?

어떻든 그것이 나에게 준 MP의 첫째 인상이었나이다. 그리하고 환희와 번뇌의 분기점에 나를 세워놓은 첫째 동기였나이다.

저는 언제든지 이 시간과 공간을 떠날 날이 있겠지요. 그러나 그 깊이 박힌 인상은 두렵건대 그 시간과 공간에 영원한 흔적을 남겨줄는지요?

4

사랑하는 누님, 왜 나의 원고는 도적질하여 갖다가 그 MP양을 보게 하였어요? 그 MP양이 그 글을 보고 얼마나 웃었을까요?

아아, 그러나 그 누님의 나의 원고를 도적질하여다가 그 MP양을 보게 한 것이 나의 마음을 얼마나 즐거웁게 하였을까요?

누님의 도적질한 것은, 그것을 죄를 정할까요, 상을 주어야 할까요? 저는 꿇어 엎디어 절을 하겠습니다. 그리고 천국의 문을 열어드릴 터입니다.

그런데 그 원고 ○○○이라 한 곳에 서투른 필적을 자랑하려 한 것인지? 그렇지만 그런 것은 아니겠지. 그렇지요, 그렇지는 않지요. 그러나 나의 원고를 더럽힌 그에게는 무엇이라 말을 하여야 좋을까요?

그러나 그러나 그 필적은 나의 가슴에 무엇인지를 전하여 주는 듯하였나이다. 사람의 입으로나 붓으로는 조금도 흉내낼 수 없는

그 무엇을 전하여 주더이다. 다만 취몽 중에 헤매이는 젊은이의
가슴을 못살게 구는 그 무엇을?

5

고맙습니다. 누님은 그 MP양과는 또다시 더 어떻게 할 수 없는
형제와 같다 하였지요? 그리고 서로서로 형님 아우 하고 지낸다
지요. 저는 다만 감사할 뿐이외다. 그리고 영원한 무엇을 바랄 뿐
이외다. 그러나 저에게는 그 누님과 MP 사이를 얽어놓은 형제라
하는 형식의 줄이 나를 공연히 못살게 구나이다. 그리고 모든 불
안과 낙망 사이에서 헤매이게 하나이다.

누님의 동생이면 나의 누이지요. 아니 나의 누님이지요.――그
MP양은 나보다 한 살이 더하니까――그러면 나도 그 MP양을 누
님이라 불러야 할 것이지요.

아아, 그러나 그것이 될 일일까요. 누님이라 부르기가 어려운
일이 아니지마는 나의 입으로 그를 누님이라고 부른다 하면 그
부르는 그날로부터는 그의 전신에서 분홍빛 나는 무슨 타는 듯한
빛을 무슨 날카로운 칼로 잘라버리는 듯이 사라져버릴 터이지.
아니 사라져 없어지지는 않더라도 제가 이 눈을 감아야지요. 아
아, 두려운 누님이란 말, 나는 이 두려운 소리를 입에 올리기도
두려워요.

6

오늘 저는 PC에 보낼 원고를 쓰고 있었습니다. 머리가 아프고 신흥(新興)이 나지가 않아서 펴놓은 종이를 척척 접어 내던져버리고 기지개를 한 번 켜고 대님을 한 번 갈아매고 모자를 집어 쓰고 바깥으로 나갔습니다. 시계는 벌써 일곱 시를 십 분이나 지나고 있었나이다.

저의 가는 곳은 말할 것도 없이 R의 집이지요. 그리고 내가 책을 볼 때에나 글씨를 쓸 때에나 길을 걷거나 천장을 바라보고 누워 있을 때나 눈을 감고 명상할 때에나 나의 눈앞을 떠나지 않는 그 MP양을 오늘 R의 집에를 가면서도 또 보았습니다.

저는 언제든지 MP양을 생각합니다. 허무한 환영과 노래하며 춤추며 이야기하며 나중에는 두렵건대 손을 잡고 이 세상의 모든 유열을 극도로 맛보았습니다. 그러나 그것이 한낱 공상인 것을 깨달을 때에는 저도 공연히 싫증이 나고 모든 것이 귀찮고 모든 것이 비관의 종자가 될 뿐이었나이다. 그리고 아아 과연 다만 일찰나² 사이라도 그 MP의 머릿속에서 나의 환영을 찾아낸다 하면 그 얼마나 나의 행복일까 하였나이다.

그리고 그 MP는 나를 조금도 생각지 않는 것만 같아서 공연히 마음이 애달팠나이다.

그날 R은 집에 있지 않았습니다. 저의 마음은 눈물이 날 듯이 공연히 센티멘털로 변하여졌나이다. 그래서 정처 없이 방황하기로 정하고 우선 L의 집으로 가보았습니다.

제가 그 처녀와 같이 조금도 거짓 없음을 부러워하는 L은 나를 보더니 그 검은 얼굴에 반가워 죽을 듯한 웃음을 띠고 손목을 잡아 자기 방으로 끌어들이더니, 어저께도 왔었는데, "왜 그동안에 그렇게 오지를 않았나?" 하지요. 그래 나는 그 얼마나 고독히 지내는 그 L을 보고 이때껏 계속하여왔던 감상이 가슴 한복판으로 모여드는 듯하더니 공연히 눈물이 날 듯…… 하지요. 그래 억지로 그것을 참고 멀거니 앉아 있었더니 그 L은 또 날더러 독창을 하라지요. 다른 때 같으면 귀가 아프다고 야단을 쳐도 자꾸자꾸할 저이지마는 오늘은 목구멍에서 무엇이 잡아당기는지 그 목소리가 조금도 나오지를 아니하였나이다. 그래 공연히 앙탈을 하고 일어나기를 싫어하는 그 L을 옷을 입혀 끌고 바깥으로 나갔습니다. 저녁 안개는 달빛을 가리우고 붉은 전등불만이 어두움 속에 진주를 꿰뚫어놓은 듯이 종로 큰 거리에 나란히 켜 있을 뿐이었나이다.

두 사람이 나오기는 나왔으나 어디로 갈 곳이 없었나이다. 주머니에 돈이 없으니 하루 저녁을 유쾌히 놀 수도 없고 또 갈 만한 친구의 집도 없고 마음만 점점 더 귀찮고 쓸쓸스러운 생각을 하였나이다.

우리 두 사람은 결국 때 없이 웃는 이의 집으로 가기로 하였나이다. 우리는 한 집에를 갔으나 우리를 기다리지 않는 그는 있지 않았나이다. 그래 하는 수 없이 설영(雪影)의 집으로 가기를 정하고 천변(川邊)으로 내려섰나이다. 골목 안의 전깃불은 누구를 기다리는 것같이 빙그레 웃으며 켜 있었지요. 우리는 그 집에를 들어가 "설영이" 하고 불렀나이다. 안방에서 영리한 목소리로,

"누구요?" 하는 설영의 목소리가 났습니다. 우리 두 사람은 "있고나" 하였습니다. 그리고 공연히 마음이 반가웠나이다. 그리고 설영이는 마루 끝까지 나와, "아이그 어서 오세요, 왜 그렇게 한 번도 아니 오세요" 하지요.

아, 누님 그 소리가 진정이거나 거짓이거나 관성(慣性)으로 인하여 우연히 나온 말이거나 아무것이거나 나는 그것을 생각하려고 하지는 않습니다. 다만 감상에 쫓기어 정처 없이 방황하려는 이 불쌍한 사람에게 향하여 그의 성대를 수고롭게 하여 발하여 주는 그의 환영의 말이 얼마나 나의 피곤한 심령을 위로하여주었을까요.

그는 날더러 '오라버니'라 하여주기를 맹세하여주었습니다. 그리고 영원히 오라버니가 되어달라 하였습니다.

누님, 과연 내가 남에게 오라버니라는 존경을 받을 만한 자격의 소유자가 될 수 있을까요. 물론 그것도 나의 원치 않는 형식입니다. 그러나 나는 그 설영을 친누이동생같이 사랑하렵니다. 그리고 영원히 영원히 나의 누이동생을 만들려 하나이다. 그리고 다만 독신인 설영이도 진정한 오라비 같은 어떠한 남성의 남매 같은 애정을 원하겠지요. 그러나 그러나 무상인 세상에 그것을 과연 허락할 참신(神)이 어느 곳에 계실는지요? 생각하면 안타까울 뿐이외다.

그날 L은 설영을 공연히 못살게 놀려먹었나이다. 물론 사념 없

는 어린애 같은 유희지요. 그때 L은 설영을 잡으려고 달려들었습니다. 설영은 소리를 지르며 간지러운 웃음을 웃으면서 나의 앞으로 달려들며,

"오라버니! 오라버니!" 하고 그 L을 피하였나이다. 나는 그때 그 설영이 비록 희롱에서 나왔다 하더라도 L에게 쫓기어 나에게 구호함을 청할 때에 아아, 과연 내가 이와 같은 여성의 구호를 청함을 받을 만한 자격의 소유자일까 하였나이다. 그리고 모든 여성은 다 나를 보려고 하지도 않는 생각을 하고 혼자 이 설영이가 나에게 구호함을 청한다는 것은 그 설영을 끼어안을 듯이 귀여운 생각이 났나이다. 그러나 나타났다 사라지는 환영의 그림자일까? 팔팔팔 날리는 봄날의 아지랑이일까? 영원이란 무엇일는지요—

7

날이 매우 따뜻하여졌습니다. 내일쯤 한번 가서 뵈오려 하나이다. 하오에 기다려주십시오. 그리고 W군은 어저께 동경으로 떠나갔다는 말을 들었습니다. 만나 보지 못한 것이 매우 섭섭하외다. 그리고 S군 Y군도 그리로 향하여 수일 후에 떠나간다는 말을 들었습니다. 아아, 저는 외로운 몸이 홀로이 서울에 남아 있게 되겠지요. 정다운 친구들은 모두 다 저 갈 곳으로 가버리고……

8

왜 어저께 저는 누님에게를 갔을까요? 간 것이 나에게 좋은 기회이었을까요? 그렇지 않으면 좋지 못한 기회이었을까요.

어떻든 어저께 나는 처음으로 그 MP와 말을 하게 되었습니다. 그리고 가까이 서로 보고 앉아 간질간질한 시선으로 그를 보게 되었습니다. 그리고 나의 눈에서 방산(放散)하는 시선의 몇 줄기 위로 나의 쉴 새 없이 뛰는 영의 사자를 태워 보내었나이다.

그는 그때 그 예배당 앞에서 나를 보고 고개를 돌리고 줄달음질하던 때와는 아주 달랐습니다. 그의 마음속으로는 나의 전신의 귀퉁이로부터 귀퉁이까지 호의의 비평을 하였을는지 악의의 비평——그렇지는 않겠지?——을 하였을는지 어떻든 부단의 관찰로 비평을 하였겠지요. 그러나 그의 눈과 안색은 아주 침착하였나이다. 그리고 그에게서 가장 아름다운 목소리는 아주 나의 마음을 취하게 할 듯이 부드럽고 연하며 은빛이 났나이다.

그리고 나의 글을 너무 칭상(稱賞)하는 것이 조금 나를 부끄럽게 하였으며 또는 선생님이라는 경어가 아주 나를 괴롭게 하였나이다.

누님, 만일 그가 날더러 선생이라 그러지 않고 오라비라고 하였드면? 그 찰나의 나의 모든 것은 다 절망이 되어버렸을 터이지요. 그 선생이라는 말을 듣기 싫어하는 제가 도리어 그 선생이라는 말을 듣는 것이 행복인 것을 깨달을 날이 있을 줄은 이제 처음으로 알게 되었나이다.

어떻든 저는 그 MP와 만날 기회를 얻었습니다. 그리고 서로 말소리를 바꾸게 되었습니다. 아마 이것이 저와 그 MP 사이에 처음 바꾸는 말소리가 되었겠지요? 그리고 우주의 생명 중에 또다시 없는 그 어떠한 마디이었겠지요.

그러나 저는 불안을 깨닫습니다. 마음이 못 견딜 만큼 불안합니다. 다만 한 번 있는 그 기회의 순간이 좋은 순간이었을까요? 기쁜 순간이었을까요. 무한한 희망과 영원한 행복을 저에게 열어주는 그 열쇠 소리가 한 번 째각하는 그 순간이었을까요. 그렇지 아니하면 끝없는 의혹과 오뇌 속에서 만일의 요행만 한 줄기 믿음으로 몽롱한 가운데 살아 있다 그대로 사라져 없어졌다면 도리어 행복일걸 하는 회한의 탄식을 나에게 부어줄 그 순간이었을까요?

어찌하였든 저는 한옆으로 요행을 꿈꾸며 한옆으로 부질없는 낙망에 헤매이나이다.

9

오늘은 아침 아홉 시에 겨우 잠을 깨었나이다. 그것도 어제 저녁에 공연히 돌아다니느라고 늦게 잔 덕택으로 아침에 일어나지 못하는 행복을 얻었더니 그나마 행복이 되어 그리하였는지 R이 찾아와서 못살게 굴지요. 못살게 구는 데 쪼들리어 겨우 잠을 깨어 세수를 하였나이다.

이상한 일이었나이다. 제가 R의 집을 가기는 하여도 R이 저의 집에 찾아오는 일이 없는 그가 오늘 식전 아침에 저를 찾아온 것은 참으로 뜻밖이고 이상합니다.

그는 매우 갑갑한 모양이었나이다. 그리고 요사이 며칠 동안 그의 얼굴은 그리 좋지 못하였으며 언제든지 무슨 실망의 빛이 있었나이다.

오늘도 그는 침묵 속에 있었나이다. 그리고 먼 산만 바라보고 있었나이다.

그는 어디로 산보를 가자 하였나이다. 저는 아침도 먹지 않고 그와 함께 정처 없이 나섰나이다.

우리는 전차를 타고 H와 P의 집에를 가보았으나 H는 아침 먹고 막 어딘지 가고 없다 하고 P는 집에 일이 있어서 가지를 못하겠다 하지요. 그래 하는 수 없이 우리 단 두 사람이 또다시 KC를 향하여 떠났나이다.

천기는 청명, 가는 바람은 살살, 아주 좋은 봄날이었나이다. 우리는 전차에서 내렸나이다. 오포(午砲)[3]가 탕 하였나이다. 멀리멀리 흐르는 HC강은 옛적과 같이 고요히 흐르고 있었나이다. 아무 소리도 없고 아무 향기도 없고 아무 웃는 것도 없고 다만 푸른 물속에 취색(翠色)의 산 그림자를 비추어 있어 다만 "아아 아름답다" 하는 우리 두 사람의 못 견디어 나오는 탄성뿐이 고요한 침묵을 가늘게 울릴 뿐이었나이다. 우리는 언덕으로 내려가 한가히 매여 있는 주인 없는 배 위에 앉아 아무 소리 없이 물 위만 바라보았나이다. 푸른 물 위에는 때때 은사(銀絲)의 맴도는 듯한 파련(波漣)이 가늘게 떨 뿐이었나이다. 그리고 사르렁사르렁 은사의 풀렸다 감겼다 하는 소리가 들리는 듯하였나이다.

우리는 한참이나 앉아 있었나이다.

우리는 문득 저쪽을 바라보았나이다. 그리고 나의 가슴은 공연히 덜렁덜렁하고 전신에 식은땀이 흐르는 듯하였나이다. 저기 저쪽에는 그 비단결 같은 물 위에 한가히 떠 있어 물속으로 녹아들 듯이 가만히 있는 그 요트 위에는 참으로 뜻밖이었어요, 그 MP가 어떠한 다른 동무하고 나란히 앉아 있었나이다.

그러나 그 MP는 나를 보고도 모르는 체하는지 보지 못하고 모르는 체하는지 다만 저의 볼 것, 저의 들을 것만 보고 들을 뿐이었나이다.

저는 그 MP에게로 달려가고 싶었습니다. 아, 그러나 만일 그가 나를 보고도 못 본 체한다면? 불과 몇십 간 되지 않는 거기에 있는 그가 어째 나를 보지 못하였을까? 못 보았을 리가 있나? 라고만 생각하는 저는 그에게로 가기가 두렵고 공연히 무엇인지 보이지 않는 무엇이 원망스러웠을 뿐이었나이다.

그런데 웬일일까요? MP를 나 혼자만 아는 줄 아는 저는 R의 기색에 놀라지 아니치 못하였나이다.

R은 나의 손을 잡아당기며,

"MP가 왔네" 하였습니다. 그 소리를 듣는 저는 R이 어떻게 MP를 아는가 하였나이다. 그리고 무엇인지 번개와 같이 저의 머리를 지나가는 것이 있더니 저는 그 R에게서 무슨 공포를 깨달은 것이 있었나이다.

R은 대담하게 MP에게로 갔습니다. 저도 그를 따라갔습니다. R은 모자를 벗고 그에게 예를 하였나이다. 아아 그러나 누님, 정성을 다하지 않고 몽롱한 의심과 적지 않은 불안으로 주는 저의 예에는 그의 입 가장자리로 불그레한 미소가 떠돌았으며 따뜻한 눈동자의 금빛 광채이었나이다. 그리고, "아이고 어떻게 이렇게 오셨어요?" 하는 그의 전신을 녹이는 듯한 독특한 어조가 저를 그 순간에 환희의 정화(精華) 속으로 스며들게 하였나이다.

우리 두 사람은 그를 작별하고 바로 시내로 들어왔나이다. 웬일인지 저의 마음은 한없이 기뻤나이다. 그리고 전신의 혈액은 더욱더 펄펄 끓기를 시작하였나이다. 그러나 R의 얼굴은 그전보다 더 비애롭고 실망의 빛이 떠돌았나이다. 쓸쓸한 미소와 쓸쓸한 어조가 도는, 저의 동정의 마음을 일으킬 만큼 처참한 듯하였나이다. 저는 R에게,

"어떻게 MP를 알던가?" 하였습니다. 그는 무슨 옛날의 환상을 보는 듯한 표정으로,

"그전부터 알아" 하였나이다. 이 소리를 듣는 저는 그러면 이성 사이에 만나면 생기는 사랑의 가락이 그 MP와 이 R 사이에 매여지지나 아니하였나 하고 여태껏 기껍던 것이 점점 무슨 실망의 감상으로 변하여버리었나이다. 그리고 차차 의혹 속에 방황하게 되었나이다.

그리하다가도 그 R의 실망하는 빛과 MP의 냉담한 답례가 저에게 눈물 날 만큼 R을 동정하는 생각을 나게 하면서도 또 한옆으로

는 무슨 승자의 자랑을 마음 한 귀퉁이에서 만족히 여기었으며 불행한 R을 옆에 세우고 다행히 환희를 맛보았습니다.

그날 저는 R의 집에서 자기로 정하였나이다. 밤 열한 시가 지나도록 별로 서로 말을 한 일이 없는 R과 두 사람 사이에는 공연히 마음이 괴로운 간격을 깨닫게 되었나이다. 그리고 그의 푸른 비애와 회색 실망의 빛이 그의 얼굴로 가끔가끔 농후하게 지나갈 때마다 저는 공연히 불안하였나이다.

저는 R에게 그 기색이 좋지 못한 이유를 묻기를 두려워하였나이다. 그리고 만일 그 비애의 빛과 실망의 빛이 그 MP로 인한 것이 아니고 다른 것으로 인한 것이라 하면 저는 그때 그 R의 그 비애와 실망과 똑같은 비애와 실망을 맛보았을 것이지요?

그러나 저는 형제와 같은 그 R의 비애와 실망을 그 MP로 인하여서라고 인정하지를 아니하면 저의 마음이 불안하여 못 견딜 정도였습니다.

그날 저녁 R은 자리에 누워서도 한잠을 자지 못하는 모양이었나이다. 다만 눈만 멀뚱멀뚱하고 천장만 바라보고 있었나이다. 그리고 머리를 짚고 눈을 감고 무엇인지 명상하듯이 가만히 있었을 뿐이었나이다. 그의 엷은 눈썹은 가늘게 떨리고 있었습니다.

저도 웬일인지 잠이 오지 않았습니다. 그래 머리맡 서가에 놓여 있는 『On The Eve』를 집어 들고 한참이나 보다가 잠이 깜빡 들었나이다.

10

저는 어리석은 사람이 되어버리었나이다. 꿈을 믿고 길에서 장님을 만나면 두 다리에 풀이 다하도록 실망을 하게 되었나이다.

그리고 꽃의 화판을 '하나 둘' 하며 'MP가 나를 사랑하느냐 사랑하지 않느냐?' 하며 차례차례 따보게 되었습니다. 그리고 만일 '사랑한다' 하는 곳에서 맨 나중 꽃 잎사귀가 떨어지면 성공한 것처럼 춤을 출 듯이 만족하였으며 그렇지 않고 '사랑하지 않는다'는 곳에 와서 그 맨 나중 꽃 잎사귀가 떨어지면 공연히 낙망하는 생각이 나며 비로소 그 헛된 것을 조소합니다. 그러나 어느 틈에 또다시 그 꽃 잎사귀를 따보고 싶어 못 견디게 되나이다. 저는 요행을 바라는 동시에 말할 수 없는 미신자가 되었습니다. 오늘은 제가 누님을 만나 뵈러 가지 않으려 하였으나 W군이 피스piece를 찾아달라 하여서 누님에게로 갔습니다.

누님이 나오기를 기다리고 있는 동안에 나는 다만 침착하고 고요한 마음으로 정문 앞 플랫폼을 왔다 갔다 하였나이다. 그러다가 문 열리는 소리가 나더니 나오는 사람은 누님이 아니고 그 MP였습니다. MP는 나를 보더니 쌩긋 웃으며 고개를 숙여 예를 하여주었나이다. 그리고 그곳에 서서 있었나이다. 그 뒤를 따라 나온 이가 누님이었지요.

저의 마음은 이상하게 기뻤나이다. 그리고 아주 무슨 희망을 얻은 듯하였나이다. 길거리로 걸어 다니면서도 혹시나 MP를 만나 인사를 주고받을 만한 순간의 기회를 기대하는 저는 누님에게로 갈 때마다 그 MP를 만날 수가 있을까 하는 기대를 가지고 다니었나이다. 오늘도 그 기대를 조금일지라도 아니 가지고 간 것이 아니었건마는 그 MP가 있지 않을 줄 안 저는 아주 단념을 하고 갔었습니다. 그래 그 MP를 만난 것은 아주 의외이었지요.

누님 그 MP가 무엇하러 누님보다도 먼저 저를 보러 나왔을까요. 어린 아우를 만나려는 누님의 마음이었을까요. 반가운 정인을 만나려는 애인의 마음이었을까요. 무엇이었을까요?

그는 저와 오랫동안 말을 하였나이다. 그리고 동청이 푸른 잔디 사이를 누님과 저 세 사람이 산보하였지요? 저희가 그 좁은 길로 지나올 때 저는 그 MP에게,

"R을 어떻게 아셨던가요?" 하고 물어보았습니다. 그 MP는 조금 얼굴이 불그레한 중에도 미소를 띠며,

"네, 그전에 한 두어 번 만나 본 일이 있었어요" 하고 대답을 하였지요. 그 소리를 듣는 저는 곧,

"R은 참 좋은 사람이야요" 하였지요. 그러니까 그 MP는 곧 다른 말로 옮기어버렸나이다.

그렇게 한 십 분쯤 되어 누님과 우리 두 사람은 무슨 조용히 할 말이나 있는 것처럼 주저주저하였나이다. 그러니까 그 MP는 곧 영리하게 그것을 알아차리고 안으로 들어가버렸지요.

아아 그때 저의 마음은 아주 섭섭하였습니다. 우리가 우리의 필요한 이야기를 하지 못한다 하더라도 그 MP는 떠나기가 싫었나이다. 그러나 그의 검은 치맛자락의 그림자는 보이지 않게 사라

저버리었나이다. 그때 누님은 절더러 이야기를 하여주었지요. 그 MP를 R이 사랑하려다가 그 MP가 배척을 하였다는 것을——그리고 그 MP가 저의 그 누님이 도적하여 간 원고를 보고 도외(度外)의 찬성을 하더라는 것과 그러나 그가 한 가지 불만으로 생각하는 것은 신앙이 적더라는 것을. 저는 누님과 작별을 하고 문밖으로 나오며 뛰어갈 듯이 걸음을 속히 하여 걸어가며,

"내가 행복한 자냐 불행한 자냐?" 하고 혼자 소리를 질러보았습니다. 그러다가는 그 신앙이 적다고 하는 데 대하여는 적지 않은 불쾌와 또 한옆으로는 희미한 실망을 깨달았습니다.

그래 집에 돌아와 아랫목에 누워서 여러 가지로 그 MP와 저 사이를 무지갯빛 나는 아름답고 거룩한 것으로만 얽어놓아 보다가도 그 신앙이란 말을 생각하고는 곧 의혹 속에 헤매었나이다. 그러다가는 그의 집에서 본 『On The Eve』를 읽던 것이 생각되며 그 여주인공 에레나의 일기가 생각났습니다.

그의 애인 인사로프와 그의 아버지가 그와 결혼시키려는 크르나도오스키를 비교하여 인사로프에게는 신앙이 있을지라도 크르나도오스키에게는 신앙이 없었다. 자기를 믿는 것만으로는 신앙이 있다고 말할 수 없으니까……

누님, 저는 이 글을 볼 때 공연히 실망하였습니다. 에레나는 신앙 있는 사람을 사랑하였습니다. 그리고 신앙 없는 사람을 사랑치 않았습니다. 그러면 MP도 언제든지 신앙 있는 사람을 사랑할 터이지요. 그러면 그 MP가 저에게 신앙이 없다고 한 말은 저를 동생이나 친우로 여길는지는 알 수 없으나 애인으로 생각지는 못

하겠다는 것이지요.

누님, 그러면 저는 실망할까요, 낙담할까요? 신앙이란 무엇일까요. 물론 누구에게든지 신앙이 없는 사람이 없습니다. 누구는 예수를 믿고 석가를 믿고 우상을 믿고 여러 가지를 믿습니다.

그리고 또 자기를 믿는 사람이 있기도 합니다. 그리고 누님, 저도 무엇인지 신앙하는 것이 있겠지요? 신앙이 없는 사람이 이 세상에서 생명을 가지고 살아 있다는 것은 거짓말이니까. 누구든지 각각 자기가 신앙하는 것이 있기 때문에 이 세상에 살아 있으니까 저도 또한 이 세상에 살아 있는 사람이라 어떠한 신앙이든지 가지고 있겠지요.

저 어떠한 종교를 어리석게 믿는 사람들은 각각 자기의 신앙만이 참신앙으로 생각합니다. 그리고 남의 신앙을 조소합니다. 그러나 한번 더 크게 눈을 뜨고 고개를 돌리어 사면을 둘러보는 자는 각각 이것과 저것을 대조할 수가 있을 것이지요. 그리고 각각 장처(長處)와 결점을 찾아낼 수가 있을 것이지요. 이불을 뒤집어쓰고는 물론 그 이불 속뿐이 세상인 줄 알 터이지요. 그리고 그 속에만 참진리가 있는 줄 알 터이지요. 그러나 그 이불 속만이 세상이 아니고 그 속에만 진리가 있는 것이 아닌 줄 아나 그 이불을 벗어버린 자는 그 이불 쓴 사람을 불쌍히 여기었을 터이지요. 그러면 이 세상에는 그 이불을 벗은 사람이 여럿이 있었습니다. 그리하여 그 이불을 뒤집어쓴 사람들을 아주 불쌍히 여기었습니다.

그러면 저도 그 이불을 벗은 사람의 하나가 되려 합니다. 다만 어떠한 이름 아래서든지 그 온 우주에 가득 차서 영원부터 영원까지 변치 않는 진리를 믿는 사람이 되려 하나이다. 그리하여 다만 그것을 구할 뿐이요, 그것을 체험하려 할 뿐이외다.

물론 사람은 약한 것이지요. 심신이 다 강하지는 못하지요. 제가 어떠한 때 본의 아닌 일을 할 때가 있다 하더라도 그것은 다만 약한 까닭이겠지요. 그리고 그것을 깨닫는 때는 그것을 고치겠지요. 그리고 누님 한 가지 끊어 말하여둘 것은 『쿠오바디스 Quo Vadis』에 있는 비니큐스와 같이 리지아의 신앙과 같은 신앙으로 인하여서 저도 그 비니큐스는 되지 않겠지요.

아아 그러나 누님, 제가 어찌하여 이와 같은 말을 쓸까요? 사랑보다 더 큰 신앙이 이 세상에 또 어디 있을까요. 자기의 생명까지 희생하는 것은 사랑이 있을 뿐이지요. 사람이 사랑으로 나고 사랑으로 죽고 사랑으로 살기만 하면 그 사람의 생은 참생이 되겠지요. 그러하나 저희는 사랑을 생각할 때마다 마음이 두근거립니다. 처음은 이성(異性)에게 사랑을 구하는 자가 누가 주저하지 않은 자가 있고 누가 가슴이 떨리지 않는 자가 있을까요? 그러면 사랑이란 죄악일까요? 죄지은 자와 똑같은 떨림과 불안을 깨닫는 것은 어찌함일까요?

그렇습니다. 우리 인생에게는 두 가지 큰 문제가 있습니다. 그것은 열정과 이지입니다. 이 세상의 역사는 이 두 가지의 싸움입니다. 그리고 모든 불행의 근원은 이 열정과 이지가 서로 용납하지 않는 곳에 있는 것입니다.

그리운 이성을 보고 자기 마음을 피력지 못하고 혼자 의심하고 오뇌하는 것도 이 이지로 인함이지요? 저는 어떻게 하면 이 이지를 몰각한 열정만의 인물이 되려 하나, 그 이지를 몰각한 열정만의 인물이 되겠다는 것까지도 이지의 부르짖음이지요. 시간이 없어서 두어 마디로 대강만 쓰고 요다음 언제든지 기회 있으면 열정과 이지에 대하여 좀 써 보내려 하나이다. 조용한 저녁날에 술 주정꾼같이 저는 정처 없이 헤매이나이다. 안갯빛 저의 가슴에서는 눈물이 때 없이 솟나이다. 아아 누님, 누님은 다만 참사람이 되어주시오. 저도 또한 그렇게 되려 하나이다.

오늘 저는 또다시 R의 집에를 갔었나이다. 그 R은 있지 않았습니다. 그러나 얼마 있지 않으면 곧 들어오리라는 그 집 사람의 말을 듣고 저는 그의 방에서 기다리게 되었나이다. 그러나 R이 저와 형제같이 친하지가 않으면 그와 같이 주인 없는 방 안에 들어가 앉아 있지를 못하였을 터이지요. 그래 그와 친하다 하는 무엇이 저를 그의 방으로 들어가게 하였습니다.

저는 그의 방에 들어가 그의 책상 앞에 앉았나이다. 그때 문득 저의 눈에 보이는 것은 그가 써서 놓은 편지였나이다. 그리고 그 편지 피봉에는 MP라 씌어 있었습니다. 저의 마음은 공연히 시기하는 마음이 나며 또한 그 편지를 기어이 보고 싶은 생각이 났었습니다. 마침 다행한 것은 그 편지를 봉하지 않은 것이었나이다.

저는 그것을 보았습니다.

그 속에는 이러한 말이 쓰여 있었습니다.

……DH는 미숙한 문사(文士)요, 그리고 일개 부르주아 Bourgeois에 지나지 못하는 사람이오……라고.

아아 누님, 저는 손이 떨리었나이다. 그리고 그 편지를 다시 그 자리에 놓고 그대로 바깥으로 뛰어나왔습니다. 그리고 길거리로 걸어오며 눈물이 날 만큼 모든 것이 원망스럽고 또 한옆으로는 분한 생각이 나서 못 견디었나이다.

그리고 사랑하는 R이 그와 같은 말을 써 보낼 줄 참으로 알지 못하였나이다. 누님 그렇지요. 저는 글 쓰는 데 미숙하겠지요. 저는 거기에 조금이라도 이의를 말하려 하지 않나이다. 그러나 그 말을 무엇하러 MP에게 한 것일까요.

아아 누님, 저는 일개 참사람이 되려 할 뿐이외다.

저는 문학가, 문사라는 칭호를 원치 않아요. 다만 참사람이 되기 위하여 글을 봅니다. 그리고 느끼는 바를 견딜 수 없었습니다. 그리고 나와 같은 느낌과 깨달음이 우리 인생을 위하여 조금이라도 보탬이 될까 하였습니다.

그러나 저 일개인의 성공은 얻기가 어려울 터이지요. 제가 느끼고 깨닫는 것은 길고 긴 우주의 생명과 함께 많고 많은 사람들이 깨닫는 것에 다만 몇천만억분의 일이 될락 말락 할 터이지요. 그리고 그 저의 생명이 그치는 날에는 그것보다 조금 더하여질 뿐이지요. 그리고 그것보다 더 큰 무엇을 원할지라도 유한한 저의 육체와 정신은 그것을 용서치 않을 터이지요.

그러면 제가 부르주아Bourgeois나 프롤레타리아Proletariat나 무엇 어떠한 부름을 듣든지 언제든지 참사람이 되려 할 뿐이외다.

아마 이 세상의 모든 진리를 혼자 깨달을 줄 아는 사람일지라도 이 참사람이 되려는 데서 더 벗어나지는 못하였을 터이지요.

그러나 저는 오늘부터 친애하는 친우 하나를 잃어버리게 되었
나이다. 아무리 아무리 제가 너그러운 마음으로써 그전과 같이 R
을 대하려 하나 그는 나를 모함한 자이지요. 어찌 그전과 같은 정
의(情誼)를 계속할 수가 있을까요. 그러나 저의 마음은 괴롭습니
다. 그리고 그 KC를 가면서 저에게 형제와 같이 지내자던 것을
생각하고 또는 그동안 지내오던 정분을 생각하고 그것이 다만 한
순간에 깨어지는 것을 생각할 때 저의 마음은 아주 안타까웠나이
다. 그러다가도 그 R의 손을 잡고 기꺼워하고 싶었습니다.

11

집에서 나을 때 동생 L이 울며 쫓아 나오면서,
"형님 형님 나하고 가" 하며 부르짖었나이다. 그리고 두 팔을
벌리고 저를 바라보고 있었습니다. 그러나 발이 떨어지지 않지만
하는 수 없이 어머니에게 L은 맡기고 또다시 R을 찾아갔나이다.
어제 저녁 늦도록 잠을 자지 못한 저는 오늘 또다시 새벽에 일
찍 일어났으므로 몸이 조금 피곤하였나이다.
저는 R의 집으로 가면서 몇 번이나 가지 않으리라 하여보았습
니다. 날마다 가는 R의 집에를 일주일이나 가지 않은 저는 오늘도
또 가볼 마음이 그리 많지는 않았습니다. R을 생각하면 할수록 분
하고 답답한 저는 언제든지 그 마음을 누르려 하였으나 그리 속
마음이 편치는 못하였습니다.

제가 R의 집에 들어갈 때에는 아주 마음이 유쾌치 못하였습니다. R은 저를 보고 힘없이 저의 손을 잡고 인사를 하여주었습니다. 그리고, "어서 오게" 하는 소리가 아주 반갑지 못하였습니다. 저는 그 R을 보기 전에는 반갑게 인사를 하리라 한 것이 지금 그를 만나 보니까 공연히 그와 함께 있는 것이 싫은 생각이 나서 그대로 바깥으로 나오고 싶었습니다.

저는 그대로 서서,

"여러 날 만나지 못하여서 조금 보고 나갈까 하고……"
하며 그를 쳐다보았습니다. 그는 다만 고개를 끄덕하며,

"응……" 할 뿐이었나이다. 저는 갑자기 뛰어나오고 싶었습니다. 그래,

"내일 또 봅시다" 하고 그대로 뛰어나왔습니다. 그 R은 아무 말도 없이 자기 방으로 들어가버렸습니다.

아아, 누님, 우리 두 사람 사이는 어째 이리 멀어졌을까요? 무슨 간격이 생겼을까요? 그리고 무슨 줄이 끊어졌을까요. 저는 그것을 알 수가 없습니다.

제가 종로를 걸어올 때였습니다. 저쪽에서 뜻밖에 그 MP가 걸어왔습니다. 그때 저는 그 MP와 만나 인사를 하리라 하였습니다. 그러나 그 MP는 어떠한 양복 입은 이와 함께 저를 못 보았는지 저의 곁으로 그대로 지나가버렸나이다. 저는 다만 지나가는 그만 바라보고 있다가 손을 단단히 쥐고, '에 고만두어라' 하였습니다.

저는 말할 수 없는 번뇌 가운데 '에, 설영에게나 가리라' 하였나이다. 그리고 천변으로 그의 집을 찾아갔습니다. 그때 저의 마

음에도 설영이가 있지 않으리라는 생각은 없이 으레 만나려니 하였나이다. 그러나 설영을 부르는 저의 목소리에 그 영리하고 귀여운 우리 누이동생의 목소리는 나지 않고 그의 어머니가 "없소" 하고 냉대하듯 보통 손님과 같이 대답을 하였습니다. 그 소리를 듣는 저는 공연히 섭섭한 생각이 나며 또는 설영이가 저를 한낱 지나가는 손처럼 생각하는 듯하고 또한 어떠한 정인(情人)이나 찾아가지 않았나 할 때 오라비 노릇을 하려는 저도 공연히 질투스러운 마음이 나며, '다 그만두어라' 하는 생각이 나고 공연히 감상(感傷)의 마음이 났습니다.

저는 그대로 집으로 갔습니다. 집 문간에서 놀던 L은 반기어 맞으면서 두 팔을 벌리고 저에게 턱 안기며 몸을 비비 꼬고 그의 가는 손으로 간지럽고 차디차게 저의 뺨을 문질러주었나이다. 그때 저는 모든 감상(感傷)의 감정은 가슴 한복판으로 모아드는 듯하더니 눈물이 날 듯하였나이다. 그때 그 L은, "형님, 임마!" 하였나이다. 그래 저는 그에게 입을 맞추려 하니까 그는 무엇이 만족지 못한지,

"아니 아니 귀 붙잡고" 하며 그의 손으로 저의 두 귀를 붙잡고 입을 맞추어주려다가 또다시,

"형님도 내 귀 붙잡아" 하였나이다. 저는 그 L의 귀를 붙잡고 입을 맞추었나이다. 그러나 그때 L은 저를 쳐다보며,

"형님 우네" 하였나이다. 아아 누님, 저의 눈에는 눈물이 나왔습니다. 그리고 그 L을 껴안고 울고 싶었습니다.

옛날 꿈은 창백하더이다

내가 열두 살 되던 어떠한 가을이었다. 근 오 리나 되는 학교에서를 다녀온 나는 책보를 내던지고 두루마기를 벗고 뒷동산 감나무 밑으로 달음질하여 올라갔다.

쓸쓸스러운 붉은 감잎이 죽어가는 생물처럼 여기저기 휘둘러서 휘날릴 때 말없이 오는 가을바람이 따뜻한 나의 가슴을 간지르고 지나가매, 나도 모르는 쓸쓸한 비애가 나의 두 눈을 공연히 울고 싶게 하였다. 이웃집 감나무에서 감 따는 늙은이가 나뭇가지를 흔들 때마다 떼 지어 구경하는 떠꺼머리 아이들과 나이 어린 처녀들의 침 삼키는 고개들이 일제히 위로 향하여지며 붉고 연한 커다란 연감이 힘없이 떨어진다.

음습한 땅 냄새가 저녁연기와 함께 온 마을을 물들이고 구슬픈 갈가마귀 소리 서편 숲속에서 났다. 울타리 바깥 콩나물 우물에서는 저녁 콩나물에 물 주는 소리가 척척하게 들릴 적에 촌녀의 행주치마 두른 짚세기[1] 걸음이 물동이와 달음박질한다.

나는 날마다 학교에서 돌아오는 길로 하는 것이라고는 이것이 첫째 번 과목이다. 공연히 뒷동산으로 왔다 갔다 한다. 그날도 감나무 동산에서 반숙한 연감 하나를 따 먹고서 배추밭 무밭 틈으로 돌아다녔다. 지렁이 똥이 몽글몽글하게 올라온 습기 있는 밭이랑과 고양이밥이 나 있는 빈 터전을 쓸데없이 돌아다닐 때 건너편 철도 연변에 서 있는 전깃불이 어느 틈에 반짝반짝한다.

그때에 짚신 신은 나의 아우가 뒷문에 나서면서 부엌에서 밥투정을 하다 나왔는지 열 손가락과 입 가장자리에는 밥알투성이를 하여가지고 딴 사람은 건드리지도 못하는 저의 백동 숟가락을 거꾸로 들고 서서,

"언니, 밥 먹으래"
하고 내가 바라보고 서 있는 곳을 덩달아 쳐다본다.

"그래" 하고 대답을 한 나는 아무 소리도 없이 마루 끝에 가 앉으며 차려놓은 밥상을 한 귀퉁이 점령하였다. 밥 먹는 이라고는 우리 어머니와 일해주는 마누라와 나와 나의 다섯 살 먹은 아우뿐이다.

소학교 4학년을 다니는 내가 무엇을 알며 무엇을 감득(感得)할 능력을 가졌으며 안다 하면 얼마나 알고 감득하면 몇 푼어치나 감득하리오. 그러나 웬일인지 그때부터 나의 어린 마음은 공연히 쓸쓸하고 우울하여졌다. 나뭇가지 하나가 바람에 흔들리는 것이나, 저녁 참새가 처마 끝에서 옹송그리고 재재거리는 것이나, 한가한 오계(午鷄)[2]가 길게 목 늘여 우는 것이나, 하늘 위에 솟는 별

이 종알거리는 것이나, 저녁달이 눈[雪] 위에 차디차게 비추인 것이나, 차르럭거리며 흐르는 냇물이나, 더구나 나무 잎사귀와 채소 잎사귀에 얽힌 백로(白露)의 뻔지르하게 흐르는 것이 왜 그리 그 어린 나의 감정을 창백한 감상의 와중으로 처틀어박는지 약한 심정과 연한 감정은 공연한 비애 중에서 때 없는 눈물을 흘리었었다.

그것을 시상(詩想)의 발아(發芽)라 할는지 현묘유원(玄妙幽遠)한 그 무슨 경역(境域)³을 동경하는 첫째 번 동구(洞口)⁴일는지는 알지 못하겠으나 어떻든 나는 다른 이의 어린 때와 다른 생애의 일절을 밟아왔다. 그러나 그것은 몽롱한 과거이며 흐릿한 기억이다.

그날 저녁에도 어둠침침한 마루 끝에서 갓 지은 밥을 한 숟가락 두 숟가락 퍼먹을 때에 공연히 쓸쓸하고 적적하다. 어렴풋한 연기 냄새가 더구나 마음을 괴롭게 한다. 침묵이 침묵을 낳고 침묵이 침묵을 이어 침침한 저녁을 더 어둡게 할 때 나는 웬일인지 간지럽게 그 침묵이 싫었다. 더구나 초가집 처마 끝에서 이리 얽고 저리 얽어놓은 왕거미 한 마리가 어느덧 나의 눈에 뜨일 때에 나는 공연히 으쓱하여 무엇을 생각하시는지 입에 든 밥만 씹고 계신 우리 어머니의 얼굴만 쳐다보았다. 그리고 코를 손등으로 씻어가며 손가락으로 반찬을 집어 먹는 나의 아우의 얼굴을 바라보았다.

"할멈, 물 좀 떠 오게" 하는 소리가 우리 어머니 입에서 떨어지며 그 흉한 침묵이 깨지었다. 할멈은 행주치마 자락에 손을 씻으며 대접을 들고 부엌으로 내려가더니 솥뚜껑 소리가 한 번 덜컹하고 숭늉 한 그릇을 들고 나온다. 어머니는 아무 소리 없이 그 물을 나에게다 내미시면서, "물 말어 먹으련?" 하시니까 물어보신 나의 대답은 나오기도 전에 나의 동생이 어리광 부리는 그 소리로, "물" 하고 물그릇을 가로챘다.

"엎질러진다. 언니 먹거든 먹어라" 하시는 어머니의 권고는 아무 효력이 없이 왈칵 잡아당기는 물그릇은 출렁하더니 내 동생 바지 위에 들어부었다. 그 일찰나간(一刹那間)에 용리네 사람은 일제히 물러앉으며, "에그" 하였다. 어머니는, "걸레, 걸레" 하며 할멈에게 손을 내미신다. "글쎄 천천히 먹으면 어때서 그렇게 발광이냐" 하시며 상을 찌푸리시고 할멈이 집어 주는 걸레를 집어 나의 아우의 바지 앞을 털어주신다. 때가 묻은 바지 앞을 엉거주춤하고 내밀고 있는 나의 아우는 다만 두 팔만 벌리고 서서 아무 말이 없다.

나는 미안하여 그리하였던지 동생의 철없이 날뛰는 것이 우스워 그리하였던지 밥은 먹지 못하고 다만 상에서 저만큼 떨어져 앉았다가 석유 등잔에 불만 켜놓고서 다시 밥상으로 가까이 올 때, "에그, 다리 아퍼. 저녁을 인제야 먹니?" 하며 마당으로 들어오는 이는 우리 동생 할머니시다. 손에는 남으로 만든 책보를 들고 발에는 구두를 신고 머리를 쪽 찐 데는 은비녀를 꽂았다. 키가 작달막한 데다 머리가 희끗희끗한데 검정 치마가 땅에 거의거의 끌리게 된 것을 보니까 아마 오늘도 꽤 많이 돌아다니신 모양이다.

"어서 오십시오" 하며 들던 숟가락을 놓고 일어나시는 이는 우리 어머니시다.

"마님 오십니까" 하고 짚세기 신는 이는 할멈이다. 마루창이 뚫어져라 깡충깡충 뛰며, "할머니 할머니"를 부르는 것은 나의 아우다. 나는 숟가락을 입에 문 채로 다만 빙그레 웃으면서 반가워하였다.

마루 끝에 할머니는 걸터앉으셨다. 할멈은 걸레로 마룻바닥을 훔치는 사이에 어머니는 부엌으로 내려가셨다. 그릇 소리가 덜거덕덜거덕 난다. 피곤한 가슴을 힘없이 내려앉히시며 한숨을 휘—하고 내쉬신 할머니는 무슨 걱정이나 있는 듯이 부엌을 향하며, "고만두어라, 내 밥은. 아직 먹고 싶지 않다" 하신다. 어머니는 부엌에서 상을 차리시더니,

"왜 그러세요. 조금 잡숫지요."

"아니다, 거기서 먹었다. 오늘 교인 심방을 하느라고 이리저리 다니다가 명철(明哲)이 집에 갔더니 국수장국을 끓여 내서 한 그릇 먹었더니 아직까지도 배가 부르다."

어머니는 차리던 상을 그대로 놓고 부엌문에서 나오며,

"명철이 집이오? 그래 그 어머니가 편찮다더니 괜찮아요?"

"응, 인제는 다— 낫더라. 그것도 하느님 은혜로 나은 것이지."

우리 할머니는 그 동네 교회 전도부인이시다. 우리 집안은 본래 우리 할아버지와 우리 아버지 사이가 좋지 못하여 따로따로 떨어져 산다. 그리고 우리 할머니는 열심 있는 교인이요 진실한 신자이지마는, 우리 아버지는 종교(현대 사회에서 명칭하는)에 대하여

냉혹한 비평을 하는 사람이었다.

우리 할머니는 본래 교육이 있지 못하다. 있다 하면 구식 가정에서 유교의 전통을 받아오는 교육이었을 것이며, 안다 하면 한문이나 국문 몇 자를 짐작할 뿐이요, 새로운 사조와 근대 사상이라는 옮기기도 어려운 문자가 있는지도 알지 못할 것이다. 그러나 나는 그 열두 살 되던 그해에는 다만 우리 할머니를 한개 예수 믿는 여성으로 알았었으며, 하느님이 부리는 따님으로만 알았었다. 종교에 대한 견해라든지 신앙이란 여하한 것인지를 알지 못하였다.

나도 예수교 학교를 다니므로 자기의 선생을 절대로 신임하고 자기의 학교의 교풍을 절대로 존중하였었다. 그리고 예수의 십자가에 흘렸던 붉은 피가 참으로 우리 인생의 더러운 죄를 씻었으며 수염 많은 할아버지 같은 하느님이 참으로 우리를 내려다보시고 계신 줄 알았었다.

날마다 아침 성경 시간과 주일 학교에서 선생에게 들은 바가 참으로 나의 눈앞에 환상으로 나타났었으며 유대 풍속을 그린 성화가 과연 천당, 지옥, 성지, 낙토의 전형으로 보이었었다. 그것이 나에게 어떻든 무슨 인상을 준 것은 사실이니 천사를 생각할 때에는 반드시 서양 여자를 그린 그 채색 칠한 그림이 나의 눈앞에 나타나 보이며, 예수가 십자가에 못 박혀 돌아간 것을 생각할 때에는 시뻘건 육괴(肉塊)가 시안(屍眼)을 부릅뜨고 초민(焦悶)과 고통의 극도를 상징하는 그의 표정과, 비린내 나고 차디찬 피가 흐르는 예수의 죽음이 만인의 입과 천년의 세월을 두고 성찬성찬

하며 추앙경모의 그 부르짖음의 소리가 그 어린 나의 귀와 나의 심안에 닿을 때에도 그것은 고통으로 보이지 않았으며 초민으로 보이지 않았으며 비린내 나는 붉은 피 보혈로 보이었으니 무서운 시체를 그린 그 그림이 도리어 나의 어린 핏결 속에 무슨 신앙을 부어 주었었다. 그때의 나의 기도는 하느님이 들었으며 그때의 나의 죄는 예수가 씻었었다. 그것이 결코 지금의 나를 만족시키며 지금 나에게 과연 신앙을 부어 주지는 않는다 하더라도 내가 열두 살 되는 그때의 나의 영혼은 있는지 없는지도 판단치 못하던 하느님이 지배하였었으며 이천 년 옛날에 송장이 되어 썩어진 예수가 차지하였었다. 그때의 나의 영혼은 나의 영혼이 아니고 공명(空冥)의 하느님의 것이었으며, 그때의 나의 생은 나의 생이 아니며 촉루(髑髏)⁵까지 없어진 예수의 생이었다. 그때의 나는 약자이었으며 그때의 나는 피정복자이었다. 무궁한 우주와 조화를 잃은 자이었으며 명명(冥冥) 무한대(無限大)한 대세계에 나의 생을 실현할 능력을 빼앗긴 자이었다.

명명한 대공(大空)을 바라볼 때에 유대식 건물의 천당을 동경하였을지라도 자아 심상 위의 낙토는 몰랐으며 사후의 영생은 구하였을지라도 생(生)하여서 영생을 알지 못하였다. 사(死)는 생의 척도(尺度)를 알지 못하고 생이 도리어 사후의 희생으로 알았었다.

산상(山上)의 교훈과 포도 동산의 교훈을 듣기는 들었으나 열두 살 먹은 나의 호기심을 끌기에 너무 현묘하였으며, 애(愛)의 복음과 자아의 희생을 역설함을 듣기는 들었으나 나에게 과연 심각한 감화를 주지는 못하였었다. 성경의 해석은 일종 신화로 나의 귀에 들렸으나 그 무슨 신앙을 주었으며 성화를 그린 종잇조각은 한개 완구가 되었으나 빼기 어려운 우상을 나의 심전(心殿)에 그리어주었다.

아아, 나는 물으려 한다. 하느님의 사자로 자처하고 교회의 일꾼으로 자임하는 우리 할머니의 그때의 내면적이나 외면적을 불문하고 열두 살밖에 되지 않은 나의 그것과 얼마나 틀린 점이 있었으며 얼마나 혼점이 있었을는지? 그는 과연 예수의 성훈을 날것대로 삼키는 자가 되지 않고 조리하고 익히며 그의 완전한 미각으로 그것을 저작(咀嚼)할 줄을 알았을까? 그는 참으로 예수의 정신을, 그의 내적 생활을 체득한 자이었을까?

그는 과연 여하한 신앙으로써 생(生)으로 생까지를 살아갔었으며 그는 참으로 어떠한 영감을 예수교에서 감득하였을까? 나는 다만 커다란 의문표를 안 그릴 수가 없다.

그날도 우리 할머니는 여자의 몸의 피곤함을 깨달으면서도 무슨 만족함이 그의 얼굴을 싸고도는 듯하였다. 그러나 한편으로는 자아 이외에 우리 어머니나 할멈이나 내나 나의 동생을 일개의 죄인시하는 곳에 가련함을 견디지 못하는 듯한 표정이 그의 시들어가는 입 가장자리와 가느다란 눈초리에 희미하게 얽히어 있었다. 할머니는 조금 있다가 눈살을 잠깐 찌푸리시더니, "큰일 났어! 예배당에 돈을 좀 가져가야 할 텐데 돈이 있어야지. 다른 사람과 달라서 아니 낼 수도 없고, 또 조금 내자니 우리 집을 그래도 남들이 밥술이나 먹는 줄 아는데 그렇게 할 수도 없고, 이런 말씀을 아버지께 여쭈면 공연히 역정만 내시니까!" 하며 우리 어머니에게 향하여 걱정을 꺼낸다.

"요사이 날이 점점 추워져서 시탄비(柴炭費)를 내야 할 터인데 김 부인은 벌써 오 원을 적었단다. 그이는 정말 말이지 살아가기가 우리 집에다 대면 말할 것도 없지 않으냐. 그런데 아버지께 그런 말씀을 하니까 역정을 내시면서 남이 죽으면 따라 죽느냐고 야단을 치시면서 돈 일 원을 주시는구나. 그러니 애, 글쎄 생각을 해보아라. 어떻게 일 원을 내니! 내 속이 상해 똑 죽겠어" 하며, "그래서 하는 수가 있더냐, 명철이 집에 가서 돈 오 원을 지금 꾸어 가지고 오는 길이란다" 하며 차곡차곡 접어 쥔 일 원 지폐 다섯 장을 펴 보인다. 우리 어머니는 이렇다 저렇다 말이 없이 가만히 듣고만 있다가, "그러면 그것은 어떻게 갚으실 것입니까?" 하며 빈곤한 생활에 젖은 우리 어머니는 그 갚는 것이 첫째 문제로 그의 가슴을 거북하게 하였다.

"글쎄 그거야 어떻게든지 갚게 되겠지? 하다못해 전당을 잡혀서라도" 하더니, "에그, 인제는 고만 가보아야지" 하며 벌떡 일어서서 나가려 하다가, "애아범은 여태까지 안 들어왔니?" 한마디를 남겨놓고 바깥으로 나간다. 우리 어머니는 다만, "네, 언제든지 그렇게 늦는답니다" 하며 걱정스러운 듯이 문밖으로 할머니를 쫓아 나간다.

우리 어머니는 아슬랑아슬랑 어둠 속으로 사라져가는 우리 할머니의 뒤 그림자가 사라져 없어져가는 것을 바라보고 서 있었다. 그리고 그 할머니의 검은 그림자가 다— 사라진 뒤에도 여전히 그 할머니의 그림자가 사라져 없어진 곳에서 무엇을 찾는 듯이 바라보고 서 있다. 모든 것이 검기만 한 어두운 밤이다. 나도 나의 동생을 등에 업고 어머니를 쫓아 문밖에 서 있었다. 어머니는 소매 걷은 두 팔을 가슴에 팔짱을 지르고 허리를 꾸부정하고 서서 근심스러운 듯이 저쪽 길만 바라보고 서 계시다.

고생살이에 다— 썩은 얼굴은 웬일인지 나도 쳐다보기가 싫게 화기가 적다. 머리카락이 이마를 덮은 그의 두 눈은 공연히 쳐다보는 나를 울고 싶게 하였다. 때 묻은 행주치마와 다— 떨어진 짚세기가 더욱 나를 부끄럽게 하였다.

하얀 두루마기가 바라보는 어둠 속에서 희미하게 휘날릴 때마다 우리 어머니는 옆에 서 있는 나에게 나지막한 목소리로, "아버진가 보다" 하며 나에게 무슨 동의를 청하시는 것처럼 바라보신다. 그러나 그 흰 두루마기가 우리 집으로 향하지 않고 다른 곳으로 지나쳐버릴 때는 우리 어머니와 나는 섭섭한 웃음을 웃었다.

문간에 서서 아무 말 없이 늦게 돌아오시는 우리 아버지를 기다리는 우리는 한 시간이 넘도록 서 있었다. 나의 어린 아우는 등에다 고개를 대고 코를 골며 잔다. 이마를 나의 등에다 대고 허리를 새우등같이 꾸부리고 자다가는 옆으로 떨어질 듯하면 반드시 한 번씩 놀란다. 놀랄 그때 나는 깍지 낀 손을 다시 단단히 쥐고 주춤하고 한 번씩 다시 추키었다. 한 시간을 기다려도 아버지는 돌아오시지 않았다. 어머니는 힘없고 낙망한 소리로, "문 닫고 들어가자!" 하시면서, "에그, 어린애가 자는구나. 갖다 뉘어라" 하시며 대문을 벌컥 닫고 들어오신다. 문 닫는 소리가 어쩐지 쓸쓸하고 적적하다. 우리 집 공중을 싸고도는 공기의 파동은 연색(沿色)의 파문을 그리는 듯이 동적이 아니며 정적이었으며 양기가 없고 음기뿐이었다. 회색 칠한 침묵과 갈색의 암흑이 이 귀퉁이 저 귀퉁이에서 요사한 선무를 추고 있었다.

나는 그때에 무엇을 감각하였으며 무엇을 감득하였을까? 회색 침묵과 아득한 암흑이 조화를 잃고 선율이 없이 때 없는 쓸쓸한 바람과 섞이어 시름없이 우리 집 전체의 으스스한 공기를 휩싸고 돌아 나갈 때 나의 감정을 푸른 감상과 서늘한 감정으로 물들여 주었었다. 마루 끝까지 올라선 나의 눈에 비친 찬장이나 뒤주나 그 외의 모든 기구가 여러 가지 요마(妖魔)의 화물(化物)같이 보일 때에 나의 가슴은 더욱 서늘하여졌었다. 다만 나무 잎사귀가 나무 끝에서 바스락하는 것일지라도 나를 방 안으로 뛰어 들어가도록 무서웁게 하였다. 어머니가 등잔불을 떼어 들고 나의 뒤를 쫓아 들어오실 때에 그 불에 비친 나의 어두운 그림자가 저쪽 담벼락에서 어른어른하는 것까지 나의 머리끝을 으쓱하게 하였다.

그러나 그 정숙과 공포가 얽힌 나의 심정을 풀어주고 녹여주는 것은 나의 뒤에 서 있는 애(愛)의 신 같은 우리 어머니의 부드러운 사랑의 힘이었다. 그것은 나의 신앙의 전부였으며 나의 앞길을 무한한 저 앞길로 인도하는 구리 기둥이었다. 베드로가 예수를 보고 갈릴리 바다로 걸어감과 같이 이 세상 모든 것을 초월케 하는 최대의 노력이었다. 등잔불의 기름이었으며 쇠북을 두드리는 방망이었다.

방으로 들어온 나는 아랫목에 자리를 펴고 누워서 복습을 하였었다. 본래 공부를 하지 않는 나는 내일에 선생에게 꾸지람이나 듣지 않으려고 산술 숙제 두어 문제를 하는 척하여 다른 종이에 옮기어 베끼고 쓰기 싫은 습자는 내일 아침 일찍 일어나 쓰기로 하였다. 나의 동생은 발길로 나의 허리를 지르면서 이리 뒤척 저리 뒤척 이리 뛰굴 저리 뛰굴, 남의 덮은 이불을 함부로 끌어다가 저도 덮지 않고서 발치에다 밀어 던진다. 그리고는 힘 있는 콧김을 길게 내쉬며 곤하게 잔다. 우리 어머니는 등잔 밑에서 바느질을 하시며 눈만 깜박깜박하신다. 할멈은 발치에서 고단한 눈을 잠깐 붙이었다.

　나는 방 안이라는 조그마한 세계에서 네 개의 동물이 제각각 다른 상태로 생을 계속하는 가운데 남의 걱정과 남의 근심을 알 줄을 몰랐었다. 우리 어머니의 머릿속에는 과연 어떠한 심리 상태의 활동사진이 그의 뇌막에 비치었으며 늙은 할멈은 어떠한 몽중 세계에서 고생살이 잠꼬대를 할는지 알지 못하였다. 어린 아우의 단순한 머릿속에도 무서운 호랑이와 동리 집 아이의 부러운 장난감을 꿈꾸는 줄은 알지 못하였다. 따뜻한 이불 속에서 두 발을 문지르며 편안히 누웠으니 몇십 분 전 가득하던 감정이 이제는 어디로인지 다— 달아나고, 모든 것이 한가롭고, 모든 것이 평화롭고, 모든 것이 노곤한 감몽(甘夢)을 유인하는 것뿐이었다. 인제는 어느 틈에 올는지 알지 못하는 달콤한 잠을 기다릴 뿐이었다. 불그레한 등불 밑에 앉아서 바느질하시는 어머니의 머릿속에 있는 늦게 돌아오시는 아버지를 기다리시는 초민과 지나간 일을 시간의 얽히었다 풀리었다 하는 기억과 연상과 기대와 동경의 엉클어진 심리는 알지 못하고 다만 재미있는지 기쁜지 으레 그래야 할 것인지 알지 못하는 무의식의 연장선이 나의 전신을 거미줄 얽듯 얽기를 시작하더니 나는 아무것도 몰랐다. 잠이 들었다.

어느 때가 되었는지 알지 못하게 든 잠이 마려운 오줌으로 인하여 어렴풋하게 깨었을 때이었다. 이불을 들치고 엉거주춤 일어선 나의 귀에는 지껄지껄하는 사람의 목소리가 들리더니 등잔불에 부신 두 눈 사이로 우리 아버지의 희미한 윤곽이 보였다. 나는 반가운 마음에, "아버지!" 하였다. 그러나 우리 아버지는 젓가락으로 앞에 놓여 있는 반찬을 뒤적뒤적하시면서 나를 냉담한 눈으로 멀거니 쳐다보시기만 하시더니 무슨 불만한 점이 계신지 노여운 어조로, "아버진지 무엇인지 다 귀찮다. 어서 잠이나 자거라" 하시고는 다시 본 척 만 척 하시고 반찬 한 젓가락을 입에다 넣으신다. 나는 얼굴이 홧홧하여지도록 무참하였다. 나는 죄지은 사람같이 양심에 무슨 부끄러움이 나의 아버지를 쳐다보지 못하게 하였다. 숙몽(熟夢)에 취하였던 나의 혼몽한 정신은 한꺼번에 깨어지며 뻣뻣하던 두 눈은 기름을 부은 듯이 또렷또렷하여졌다. 그때야 나는 우리 아버지의 붉은 얼굴을 보고 술 취하신 줄을 알았다.

어머니는 무참해하고 무서워하는 나의 꼴을 보시고 아버지를 흘겨 쳐다보시며, "어린 자식이 반가워하는 것을 그렇게 말을 하니 좀 무참해하겠소. 어린애들이라 할지라도 좋은 말 할 적은 한 번도 없지" 하시다가 다시 나를 향하시어 혼잣말 비슷하고 또는 누구더러 들어보란 듯이, "너희들만 불쌍하니라. 아버지라고 믿었다가는 좋지 못한 꼴만 볼 터이니까" 하시며 두 눈을 아래로 깔고 방바닥을 걸레로 훔치시는 체하신다.

나는 드러눕지도 못하고 일어나지도 못하였다. 드러눕자니 아버지 진지 잡숫는 데 불경이 될 터이요, 그대로 앉아 있자니 자다가 일어난 몸이 추운 가운데 공연히 무서워서 몸이 떨린다. 이런 때에는 나의 어머니가 변호인이요 비호자임을 다소간의 지낸 경험으로 알고 또는 사람의 본능으로 모성의 자애를 신임하는 나는 우리 어머니의 얼굴만 쳐다보았다. 그때 마침 어머니는, "어서 누워 자거라. 아버지 진지도 거의 다 잡수셨으니" 하셨다. 나의 마음은 얼었던 것이 녹는 듯이 아주 좋았다. 나는 못 이기는 체하고 곁눈으로 아버지의 눈치만 보며 이불자락을 들었다. 그리고는 눈 딱 감고 이불을 귀까지 푹 덮고 그대로 드러누웠다. 그러나 잠은 어디로 달아나버렸는지 오지 않는 잠을 억지로 자는 척하지마는 마음은 조마조마하여 못 견딜 지경이었다.

아버지는 숟가락을 탁 집어 상 위에 내던지시며, "엥, 내가 없어야 해. 없어야 해"를 두서너 번 중얼거리시더니, "그래 자기 자식은 굶든지 죽든지 상관하지를 않고 예배당인지 무엇인지 거기에다간 빚을 얻어다가 주어야 해?" 하시며 옆으로 물러앉으시니까, 어머니는,

"누가 알우? 왜 그런 화풀이는 내게다 하우" 하시는 소리가 떨어지기도 전에, "무엇, 흥, 기가 막혀. 그래 예수가 무엇이고 십자가가 무엇이야. 예배당에 다니네 하고 구두만 신고 다니면 제일인가? 왜 구두를 신어! 그 머리가 허연 이가 구두짝을 신고 다니는 꼴이라니. 활동사진 박을 만하지. 예수가 무슨 말을 하였는지

알기들이나 한다나? 그 사생아를 하느님의 아들이라고? 그러나 예수가 나쁜 사람은 아니지. 좋은 사람이지. 참 성인은 성인이야! 그렇지만 소위 예수 믿는 사람들이 예수라는 그 사람을 믿었지, 예수가 부르짖은 그 하느님은 믿지 못하였어! 하느님은 이 세상 아니 계신 곳이 없지! 누구에게든지 하느님은 계신 것이야! 다 각각 자기 마음속에 하느님이 계신 것이야! 여편네들이 무엇을 알아야지. 내가 이렇게 떠들면 술 먹고 술주정으로만 알렷다! 홍, 우이독경이야! 기막히지! 여보, 무엇을 알우! 그런 늙은이가 무엇을 알어. 그래 신앙이 무엇인지 참종교가 무엇인지를 알어? 예수, 예수 하고 아주 기도를 하고! 그것은 다 약자의 짓이야. 사람은 강자가 되어야 해!"

우리 어머니는 듣고만 계시다가, "듣기 싫소. 웬 잔말이오! 그런 말을 하려거든 어머니나 아버지한테 가서 하구려" 하시며 상을 들고 나가려고 하시니까, 아버지는, "무엇이야, 듣기 싫다구?" 하시더니 어머니의 치마를 홱 잡아당기시는 김에 치마가 북 하고 찢어졌다. 어머니는 상을 할멈에게 주고 찢어진 치마를 들여다보시며 얼굴이 빨개지신다. 여자인 어머니는 의복의 파손이 얼마큼 아까운지 모르시는 모양이다. 치마폭이 찢어지는 그 예리한 소리와 함께 우리 어머니의 신경은 뾰족한 바늘 끝으로 쭉 내리 베는 것같이 날카로운 자극을 받으신 모양이다.

"이게 무슨 짓이오. 여편네 옷을 찢지 못하면 말을 못 하오? 그래 무슨 말이오. 어디 말을 좀 해보우. 어쩌자고 이러시우. 날마다 늦게 술이나 취하여가지고 만만한 여편네만 못살게 구니 참으로 사람 죽겠구려! 무슨 말이오! 할 말 있거든 어서 하시오!"

홍분된 어조를 조금 높이신 까닭에 높은 음성은 또 우리 아버지
를 흥분시키는 동시에 노여웁게 하였다.

"말을 하라구? 흥, 남편 된 사람이 옷을 좀 찢었기로 무엇이 어
쩌고 어째?"

"글쎄 내가 무엇이라고 했소, 내가 무슨 죄요. 참으로 허구한
날 사람이 살 수가 없구려."

"듣기 싫어. 여편네들이 무엇을 알아야지. 남편의 심리를 몰라
주는 여편네가 무슨 일이 있어서. 다 고만두어. 나는 우리 아버지
에게 내버림을 당한 사람이고 세상에서 구박을 당한 사람이니
까…… 에…… 후……"

우리 아버지는 이렇게 떠드시다가 다시 한참 가만히 앉아 계시
더니 벌떡 일어나시며, "엥! 가만있거라. 참말 그대로 있을 수는
없어! 내가 가서 설교를 좀 해야지 내가 목사 노릇을 좀 해야 해"
하고 모자를 쓰고 벌떡 일어나시며 문밖으로 나가시려 하니까 어
머니는 또다시 목소리를 고치시어 부드럽고 애원하는 중에도 조
금 노기를 띠신 어조로,

"여보, 제발 좀 고만두. 글쎄 이게 무슨 짓이오. 이 밤중에 가기
는 어디로 가며 가셔서 어떻게 하실 모양이오. 자! 고만 옷 좀 벗
고 눕구려."

아버지는 듣지도 않고 방문을 홱 열어젖뜨리셨다. 고요한 저녁
공기가 훈훈한 방 안으로 훅 불어 들어오며 드러누워 있는 나의
온몸을 선뜩하게 하더니 석유 등잔의 불이 두서너 번 뻔득뻔득

한다.

어머니는 아버지의 팔을 붙잡으시었다. 웅크리고 마루에 앉아 있던 할멈은 황망하여하지도 않고 여러 번 경험한 그의 침착한 태도로 두 팔을 벌리고 다만 이리 왔다 저리 왔다 하면서 동정만 살피고 있다.

어머니는 떨리는 목소리로, "글쎄 남부끄럽지도 않소? 어서 들어갑시다. 가기는 어디로 가우. 남이 알면 글쎄 무슨 꼴이우" 하는 말을 듣지도 않으시고 우리 아버지는 어머니의 팔을 홱 뿌리치셨다. 어머니는 에크 소리를 지르시며 방문 밖에서 방 안으로 넘어지시며 한참이나 아무 말 없이 엎드려 계신다.

"남부끄럽다? 남부끄럼을 당하는 것보다도 자기 양심에 부끄러운 짓을 하는 것이 더욱 부끄러운 것이야" 하시고 술 취하신 얼굴에 분기를 띠시고 또 한옆으로는 엎어져 일어나시지도 못하시는 어머니를 다소간 가엾음과 미안한 마음이 생기시나 위신상 어찌하시지 못하는 어색한 얼굴을 돌이켜 보지도 않으시고 문 바깥으로 나가신다. 나가시는 규칙 없는 발걸음 소리가 대문이 닫히는 소리와 함께 사라졌다.

할멈은 어머니를 붙잡아 일으키시며, "다치지 않으셨어요?" 하며 어머니가 애처로워 보이기도 하고 또는 아버지의 술주정이 귀찮기도 하여서 상을 찌푸려 어머니를 들여다보시며 물어본다.

나도 그때야 이불을 벗고 일어나서 어머니를 보았다. 어머니는 일어나 앉으시기는 일어나 앉았으나 아무 말이 없으셨다.

철모르는 나의 아우는 말라붙은 코딱지를 때때 주먹으로 비비면서 힘없는 손가락을 꼼질꼼질하며 자고 있다. 나는 다만 어머니의 동정을 살피고 있었을 뿐이었다. 몇 분간 동안은 아주 고요 정적하여졌다. 폭풍우가 지나간 바다의 물결 같은 공기가 온 방 안을 채우고 자는 듯이 고요하다.

그때에 나는 어머니의 머리카락이 덮인 두 눈을 바라보았다. 두 눈에는 불에 비쳐 반짝거리는 눈물방울이 방울방울 떨어지고 있었다. 이것을 본 나의 전신의 뜨거운 피는 바늘 끝으로 찌르는 듯이 파랗게 식는 듯하였다. 나의 마음은 어머니의 눈물에서 그 무슨 비애의 전염을 받은 듯이 극도로 쓰렸었다. 나는 그대로 어머니의 얼굴을 쳐다볼 수가 없어 이불을 뒤집어쓰고 어머니와 함께 눈물 흘려 울었다. 할멈은 화젓가락만 만지고 있는지 달가닥달가닥하는 소리가 들릴 뿐이다. 그리고 어머니의 떨리는 숨소리와 코 마시는 소리가 이불을 뒤집어쓴 나의 귀 위에서 연민과 비애의 정을 속삭거려주었다.

어머니는 한참이나 우시더니 코를 요강에 푸시고 이불을 다시 붙잡아 나와 나의 동생을 다시 덮어주시었다. 그리고 한 손으로 나의 발치와 나의 가장자리를 어루만지실 때 간지러운 자애의 정이 부드러운 명주옷같이 나의 어린 가슴을 따뜻하게 하시었다.

이튿날 아침, 우리 어머니는 나의 동생의 손을 잡고 나와 함께 우리 외가로 향하여 떠나갔다. 물론 아침도 먹지 않고 늦도록 주무시는 아버지의 아침밥은 할멈에게 부탁이나 하셨는지 으레 알아 할 할멈에게 집안일을 맡기시고 오 리 남짓한 외가로 갔다.

가는 길에 나는 매우 기뻤었다. 무엇하러 가시는지도 모르는 어머니의 심정은 알지도 못하고 귀여워하시는 할머니를 만나러 간다는 것만 좋아서 앞장을 섰다.

그때의 어머니는 하소연할 곳을 찾아가시는 것이었을 것이다. 팔자의 애소(哀訴)를 자기의 친부모에게 하러 가시는 것이었을 것이다. 일생을 의탁한 우리 아버지를 사랑하지 않는 것이 아니며 못 믿는 것이 아니지마는 발아래 엎드려 몸부림할 만치 자기의 울분과 자기의 비애를 호소할 곳을 찾아 지금 우리 어머니는 우리 외가로 가시는 것이다.

그때 그에게는 자기의 부모가 유일한 하느님이며 위안자이었다. 약한 심정을 붙일 만한 신앙을 갖지 못한 우리 어머니는 자애의 나라로 달음박질하면 거기에 자기를 위로하여주고 자기의 애소의 기도를 들어줄 아버지 어머니가 계실 것을 믿음이었었다. 명명한 대공과 막막한 천애(天涯) 저편에 위안(慰安) 나라를 건설치 못하고 작은 가슴속과 보이지 않는 심상 위에 천당과 낙원을 짓지 못한 우리 어머니는 다만 자애의 동산을 찾아가시었다.

걸어가시는 어머니의 얼굴에는 어제 저녁의 울분을 참지 못하시는 푸른 표정과 어머니나 아버지에게 팔자 한탄을 푸념하리라는 굳은 결심의 빛이 보였었다.

가게 앞을 지나고 개천을 건너고 사람과 길을 피하고 돌멩이가 발끝에 챌 때에도 우리 어머니의 머릿속에는 그것뿐이었을 것이다.

그러나 우리 어머니의 머리는 그렇게 단순한 것이 아니었다. 나 어린 어린아이의 그 마음을 갖지는 않았었다. 우리를 볼 때 우리 아버지를 생각하며 부모의 자애를 생각할 때에도 자기의 충심에서 발동하는 애모의 정을 깨달았다.

그는 자기의 남편을 사랑하는 동시에 자기의 부모를 사랑하였다. 그는 자기 남편의 불명예를 자기 부모에게 하소연하는 것을 아까 집 대문을 나설 때까지는 결심하였을는지는 알지 못하겠으나, 반이나 넘어 가까이 자기 부모의 집을 왔을 때에 그것을 부끄리는 정이 나오는 동시에 또한 그 불명예로운 소리를 발(發)하는 아내 된 자기의 불명예로움을 알았다. 그리고 자기 남편의 불명예를 은폐하려는 동시에 자기 부모의 심로(心勞)를 생각하였다. 자애를 부어 주는 자기 부모에게 자기의 울분을 애소하는 것이 자기에게는 좋은 것이나 자기 부모의 마음을 조심되게 함을 깨달았다.

나의 동생은 아슬렁아슬렁 걸어가면서 무어라고 감흥에 떤 이야기를 중얼거리면서 지나간다.

어머니는 외가에 거의 다 왔었을 때에 나에게 은근한 목소리로, "너 할머니나 할아버지께 어제 저녁에 아버지가 술 먹고 야단했다는 말은 하지 말어라" 하시며 무슨 응답이나 들으려는 듯이 나를 들여다보신다. 나는, "예" 하였다. 그 "예" 소리가 나의 입에서 떨어지면서 무슨 해결치 못할 문제가 다 풀린 듯한 감이 생기며 집에서 나올 때부터 무슨 불행스럽고 불안하던 마음이 다시 화평하여졌다.

여이발사 女理髮師

입던 네마끼(자리옷)를 전당국(典當局)으로 들고 가서 돈 오십
전을 받아 들었다. 깔죽깔죽[1]하고 묵직하여 더구나 만든 지가 얼
마 되지 않은 은화 한 개를 손에다 쥐일 때 얼굴에 왕거미줄같이
거북하고 끈끈하게 엉키었던 우울이 갑자기 벗어지는 듯하였다.

오자노미스(お茶の水) 다리를 건너 고등여학교를 지나 순천당
병원 옆길로 본향을 향하여 걸어가면서 길거리에 있는 집들의 유
리창이라는 유리창은 남기지 않고 들여다보았다. 그 유리창을 들
여다볼 때마다 햇볕에 누렇게 익은 맥고모자[2] 밑으로 유태의 예
언자 요한을 연상시키는 더부룩하게 기른 머리털이 가시덤불처럼
엉클어진 데다가 그것이 땀에 젖어서 장마 때 뛰어다니는 개구리
처럼 된 것이 그 속에 비추일 때,

'깎기는 깎아야 하겠구나.'

혼자 속으로 중얼거리고서는 다시 모자를 벗고서 귀밑으로 거

북하게 기어 내리는 머리를 두어 번 쓰다듬은 후에 다시 땀내 나는 모자를 썼다.

그러자 그는 어떠한 고등 이발관이라는 간판 붙은 집 앞에 섰다. 그러나 머리를 깎으리라 하고서도 그 고등 이발관에는 들어갈 용기가 없었다.

그곳 이발 요금은 자기가 가진 재산 전부와 상등하다. 몇 시간을 두고 별러서 네마끼를 전당국에 넣어서야 겨우 얻어 가진 단돈 오십 전이나마 그렇게 쉽게 손에 들어온 지 한 시간이 못 되어서 송두리째 내주기는 싫었다. 그리고 다만 십 전이라도 남겨서 주머니 귀퉁이에서 쟁그렁거리는 소리를 듣게 하는 것이 얼마간 빈 마음 귀퉁이를 채워주는지 모르는 듯하였다.

전기 풍선(電氣 風扇)이 자랑스럽고 위엄 있게 돌아가며 제 빛에 뻔쩍거리는 소독기 놓인 고등 이발관을 지내 놓았다. 그리고는 또다시 얼마큼 걸어갔다. 동경만에서 불어오는 태평양 바람이 훈훈하게 이마를 스쳐가고 땅에서 올라오는 복사열(輻射熱)이 마치 짐승 튀해내는 가마 속에 들어앉은 듯하게 한다. 옆으로 살수차(撒水車)가 지나가기는 하나 물방울이 떨어지기도 전에 흙덩이는 지렁이 똥처럼 말라버린다.

어디 삼등 이발소가 없나 하고 찾아보았다. 삼등 상옥(三等 床屋)[3]에를 들어가면 이십 전이면 깎는다. 학생 머리 하나 깎는 데 이십 전이면 족하다. 그러면 삼십 전이 남는다.

삼십 전. 지출하고도 잔여(殘餘)가 지출액보다 많다. 그것을 생각할 때 얼마간 든든한 생각이 났다. 그래도 주머니 속에 삼십 전이 들어 있을 것을 생각하매 앞길에 할 일이 또 있는 듯하였다.

교의가 단둘이 놓이고 함석으로 세면대를 만들어놓은 삼등 상옥에 왔다. 속을 들여다보았다.

주인이 신문을 든 채로 졸고 앉아 가끔가끔 물 마른 물방아 모양으로 끄덕끄덕 끄덕거리며 부채로 파리를 쫓는다.

용기가 났다. 의기양양하게 썩 들어섰다. 그리고 주인의 잠이 번쩍 깨이도록,

"今日ハ"[4]

하고 인사를 하였다. 주인은 잠잔 것이 황송한 듯이 벌떡 일어나더니 굽실굽실하면서 방에서 끄는 짚신을 꺼내 놓으면서

"어서 오십시오."

인사를 하고서 저쪽 교의 뒤에 가 등대나 하고 있는 듯이 서 있다. 모자를 벗어 걸었다. 그리고 양복 웃옷을 벗은 후 교의에 나가 앉으면서 그래도 못 미더워서 정가표 써 붙인 것을 곁눈으로 보았다. 생각한 바와 마찬가지로 이십 전이다. 적이 안심이 되었다. 그러나 또 없는 사람은 튼튼한 것이 제일이다. 전차를 타려고 전차료 한 장 넣어둔 것을 전차에 올라서기 전에 미리 손에다 꺼내 드는 것이나 마찬가지로 그래도 튼튼히 하리라 하고 번연히 바지 주머니에 아까 전당표하고 얼려 받으면서 그대로 받는 대로 집어넣은 오십 전 은화를 상고해보고 전당표를 보이면은 창피하니까 돈만 따로 한 귀퉁이에다 단단히 눌러 넣은 후에 머리 깎을 준비로 떡 기대앉았다. 머리 깎는 기계가 머리 표면에서 이리 가고 저리 갈 때, 그 머릿속으로 여러 가지 궁리를 한다. 물론 돈 쓸

일은 많다. 그러나 삼십 전이라는 적은 돈을 가지고서 최대한도까지 유효하게 활용해야 할 것이다. 하숙에서는 밥값을 석 달 치나 못 내었으니까 오늘낼로 내쫓는다고 재촉이다. 그러나 집에서는 돈부터 줄 만하지는 못하다. 그렇다고 그대로 있을 수는 없다. 어디 가서 거짓말을 해서 단돈 십 원이라도 만들어야 할 것이다. 시부야(澁谷)에 있는 제일 절친한 친구 하나가 살그럭댈그럭 돌아가는 머리 깎는 기계 소리와 함께 눈앞에 보인다. 그러나 그놈에게 가서 우선 저녁을 뺏어 먹고 돈 몇십 원 얻어 와야겠다. 그놈의 할아버지는 그믐날이면 꼭꼭 전보로 돈을 부쳐 주니까 오늘은 꼭 돈이 왔을 터이지! 나는 며칠 있다가 우리 외가에서 돈을 부쳐 주마 하였다 하고 우선 거짓말이라도 해서 갖다 쓰고 볼 일이지. 그렇다. 그러면 여기서 거기까지 걸어갈 수는 없으니까 전차 왕복에 십 전이다. 십 전이면 될 것이다. 그리고 또 이십 전이 남지? 그것은 이렇게 더운데 얼음 십 전어치만 먹고 십 전은 내일 아침이나 이따 저녁에 목욕을 갈 터이다. 그래 동전 몇 푼이 남는다 할 때 기계가 머리끝을 따끔하게 집는다. 화가 났다. 재미있게 예산을 치는데 갑자기 따끔함을 당하니까 그 꿈같이 놓은 예산은 다 달아나고 저는 여전히 교의 위에 앉아 있다.

분풀이가 하고 싶어서 못 견딜 지경이다. 그러나 어떻게 분풀이를 하랴? 일어나서 때려줄 수도 없고 그렇다고 책망할 수도 없다. 다만

"이크! 아퍼"

하고 상을 찌푸렸다. 놈은 퍽 미안한 모양이다. 허리를 깝죽깝죽

하며

"안되었습니다. 안되었습니다"

할 뿐이다. 석경(石鏡) 속으로 들여다보니까 미안한 표정이라고
는 허리 깝죽깝죽하는 것뿐이다. 허리는 그만 깝죽거리고 입 끝
으로 잘못했습니다 소리는 하지 않더라도 다만 눈 가장자리에 참
미안해하는 표정을 보고 싶었다. 그래서 나도 웬일인지 그놈의
허리만 깝죽깝죽하는 꼴이 아주 마음에 차지 않아서 당장에 무슨
짓을 해서든지 나의 머리끝을 집어뜯은 보복이 하고 싶어 못 견
디었다.

그럴 때 마침 놈이 나의 머리를 조금 오른편으로 틀라는 듯이
두 손으로 지그시 건드렸다. 나도 옳다 하고 일부러 왼편으로 틀
었다. 고개를 들라 하면 수그리고 수그리라 하면 들었다. 그리고
일부러 몸짓을 하고 고갯짓을 하였다.

그러면서 석경 속으로 그놈의 얼굴을 보니까 이마에 내 천(川)
자를 그리고 눈썹과 눈썹 사이는 말라붙은 듯이 쭈글쭈글하다.
화가 나는 것을 약 먹듯 참는 모양이다.

기계를 갖다 놓고 몸을 탁탁 털 적에 긴 한숨 쉬는 소리가 들린
다. 그리고는 솔로다 머리를 털면서 내 얼굴을 다시 한 번 들여다
본다. 어떤 놈인가 자세히 보고 싶은 모양이다.

그럴 때

"진지 잡수셔요"

하는 은령(銀鈴)' 같은 소리가 들리인다. 그 목소리 하나만 가져
도 미인 노릇을 할 듯한 여성의 소리이다. 깜깜한 난취(爛醉)한

세상에서 가인(佳人)의 노래를 듣는 듯이 피가 돌고 가슴이 뛰고 마음이 공중에 뜬다.

"밥?"

놈은 기계를 솔로 쓸면서 오만스럽게 대답을 한다. 그것으로써 내외인 것을 짐작하였다.

"이리 와서 이 손님 면도를 좀 해드려"

하는 소리가 분명치 못하게 들리었다. 나는 그 소리를 분명히 이해할 때까지 적어도 이 분은 걸렸다. 왜 그런고 하니 여편네더러 그렇게 손님의 면도를 하라고 할 리가 없는 까닭이다. 그러할 리가 있기는 있다. 동경(東京)서 여자가 머리를 깎는 이발관이 한두 군데가 아니지마는 자기의 머리를 여자가 깎아준다는 것까지는 아주 예상 밖인 까닭이다.

놈이 들어가더니 년이 나온다. 석경 속으로 우선 그 여자의 얼굴부터 상고하자! 그 상고하려는 머릿속이야말로 좋은 기대와 또는 불안이 엉켰다 풀렸다 한다. 남의 여편네 어여쁘거나 곰보딱지거나 무슨 관계가 있으랴마는 그래도 잘 못생겼으면 낙담이 되고 잘생겼으면 마음이 기쁘고 부질없는 기대가 있다.

석경 속으로 비추었다. 에그머니 나이는 스물셋 아니면 넷인데 무엇보다도 그 눈이 좋고 입이 좋고 그 코가 좋고 그 뺨이 좋다. 머리는 흉협다[6] 좋다 할 수가 없고 허리는 호리호리한 데다 잠깐 굽은 듯한데 전신의 윤곽이 기름칠한 것같이 흐른다. 어떻든 놈에게는 분에 과한 미인이요, 만일 날더러 데리고 살겠느냐 하면 한 번은 생각해보아야 할 만한 여자이다.

손이 면도칼을 집는다. 손도 그렇게 어여쁜 줄은 몰랐다. 갓 잡아놓은 뱅어[白魚]가 입에다 칼을 물고 꼼지락거리는 듯이 위태하고도 진기하다. 이제는 저 손이 나의 얼굴에 닿으렸다 할 때 나는 눈을 감았다. 사람이 경이(驚異)를 좋아하는 것은 아마 통성(通性)일 것이다. 나는 그 칼을 든 어여쁜 손이 이 뺨 위에 오는 것을 보는 것보다 눈 딱 감고 있다가 갑자기 와 닿는 것이 얼마나 나에게 경이스러운 쾌감을 줄까 하고서 눈을 감았다. 비누칠을 할 적에는 어쩐지 불쾌하였다. 그러더니 잔등에 젖내 같은 여성의 냄새와 따뜻한 기운이 돌더니 내가 그 여자의 손이 와서 닿으리라 한 곳에 참으로 그 여자의 따뜻한 손가락이 살며시 지그시 누른다. 그리고는 나의 얼굴 위에는 감은 눈을 통하여 그 여자의 얼굴이 왔다 갔다 하는 것이 보인다. 뺨을 쓰다듬는다. 비단결 같은 손이 나의 얼굴을 시들도록 문지르고 잘라진 꽁지가 발딱발딱 뛰는 도마뱀 같은 손가락이 나의 얼굴 전면에서 제멋대로 댄스를 한다. 그리고는 몰약(沒藥)을 사르는 듯한 입김이 나의 콧속으로 스쳐 들어오고 가끔가끔 가다가 그의 몽실몽실한 무릎이 나의 무릎을 스치기도 하고 어떤 때 나의 눈썹을 지을 때에는 거의 나의 무릎 위에 올라앉을 듯이 가까이 왔다. 눈이 뜨고 싶어 못 견디었다. 그의 정성을 다하여 나의 털구멍과 귓구멍을 들여다보는 눈이 얼마나 영롱하여 나의 영혼을 맑은 샘물로 씻는 듯하였다. 그리고 나의 입에서 몇 치가 못 되는 거리에 있는 그의 붉은 입술이 얼마나 나의 시든 피를 끓게 하고 타게 하는 듯하랴. 그러나 나는 눈을 뜨지 못하였다. 칼 든 여성 앞에서 이렇게 쾌감을 느끼고 넘

치는 희열을 맛보기는 처음이다. 면도질이 거의 끝나간다. 그것
이 말할 수 없이 싫었다. 그리고 놈이 밥을 먹고 나오면 어찌하나
공연히 불안하였다.

면도가 끝나고 세수를 하고 다시 얼굴에 분을 바른다. 검은 얼
굴에 하얀 분을 바르는 것이 우습던지 그 여자는 쌩긋 웃다가 그
웃음을 참으려고 입술을 이로 깨무는 것은 가슴을 깨무는 듯이
부끄럽기도 하고 아프게 좋다. 한 번 따라서 빙긋 웃어주었다.

그러니까 그 여자는 아주 툭 터져버리었다. 그리고도,

"왜 웃으셔요"

하고서 은근히 조롱 비슷하게 나의 어깨에서 수건을 벗기면서 묻
는다. 나도 일어서면서

"다 되었소"

하고서 그 여자를 보니까 또 보고 웃는다.

"왜 웃어요?"

하는 마음은 공연히 허둥지둥해지고 싱숭생숭해진다. 그래도 대
답이 없이 웃기만 한다. 나는 속으로 '미친년' 하고서 돈을 내리
라 하였다. 그러나 그대로 나가는 것은 무미하다. 웃는 것이 이상
하다. 아무리 해도 수상하다. 그래서 어디 말할 시간이나 늘여보
려고 술이 있으면 술이라도 청해보고 싶지마는 물을 한 그릇 청
했다. 들어가더니 물을 떠 가지고 나왔다. 나는 그것을 마시면서

"무엇이 그리 우스워요"

하고 그 여자를 지근거리는 듯이 웃어보았다.

"아니에요. 아무것도 아니에요."

그 여자는 웃음을 참고 얼굴을 새침하면서 그래도 터질 듯 터질 듯 한 웃음이 그의 두 눈으로 들락날락한다. 그 꼴을 보고서 그의 손을 잡고서 손등을 쓰다듬으며 "손이 매우 어여쁘구려" 하고 싶을 만큼 시룽시룽[7]하는 생각이 그 여자에게서 감염되는 듯하였으나 그래도 참고서 요다음으로 좋은 기회를 돌릴 작정 하고

"얼마요!"

뻔히 아는 요금을 물어보았다. 그 여자는

"이십 전"

하고 고개를 구부린다. 나는 오십 전 은화를 쭉 내밀었다. 그 고운 손 위에 그것이 떨어지며 나는 모자를 쓰고 나오려 하면서

"또 봅시다"

하였다. 그 여자는 쫓아 나오며

"거스른 것을 가지고 가십시오"

하고서 나를 부른다. 어떻게 그것을 받을 수가 있으랴. 그때에는 시부야 친구도 없고 빙수도 없고 목욕도 없고 하숙에서 졸리는 것도 없다. 나는 호기 있게

"좋소"

하고 그대로 오다가 다시 돌아다보니까 그 여자가 그대로 서서 나를 보고 웃는다. 나는 기막히게 좋다. 나는 활개를 치고 걸어온다. 그리고는 그 여자가 자기와 그 여자 사이에 무슨 낙인이나 쳐 놓은 것처럼 다시는 변통할 수 없이, 그 무엇이 연결되어진 듯하였다. 그리고는 말할 수 없는 만족이 어깻짓 나게 하며 활갯짓이 나게 한다. 얼른얼른 가서 같은 하숙에 있는 K군에게 자랑을 하

리라 하고서 경정경정 걸어온다.

오다가 더워서 모자를 벗었다. 벗고서 뒤통수에서부터 앞이마까지 두어 번 쓰다듬다가

"응?!"

하고서 얼굴을 갑자기 쓴 것을 깨문 것처럼 하고 문득 섰다가

"이런 제기"

하고서 주먹을 쥐고 들었던 모자를 내던질 듯이 휙 뿌렸다.

"그러면 그렇지, 삼십 전만 내버렸구나"

하고서 다시 한 번 어렸을 적에 감기를 앓으므로 쑥으로 뜬 자국만 둘째 손가락 끝으로 만져보았다.

행랑 자식

1

어떤·날 춥고 바람 많이 불던 겨울밤이었다. 박 교장의 집 행랑에서 글 읽는 소리가 나더니 꺼져가는 촛불처럼 차츰차츰 소리가 가늘어간다. 그러다가는 다시 옆에서 어린애 입에 젖꼭지를 물리고서 졸음 섞여 꽥 지르는 목소리로,

"어서 읽어!" 하는 어머니 소리에 다시 글소리는 굵어진다.

나이는 열두 살. 보통학교 사 학년 급에 다니는 진태(鎭泰)라는 아이이니, 그 박 교장의 집 행랑아범의 아들이다. 왱왱 외던 글소리는 단 이 분이 못 되어 다시 사라졌다. 그리고는 동네 집 시계가 열한 시를 치는 소리가 들리더니 사면은 고요하였다.

2

이튿날 날이 밝은 뒤에 보니까 온 마당, 지붕, 나뭇가지에 눈이 함박같이 쏟아졌다. 그런데 아직까지도 눈이 다 끝나지 않고 보슬보슬 싸라기눈이 내려온다.

진태는 문 뒤에 세워놓았던 모지랑비[1]를 들고 나섰다. 처음에는 새로 빨아 펼쳐놓은 하얀 요 위에 뒹구는 것처럼 몸이 가볍고 마음 상쾌한 기분으로 빗자루를 들었으며, 모지랑비와 약한 자기 팔로써 능히 그 많은 눈을 치워버릴 줄 알았으나, 두어 삼태기를 가까스로 퍼 버리고 나니까 팔이 떨어지는 것 같고 허리가 부러지는 듯하였다. 그러나 아니 칠 수는 없었다. 날마다 아침에 일어나서 마당을 쓰는 것이 자기의 직분이다.

어머니는 안으로 밥을 지으러 들어가고 아버지는 병문으로 인력거를 끌러 나간다.

한두 삼태기를 개천에 부은 후에 다시 세 삼태기를 들고서 낑낑하면서 개천으로 간다. 두 손끝은 눈에 녹아서 닭 튀해 뜯을 때 발 허물 벗겨내듯 빠지는 듯하고 발끝은 저려서 토막을 내는 듯하다. 그는 발을 억지로 옮겨놓았다. 눈이 든 삼태기가 자기를 끌고 가는 듯하였다. 그렇게 그가 길 중턱까지 갔을 때 그의 팔은 힘은 차차 없어지고 다리에 맥이 확 풀리었다. 그래서 그는 손에 들었던 눈 삼태기를 탁 놓치었다. 그러자 누구인지,

"이걸 좀 봐라"

하는 어른의 호령 소리가 바로 자기 머리 위에서 들리자 고개를
쳐들고 보니까 교장 어른이 아침 일찍이 어디를 다녀오시다가 발
등에다가 눈을 하나 잔뜩 덮어쓰시고 역정 나신 얼굴로 자기를
내려다보고 계시다. 진태는 그만 얼굴이 홧홧하여졌다. 그리고
아무 말도 못 하고 그대로 멀거니 서 있었다. 그는 무엇으로 그
미안한 것을 풀어야 좋을지 알지 못하였다. 그러다가 하얀 새 버
선에 검은 흙이 섞인 눈이 묻어 있는 것을 보고서 자기의 손으로
그것을 털어드리면 얼마간 자기의 죄가 용서되리라 하고서 허리
를 구부려 두 손으로 그 버선등을 털어드리려 하였다. 그러나 교
장은 한 발을 탁 구르시더니,

"고만두어라, 더 더럽힌다"

하시고서,

"엥!"

하시며 안으로 들어가시었다. 진태는 무참하였다. 손에는 어제
저녁에 습자 쓰다가 묻은 먹이 꺼멓게 묻어 있다. 털어드리면 잘
못을 용서하실 줄 알았더니 더 더러워진다 핀잔을 주시고 역정을
더 내시는 것 같다. 그래서 그는 어떻게 해야 좋을지 알지 못하여
그대로 멀거니 서 있었다. 무참을 당하여 얼굴도 홧홧하고 두 손
에서는 불이 난다.

그래서 그는 안으로 들어가지 못하고 행랑 자기 방으로 들어가
는데 안마루 끝에서 주인마님이,

"아, 그 애 녀석도 눈이 없던가? 왜 앞을 보지 못해?"

하는 소리를 듣고서는 쥐구멍으로라도 들어가버리고 싶도록 온몸

이 옴츠러졌다.[2] 그리고 또 자기 뒤로 따라 나오며 주먹을 들고서 때리려 덤비는 자기 어머니가,

"이 망할 녀석, 눈깔을 얻다 팔아먹고 다니느냐?"

하고 덤비는 듯하므로 질겁을 하여 방 안으로 들어갔다.

아니나 다를까, 조금 있더니 보기 싫은 젖퉁이를 털럭털럭하면서 어머니가 쫓아 나왔다.

"이 망할 녀석, 눈깔이 없니? 나리마님 새 버선에다가 그것이 무엇이냐? 왜 그렇게 질뚱바리[3]냐, 사람의 자식이."

어머니는 그래도 말이 적었다. 그리고는 곧 다시 안으로…… 들어갔다.

진태는 간이 콩알만 하게 무서운 것은 둘째 쳐놓고, 웬일인지 분한 생각이 난다. 아무리 생각을 해도 자기 잘못 같지는 않다. 자기가 눈 삼태기를 들고 가는데 교장 어른이 딴 생각을 하면서 오시다가 닥달린[4] 것이지 자기가 한눈을 팔다가 그리한 것은 아니다.

그래서 웬일인지 호소할 곳이 없어 그는 그대로 방바닥에 엎드러졌다. 그리고는, 고개를 두 팔로 얼싸안고 자꾸자꾸 울었다. 그는 눈물이 방바닥에 떨어지는 것을 알았다. 삿자리[5] 깐 밑으로 흙내가 올라오는 것을 맡았다. 그리고는 어머니도 걱정을 하고 아버지도 걱정을 할 터요, 더구나 아버지가 이것을 알면은 돌짝 같은 손으로 얻어맞을 것을 생각하매, 몸서리가 난다. 그는 신세 한탄할 문자도 모르고 말도 모른다. 어떻든 억울하고 분하였다. 그렇다고 어디 가서 호소할 데도 없었고 분풀이할 곳도 없었다.

그는 방바닥에 한참 엎드려서 느껴가면서 울고 있을 때 방문이 펄쩍 열리었다. 그는 깜짝 놀랐으나 돌아다보지도 않았다. 그의 생각에는 그 문 여는 사람이 어머니려니 하였다. 그래서 약한 마음에 이렇게 우는 것을 보면은 어머니는 나를 위로하여주려니 하였다. 그래서 어머니가 일어나라고 하기만 기다렸다.

그러나 한참 아무 소리가 없더니,

"애!"

하고 험상스럽게 부르는 사람은 자기 아버지다. 그는 위로받기는 커녕 벼락이 내릴 것을 그 찰나에 예감하였다. 그는 눈물이 쑥 들어가고 온몸이 선뜩하였다.

이번에는 꽥 지르는,

"애, 일어나거라, 이것아"

하는 아버지의 성난 얼굴이 엎드린 속으로 보인다. 그는 그러나 벌떡 일어나지는 못하였다. 자기 눈 가장자리에는 눈물이 묻었다. 그 눈물을 보면은 반드시 그 우는 곡절을 물을 터이다. 그 대답을 하면은 결국은 벼락이 내릴 터이다. 그래서 일어나지도 못하고 그대로 있지도 못하고 그의 가슴은 초조하였다.

두 발이 성큼 방 안으로 들어오는 듯하더니 무쇠 갈고리 같은 손이 자기 저고리 동정을 꿰뚫어 번쩍 쳐들었다. 그는 쇠관에 매달린 쇠고기 모양으로 반짝 들리었다.

"울기는 왜 우니?"

하는 그의 아버지도 자식 우는 것을 볼 때, 어떻든 그 눈물을 동정하는 자정(慈情)이 일어나는지 목소리가 조금 낮아지며 또는 웃음이 섞이었으니, 그것은 그 눈물 나는 마음을 위로하려는 본능이다.

"왜 울어?"

대답이 없다.

"글쎄, 왜 우니?"

가슴은 타나 대답할 수는 없었다.

"엄마가 때려주든?"

진태는 고개를 흔들며 느껴 울었다.

"그러면 왜 우니? 꾸지람을 들었니?"

"아……뇨."

진태는 다시 고개도 흔들지 않았다.

"그럼 왜 울어, 말을 해!"

아버지는 화가 나는 것을 참았다.

"이 자식아! 말을 해라. 왜 벙어리가 되었니? 말이 없게!"

하고서는 무슨 생각을 하였는지 여러 번 타일러보다가,

"웬일야!"

하고 혼잣말을 하더니 바깥으로 나간다. 그것은 근자에 볼 수 없는 늘어진 성미였다. 아마 어멈에게 물어볼 작정이었던 것이다.

아범은 문밖으로 나갔다. 그러더니 다시 들어오며,

"삼태기 어쨌니? 응, 삼태기?" 하며 안팎으로 들락날락하는 서슬에 안 부엌에서 어멈이 설거지를 하면서,

"왜 아까 진태가 마당을 쓴다고 가지고 나갔는데……"

하고,

"개더러 물어보구료"

한다. 아범은 화가 나는 듯이,

"그런데 쭉쭉 울고 있으니 무엇이라고 그랬나?"

하며 어멈을 본다.

그러자 안마루에서 마님이 무엇을 보다가 운다는 소리를 듣더니 미안한 생각이 났던지,

"아까 눈인가 무엇인가 친다고 나리마님 발등에다가 눈을 쏟아뜨렸다네. 그래서 어멈이 말마디나 한 게지."

아범의 눈은 실룩해졌다. 그리고는 잡아먹을 짐승에게 덤비려는 호랑이 모양으로 고개가 쓱 내밀리더니 어깨가 으쓱 올라간다. 그리고는 아무 말 없이 바깥 행랑으로 나간다.

바깥으로 나온 아범은 다짜고짜로 방문을 열어젖혔다. 그의 생각에는 주인의 발등에 눈 엎는 것은 오히려 둘째다. 삼태기 하나 잃어버린 것이 자기 자식을 쳐 죽이고 싶도록 아깝고 분하고 망할 자식이다.

"이 녀석!"

자기 아들을 움켜잡았다.

"이리 나오너라."

진태는 두 손 두 다리를 가슴에다 모으고서 발발 떨면서 자기 아버지만 쳐다본다.

"이 망할 자식, 울기는. 애비를 잡아먹었니, 에미를 잡아먹었니? 식전 아침부터 홀짝홀짝 울게"

하더니 돌덩이 같은 주먹이 그의 등줄기를 보기 좋게 울렸다.

"에그 아버지! 에그 아버지!"

하며 볶아치는 소리가 줄을 대어 나왔으나 그 뒷말은 없다. 매를 맞는 진태도 잘못했습니다를 조건 없이 할 수는 없었다.

"뭐야, 아버지? 이 녀석! 이 망할 자식"

하고서는 사정없이 들이친다.

울고 호령하는 소리가 야단스럽게 나니까 어멈이 안에서 뛰어나오며,

"인제 고만두. 그만둬요. 요란스럽소"

하고 만류를 하나,

"이게 왜 이래. 가만있어. 저리 가요"

하고 팔꿈치로 뿌리치고는,

"이놈아! 그래 눈깔이 없어서 나리마님 버선에다가 눈을 들이부어놓고 또 무엇이 마음이 팔려서 삼태기는 밖에다가 놓아두어 잃어버리게 했니? 응, 이 집안 망할 자식!"

아범의 손이 자기 아들의 볼기짝, 등어리, 넓적다리 할 것 없이 사정없이 때릴 때마다 어린 살에는 푸르게 멍이 들고 피가 맺힌다.

그러할 때마다 아범의 목소리는 더한층 높아지고 떨리고 슬픔과 호소가 엉키었다. 그는 자기 아들을 때릴 때마다 눈앞에서 자기 손에 매달려 애걸하는 자기 아들이 보이지 않고 안방 아랫목에 앉아 있는 주인 나리가 보인다. 그리고는 자기 아들을 때리는 것 같지 않고 자기 주인 나리를 욕하고 원망하고 주먹질하고 싶었다.

"인제 고만 좀 두"

하는 어멈은 자식을 가로챘다. 그래가지고는 다시 자기 아들을
껴안았다.

3

그날 해가 세 시나 넘어 네 시가 되었다. 진태는 학교에 다녀왔
다. 앞대문을 들어오려다가 보니까 새로이 삼태기 하나를 사다
놓은 것이 눈에 띄었다. 싸리나무로 얽은, 누렇고 붉은 삼태기를
볼 때, 그의 매 맞은 자리가 다시 아프고 얼얼하다.

툇마루에 걸터앉으니까 어머니는 상에다 밥을 차려가지고 방으
로 들어오라고 부른다. 방 안에는 모닥불이 재만 남았는데, 인두
하나 꽂혀 있고 또 다 삭은 화젓가락과 부삽 하나가 꽂혀 있다.

어머니는 누더기 천에다가 작년에 낳은 어린아이를 안고서 젖
을 먹인다. 어린애는 젖꼭지를 물고서 입을 오물오물하면서 한
손으로 다른 쪽 젖꼭지를 만진다.

진태는 그 동생을 볼 때 말없이 귀여웠다. 그래서 손가락으로
볼따구니도 건드려보고 어꾸어꾸 혓바닥 소리를 내어서 얼러보기
도 하였다.

어린애는 방싯 웃었다. 그리고는 젖꼭지를 쑥 빼고서 진태를 돌
아다봤다.

어머니는 침착한 얼굴로 어린애 손가락만 만지고 있더니,

"옜다"

하고 어린애를 내밀면서,

"좀 업어주어라"

하고서 어린애를 곤두세운다. 그러자 진태는,

"밥도 안 먹고?"

하고 밥을 얼른 먹고서 어린애를 업었다. 그러나 진태의 집에는 아직 밥을 짓지 않았다. 어머니는 안에 들어가 밥을 지으려 하기는 해도 우리 먹을 밥은 지으려 하지 않는다.

진태는 어머니가 안으로 들어간 후 어린애를 업고서 방 안으로 왔다 갔다 하면서, 밥을 짓지 않으니 아마 쌀이 없나 보다 하였다. 그리고는 아버지가 얼른 돌아와야 할 것이라 하였다.

진태는 뚫어진 창틈으로 바깥을 내다보면서 아버지가 혼자 인력거를 끌어서 쌀 팔 돈을 가지고 오지나 않나 하고서 고대하였다.

그래도 미심하여서 그는 쌀 넣어두는 항아리를 들여다보았다. 들여다보니까 겨 묻은 쌀바가지가 꽝 빈 시꺼먼 항아리 속에 들어 있을 뿐이다. 진태는 힘없이 뚜껑을 덮고서 섭섭한 마음으로 방 안을 왔다 갔다 하였다. 어린애는 등에서 꼼지락꼼지락하고서 두 발을 비빈다.

"오늘도 또 밥을 하지 못하는구나"

하고서 펄떡펄떡하고 문을 열고 쪽마루로 내려왔다.

내려와서는 냄비가 걸려 있는 아궁이 밑을 보았다. 거기에는 타다 남은 푼거리 장작이 두어 개 잿속에 남아 있다.

그는 다시 장작 갖다 놓아두는 부엌 구석을 보았다. 거기에는 부스러기 나무도 없다.

바람은 쓸쓸스러운 행랑의 씻은 듯한 살림살이를 훑고 지나가고, 으스츠름하게 어두워가는 저녁날은 저녁 못 지을 것을 생각하고 섭섭한 감정을 머금은 진태의 어린 마음을 눈물나게 한다.

조금 있다가 어머니는 허둥지둥 나왔다. 아마 부엌에 불을 지피고 나온 모양이다. 진태의 눈에는 아궁이에서 타 나오는 장작불을 한 발로 툭툭 차 넣던 어머니의 짚신발이 보인다.

어머니는 나오면서 등에 업힌 어린애를 보더니,

"에그 추워! 저런, 무엇을 좀 씌어주려무나!"

하고서,

"남바위[6] 어쨌니? 손이 다 나왔구나"

하더니 방으로 들어가, 진태가 돌에 쓰던 것이니까 십 년이나 되는 남바위를 들고 나온다. 털은 다 빠지고 비단은 다 삭았다.

어머니는 그것을 어린애를 씌어주고 다시 문밖을 내다보고 오분이나 서 있었다. 진태도 그 서 있는 의미를 짐작하였다. 아버지 돌아오기를 기다리는 것이다.

그러다가 어머니는 갑자기 덜미에서 누가 딱 하고 놀라는 것처럼 깜짝 놀라며 다시 안으로 들어가려고 돌아섰다. 그때 진태는,

"저녁 하지 않우?"

하고서 어머니 뒤를 따라 들어갔다. 어머니는 화가 나고 초조하던 판에,

"밥도 쌀이 있고 나무가 있어야지!"

하고 소리를 꽥 지른다. 진태 잔등에 업혀 있던 어린애가 깜짝 놀라며 와아 운다.

진태는 어린애를 주춤주춤 추슬러 달래면서 아무 말 못 하고
섰다.

어머니는 다시 안으로 들어갔다. 진태도 따라 들어갔다. 그리고
는 부엌 앞에 앉아서 불을 넣고 앉았었다.

4

날이 어둡고 전깃불이 켜졌으나 밥은 짓지 못하였다.

그리고 아버지도 아직 돌아오지 않는다. 진태 어머니가 상을 차
려 드리고 바깥으로 나오려고 하니까 마님이,

"어멈!"

하고 부르신다.

"예"

하고서 어멈은 문을 열려다가 다시 돌아다보았다.

"오늘 저녁을 하였나?"

어멈은 조금 주저하다가,

"먹을 것 있어요"

하고서 부끄러운 웃음을 웃었다.

"아범 들어왔나?"

"아직 안 들어왔에요."

"그럼 저녁도 짓지 못하였겠네그려."

어멈은 아무 말도 없었다. 마님은 벌써 알아채고서,

"그래서 되겠나? 어린것들이 견디겠나"

하고서,

"자, 이것이나……"

하고서 상 끝에 먹다 남은 밥을 이 그릇에서 저 그릇으로 모아 놓으면서,

"그놈도 들어오라구 그래. 불도 안 땐 모양이지? 추워서들 견디겠나. 어른은 괜찮겠지마는 어린애들이……"

하고서,

"어서 그놈도 들어오라고 해!"

하며 어멈을 처다본다. 어멈은 다행히 여겨 바깥으로 나오며,

"얘, 진태야!"

하며 진태를 부른다.

"왜 그러세요?"

진태는 문밖에 섰다가 문 안으로 들어오며 묻는다.

"들어가자."

"어디로?"

"안으로 말야. 마님이 밥 먹으러 들어오라신다."

진태의 얼굴은 당장에 새빨개지더니,

"왜 아버지 들어오시거든 밥을 지어 먹지."

"어디 들어오시니."

"언제든 들어오시겠지."

"들어가— 부르시니."

진태는,

"싫어요"

하고서 돌아섰다. 진태의 마음에는 아까 아침에 나리의 버선을
더럽힌 것을 생각하며 다시 마님의 낯을 뵈옵기도 부끄럽거니와,
아무것도 잘못한 것이 없는데 아버지에게 매를 맞게 한 것이 분
하기도 하였다. 그런 데다가 안방에는 자기와 동갑 되는 교장의
딸이 자기와 같은 학교 여자부에 다니는데, 그 계집애 보기에 매
맞은 것이 부끄럽다.

"얘! 나중에는 별소리를 다 듣겠네, 어서 들어가자."

어머니는 재촉을 한다.

"어서 들어가."

진태는 심술궂게,

"싫어요. 나는 밥 얻어먹으러 들어가기는 싫어요!"

하고 소리를 질렀다.

"빌어먹을 녀석. 기다리셔! 안에서……"

"기다리시거나 말거나 나는 안 들어가요."

어멈 마음에도 자기 아들의 말하는 것이 잘못이 아니었다. 그리
고 꾸짖기는 고사하고 동정할 만한 일이었으나, 그래도 당장에
배고파할 것과 또는 자기도 밥을 먹어야만 어린애 젖을 먹일 것이
다. 그래서 자기 아들의 굳은 의지를 어머니 된 위력으로 꺾지
않을 수 없었다.

"안 들어갈 터이냐?"

그 말을 하고 부지깽이를 찾는 척할 때, 그는 웬일인지 하지 못
할 짓을 하는 비애를 깨달았다.

"싫어요."

진태는 우는 소리로 거절하였다.

"싫으면 밥을 굶을 터이냐?"

"굶어도 좋아요."

"어디 보자, 어린애나 이리 내라."

어린애를 안고서 어머니는 안으로 밥을 얻어먹으러 들어갔다. 그러나 진태는 방에 들어가 깜깜한 속에 드러누워 있었다.

그날 어째 그렇게도 싫고 분하고 쓸쓸한지 모르겠다. 어째 이런가 하는 생각이 난다. 그리고 아버지나 얼핏 들어왔으면 좋겠다 하였다.

십 분이 못 되어 어머니는 다시 나왔다.

"애!"

하고 문을 열고 고개를 들여밀며,

"마님이 들어오라신다. 어서어서."

진태는 그대로 누운 채 다시 돌아누우며,

"싫어요. 안 들어가요."

"나리가 걱정하셔."

"싫어요, 글쎄."

어멈은 다시 들어갔다. 그리고 오 분이 못 되어 또 나오는 소리가 들렸다. 그러더니 이번에는 문을 열고서,

"그럼, 옛다!"

하고 무엇을 내민다.

진태는 방바닥에 차디차고 찬 바람이 문틈으로 스쳐 들어오는

것을 막기 위하여 이불을 내리덮고 새우잠을 자다가 어머니 소리를 듣고서,

"무엇예요?"

하다가 얼른 목소리를 잡아당겼다.

"자! 밥이다. 먹고 드러누워라. 이 추운데 저것이 무슨 청승이냐."

진태는 온몸을 사를 듯이 부끄러운 감정이 홱 흐르며,

"글쎄 싫다니까, 안 먹어요, 먹기 싫어요!"

어머니는 들어왔다. 진태를 밀국수 방망이 밀듯이 흔들흔들 흔들면서 타이르고 간청하듯이,

"일어나거라, 음! 일어나."

진태는 더욱 담벼락으로 가까이 가며,

"싫어요. 나는 배고프지 않아요"

하고서 고개를 이불로 뒤집어쓰고 아무 말이 없다.

"그만두어라. 너 배고프지 나 배고프겠니?"

하고서 그대로 안으로 들어가려 할 때,

"엣 추워!"

하고서 들어오는 사람은 자기 아버지다. 어멈과 아범은 맞닥뜨렸다.

"이건 눈깔이 빠졌나. 엑구 시—"

하며 아범이 소리를 질렀다.

"어두워서 보이지를 않는구려"

하고서 여성답게 미안한 어조로 어멈은 말은 한다. 이 한 번 맞닥

뜨린 것은 빈손으로 들어오는 자기 남편을 몰아세울 만한 용기를 꺾어버리었고, 주머니 속이 비어 있는 아범은 또한 큰소리를 할 만한 용기를 줄게 하였다.

"어떻게 되었소?"

"무엇이 어떻게 돼! 큰일 났어, 큰일! 벌이가 있어야지. 저녁은 어떻게 했나?"

"여보! 그 정신 나간 소리는 좀 두었다 하우. 무엇으로 저녁을 해요?"

아범은 아무 소리 못 하고 방 안으로 들어갔다. 진태는 일어나 앉았다. 그리고는 속으로 반갑기는 고사하고 한 가닥의 희망까지 끊어져버리었다.

"그럼 어떻게 하나?"

아범은 불 켤 것도 생각지 않고서 한탄을 한다.

"그래 한 푼도 없소?"

"아따, 이 사람, 돈 있으면 막걸리 먹었게."

막걸리라는 소리가 어멈의 성미를 겨웠다.

"막걸리가 무어요? 어린 자식들은 추운 방에서 배들이 고파서 덜덜 떠는데 그래도 막걸리요? 그렇게 막걸리가 좋거든 막걸리 장수 마누라 하나 데리고 살거나 막걸리 독에 가서 거꾸로 박히 구료. 그저 막걸리, 막걸리 하니 언제든지 막걸리 신세를 갚고야 말 터이야. 저러다가는……"

"글쎄 그만둬요. 또 여우 모양으로 톡톡거려. 엥, 집에 들어오면 여편네 꼴 보기 싫어서" 하고 입맛을 쩍쩍 다신다.

진태는 옆에서 그 꼴만 보다가 불을 켜고 있었다.

"그럼 저녁을 먹어야지"

하고서 아범은 꽤 시장한 모양으로 없는 궁리를 하려 하나 아무 궁리도 없다.

"이것이나 먹구려"

하고 어멈은 진태를 주려고 국에다 만 밥을 내놓으니까,

"그게 무어야?"

하고 손가락으로 두어 번 떠먹어보더니,

"너 저녁 먹었니?"

하고서 진태를 돌아다본다. 진태는 말을 하려야 할 수도 없거니와, 말하기도 전에 어멈이,

"안 먹었다우"

하고 진태를 책망도 하고 원망도 하는 듯이 흘겨보았다.

"왜?"

하고 아범은 숟가락을 든 채로 그대로 있다.

"누가 알우, 먹기 싫다는 것을."

"그럼 배고프겠구나"

하고서 밥그릇을 내놓으면서,

"좀 먹으련?"

하니까 진태는,

"싫어요"

하고서 멀리 피해 앉는다.

"왜 그러니?"

"먹을 마음이 없어요."

삼십 분쯤 지났다. 문밖에서 어멈이,

"진태야! 진태야!"

하고 부른다. 진태는 그 부르는 어조가 너무 은밀한 듯하므로,

"네."

대답 한 번에 바깥으로 나갔다. 어머니는 대문간에서 손에다가 무엇인지 가느다란 것을 쥐고 서 있다.

"저……"

하고 어머니는 헝겊에 싼 그것을 풀더니,

"이것 가지고 전당국에 가서 칠십 전이나 팔십 전만 달래 가지고 싸전에 가 쌀 다섯 홉만 팔고 나무 열 냥어치만 사 가지고 오너라"

한다.

진태는 얼른 알아채었다. 옳지! 은비녀로구나. 자기 집 안에 값진 것이라고는 어머니 시집올 때 가지고 온 그 비녀 하나하고 굵다란 은가락지뿐이다.

진태는 그것을 받아 들었다. 그리고는 전당국을 향하여 간다. 전당국이 잡화상 옆에 있는 것이 제일 가깝고, 조금 내려가면 이발소 윗집이 전당국이다. 그러나 첫째 집은 가지를 못한다. 그것은 그 전당국 주인의 아들이 자기하고 같은 학교를 다니니까 만일 들키면 창피할 것이요, 부끄러울 것이다. 그래서 그 집을 남겨 놓고 먼 저 아래 전당국으로 가리라 하였다. 그는 팔짱을 끼고 웅숭그리고서 전당국으로 들어가려 하니까 어째 누가 손가락질을

하는 것 같고 구차함을 비웃는 듯하다. 그리고 그 전당국 주인까지도 자기의 구차한 것을 호령이나 할 듯이 싫을 것 같다.

그러나 눈 딱 감고 들어가려 하는데, 문간에다가 기중(忌中)이라 써 붙이고 문을 닫아버렸다.

'忌中'

사람이 죽었구나 하고서 생각하니, 그 몇 분 동안에 자기 마음이 긴장되었던 것이 풀려진다. 그러면 이번에는 하는 수 없이 그 동무 아버지의 전당국으로 가야 하겠다.

한 발자국이라도 더디게 떼어놓아 그 전당국으로 들어설 때, 가슴은 거북하고 머리에는 열이 올라와서 흐리멍덩하다.

기웃이 들여다보니까 아무도 없다. 혹시 동무 학동이나 만나지 않을까 하였더니 사무 보는 어른이 한 분 앉아 있고 아무도 없어 다행이다.

그는 정거장 표 파는 데처럼 철망으로 얽고 또 비둘기장 구멍처럼 뚫어놓은 곳으로 은비녀를 디밀었다. 신문을 보던, 사무 보는 어른이 한 번 흘겨보더니,

"무엇이냐?"

하고서 소리를 꽥 지른다.

"이것 잡으세요?"

하는 소리는 떨리고 가늘었다. 사무 보는 이는 아무 말 없이 그것을 받아 들더니 저울에다가 달아본다.

진태는 속마음으로 만일 저것을 잡지 않으면 어떻게 하나? 나쁜 것이라고 퇴짜를 하면은 어떻게 하나 하고 있을 때,

"얼마나 쓰련?"

하고 돈을 묻는다. 그는 겨우 안심을 하고서 돈을 말하려다가 자기가 부르는 돈보다 적게 주면 어떻게 하나 하고서 도리어 그이더러,

"얼마나 나가요?"

하고 물었다. 그는 한참 있더니,

"일 원이다"

한다. 그러면 자기 어머니가 얻어 오라는 것보다는 삼사십 전이 더하다. 그는 겨우 안심을 하고서,

"칠십 전 주세요"

하였다.

"네 이름이 무엇이냐?"

전당표에 이름이 쓰이는 것은 좋지 못하나 하는 수 없이 이름을 대었다.

사무 보는 이가 전당표를 쓰는 동안에 진태는 왔다 갔다 하였다. 그리고서 남에게는 전당 잡으러 온 체하지 않으려고 사면을 둘러보고 군소리를 하였다.

진태가 바깥을 내다볼 때 누구인지 덜미에서,

"진태냐?"

하는 어린애 소리가 들렸다. 그가 얼른 돌아다보니 거기에는 그 집 주인의 아들이 반가이 맞으며,

"어째 왔니?"

하며 나온다. 진태는 달아나고 싶었다. 그리고는 될 수만 있으면

돈도 그만두고 피해 가고 싶었다.

"내일 산술 숙제 했니?"

어쩌면 그렇게 다정하게 물으랴? 그러나 진태는,

"아니"

하고서 고개를 내저었다. 그의 얼굴은 진홍빛같이 붉어졌다.

"애, 큰일 났다. 나는 조금도 할 수가 없어!"

그의 말소리는 진태의 귀에 조금도 안 들린다. 내일 숙제는 그만두고 내일 학교에 가면 반드시 여러 동무들이 흉들을 볼 터이요, 또는 놀려댐을 당할 것이다. 그리고 그의 앞에는 커다란 수남(壽男)이가 보이며, 장난에 괴수요, 핀잔 잘 주고 못살게 굴기 잘하는 그 불량한 학생이 보인다.

전당표와 돈을 받아 들었다. 이제는 싸전으로 갈 차례다. 석 되나 닷 되나 한 말 쌀을 파는 것은 오히려 자랑거리지마는 다섯 홉은 팔기가 참으로 부끄럽다. 그는 싸전에 가서 종이 봉지에 쌀 다섯 홉을 싸 들었다. 첫째 싸전장이가,

"왜 전대를 가지고 오지 않았어?"

꽥 소리를 한 번 지르더니 딴 사람의 쌀을 다 퍼 주고야 종이 봉지 하나가 아까운 듯이 가까스로 다섯 홉 한 되를 퍼 주었다.

돈을 주고 나왔다. 쌀 든 손은 얼어서 떨어지는 듯하다. 한 손으로 귀를 녹이고 또 한 손으로 번갈아 가며 쌀 봉지를 들었다.

이번에는 나무 가게로 갈 차례다. 나무 가게로 갔다. 이십 전어치를 묶었다. 그것을 새끼에다 질빵 지어서 둘러메고 쌀은 여전히 옆에다 끼었다. 한길로 고개를 숙이고 가다가는 어깨가 아프

고 손 발 귀가 시려서 잠깐 쉬다가 저쪽을 보니까 자기 집 들어가
는 골목 조금 못 미쳐서 학교 선생님 한 분이 오신다.

진태는 얼핏 일어났다. 그리고 선생님이 골목까지 오시기 전에
먼저 그 골목으로 들어가야 하겠다 하였다. 그리고는 줄달음질하
였다. 선생님은 아무것도 둘러메시었을 리가 없으므로 걸음이 속
(速)하시다. 자기는 힘에 겨운 것을 둘러메었으니 또한 걸음이 더
디다. 거의 선생님과 맞닥뜨리게 되었다. 그래서 앞도 보지 않고
골목으로 뛰어 들어가다가 거기서 나오는 사람과 마주쳤다.

"에쿠!"

하면서 손에 들었던 쌀이 모두 흩어지고 나무는 어깨에 멘 채 나
가자빠졌다.

"이 망할 집 자식! 눈깔이 없니?"

하고 들여다보는 그이는 자기 아버지다. 진태는 그래도 뒤돌아보
았다. 벌써 선생님은 본체만체 지나가버리시었다.

"이 망할 자식아, 쌀을 이렇게 흩뜨려서 어떻게 해?"

하며 아버지는 두 손으로 껌껌한 데서 그것을 쓸어서 바지 앞에
다 담는다.

진태는 멍멍히 서 있다가 아버지에게 끌려 집으로 들어갔다.

집에 들어가니까 어머니가 얼마나 받았으며 얼마나 썼으며 얼
마나 남았느냐고 묻는다. 진태는 그 소리를 듣고서 전당표를 주
었다.

그리고는 자세한 이야기를 하였다.

그러나 어머니는 진태의 잘잘못을 따지지 않았다. 유일한 보물

을 전당을 잡혀서 팔아 온 쌀까지 땅에다 모두 엎질러버린 것을 생각하매 그대로 있을 수 없을 만큼 아깝고 분하다. 그래,

"이 망할 녀석, 먹으라는 밥은 먹지 않아서 밥이나 먹고 자라고 하랬더니……"

하고서 주먹을 들고 덤벼들며,

"어디 좀 맞아보아라!"

하고서 또다시 덤벼든다. 진태는 아무것도 변명하지 않았다. 그러나 하루에 두 번씩 매를 맞게 되니까 무엇이 원망스럽고 또 무엇을 저주하고 싶었으나 그것이 무엇인지 알지 못하였다. 그래서 그는 한참 얻어맞고 혼자 울었다. 그는 위로해주는 사람 하나 없고 쓰다듬어주는 사람 하나 없었다.

그는 방구석에 틀어박혀서 한참 울다가 그대로 잠이 들었다. 억울한 꿈을 꾸면서……

벙어리 삼룡_{三龍}이

1

내가 열 살이 될락 말락 할 때이니까 지금으로부터 십사오 년 전 일이다.

지금은 그곳을 청엽정(靑葉町)이라 부르지만은 그때는 연화봉(蓮花峯)이라고 이름하였다. 즉 남대문(南大門)에서 바로 내다보면은 오정포¹가 놓여 있는 산등성이가 있으니 그 산등성이 이쪽이 연화봉이요 그 사이에 있는 동리가 역시 연화봉이다.

지금은 그곳에 빈민굴(貧民窟)이라고 할 수밖에 없이 지저분한 촌락이 생기고 노동자들밖에 살지 않는 곳이 되어버리었으나 그때에는 자기네 딴은 행세한다는 사람들이 있었다. 집이라고는 십여 호밖에 있지 않았고 그곳에 사는 사람들은 대개 과목밭을 하고 또는 채소를 심거나 그렇지 아니하면 콩나물을 길러서 생활을 하여갔었다.

　여기에 그중 큰 과목밭을 갖고 그중 여유 있는 생활을 하여가는 사람이 하나 있었는데 그의 이름은 잊어버렸으나 동리 사람들이 부르기를 오 생원(吳生員)이라고 불렀다.

　얼굴이 동탕하고² 목소리가 마치 여름에 버드나무에 앉아서 길게 목 늘여 우는 매미 소리같이 저르렁저르렁하였다.

　그는 몹시 부지런한 중년 늙은이로 아침이면 새벽 일찍이 일어나서 앞뒤로 뒷짐을 지고 돌아다니며 집안일을 보살피는데 그 동리에는 그가 마치 시계와 같아서 그가 일어나는 때가 동리 사람이 일어나는 때였다. 만일 그가 아침에 돌아다니며 잔소리를 하지 않으면 동리 사람들이 이상하여 그의 집으로 가보면 그는 반드시 몸이 불편하여 누웠다. 그러나 그와 같은 때는 일 년 삼백육십 일에 한 번 있기가 어려운 일이요 이태나 삼 년에 한 번 있거나 말거나 하였다.

　그가 이곳으로 이사를 온 지는 얼마 되지 아니하나 그가 언제든지 감투를 쓰고 다니므로 동리 사람들은 양반이라고 불렀고 또 그 사람도 동리 사람들에게 그리 인심을 잃지 않으려고 섣달이면 북어 쾌 김 톳씩 동리 사람에게 나눠 주며 농사에 쓰는 연장도 넉넉히 장만한 후, 아무 때나 동리 사람들이 쓰게 하므로 그 동리에서는 가장 인심 후하고 존경을 받는 집인 동시에 세력 있는 집이다.

　그 집에는 삼룡(三龍)이라는 벙어리 하인 하나가 있으니 키가 본시 크지 못하여 땅딸보로 되었고 고개가 빼지 못하여 몸뚱이에 대강이³를 갖다가 붙인 것 같다. 거기다가 얼굴이 몹시 얽고 입이 몹시 크다. 머리는 전에 새 꼬랑지 같은 것을 주인의 명령으로 깎기는 깎았으나 불밤송이 모양으로 언제든지 푸하고 일어섰다. 그래서 걸어 다니는 것을 보면 마치 옴두꺼비가 서서 다니는 것같이 숨차 보이고 더디어 보인다. 동리 사람들이 부르기를 삼룡이라고 부르는 법이 없고 언제든지 '벙어리' '벙어리'라고 하든지 그렇지 않으면 '앵모'⁴ '앵모' 한다. 그렇지만 삼룡이는 그 소리를 알지 못한다.

그도 이 집 주인이 이리로 이사를 올 때 데리고 왔으니 진실하고 충성스러우며 부지런하고 세차다. 눈치로만 지내가는 벙어리지마는 말하고 듣는 사람보다 슬기로울 적이 있고 평생 조심성이 있어서 결코 실수할 적이 없다.

아침에 일어나면 마당을 쓸고 소와 돼지의 여물을 먹이며 여름이면 밭에 풀을 뽑고 나무를 실어 들이고 장작을 패며 겨울이면 눈을 쓸고 잔심부름이며 진일 마른일 할 것 없이 못하는 일이 없다.

그럴수록 이 집 주인은 벙어리를 위해주며 사랑한다. 혹시 몸이 불편한 기색이 있으면 쉬게 해주고 먹고 싶어 하는 듯한 것은 먹이고 입을 때 입히고 잘 때 재운다.

그런데 이 집에는 삼대독자로 내려오는 그 집 아들이 있다. 나이는 열일곱 살이나 아직 열네 살도 되어 보이지 않고 너무 귀엽게 기르기 때문에 누구에게든지 버릇이 없고 어리광을 부리며 사람에게나 짐승에게 잔인 포악한 짓을 많이 한다.

동리 사람들은 그를

"호래자식!" "애비 속상하게 할 자식!" "저런 자식은 없는 것만 못해"

하고 욕들을 한다. 그래서 그의 어머니는 아들이 잘못할 때마다 그의 영감을 보고

"그 자식을 좀 때려주구려. 왜 그런 것을 보고 가만두?"

하고 자기가 대신 때려주려고 나서면

"아뇨. 아직 철이 없어 그렇지. 저도 지각이 나면 그렇지 않을 것이 아뇨"

하고 너그럽게 타이른다. 그러면 마누라는 왜가리처럼 소리를 지르며

"철이 없기는 지금 나이가 몇이오. 낼모레면 스무 살이 되는데. 또 며칠 아니면 장가를 들어서 자식까지 날 것이 그래가지고 무엇을 한단 말이오"

하고 들이대며

"자식은 꼭 아버지가 버려놓았습니다. 자식 귀여운 것만 알지 버릇 가르칠 줄은 모르니까—"

이렇게 싸움이 시작만 하려 하면 영감은 아무 말도 하지 않고 바깥으로 나가버린다.

그 아들은 더구나 이 벙어리를 사람으로 알지도 않는다. 말 못하는 벙어리라고 오고 가며 주먹으로 허구리⁵를 지르기도 하고 발길로 엉덩이도 찬다.

그러면 그 벙어리는 어린것이 철없어 그러는 것이 도리어 귀엽기도 하고 또는 그 힘없는 팔과 힘없는 다리로 자기의 무쇠 같은

몸을 건드리는 것이 우습기도 하고 앙증하기도 하여 돌아서서 빙그레 웃으면서 툭툭 털고 다른 곳으로 몸을 피해버린다.

어떤 때는 낮잠 자는 벙어리 입에다가 똥을 먹일 때도 있었다. 또 어떤 때는 자는 벙어리 두 팔 두 다리를 살며시 동여매고 손가락과 발가락 사이에 화승불을 붙여놓아 질겁을 하고 일어나다가 발버둥질을 하고 죽으려는 사람처럼 괴로워하는 것을 보고 기뻐하였다.

이러할 때마다 벙어리의 가슴에는 비분한 마음이 꽉 들이찼다. 그러나 그는 주인의 아들을 원망하는 것보다도 자기가 병신인 것을 원망하였으며 주인의 아들을 저주한다는 것보다 이 세상을 저주하였다. 그러나 그는 결코 눈물을 흘리지 않았다. 그에게는 눈물이 없었다. 그의 눈물은 나오려 할 때 아주 말라붙어버린 샘물과 같이 나오려 하나 나오지를 아니하였다. 그는 주인의 집을 버릴 줄 모르는 개 모양으로 자기가 있어야 할 곳은 여기밖에 없고 자기가 믿을 곳도 여기 있는 사람들밖에 없는 줄 알았다. 여기서 살다가 여기서 죽는 것이 자기의 운명인 줄밖에 알지 못하였다. 자기의 주인 아들이 때리고 지르고 꼬집어 뜯고 모든 방법으로 학대할지라도 그것이 자기에게 으레 있을 줄밖에 알지 못하였다. 아픈 것도 그 아픈 것이 으레 자기에게 돌아올 것이요 쓰린 것도 자기가 받지 않아서는 안 될 것으로 알았다. 그는 이 마땅히 자기가 받아야 할 것을 어떻게 해야 면할까 하는 생각을 한 번도 하여 본 일이 없었다.

그가 이 집에서 떠나가려 하거나 또는 그의 생활환경에서 벗어나려는 생각은 한 번도 해보지 못하였다 할지라도 그는 언제든지 그 주인 아들이 자기를 학대하고 또는 자기를 못살게 굴 때 그는 자기의 주먹과 또는 자기의 힘을 생각하여보았다.

주인 아들이 자기를 때릴 때 그는 주인 아들 하나쯤은 넉넉히 제지할 힘이 있는 것을 알았다.

어떠한 때는 아픔과 쓰림이 자기의 몸으로 스며들 때면 그의 주먹은 떨리면서 어린 주인의 몸을 치려 하다가는 그는 그것을 무서운 고통과 함께 꽉 참았다.

그는 속으로

'아니다. 그는 나의 주인의 아들이다. 그는 나의 어린 주인이다'

하고 꾹 참았다.

그러고는 그것을 얼핏 잊어버리었다. 그러다가도 동릿집 아이들과 혹시 장난을 하다가 주인 아들이 울고 들어올 때에는 그는 황소같이 날뛰면서 주인을 위하여 싸웠다. 그래서 동리에서도 어린애들이나 장난꾼들이 벙어리를 무서워하여 감히 덤비지를 못하였다. 그리고 주인 아들도 위급한 경우에는 언제든지 벙어리를 찾았다. 벙어리는 얻어맞으면서도 기어드는 충견 모양으로 주인의 아들을 위하여 싫어하지 않고 힘을 다하였다.

2

벙어리가 스물세 살이 될 때까지 그는 물론 이성과 접촉할 기회
가 없었다. 동리의 처녀들이 저를 '벙어리' '벙어리' 하며 괴상한
손짓과 몸짓으로 놀려먹음을 받을 적에 분하고 골나는 중에도 느
긋한 즐거움을 느끼어본 일은 있었으나 그가 결코 사랑으로써 어
떠한 여자를 대해본 일은 없었다.

그러나 정욕을 가진 사람인 벙어리도 그의 피가 차디찰 리는 없
었다. 혹 그의 피는 더욱 뜨거웠을는지도 알 수 없었다. 뜨겁다
뜨겁다 못하여 엉기어버린 엿과 같을는지도 알 수 없었다. 만일
그에게 볕을 주거나 다시 뜨거운 열을 준다 하면 그의 피는 다시
녹을는지도 알 수 없었다.

그가 깜박깜박하는 기름등잔 아래에서 밤이 깊도록 짚세기를
삼을 때이면 남모르는 한숨을 아니 쉬는 것도 아니지만은 그는
그것을 곧 억지할 수 있을 만치 정욕에 대하여 벌써부터 단념을
하고 있었다.

마치 언제 폭발이 될는지 알지 못하는 휴화산(休火山) 모양으
로 그의 가슴속에는 충분한 정열을 깊이 감추어놓았으나 그것이
아직 폭발될 시기가 이르지 못한 것 같았다. 비록 폭발이 되려
고 무섭게 격동함을 벙어리 자신도 느끼지 않은 바는 아니지마는
그는 그것을 폭발시킬 조건을 얻기 어려웠으며 또는 자기가 여태
까지 능동적으로 그것을 나타낼 수가 없을 만치 외계의 압축을

받았으며 그것으로 인한 이지(理智)가 너무 그에게 자제력(自制力)을 강대하게 하여주는 동시 또한 너무 그것을 단념만 하게 하여주었다.

속으로 나는 '벙어리'다 자기가 생각할 때 그는 몹시 원통함을 느끼는 동시에 나는 말하는 사람들과 똑같은 자유와 똑같은 권리가 없는 줄 알았다. 그는 이와 같은 생각에서 언제든지 단념하려야 단념하지 않을 수 없는 그 단념이 쌓이고 쌓이어 지금에는 다만 한 개의 기계와 같이 이 집에 노예가 되어 있으면서도 그것이 자기의 천직으로 알고 있을 뿐이요 다시는 자기가 살아갈 세상이 없는 것같이밖에 알지 못하게 된 것이다.

3

그해 가을이다. 주인의 아들이 장가를 들었다. 색시는 신랑보다 두 살이 위인 열아홉 살이다. 주인이 본시 자기가 언제든지 분별이 얕은 것을 한탄하여 신부를 고를 때에 첫째 조건이 문벌이 높아야 할 것이었다. 그러나 문벌 있는 집에서는 그리 쉽게 색시를 내놀 리가 없었다. 그러므로 하는 수 없이 그 어떠한 영락한 양반의 딸을 돈을 주고 사 오다시피 하였으니 무남독녀의 딸을 둔 남촌 어떤 과부를 꿀을 발라서 약혼을 하고 혹시나 무슨 딴소리가 있을까 하여 부랴부랴 성례를 시켜버렸다.

혼인할 때에 비용도 그때 돈으로 삼만 냥을 썼다. 그리고 아들의 처갓집에 며느리 뒤보아주는 바느질삯 빨랫삯이라는 명목으로 한 달에 이천오백 냥씩을 대어 주었다.

신부는 자기 아버지가 돌아가기 전까지 상당히 견디기도 하고 또는 금지옥엽같이 기른 터이라 구식 가정에서 배울 것 읽힐 것은 못할 것이 없고 또는 본래 인물이라든지 행동거지에 조금도 구김이 있지 안하다.

신부가 오자 신랑의 흠절이 생기기 시작하였다.

"신부에게다 대면 두루미와 까마귀지."

"아직도 철딱서니가 없어."

"색시에게 쥐여지내겠어."

"신랑에겐 과하지."

동릿집 말 좋아하는 여편네들이 모여 앉으면 이렇게 비평들을 한다. 어떠한 남의 걱정 잘하는 마누라님은 간혹 신랑을 보고는 그대로 세워놓고

"글쎄 인제는 어른이 되었으니 셈이 좀 나요. 저러구 어떻게 색시를 거느려가누. 색시 방에 들어가기가 부끄럽지 않담"
하고 들이대다시피 하는 일이 있다.

이럴 적마다 신랑의 마음은 그 말하는 이들이 미웠다. 일부러 자기를 부끄럽게 하려고 하는 것 같아서 그 후에 그를 만나면 말도 안 하고 인사도 하지 아니한다.

또 그의 고모 되는 이가 와서 자기 조카를 보고

"인제는 어른야. 너도 그만하면 지각이 날 때가 되지 않었니. 네 처가 부끄럽지 아니하냐"

하고 타이를 적마다 그의 마음은 그 말하는 사람이 부끄럽다는 것보다도 자기를 이렇게 하게 한 자기 아내가 더욱 밉살머리스러웠다.

"여편네가 다 무엇이냐? 저 빌어먹을 년이 들어오더니 나를 이렇게 못살게들 굴지."

혼인한 지 며칠이 못 되어 그는 색시 방에 들어가지를 않았다. 집안에서는 야단이 났다. 마치 돼지나 말 새끼를 흘레시키려는 것같이 신랑을 색시 방으로 집어넣으려 하나 막무가내였다.

그럴 때마다 신랑은 손에 닥치는 대로 집어 때려서 자기의 외사촌 누이의 이마를 뚫어서 피까지 나게 한 일이 있었다. 집안 식구들은 하는 수가 없어 맨 나중으로 아버지에게 밀었다. 그러나 그것도 소용이 없을뿐더러 풍파를 더 일으키게 하였다. 아버지께 꾸중을 듣고 들어와서는 다짜고짜로 신부의 머리채를 쥐어 잡아 마루 한복판에 태질을 쳤다. 그러고는

"이년 네 집으로 가거라. 보기 싫다. 내 눈앞에는 보이지도 마라"

하였다. 밥상을 가져오면 그 밥상이 마당 한복판에서 재주를 넘고 옷을 가져오면 그 옷이 쓰레기통으로 나간다.

이리하여 색시는 혼인 오던 날부터 팔자 한탄을 하고서 날마다 밤마다 우는 사람이 되었었다.

울면은 요사스럽다고 때린다. 또 말이 없으면 빙충맞다'고 친다. 이리하여 그 집에는 평화스러운 날이 하루도 없었다.

이것을 날마다 보는 사람 가운데 알 수 없는 의혹을 품게 된 사

람이 하나 있으니 그는 곧 벙어리 삼룡이였다.

그렇게 어여쁘고 그렇게 유순하고 그렇게 얌전한, 벙어리의 눈으로 보아서는 감히 손도 대지 못할 만치 선녀 같은 색시를 때리는 것은 자기의 생각으로는 도저히 풀 수 없는 의심이다.

보기에도 황홀하고 건드리기도 황송할 만치 숭고한 여자를 그렇게 학대한다는 것은 너무나 세상에 있지 못할 일이다. 자기는 주인 새서방님에게 개나 돼지같이 얻어맞는 것이 마땅한 이상으로 마땅하지마는 선녀와 짐승의 차가 있는 색시와 자기가 똑같이 얻어맞는다는 것은 너무 무서운 일이다. 어린 주인이 천벌이나 받지 않을까 두렵기까지 하였다.

어떠한 달밤 사면은 교교 적막하고 별들은 드문드문 눈들만 깜박이며 반달이 공중에 두렷이 달려 있어 수은으로 세상을 깨끗하게 닦아낸 듯이 청명한데 삼룡이는 검둥개 등을 쓰다듬으며 바깥마당 명석 위에 비슷이 드러누워 있어 하늘을 치어다보며 생각하여보았다.

주인 색시를 생각하매 공중에 있는 달보다도 더 곱고 별들보다도 더 깨끗하였다. 주인 색시를 생각하면 달이 보이고 별이 보이었다. 삼라만상을 씻어내는 은빛보다도 더 흰 달이나 별의 광채보다도 그의 마음이 아름답고 부드러운 듯하였다. 마치 달이나 별이 땅에 떨어져 주인 새아씨가 된 것도 같고 주인 새아씨가 하늘에 올라가면 달이 되고 별이 될 것 같았다.

더구나 자기를 어린 주인이 때리고 꼬집을 때 감히 입 벌려 말을 하지 못하나 측은하고 불쌍히 여기는 정이 그의 두 눈에 나타나는 것을 다시 생각할 때 그는 부들부들한 개 등을 어루만지면서 감격을 느끼었다. 개는 꼬리를 치며 자기를 귀여워하는 줄 알고 벙어리의 손을 핥았다.

삼룡이의 가슴은 주인아씨를 동정하는 마음으로 가득 찼다. 또는 그를 위하여서는 자기의 목숨이라도 아끼지 않겠다는 의분에 넘쳤었다. 그것이 마치 살구를 보면 입속에 침이 도는 것같이 본능적으로 느끼어지는 감정이었다.

4

새댁이 온 뒤에 다른 사람들은 자유로 안 출입을 금하였으나 벙어리는 마치 개가 맘대로 안에 출입할 수 있는 것같이 아무 의심 없이 출입할 수가 있었다.

하루는 어린 주인이 먹지 않던 술이 잔뜩 취하여 무지한 놈에게 맞아서 길에 자빠진 것을 업어다가 안으로 들여다 누인 일이 있었다. 그때에 아무도 안에 있지 않고 다만 새색시 혼자 방에서 바느질을 하고 있다가 이 꼴을 보고 벙어리의 충성된 마음이 고마워서 그 후에 쓰던 비단 헝겊 조각으로 부시쌈지[7] 하나를 하여 준 일이 있었다.

이것이 새서방님의 눈에 띄었다. 그래서 색시는 어떤 날 밤에 자던 몸으로 마당 복판에 머리를 푼 채 내동댕이가 쳐졌다. 그리고 온몸이 피가 맺히도록 얻어맞았다.

이것을 본 벙어리는 또다시 의분의 마음이 뻗쳐 올라왔다. 그래서 미친 사자와 같이 뛰어들어가 새서방님을 밀어 던지고 새색시를 둘러메었다. 그러고는 나는 수리와 같이 바깥사랑 주인 영감 있는 곳으로 뛰어가 그 앞에 내려놓고 손짓과 몸짓을 열 번 스무 번 거푸하며 하소연하였다.

그 이튿날 아침에 그는 주인 새서방님에게 물푸레로 얼굴을 몹시 얻어맞아서 한쪽 뺨이 눈을 얼러서 피가 나고 주먹같이 부었다. 그 때릴 적에 새서방의 입에서 나오는 말은

"이 흉측한 벙어리 같으니 내 여편네를 건드려"

하고 부지쌈지를 뺏어서 갈가리 찢어 뒷간에 던졌다.

"그리고 이놈아! 인제는 주인도 몰라보고 막 친다! 이런 것은 죽여야 해" 하고 채찍으로 그의 뒷덜미를 갈겨서 그 자리에 쓰러지게 하였다.

벙어리는 다만 두 손으로 빌 뿐이었다. 말도 못 하고 고개를 몇백 번 코가 땅에 닿도록 그저 용서해달라고 빌기만 하였다. 그러나 그의 가슴에는 비로소 숨겨 있던 정의감(正義感)이 머리를 들기 시작하였다. 그는 그 아픈 것을 참아가면서도 그는 북받치는 분노(심술)를 억지하였다.

그때부터 벙어리는 안에 들어가지를 못하였다. 이 들어가지 못하는 것이 더욱 벙어리로 하여금 궁금증이 나게 하였다. 그 궁금증이라는 것이 묘하게 빛이 변하여 주인아씨를 뵙고 싶은 감정으로 변하였다. 뵈옵지 못하므로 가슴이 타올랐다. 몹시 애상(哀傷)의 정서가 그의 가슴을 저리게 하였다. 한 번이라도 아씨를 뵈올

수가 있으면 하는 마음이 나더니 그의 마음의 엿은 녹기를 시작
하였다. 센티멘털한 가운데에서 느끼는 그 무슨 정서는 그에게
생명 같은 희열을 주었다. 그것과 자기의 목숨이라도 바꿀 수 있
을 것 같았다. 어떤 때는 그대로 대강이로 담을 뚫고 들어가고 싶
도록 주인아씨를 뵈옵고 싶은 것을 꾹 참을 때도 있었다.

그 후부터는 밥을 잘 먹을 수가 없었다. 일도 손에 잡히지 않았
다. 틈만 있으면 안으로만 들어가고 싶었다.

주인이 전보다 많이 밥과 음식을 주고 더 편하게 하여주었으나
그것이 싫었다. 그는 밤에 잠을 자지 않고 집 가장자리로 돌아다
녔다.

5

하루는 주인 새서방님이 술이 취하여 들어오더니 집 안이 수선
수선하여지며 계집 하인이 약을 사러 갔다 들어오는 것을 보고
그 계집 하인을 붙잡았다. 그리고 무엇이냐고 물었다.

계집 하인은 한 주먹을 뒤통수에 대고 얼굴을 젊다고 하는 뜻으
로 쓰다듬으며 둘째 손가락을 내밀었다. 그것은 그 집 주인은 엄
지손가락이요 둘째 손가락은 새서방님이라는 뜻이요 주먹을 뒤통
수에 대는 것은 여편네라는 뜻이요 얼굴을 문지르는 것은 이쁘다
는 뜻으로 벙어리에게 쓰는 암호다.

그런 뒤에 다시 혀를 내밀고 눈을 뒤집어쓰는 형상을 하고 두

팔을 짝 벌리고 뒤로 자빠지는 꼴을 보이니 그것은 사람이 죽게 되었거나 앓을 적에 하는 말 대신의 손짓이다.

벙어리는 눈을 크게 뜨고 계집 하인에게로 한 발자국 가까이 들어서며 놀라는 듯이 멀거니 한참이나 있었다.

그의 가슴은 무섭게 격동하였다. 자기의 그리운 주인아씨가 죽었다는 말이나 아닌가 그는 두 주먹을 마주치며 한숨을 쉬었다.

그러고는 자기 방에 들어가 무엇을 생각하는 것처럼 두어 시간이나 두 눈만 껌벅껌벅하고 앉았었다.

그는 밤이 깊어갈수록 궁금증 나는 사람처럼 일어섰다 앉았다 하더니 두 시나 되어 바깥으로 나가서 뒤로 돌아갔다.

그는 도적놈처럼 조심스럽게 바로 건넌방 뒤 미닫이 앞 담에 서서 주저주저하더니 담을 넘었다.

가까이 창 앞에 가 서서 문틈으로 안을 살피다가 그는 진저리를 치며 물러섰다.

어두운 방에 그의 손과 발이 마치 그 뒤에 서 있는 감나무 잎같이 떨리더니 그대로 문을 박차고 뛰어 들어갔을 때 그의 팔에는 주인아씨가 한 손에 기다란 면주 수건을 들고서 한 팔로 벙어리의 가슴을 밀치며 버팅기었다. 벙어리는 다만 눈이 뚱그레서 '에헤' 소리만 지르고 그 수건을 뺏으려 애쓸 뿐이다.

집안이 야단났다.

"집안이 망했군."

"어디 사내가 없어서 벙어리를!"

"어떻든 알 수 없는 일이야!"

하는 소리가 이 구석 저 구석에서 수군댄다.

6

그 이튿날 아침에 벙어리는 온몸이 짓이긴 것이 되어 마당에 거꾸러져 입에서 피를 토하며 신음하고 있다. 그 곁에서는 새서방이 쇠좆몽둥이를 들고서 문초를 한다.

"이놈!"

하고 음란한 흉내는 모조리 하여가며 건넌방을 가리킨다. 그러나 벙어리는 손을 내저을 뿐이다. 또 몽둥이에는 살점이 묻어 나왔다. 그리고 피가 흘렀다.

벙어리는 타들어가는 목으로 소리도 못 하며 고개만 내젓는다. 그는 피를 토하고 고꾸라지며 이마를 땅에 비비며 고개를 내흔든다. 땅에는 피가 스며든다. 새서방은 채찍 끝에 납 뭉치를 달아서 가슴을 훔쳐 갈겼다가 힘껏 잡아 뽑았다. 벙어리는 그대로 고꾸라지며 말이 없었다.

새서방은 그래도 시원치 못하였다. 그는 어제 벙어리가 새로 갈아놓는 낫을 들고 달려왔다. 그는 그 시퍼렇게 드는 날을 번쩍 들었다. 그래서 벙어리를 찌르려 할 제 벙어리는 한 팔로 그것을 받았고 집안사람은 달려들었다. 벙어리는 낫을 뿌리쳐 뺏어서 저리로 던지고 그대로 까무러쳤다.

주인은 집안이 망하였다고 사랑에 누워서 모든 일을 들은 체 만

체 문을 닫고 나오지를 아니하며 집안에서는 색시를 쫓는다고 야
단이다.

그날 저녁때 벙어리는 다시 끌려 나왔다. 그때에는 주인 새서
방이 그의 입던 옷과 신짝을 주며 눈을 부릅뜨고 손을 멀리 가리
키며

"가! 인제는 우리 집에 있지 못한다!"
하였다. 이 소리를 듣는 벙어리는 기가 막혔다. 그에게는 이 집
외에 다른 집이 없다. 이 집 외에는 살 곳이 없었다. 자기는 언제
든지 이 집에서 살고 이 집에서 죽을 줄밖에 몰랐다. 그는 새서방
님의 다리를 껴안고 애걸하였다. 말도 못 하는 것을 몸짓과 표정
으로 간곡한 뜻을 표하였다. 그러나 새서방님은 발길로 지르고
사람을 불렀다.

"이놈을 내쫓아라."

벙어리는 죽은 개 모양으로 끌려 나갔다. 그리고 대강팽이[8]를
개천 구석에 들이박히면서 나가곤드라졌다가 일어서서 다시 들어
오려 할 때에는 벌써 문이 닫혀 있었다. 그는 문을 두드렸다. 그
의 마음으로는 주인 영감을 찾았으나 부를 수가 없었다.

그가 날마다 열고 날마다 닫던 문이 자기가 지금은 열려 하나
자기를 내쫓고 열리지를 않는다. 자기가 건사하고 자기가 거두던
모든 것이 오늘에는 자기의 말을 듣지 않는다. 어려서부터 지금
까지 모든 정성과 힘과 뜻을 다하여 충성스럽게 일한 값이 오늘
에 이것이다.

그는 비로소 믿고 바라던 모든 것이 자기의 원수가 된 것을 알

왔다. 그는 그 모든 것을 없애버리고 자기도 또한 없어지는 것이 나은 것을 알았다.

7

그날 저녁 밤은 깊었는데 멀리서 닭이 우는 소리와 개 짖는 소리뿐이 들린다.

난데없는 화염이 벙어리 있던 오 생원 집을 에워쌌다. 그 불은 미리 놓으려고 준비하여 놓았는지 집 가장자리로 쪽 돌아가며 흩어놓은 풀에 모조리 돌라붙어 공중에서 내려다보면은 집의 윤곽이 선명하게 보일 듯이 불이 타오른다.

불은 마치 피 묻은 살을 맛있게 잘라 먹는 요마(妖魔)의 혓바닥처럼 날름날름 집 한 채를 삽시간에 먹어버리었다.

이와 같은 화염 중으로 뛰어 들어가는 사람이 하나 있으니 그는 다른 사람이 아니라 낮에 이 집을 쫓겨난 삼룡이다.

그는 먼첨 사랑에 가서 문을 깨뜨리고 주인을 업어다가 밭 가운데 놓고 다시 들어가려 할 제 그의 얼굴과 등과 다리가 불에 데어 쭈그러져드는 것을 알지 못하였다.

그는 건넌방으로 뛰어들었다. 그러나 색시는 없었다. 다시 안방으로 뛰어들었다. 그러나 또 없고 새서방이 그의 팔에 매달리며 구원하기를 애걸하였다. 그러나 그는 그것을 뿌리쳤다. 다시 서까래가 불이 시뻘겋게 타면서 그의 머리에 떨어졌다. 그의 머리는 홀랑 벗어졌다. 그러나 그는 그것을 몰랐다. 그는 부엌으로 가보았다. 거기서 나오다가 문설주가 떨어지며 왼팔이 부러졌다. 그러나 그것도 몰랐다. 그는 다시 광으로 가보았다. 거기도 없었다. 그는 다시 건넌방으로 들어갔다. 그때야 그는 새아씨가 타 죽으려고 이불을 쓰고 누워 있는 것을 보았다. 그는 새아씨를 안았다. 그러고는 불길을 찾았다. 그러나 나갈 곳이 없었다. 그는 하는 수 없이 지붕으로 올라갔다. 그는 비로소 자기의 몸이 자유롭지 못한 것을 알았다. 그러나 그는 자기가 여태까지 맛보지 못한 즐거운 쾌감을 자기의 가슴에 느끼는 것을 알았다. 새아씨를 자기 가슴에 안았을 때 그는 이제 처음으로 살아난 듯하였다. 그는 자기의 목숨이 다한 줄 알았을 때 그 새아씨를 자기 가슴에 힘껏 껴안았다가 다시 그를 데리고 불 가운데를 헤치고 바깥으로 나온 뒤에 새아씨를 내려놓을 때에 그는 벌써 목숨이 끊어진 뒤였다. 집은 모조리 타고 벙어리는 새아씨 무릎에 누워 있었다. 그의 울분은 그 불과 함께 사라졌을는지! 평화롭고 행복스러운 웃음이 그의 입 가장자리에 엷게 나타났을 뿐이다.

물레방아

1

덜컹덜컹 홈통에 들었다가 다시 쏟아져 흐르는 물이 육중한 물레방아를 번쩍 쳐들었다가 쿵 하고 확 속으로 내던질 제 머슴들의 콧소리는 허연 계가루[1]가 케케 앉은 방앗간 속에서 청승스러웁게 들려 나온다.

쌀쌀쌀 구슬이 되었다가 은가루가 되고 댓줄기같이 뻗치었다가 다시 쾅쾅 쏟아져 청룡이 되어 용솟음쳐 흐르는 물이 저쪽 산모퉁이를 십 리나 두고 돌고 다시 이쪽 들 복판을 오 리쯤 꿰뚫은 뒤에 이방원(芳源)이가 사는 동네 앞 기슭을 스쳐 지나가는데 그 위에 물레방아 하나가 놓여 있다.

물레방아에서 들여다보면 동북간으로 큼직한 마을이 있으니 이 마을의 가장 부자요 가장 세력이 있는 사람으로 이름을 신치규

(申治圭)라고 부른다. 이방원이라는 사람은 그 집의 막실(幕室)살이를 하여가며 그의 땅을 경작하여 자기 아내와 두 사람이 그날그날을 지내간다.

어떠한 가을밤 유난히 밝은 달이 고요한 이 촌을 한적하게 비칠 때 그 물레방앗간 옆에 어떠한 여자 하나와 어떤 남자 하나가 서서 이야기를 하는 소리가 들리었다.

그 여자는 방원의 아내로 지금 나이가 스물두 살 한참 정열에 타는 가슴으로 가장 행복스러울 나이의 젊은 여자요 그 남자는 오십이 반이 넘어 인생으로서 살아올 길을 다 살고서 거의거의 쇠멸의 구렁이를 향하여 가는 늙은이다.

그의 말소리는 마치 그 여자를 달래는 것같이 "얘 내 말이 조금도 그를 것이 없지? 쇳네 할멈에게도 자세한 말을 들었을 터이지마는 너 생각해보아라. 네가 허락만 하면 무엇이든지 네가 하고 싶다는 것은 내가 전부 해줄 터이란 말야. 그까짓 방원이 녀석하고 네가 몇백 년 살아야 언제든지 막실 구석을 면하지 못할 터이니 허허 사람이란 젊어서 호강해보지 못하면 평생 호강 한번 하여보지 못하고 죽을 것이 아니냐. 내가 말하는 것이 조금도 잘못하는 것이 없느니라! 대강 너의 말을 쇳네 할멈에게 듣기는 들었으나 그래도 너에게 한번 바로 대고 듣는 것만 못해서 이리로 만나자고 한 것이다. 너의 마음은 어떠냐? 어디 허허 내 앞이라고 조금도 어떻게 알지 말고 이야기해봐 응?"

이 늙은이는 두말할 것 없이 신치규다. 그는 탐욕스러운 눈으로 방원의 계집을 들여다보며 한 손으로 등을 두드린다.

새침한 얼굴이 파르쪽쪽하고 기다란 눈썹과 검푸른 두 눈 가장
자리에 예쁜 입, 뾰로통한 뺨이며 콧날이 오똑한 데다가 후리후
리한 키에 떡 벌어진 엉덩이가 아무리 보더라도 무서웁게 이지적
(理智的)인 동시에 또는 창부형(娼婦型)으로 생긴 여자이다.

계집은 아무 말이 없이 서서 짐짓 부끄러운 태를 지으며 매혹적
인 웃음을 생긋 웃고는 고개를 돌렸다. 그 웃음이 얼마나 짐승 같
은 신치규의 만족을 사게 되었으며 또는 마음을 충동시켰는지 희
끗희끗한 수염이 거의 계집의 뺨에 닿도록 더 가까이 와서

"응? 왜 대답이 없니? 부끄러워서 그러니? 그렇게 부끄러워할
일은 아닌데"
하고 계집의 손을 잡으며,

"손도 이렇게 예쁜 줄은 여태까지 몰랐구나. 참 분결 같다. 이
렇게 얌전히 생긴 애가 방원 같은 천한 놈의 계집이 되어 일평생
을 그대로 썩는다는 것은 너무 가엾고 아깝지 않으냐? 애."

계집은 몸을 돌리려고 하지도 않고 영감이 하는 대로 내버려두
며 눈으로 땅만 내려다보고 섰다가 가까스로 입을 떼는 듯하더니

"제 말야 모두 쇳네 할멈이 여쭈었지요. 저에게는 너무 분수에
과한 말씀이니까요."

"온 천만의 소리를 다 하는구나. 그게 무슨 소리냐. 너도 아다
시피 내가 너를 장난삼아 그러는 것도 아니겠고 후사(後嗣)가 없
어 그러는 것이니까 네가 내 아들이나 하나 나주렴. 그러면 내 것
이 모두 네 것이 되지 않겠니? 자아, 그러지 말고 오늘 허락을 하
렴. 그러면 내일이라도 방원이란 놈을 내쫓고 너를 불러들일 터

이니."

"어떻게 내쫓을 수가 있어요."

"허어, 그게 그리 어려울 것이 무엇 있니? 내가 나가라는데 제
가 나가지 않고 배길 줄 아니!"

"그렇지만 너무 과하지 않을까요?"

"무엇? 저런 생각을 하니까 네가 이 모양으로 이때까지 있었지.
어떻단 말이냐? 그런 것은 조금도 염려하지 말구 자 또 네 서방에
게 들킬라 어서 들어가자."

"먼저 들어가세요."

"왜."

"남이 보면 수상히 알 게요."

"무얼 나하고 가는데 수상히 알 게 무어야. 어서 가자."

계집은 천천히 두어 걸음 따라가다가

"영감!"

하고 멈칫하고 서 있다.

"왜 그러니."

계집은 다시 말없이 서 있다가

"아녜요"

하고,

"먼저 들어가세요"

하며 돌아선다. 영감이 간이 달아서 계집의 손을 잡으며

"가자, 집으로 들어가자."

그의 가슴은 두근거리는지 숨소리가 잦아진다. 계집은 손을 빼

려고 하며

"점잖으신 어른이 이게 무슨 짓이세요"

하면서도 그의 몸짓에는 모든 것을 허락한다는 뜻이 보였다. 영
감은 계집의 몸을 끌어안더니 방앗간 뒤로 돌아 들어섰다. 계집
은 영감 가슴에 안겨서 정욕이 가득한 눈으로 그를 보면서

"영감."

말 한마디 하고 침 한번 삼키었다.

"영감이 거짓말은 안 하시지요."

"아니."

그의 말은 떨리었다. 계집은 영감의 팔을 한 손으로 잡고 또 한
손으로는 방앗간 속을 가리켰다.

"저리로 들어가세요."

영감과 계집은 방앗간에서 이삼십 분 후에 다시 나왔다.

2

사흘이 지난 뒤에 신치규는 방원이를 자기 집 사랑 마당 앞으로
불렀다.

"얘."

방원은 상전이라 고개를 숙이고,

"네."

공손하게 대답을 하였다.

"네가 그간 내 집에서 정성스럽게 일을 한 것은 고마운 일이지마는……"

점잔과 주짜를 빼면서² 신치규는 말을 꺼내었다. 방원의 가슴은 이 '마는'이라는 말 뒤에 이어질 말을 미리 깨달은 듯이 온 전신의 피가 가슴으로 모여드는 듯하더니 다시 터럭이라는 터럭은 전부 거꾸로 일어서는 듯하였다.

"오늘부터는 우리 집에 사정이 있어 그러니 내 집에 있지 말고 다른 곳에 좋은 곳을 찾아가보아라."

아무 조건도 없다. 또한 이곳에서도 할 말이 없다. 죽으라고 하면 죽는 시늉이라도 해야 하는 것이다. 주인은 돈 가지고 사람을 사고팔 수도 있는 것이다.

방원은 가슴이 답답하였다. 자기 혼잣몸 같으면 어디 가서 어떻게 빌어먹더라도 살 수가 있지마는 사랑하는 아내를 구해 갈 길이 막연하다. 그는 고개를 굽히고 허리를 굽히고 나중에는 마음을 굽히어 사정도 하여보고 애걸도 하여보았다. 그러나 그것은 헛된 일이다. 주인의 마음은 쇠나 돌보다도 더 굳었다.

그는 하는 수 없이 자기 아내에게 그 이야기를 하였다. 그리고 아내더러 안주인 마님께 사정을 좀 하여 얼마간이라도 더 있게 하여달라고 하여보라 하였다. 그러나 아내는 방원의 말을 들을 리가 없었다. 도리어

"그러면 어떻게 한단 말이오. 이제부터는 나를 어떻게 먹여 살릴 테요?"

"너는 그렇게도 먹고살 수 없을까 봐 겁이 나니?"

"겁이 나지 않고. 생각을 해보구료. 인제는 꼼짝할 수 없이 죽지 않았소?"

"죽어?"

"그럼 임자가 나를 데리고 이곳까지 올 때에 무어라고 하였소. 어떻게 해서든지 너 하나야 먹여 살리지 못하겠느냐고 하였지요."

"그래."

"그래. 얼마나 나를 잘 먹여 살리고 나를 호강시켰소. 여태까지 이태나 되도록 끌고 돌아다닌다는 것이 남의 집 행랑이었지요?"

"얘, 그것을 내가 모르고 하는 말이냐? 내가 하려고 하지 않아서 그렇게 된 것이야? 차차 살아가는 동안에 무슨 일이든지 생기겠지. 설마 요대로 늙어 죽기야 하겠니?"

"듣기 싫소! 뿔 떨어지면 구워 먹지 어느 천년에."

방원이는 가뜩이나 내쫓기고 화가 나는데 계집까지 그리하니까 속에서 열화가 치밀어 올라왔다.

"이 육시를 하고도 남을 년! 왜 남의 마음을 글컹거리니."[3]

"왜 사람에게 욕을 해."

"이년아, 욕 좀 하면 어떠냐."

"왜 욕을 해."

계집이 얼굴이 노래지며 대든다.

"이년이 발악인가?"

"누가 발악이야. 계집년 하나 건사 못하는 위인이 계집보고 욕만 하고 한 게 뭐야? 그래 은가락지 은비녀나 한 벌 사 주어보았어? 내가 임자 하자고 하는 대로 하지 않은 것은 없지!"

"이년아 은가락지 은비녀가 그렇게 갖고 싶으냐. 이 더러운 년
아."

"무엇이 더러워. 너는 얼마나 정한 놈이냐."

계집의 입속에서는 '놈' 소리가 나오기 시작한다.

"이년 보게. 누구더러 놈이래"

하고 손길이 계집의 낭자를 휘어잡더니 그대로 집어 들고 두어
번 주먹으로 등줄기를 우리었다.

"이 주릿대*를 안길 년!"

발길이 엉덩이를 두어 번 지르니까 계집은 그대로 거꾸러졌다
가 다시 일어났다. 풀어 헤뜨린 머리가 치렁치렁 끌리고 씰룩한
눈에는 독기가 섞이었다.

"왜 사람을 치니? 이놈! 죽여라 죽여. 어디 죽여보아라, 이놈
나 죽고 너 죽자!"

하고 달려드는 계집을 후려서 거꾸러뜨리고서

"이년이 죽으려고 기를 쓰나!"

방원이가 계집을 치는 것은 그것이 주먹을 가지고 하는 일종의
농담이다. 그는 주먹이나 발길이 계집의 몸에 닿을 때 거기에 얻
어맞는 계집의 살이 아픈 것보다 더 찌르르하게 가슴 한복판을
찌르는 아픔을 방원은 깨닫는 것이다. 홧김에 계집을 치는 것이
실상은 자기의 마음을 자기의 이빨로 물어뜯는 것이나 다름이 없
는 것이다. 때리는 그에게는 몹시 애처로움이 있고 불쌍함이 있
는 것이다. 그러나 자기의 화풀이를 받아주는 사람은 아직까지도

계집밖에는 없었다. 제일 만만하다는 것보다도 가장 마음 놓고 화풀이할 수 있음이다. 싸움한 뒤 하루가 못 되어 두 사람이 베개를 나란히 하고 서로 꼭 끼고 잘 때에는 그렇게 고맙고 그렇게 감격이 일어나는 위안이 또다시 없음이다. 계집을 치고 화풀이를 하고 난 뒤에 다시 가슴을 에는 듯한 후회와 더 뜨거운 포옹으로 위로를 받을 그때에는 두 사람 아니라 방원에게는 그만큼 힘 있고 뜨거운 믿음이 또다시 없는 까닭이다.

계집은 일부러 소리를 높여서 꺼이꺼이 운다.

온 마을 사람이 거의 귀를 기울였으나,

"응 또 사랑싸움을 하는군!"

하고 도리어 그 싸움을 부러워하였다. 옆집 젊은것이 와서 싱글싱글 웃으면서 들여다보며

"인제 고만두라구"

하며 말리는 시늉을 한다. 동네 아이들만 마당 앞에 죽 늘어서서 눈들이 뚱그레서 구경을 한다.

3

그날 저녁에 방원은 술이 얼근하여 돌아왔다. 아까 계집을 차던 마음은 어느덧 풀어지고 술로 홍분된 마음에 그는 계집의 품이 몹시 그리워져서 자기 아내에게 사과를 할 마음까지 생기었다. 본시 사람이 좋고 마음이 약하고 다정한 그는 무식하게 자라난

까닭에 무지한 짓을 하기는 하나 그것은 결코 그의 성격을 말하는 무지함이 아니다.

　그는 비척거리면서 집으로 향하는 길에 거슴츠레하게 풀린 눈을 스르르 내리감고 혼잣소리로

　"빌어먹을 놈! 나가라면 나가지. 무서운가? 제 집 아니면 살 곳이 없는 줄 아는 게로군! 홍 되지 않게 다 무엇이냐? 돈만 있으면 제일이냐? 이놈 네가 그러다가는 이 주먹맛을 언제든지 볼라. 그대로 곱게 돼질 줄 아니?"

하고 개천 하나를 건너뛴 후에,

　"돈! 돈이 무엇이냐."

　한참 생각하다가

　"에후."

　한숨을 쉬고 나서

　"돈이 사람 죽이는구나! 돈! 돈! 홍. 사람 나고 돈 났지 돈 나고 사람 났니?"

　또 징검다리를 비척비척하고 건넌 뒤에

　"고 배라먹을 년이 왜 고렇게 포달'을 부려서 장부의 마음을 긁어놓아!"

　그의 목소리에는 말할 수 없이 다정한 맛이 있었다. 그는 자기 계집을 생각하면 모든 불평이 스러지는 듯이 숙였던 고개를 쳐들어 하늘을 보면서

　"허어 저도 고생은 고생이지"

하고 다시 고개를 숙인 후

"내가 너무해, 너무 그럴 게 아닌데."

그는 자기 집에 와서 문고리를 붙잡고 잡아 흔들면서

"애! 자니! 자!"

그러나 대답이 없고 캄캄하다.

"이년이 어디를 갔어!"

그는 문짝을 깨어지라 하고 닫은 후에 다시 길거리로 나와 그 옆집으로 가서

"여보 아주머니! 우리 집 색시 어디 갔는지 보았소!"

밥들을 먹던 옆엣집 내외는

"어디서 또 취했소그려! 애 어머니가 아까 머리단장을 하더니 저 방아께로 갑디다."

"방아께로?"

"네."

"빌어먹을 년! 방아께로는 무얼 먹으러 갔누!"

다시 혼자 방아를 향하여 가면서 혼자 중얼거린다.

그는 방앗간을 막 뒤로 돌아서자 신치규와 자기 아내가 방앗간에서 나오는 것을 보았다.

"아."

그는 너무 뜻밖의 일이므로 아무 말도 하지 못하고 그대로 한참이나 멀거니 서서 보기만 하였다.

그의 눈에서는 쌍심지가 거꾸로 섰다. 열이 올라와서 마치 주홍을 칠한 듯이 그의 눈은 붉어지고 번개 같은 광채가 번뜩거리었다.

그는 한참이나 사지를 떨었다. 두 이가 서로 맞춰서 달그락달그락하여졌다. 그의 주먹은 부서질 것같이 단단히 쥐어졌었다.

계집과 신치규는 방원이 와 선 것을 보고서 처음에는 조금 간담이 서늘하여졌으나 다시 태연하게 내려앉았다. 일이 이렇게 되었으매 할 대로 하라는 뜻이다.

방원은 달려들어서 계집의 팔목을 잡았다. 그리고 이를 악물고 부르르 떨었다.

"나는 네가 이럴 줄은 몰랐다."

계집은

"무얼 이럴 줄을 몰라?"

하며 파란 눈을 흘겨보더니

"나중에는 별꼴을 다 보겠네. 으레 그럴 줄을 인제 알았나? 놔요! 왜 남의 팔을 잡고 요 모양야. 오늘부터는 나를 당신이 그리함부로 하지는 못해요! 더러운 녀석 같으니! 계집이 싫다고 그러면 국으로 물러갈 일이지 이게 무슨 사내답지 못한 일야! 놔요."

팔을 뿌리쳤으나 분노가 전신에 가득 찬 그는 그렇게 쉽게 손을 놓지 않았다.

"애! 네가 이것이 정말이냐?"

"정말 아니구 비싼 밥 먹고 거짓말할까?"

"네가 참으로 환장을 하였구나."

"아니 누구더러 환장을 했대? 온 기가 막혀 죽겠지! 놔요! 놔! 왜 추근추근하게 이 모양야? 놔"

하고서 힘껏 뿌리치는 바람에 계집의 손이 쑥 빠지었다. 계집은 손목을 주무르면서 암상맞게 돌아섰다.

　이때까지 이 꼴을 멀찌가니 서서 보고 있던 신치규는 두어 발자국 나서더니 기침 한번을 서투르게 하고서

　"얘! 네가 술이 취하였으면 일찍 들어가 자든지 할 것이지 웬 짓이냐? 네 눈깔에는 아무것도 보이는 것이 없단 말이냐? 너희 연놈이 싸우는 것은 너희 연놈이 어디든지 가서 할 일이지 여기 누가 있는지 없는지 눈깔에 보이는 것이 없어?"

　짐짓 소리를 높여 호령을 하였다.

　"엣 괘씸한 놈!"

　눈깔을 부라리었다. 방원은 한참이나 쳐다보고서 말이 없었다. 생각대로 하면 한주먹에 때려눕힐 것이지마는 그래도 그의 머릿속에는 아까까지의 상전이라는 관념이 남아 있었다. 번갯불같이 그 관념이 그의 입과 팔을 얽어놓았다. 어려서부터 오늘날까지 남을 섬겨보기만 한 그의 마음은 상전이라면 모두 두려워하는 성질을 깊이깊이 뿌리를 박아놓았다. 그러나 오늘부터는 신치규가 자기의 상전도 아니요 자기가 신치규의 종도 아니다. 다만 똑같은 사람으로 마주 섰을 뿐이다. 아니다. 지금부터는 신치규는 방원의 원수였다. 그의 간을 씹어 먹어도 오히려 나머지 한이 있는 원수다.

　신치규는 똑바로 쳐다보는 방원을 마주 쳐다보며

　"똑바루 보면 어쩔 터이냐? 온 세상이 망하려니까 별 해괴한 일이 다 많거든. 어째 이놈아?"

　"이놈아?"

방원은 한 걸음 들어섰다. 나무같이 힘센 다리가 성큼 하고 나설 때 신치규는 머리끝이 으쓱하였다. 쇠몽둥이 같은 두 주먹이 쑥 앞으로 닥칠 때 그의 가슴은 덜컥 내려앉았다.

　"네 입에서 이놈이라는 소리가 나오니? 이 사지를 찢어발겨도 오히려 시원치 못할 놈아! 네가 내 계집을 뺏으려고 오늘 날더러 나가라고 그랬지?"

　"어허 이거 그놈이 눈깔이 삐었군. 얘 나는 먼저 들어가겠다. 너는 네 서방하고 나중 들어오너라!"

　신치규는 형세가 위험하니까 슬금슬금 꽁무니를 빼려고 돌아서서 들어가려 하니까 방원은 돌아서는 신치규의 멱살을 잔뜩 쥐어 한 팔로 바싹 치켜들고

　"이놈 어디를 가? 네가 이때까지 맛을 몰랐구나?"

하며 한 번 집어 쳐 땅바닥에다가 태질을 한 뒤에 그대로 타고 앉아서 목줄띠를 누르니까 마치 뱀이 개구리 잡아먹을 적 모양으로 깩깩 소리가 나며 말 한마디도 하지 못한다.

　"이놈, 너 죽고 나 죽으면 고만 아니냐?"

하고 방원은 주먹으로 사정없이 닥치는 대로 들이팬다. 나중에는 주먹이 부족하여 옆에 있는 모루 돌멩이를 집어서 죽어라 하고 내리친다. 그의 팔, 그의 온몸에는 끓어오르는 분노가 극도에 달하자 사람의 가슴속에 본능적으로 숨어 있는 잔인성(殘忍性)이 조금도 남지 않고 그대로 나타났다. 그의 눈은 마치 펄떡펄떡 뛰는 이끼*를 가로차고 앉은 승냥이나 이리와 같이 뜨거운 피를 보고야 만족하다는 듯이 무섭게 번쩍거렸다. 그에게는 초자연(超自

然)의 무서운 힘이 그의 팔과 다리에 올라왔다.

이 꼴을 보는 계집은 무서웠다. 끔찍끔찍한 일이 목전에 생길 것이다. 그의 맥이 풀린 다리는 마음대로 놓여지지 아니하였다.

"아! 사람 살류! 사람 살류!"

적적한 밤중의 쓸쓸한 마을에는 처참한 여자 목소리가 으스스하게 울리었다. 이 소리를 들은 방원은 더욱 힘을 주어서 눈을 딱 감고 죽어라 내리 짓찧었다. 뼈가 돌에 맞는 소리가 살이 을크러지는 소리와 함께 퍽퍽 하였다. 피 묻은 돌이 여기저기 흩어지고 갈가리 찢긴 옷에는 살점이 묻었다.

동네 편 쪽에서 수군수군하더니 구두 소리가 나며 칼 소리가 덜거덕거리었다. 방원의 머리에는 번갯불같이 무엇이 보이었다. 그는 손에 주먹을 쥔 채 잠깐 정신을 차려 그쪽으로 귀를 기울였다.

"순검."

그는 신치규의 배를 타고 앉아서 순검의 구두 소리를 듣자 비로소 자기가 무슨 짓을 하였는지 깨달았다.

그는 미친 사람처럼 일어났다. 그러고는 옆에 서서 벌벌 떠는 계집에게로 갔다.

"애! 가자! 도망가자! 너하고 나하고 같이 가자! 자! 어서어서!"

계집은 자기에게 또 무슨 일이 있을까 하여 겁을 내어 도망을 하려 한다. 방원은 계집을 따라가며 "애! 애! 네가 이렇게도 나를 몰라주니? 내가 너를 어떻게 생각하는지 알지를 못하니? 자— 어서 도망가자. 어서어서 뒤에서 순검이 쫓아온다."

계집은 그대로 서서 종종걸음을 치며

"싫소! 임자나 가구려! 나는 싫어요 싫어."

"가자! 응! 가!"

그는 미친 사람처럼 계집의 팔을 붙잡고 끌었다. 그때 누구인지 그의 두 팔을 마치 형틀에 매다는 것같이 꽉 뒤로 껴안는 사람이 있었다.

"이놈아! 어디를 가?"

그는 뒤를 돌아보지 않고도 그가 누구인지 알았다. 그는 온 전신에 맥이 풀리어 그대로 뒤로 자빠지려 할 때 어느덧 널판 같은 주먹이 그의 뺨을 사정없이 갈겼다.

"정신 차려!"

"네."

그는 무의식하게 고개가 숙여지고 말소리가 공손하여졌다.

땅바닥에서는 신치규가 꿈지럭거리며 이리저리 뒹군다. 청승스러운 비명이 들린다.

방원은 포승 지인 채 계집은 그대로 주재소로 끌려가고 신치규는 머슴들이 업어 들였다.

4

석 달이 지났다. 상해죄(傷害罪)로 감옥에서 복역을 하던 방원은 만기가 되어 출옥을 하였다. 그러나 신치규는 아무 일 없이 자기 집에서 치료하고 방원의 계집을 데려다 산다. 신치규는 온몸이 나은 뒤에 홀로 생각하였다.

'죽는 줄 알았더니 그래도 이렇게 살아 있으니!'

하고 얼굴에 흠이 진 곳을 만져보며

'오히려 그놈이 그렇게 한 것이 나에게는 다행이지. 얼굴이 아프기는 좀 하였으나! 허어.'

'어떻게 그놈을 떼어버릴까 하고 그렇지 않아도 걱정을 하던 차에 잘되었지. 그놈 한 십 년 감옥에서 콩밥을 먹었으면 좋겠다.'

방원은 감옥 속에서 생각하기를 나가기만 하면 연놈을 죽여버리고 제가 죽든지 요정[7]을 내리라 하였다.

집에서 내어쫓고 계집까지 빼앗기고 그것을 생각하면 이가 갈리고 치가 떨리었다. 그것이 모두 자기가 돈 없는 탓인 것을 생각하매 더욱 분한 생각이 났다.

'에 더러운 년!'

그는 홍바지에 쇠사슬을 차고서 일을 할 때에도 가끔 침을 땅에다 뱉으면서 혼자 중얼거리었다.

'사람이 이러고서야 살아서 무엇하나. 멀쩡한 놈이 계집 빼앗기고 생으로 콩밥까지 먹으니……'

그가 감옥에서 나올 때에는 감옥소를 다시 한 번 둘러보고, 내가 여기서 마지막으로 목숨을 잃어버리든지 그렇지 않으면 내가 내 손으로 내 목을 찔러 죽든지 무슨 요정이 날 것을 생각하고 다시 온몸에 힘을 주고 쓸쓸한 웃음을 웃었다.

그는 이백 리나 되는 길을 걸어서 계집이 사는 촌에를 왔다.

그러나 아무도 그를 아는 척하는 사람이 없었다. 전에 친하게 지내던 사람들도 그를 보고 피해 갔다.

마치 문둥병자나 마찬가지 대우를 하였다. 감옥에서 나온 뒤로부터는 더욱 이 세상이 차디차졌다. 자기가 상상하던 것보다도 더 무정하여졌다. 그는 하는 수 없이 밤이 될 때까지 그 근처 산속으로 돌아다녔다. 그래서 깊은 밤에 촌으로 내려왔다. 그는 그 방앗간을 다시 지나갔다. 석 달 전 생각이 났다. 자기가 여기서 잡혀갔다는 것을 생각할 때 더욱 억울하고 분한 생각이 치밀어 올라왔다. 그는 한참이나 거기 서서 그때 일을 생각하고 몸서리를 친 후에 다시 그전 집을 찾아갔다.

날이 몹시 추워지고 눈이 쌓였다. 옷은 입은 것이 가을에 입고 감옥에 들어갔던 그것이므로 살을 에는 듯한 것이로되 그는 분한 생각과 흥분된 마음에 그것도 몰랐다.

'연놈을 모두 처치를 해버려?'

혼자 속으로 궁리를 하다가

'그렇지. 그까짓 것들은 살려두어 쓸데없는 인생들야'

하면서 옆구리에 지른 기름한 단도를 다시 만져보았다. 그는 감격스런 마음으로 그것을 쓰다듬었다.

그는 신치규의 집 울을 넘어 들어갔다. 그의 발은 전에 다닐 적 같이 익숙하였다. 그는 사랑을 엿보고 다시 뒤로 돌아서 건넌방 창 밑에 와 섰었다. 귀를 기울였으나 아무 말도 들리지 않았다. 그는 손에 칼을 빼들었다. 그리고는 일부러 뒤 창문을 달각달각

흔들었다.

"그 뉘?"

하고 계집의 머리가 쑥 나오며 문이 열리었다. 그는 얼른 비켜섰다. 문은 다시 닫혀지고 계집은 들어갔다.

방원의 마음은 이상하게 동요가 되었다. 어여쁜 계집의 목소리가 오래간만에 귀에 들릴 때, 마치 자기가 감옥에서 꿈을 꿀 적 모양으로 요염하고도 황홀하게 그의 마음을 꾀는 것 같았다. 그는 꿈속에 다시 만난 것 같고 오래간만에 그를 만나 보매 모든 결심은 얼음같이 녹는 듯하였다. 그래도 계집이 설마 나를 영영 잊어버리랴 하고 옛날의 정리를 생각할 때 그것이 거짓말이 아니고 무엇이랴는 생각이 났다.

아무리 자기를 감옥에까지 가게 하였다 하더라도 그는 감히 칼을 들어 죽이려는 용기가 단번에 나지 않아서 주저하기 시작하였다.

'아니다. 다시 한 번만 물어보자?'

그는 들었던 칼을 다시 집고 생각하였다.

'거짓말이다. 거짓말이다! 그럴 리가 없다.'

그는 반신반의하였다.

'그렇다. 한 번만 다시 물어보고 죽이든 살리든 하자!'

그는 다시 문을 달각달각하였다. 계집은 이번에 다시 문을 열고 사면을 둘러보더니 헌 짚신짝을 신고 나왔다.

"뉘요?"

그는 방원이 서 있는 집 모퉁이를 돌아서려 할 제,

"내다!"

하고 입을 틀어막고 칼을 가슴에 대었다.

"떠들면 죽어!"

방원은 계집의 입을 수건으로 틀어막고 결박을 한 후 들쳐 업고서 번개같이 달음질하였다. 그는 어느 결에 계집을 업어다가 물레방아 앞에 내려놓은 후 결박을 풀었다. 그리고 한숨을 쉬었다.

"나를 모르겠니?"

캄캄한 그믐밤에 얼굴을 바짝 계집의 코앞에 들이대었다. 계집은 얼굴을 자세히 보더니

"아!"

소리를 지르더니 뒤로 물러섰다.

"조금도 놀랄 것이 없다. 오늘 네가 내 말을 들으면 살려줄 것이요, 그렇지 않으면 이것이야?"

하고 시퍼런 칼을 들이대었다. 계집은 다시 태연하게

"말요? 임자의 말을 들으렬 것 같으면 벌써 들었지요. 이때까지 있겠소? 임자도 남의 마음을 알지요. 임자와 나와 이 년 전에 이곳으로 도망해 올 적에도 전남편이 나를 죽이겠다고 칼로 허리를 찔러 그 흠이 있는 것을 날마다 밤에 당신이 어루만지었지요? 내가 그까짓 칼쯤을 무서워서 나 하고 싶은 짓을 못 한단 말이오? 힝 이게 무슨 비겁한 짓이오, 사내자식이. 자! 찌르려거든 찔러 보아요 자 자."

계집은 두 가슴을 벌리고 대들었다. 방원은 너무 계집의 태도가 대담하므로 들었던 칼이 도리어 뒤로 움찔할 만큼 기가 막혔다.

그는 무의식하게,

"정말이냐?"

하고 한 걸음 더 가까이 나섰다.

"정말이 아니고? 내가 비록 여자이지마는 당신같이 겁쟁이는 아니라오! 이것이 도무지 무엇이오?"

계집은 그래도 두려웠던지 방원의 손에 든 칼을 뿌리쳐 땅에 떨어뜨리었다.

이 칼이 땅에 떨어지자 방원은 여태까지 용사와 같이 보이던 계집이 몹시 비겁스럽고 더러워 보이어 다시 칼을 집어 들고 덤비었다.

"예! 간사한 년! 어쩔 터이냐? 나하고 당장에 멀리멀리 가지 않을 터이냐? 자아 가자!"

그는 눈물이 어린 눈으로 타일러보기도 하고 간청도 하여보았다.

"자아 어서 옛날과 같이 나하고 멀리멀리 도망을 가자! 나는 참으로 나의 칼로 너를 죽일 수는 없다!"

계집의 눈에는 독이 올라왔다. 광채가 어두운 밤의 번개같이 번쩍거리며

"싫어요. 나는 죽으면 죽었지 가기는 싫어요. 이제 나는 고만 그렇게 구차하고 천한 생활을 다시 하기는 싫어요. 고만 물렸어요."

"너의 입으로 정말 그런 말이 나오느냐? 너는 나를 우리 고향에 다시 돌아가지도 못하게 만들어놓고 나의 모든 것을 다 잃어버리게 한 후에 또 나중에는 세상에서 지옥이라고 하는 감옥소에까지

가게 하였지! 그러고도 나의 맨 마지막 원을 들어주지 않을 터이냐?"

"나는 언제든지 당신 손에 죽을 것까지도 알고 있소! 자! 오늘 죽으나 내일 죽으나 언제든지 죽기는 일반, 이렇게 된 이상 나를 죽이시오."

"정말이냐? 정말야?"

"정말요!"

계집은 결심한 뜻을 나타내었다. 방원의 손은 떨리었다. 그리고 그는 눈을 꽉 감고

"에 여우 같은 년!"

하고 칼끝을 계집의 옆구리를 향하고 힘껏 내밀었다. 계집은 이를 악물고

"사람 죽인다!"

소리 한 번에 그 자리에 거꾸러졌다. 칼자루를 든 손이 피가 몰리는 바람에 우루루 떨리더니 피가 새어 나왔다. 방원은 그 칼을 빼어 들더니 계집 위에 거꾸러져서 가슴을 찌르고 절명하여버렸다.

꿈

1

　자기 스스로도 믿지 못하는 일을 때때 당하는 일이 있다. 더구나 오늘과 같이 중독이 되리만치 과학이 발달되어 그것이 인류의 모든 관념을 이룬 이때에 이러한 이야기를 한다 하면 혹 웃음을 받을는지는 알 수 없으나 총명한 체하면서도 어리석음이 있는 사람이 아직 의심을 품고 있는 이러한 사실을 우리와 같이 사람이 쓴다 하면 헤브라이즘과 헬레니즘 서로 반대되는 끝과 끝이 어떠한 때는 조화가 되고 어떠한 경우에는 모순이 되는 이 현실 세상에서 아직 우리가 의심을 품고 있는 문제를 여러 독자에게 제공하여 그것을 해석하고 설명해내는 데 도움이 되거나 그렇지 않으면 아주 사실을 부인하여버리게 되고, 또는 그렇지 않음을 결정해낼 수 있다 하면 쓰는 사람이나 읽는 이의 해혹(解惑)이 될까 하는 것이다.

이러한 사실을 믿거나 믿지 않거나 그것은 해석하는 이의 마음 대로 할 것이요, 쓰는 이의 관계할 바가 아니니, 쓰는 이는 문제를 제공하는 것이 그것을 해석하는 것보다 더 큰 천직인 까닭이다.

더구나 이야기는 실지로 당한 이가 있었고, 또는 쓰는 나도 믿을 수도 없고 아니 믿을 수도 없는 까닭이다.

2

내가 열아홉 살이 되던 해다. 세상에는 숫자를 무서워하는 습관이 있어 우리 조선서는 석 삼(三) 자와 아홉 구(九) 자를 몹시 무서워한다. 석 삼 자는 귀신이 붙은 자라 해서 몹시 꺼려하며 아홉 구 자 즉 셋을 세 번 곱한 자는 그 석 삼 자보다도 더 무서워한다. 더구나 연령에 들어서 그러하니 아홉 살, 열아홉 살, 스물아홉 살, 서른아홉 살…… 이렇게 아홉이라는 단수가 붙은 해를 몹시 경계한다. 그래서 다만, 홀어머니의 외아들인 나는 열아홉 살이 되는 날부터 마치 죽을 날이나 당한 듯이 무서움과 조심스러움으로 그날그날을 지내지 않으면 안 되었다.

이곳에서 저곳을 떠날 일이 있어서도 방위를 보고 벽에 못 하나를 박아도 손을 보며 생일 음식을 먹으려 하여도 부정을 염려하며 더구나 혼인 참례나 조상(弔喪) 집에는 가까이 하지도 못하였으며 일동일정을 재래의 미신을 따라서 하지 않은 것이 없었다.

하다못해 감기가 들어서 누웠더라도 무당과 판수가 푸닥거리와 경을 읽었다.

나는 어릴 때이라 그렇게 구속적이요 부자유한 법칙을 지키기도 싫었을 뿐 아니라 그때 동리에 있는 보통학교에를 다닐 때이므로 어머니의 말씀과 또한 하시는 일을 어리석다 해서 여간한 반대를 하지 않은 것이 아니었다. 그러나 그것이 어리석은 일인 줄은 알고 자기도 그것이 옳지 않은 일인 줄은 알면서도 그것을 단단히 믿지 않을 수는 없었다. 제사 음식이 눈에 보이면 거기 귀신이 붙은 것 같기도 하여 어째 구미가 당겨지지를 아니하고 길에서 상여를 만나면 하루 종일 자기 생명이 위태한 것 같아서 아니 본 것만 못하였다. 장님을 보면 돌아가고 예방해 내버린 것을 볼 때는 자연히 침을 뱉었다.

쉽게 말하면 이 무서운 인습적 미신을 완전히 깨뜨려버릴 수가 없다는 말이다.

3

나는 지금 그때를 돌아보면 여러 가지 행복을 아니 느낄 수가 없다. 아버지가 끼쳐주고 돌아가신 넉넉한 재산과 따뜻한 어머니의 자애로 무엇 하나 불만족한 것이 없이 소년 시대를 지내오며 따라서 백여 호밖에 되지 않는 촌락에서 가장 재산 있고 문벌 있는 얌전한 도련님으로 지내던 생각을 하면 고전적 즐거움을 아니

느낄 수가 없다.

더구나 지금도 거울을 앞에 놓고 내 얼굴을 들여다보면 그때에 보르통하고 혈색 좋던 얼굴의 흔적은 숨어버리었으나 잘 정제된 모습이라든지 정기가 넘치는 눈이라든지 살적이 뚜렷한 이마라든지 웃음이 숨은 듯 나타나는 듯한 입 가장자리에 날씬날씬한 팔다리와 가늘은 허리를 아울러 생각하면 어디를 내놓든지 귀공자의 태도가 있었다.

그래서 동리에서는 나를 사위를 삼으려는 사람이 퍽 많았었다. 하루에도 중매를 들려고 오는 사람이 두셋씩 있을 때가 많아서 그 사람들은 서로 눈치들만 보고 서로 말하기를 꺼려 그대로 돌아간 일이 한두 번이 아니었다.

그래서 어머니는 어느 것을 택해야 좋을는지 몰라서 적지 않이 헤매신 모양이요, 또는 그 까닭으로 열네 살부터 말이 있던 혼인이 열아홉 살이 되도록 늦어진 것이다.

4

동리 처녀들 중에 내 말을 듣거나 또는 담 틈으로나 울 너머로 나를 본 처녀는 모두 나를 사모하게 되었던 모양이다. 우리 집에서 셋째 집 건너편에 있는 열여덟 살 먹은 처녀 하나는 내가 학교를 갈 적이나 집으로 돌아올 적에는 반드시 문틈으로 내가 지나가기를 기다리는 것을 나는 본 일이 있었다. 어떠한 날은 대담하게도 내가 지나가기를 기다려 자기의 노랑 수건을 내 앞에 던진 일까지 있었다. 또 어떤 처녀 하나는 자기 부모에게 자기가 나를 사모한단 말을 하여 직접 통혼까지 한 일이 있었으나 그 집안 문벌이 얕다는 이유로 어머니에게 거절을 당한 후에 그 여자는 병이 들었더니 그 후에 다른 데로 시집을 갔다고 할 적에는 나는 공연히 섭섭한 일도 있었다.

그중에 가장 내가 귀찮게 생각한 것은 우리 동리에서 조금 떨어진 곳에 주막이 하나 있었는데 그 주막에 술 파는 여자가 나에게 반하였던 일이다. 그것도 내가 학교에 가는 길가에 있는 곳인데 하루는 학교에서 운동을 하고 집에 돌아오는 길에 어떻게 목이 말랐는지 일상 어머니가 하신 "물 한 그릇이라도 남의 집에서 먹지 말라"는 경계를 어기고 그 주막에 들러서 그 술 파는 여자에게 물 한 그릇을 얻어먹은 일이 있었다. 그 여자란 것은 나이가 스물두서넛이 되어 보이는 남편이 있는 여자인데, 눈이 크고 검으며 살이 검누르고 퉁퉁한 여자로 사람을 보면 싱글싱글 웃는 버릇이 있어 얼핏 보면 사람이 좋아 보이지마는 어디인지 음침한 빛이 있다.

그 이튿날 나는 무심히 그 주막 앞을 지나려니까 그 여자는 나를 보고 싱글 웃었다. 그날 저녁에도 싱글 웃었다. 그 웃음이 어떻게 야비한지 나는 그 웃음을 잊으려 하였으나 잊으려 하면 더 생각이 나서 못 견디었다.

그렇지만 그 앞을 아니 지날 수가 없어서 그 웃음을 보지 않으려고 고개를 돌리고 지나간 지 이틀 만에 그 여자는 내가 학교에서 돌아오기를 기다렸는지 문간에 나섰다가 나를 불렀다.

나는 질겁을 하여 머리끝이 으쓱하였다.

"여보시소, 서방님네."

"왜 그러는고."

나는 돌아보며 물었다.

"사내가 와 그렇게 무정한 게요?"

나는 사면을 둘러보았다. 그 말 하는 그 사람은 그만두고 그 말을 듣는 내가 몹시 더럽고 부끄러운 것 같은 까닭이었다. 나는 아무 말도 못 하고 그대로 돌아서 가려 하니까, 그 여자는 나의 손목을 잡아끌고 자기 집으로 끌고 들어가려 하였다. 그는,

"술이나 한잔 자시고 가시소"

하며 잡아다녔다. 술? 나는 말만 들어도 해괴하였다. 학교 규칙, 어머니, 학생, 계집, 주정, 음란, 이 모든 것이 번득번득 연상이 되어서 온몸이 떨렸다.

"이 손 못 놓겠는 게요?"

나는 손을 뿌리쳤다. 그리고,

"나는 학생이래서 술 못 먹는지러"

하고 뒤로 물러서며,

"나중에는 얄궂은 일을 다 당하는 게로"

하며 앞만 보며 달려왔다.

집에 와서는 얼른 손을 씻어 그 여자의 손때를 떨어버리고 옷까지 바꾸어 입었다. 그 음탕한 눈이며 살냄새가 눈에 보이고 코에 맡이는 것 같아서 못 견디었다.

5

그 후부터는 그 길로 학교를 갈 수가 없어서 길을 돌아가는 수밖에 없었다. 그전 길로 가면 오 리밖에 되지 않는 길을 십 리나 되는 산길로 돌아 다녔다.

그런데 다행히 그 길 중턱에는 우리 집 논이 있고 그 논 옆에는 우리 마름이 살므로 적이 안심이 되었다.

첫날 그 집 앞을 지날 때 나는 주인 된 자격으로라고 하는 것보다도 반가운 마음으로 그 집에를 들어가지 않을 수가 없었다. 처음에 그 집 싸리짝 문을 들어서니 집 안이 너무 적적하였다. 이십 년 동안이나 우리 집 땅을 부쳐 먹는 사람 좋은 늙은 마름도 볼 수가 없고 후덕스러 보이는 그의 마누라도 볼 수가 없다. 하다못해 늙은 개까지도 볼 수가 없었다.

나는 의아하며 고개를 기웃기웃하려니까 그 집 봉당 문이 열리며 기웃이 고개를 내미는 사람은 그 집 딸인 임실이었다. 임실이는 어렸을 때 앞치마 하나만 두르고 발바닥으로 어머니를 따라서 우리 집에 드나든 일이 있으므로 나는 그 얼굴을 잘 알뿐더러 어려서는 같이 장난까지 한 일이 있었다. 그러나 근 삼 년이나 보지를 못하였다. 대가리가 커지니까 그렇게 함부로 다니지를 못하게 한 모양이다.

어렸을 적에 볼 때에는 머리가 쥐꼬리 같고 때가 덕지덕지하며 코를 흘리던 것이 지금 보니까 제법 머리를 치렁치렁 발뒤꿈치까지 땋아 늘이고 얼굴에 분칠을 하였는데 때가 쏙 빠졌다.

그는 반가웁다는 뜻인지 생긋 웃고 나를 보며 어서 오라는 듯이 나를 쳐다보았다. 그리고는 아무도 없는데 온 것이 미안한 듯이 황망해하며 어떻게 이 갑작스러웁게 방문한 주인댁 도련님을 맞아야 좋을지 모르는 모양이다.

"죄다 어데 간는?"

나는 상전의 아들이 하인의 딸에게 향하는 태도로 물었다. 그는,

"들에 나갔는 게로"

하며 다시 한 번 나를 곁눈으로 살펴보았다.

길게 있을 시간도 없거니와 이따가 하학할 때에는 또다시 들를 터이니까 오래 있을 필요가 없어서 그대로 학교를 다녀 돌아올 적에 다시 들렀다.

그때에는 마름 내외가 나를 기다리고 있다가 점심 먹으라고 밀국수를 해 주었다. 아마 그 계집애가 저희 부모에게 말을 했던 모양이다.

그 후에는 올 적 갈 적 들렀다. 그 계집애도 상전과 부리는 사람의 관계로 숙친(熟親)하여졌다.

어떤 때 나의 옷고름이 떨어지면 그것을 달아주고 혹 별다른 음식을 갖다가 내 앞에 놀 때에는 이상한 미소를 띠고 나를 곁눈으로 쳐다보았다. 그 웃음이란 나의 눈에 보이기에도 몹시 유혹적이었으나 나는 실없는 계집년이란 생각밖에 나지 않았다.

6

그 후에 하루는 내가 학질 기운이 갑자기 생겨서 하학 시간도 채 마치지 못하고 어떻게든지 집으로 가려고 무한한 노력으로 줄달음질 쳐 오다가 그 집 앞을 당도해 보니까 여태까지 참았던 마음이 홱 풀어지며 그대로 그 집 마루에 가 털썩 주저앉아버린 일이 있었다.

그것을 본 마름들은 나를 방으로 데려다 누이고 일변 집으로 통지를 하며 또는 물을 끓인다, 미음을 쑨다 하여 야단을 하는데 그 중에 가장 난처하게 여기는 것은 나를 깔고 덮어줄 이불 요가 없어서 걱정인 것이다.

자기네들이 깔고 덮는 누더기를 주인 상전의 귀여운 아들, 더구나 유달리 위하는 아들의 몸에는 덮어주기를 꺼리는 모양이다. 염려하는 것을 본 그 처녀는 얼핏 자기 방—아랫방—으로 가서 새로이 꾸며둔 이불 요 한 채를 가지고 왔다. 그것은 자기가 시집갈 때 가지고 가서 신랑과 덮고 잘 이불을 준비해둔 것이다.

그는 그것을 깔고 덮어준 후 발 아래를 잘 여미고 두덕두덕 매만져주었다. 촌 여자의 손이지만 어디인지 연하고 부드러운 맛이 있어서 몹시 육감적 자극을 전하는 듯하였다. 그러고는 그 처녀는 내 앞을 잘 떠나지 않고 자기의 가장 아끼는 이불 요를 꺼내 덮어준 것이 퍽 만족하다는 듯이 항상 이불과 요를 매만졌다. 어떠한 때에는 나의 이마도 눌러주고 시키지도 아니하였는데 나의 베개를 바로 베주기도 하고 흐트러진 옷고름을 매주기까지 하였다.

그때 그 당시로 말하면 내가 그 임실이쯤은 다른 의미로 생각할 여지가 없었고 더구나 임실이를 이성으로 생각한다는 것으로는 마음이 끌리지 아니하였으니 그와 나의 지위의 간격이 너무 멀었음이 첫째 원인이며 하고많은 여자들 다 제쳐놓고 임실이에게 마음을 끄을린다는 것은 그때 나의 관념으로도 우스운 일일 뿐 아니라 그런 일이 있다 하면 그것은 자기의 명예라든지 여러 가지의 사정을 생각하여 으레 있지 못할 일이었으므로 더구나 임실이가 나에게 마음을 둔다 하면 그것은 마치 파수 병정이 나라의 공주에게 반하는 것이나 마찬가지인 까닭이었다. 그러나 파수 병정이 공주를 사모한 일이 만일 있었다 하면 그것이 대개는 불행으로서 끝을 마치는 것과 같이 임실이가 나를 사모한 것도 그러하였으니 그때는 그것을 깨닫지 못하였으나 그 후에 그것을 깨달았을 때 나는 가슴이 몹시 아픔을 깨닫지 아니치 못하였다.

7

병이 나아서 다시 학교를 다닌 지 한 달 남짓한 때 나는 그 집을 들렀다가 그 집에서 마누라쟁이가 소리를 질러 떠드는 소리를 들었다.

"이 정츨 가스내야 죽어도 대답을 못 하겠는가" 하며 임실이를 두들겨주는 꼴을 보았다. 계집애는 죽어도 못 하겠소 하는 듯이 입을 다물고 돌아앉아서 눈물만 흘리고 느껴가면서 울 뿐이다.

"말해라 그래도 못 하겠는 게로?" 하고 그의 손에 든 방치'가 임실의 등줄대를 내려 갈겼다. 임실이는 그대로 엎드러져서 등만 비비며 말이 없다. 어미는 죽어라 하고 두어 번 짓이기더니 나를 보고 물러섰다.

그 까닭은 이러한 것이었다. 임실이를 어떠한 촌에 사는 늙수그레한 농부가 후실로 달라고 하는데 그 농부인즉 돈도 있고 땅도 많고 소도 많아 살기가 넉넉하나 상처를 하여 다시 장가를 들 터인데 만일 딸을 주면 닷 말지기 땅에 소 두 마리를 주겠다는 말이 있음이다. 그러나 임실이는 죽어도 가기 싫다 하니까 그렇게 수가 나는 것을 박차버리는 것이 분하고 절통한 일이 되어서 지금 경찰이 고문이나 하는 듯이 딸에게 대답을 받으려 함이었다.

나도 그 말을 듣고는 임실이를 철없는 계집애라 하였다. 그렇게 하면은 부모에게도 좋은 일이요, 자기 신상에도 괜찮을 것이라 하였다. 나도 어미 편을 들었다. 그랬더니 어미는 더욱 펄펄 뛰면서, 자 도련님 말씀을 들어보라고 야단이다. 그러나 지금 생각하니 그 무심히 한 말이 그 계집애에게 치명상을 줄 줄을 누가 알았으랴. 지금도 생각만 하면 모골이 송연하다.

8

그 후에는 임실이가 몸이 아파서 누웠단 말을 들었다. 나는 여

174

러 가지로 생각을 하여, 즉 말하자면 주인 된 도리로나, 날마다 지나다니며 폐를 끼치는 것으로나, 또는 내가 앓을 적에 제가 해주던 공으로나 약 한 첩 아니 지어다 줄 수 없어서 그 병을 물어보았으나 다만 몸살이라고 할 뿐이므로 무슨 병인지 몰라서 그것도 하지 못하였다.

그 후 한 보름은 무심히 지나갔다. 임실이 병이 어찌 되었느냐고 물어보지도 않았다.

그렇게 무심히 지내던 어떠한 날 저녁에 나는 어머니와 단둘이 방에서 잠을 자고 있었다. 날이 몹시 침울하고 날이 흐려서 안개가 자욱이 낀 밤이었다. 척척한 기운이 삼투를 하여 방 안으로 스며들었다.

나는 잠이 들었다가 깨었다. 깨기는 깨었으나 분명히 깨지도 못하였다. 눈에는 방 안에 있는 것이 분명히 보이나 정신은 잠 속에 잠겨 있었다. 시계 소리가 들리었으나 그것이 생시에 듣는 것 같기도 하고 꿈속에 듣는 것 같기도 하였다. 누구든지 가위를 눌릴 때 당하는 것같이 몸은 깨려 하고 정신은 깨지 않는 것과 같았다. 띵한 기운이 머릿속에 가득 차고 온몸이 녹는 듯이 혼몽하였다.

그러자 누구인지 문을 열었다. 석유 불을 켜놓은 등잔불이 더욱 밝아지더니 눈이 부신 햇빛같이 환하여졌다. 나는 이상하지도 않고 무섭지도 않았다. 생시나 같이 예사로웠다.

문이 열리더니 들어오는 사람이 있었다. 그것은 분명한 임실이었다. 그는 하얗게 소복을 입었었다. 그의 손에는 이상한 꽃가지를 들었었다. 문을 닫더니 내 앞에 와서 섰다. 그는 울음을 참는 사람처럼 처참하게 입을 다물었다. 그는 누구와 이별하는 것같이 몹시 슬픈 낯으로 나를 보았다. 그의 옷빛은 똑똑하고 선명하게 내 눈에 비추었다.

그는 한참이나 나를 보고 있더니 눈에서 구슬 같은 물을 흘리더니 나의 가슴에 엎드려 울었다. 생시나 꼭 마찬가지 목소리로 나를 향하여,

"저는 지금 당신을 이별하고 영원히 갑니다. 생시에는 감히 말씀을 못 하였으나 지금 마지막 당신을 떠나갈 때 제가 얼마나 당신을 사모하였는지 알 수가 없던 그 간곤한 정이나 알려드릴까 하여 가는 길에 들렀사오니 영영 가는 혼이나마 마지막으로 저를 한번 안아주세요"

하고 가슴에 안겼다. 나는 벌떡 일어서며 임실이를 물리치며,

"버릇없는 가시내 년 누구에게 네가 감히 이따위 버르장을 하니"

하고 꾸짖었다. 그랬더니 임실이는 돌아서며 원망스럽게 나를 흘겨보면서 그러면 이것이 마지막이니 안녕히나 계시라고 어디로인지 사라졌다. 나는 그 사라지는 것이 연기와 같이 허무한 것을 보고 공연히 섭섭한 생각이 나고 가슴속이 메어지는 듯하여 그렇게 준절히² 꾸짖은 나로서 다시,

"임실아! 임실아!"

하고 부르면서 따라 나가려 하였다. 그러나 정녕코 생시요 모든 것이 분명하고 똑똑한데 다리를 떼어놓으려면 다리가 떼어지지 않고 무엇이 꽉 붙잡는 것 같으며 입을 벌리려면 혀가 굳어서 말이 나오지를 아니하여 무한히 고생을 하고 애를 쓰려 하였으나

마음대로 되지를 않았다. 그러자 누구인지 내 몸을 흔드는 듯해서 눈을 떠 보니까 나는 자리 속에 누웠고 옆에 어머니가 일어나 앉으셔서,

"왜 그러는?"

하고 물어보신다. 여러 가지를 종합해보아서 내가 꿈을 꾸었던 것이다.

꿈은 꿈이나 그것이 너무 역력한 까닭에 어머니께 그런 말씀도 하지 못하고 이상하다 하는 생각으로 그날 밤을 지내었다.

9

그 이튿날 아침에 학교를 갈 적에는 만사를 제쳐놓고 그 집부터 들렀다. 들르기도 전에 멀리서 나는 가슴이 서운하여지지 않을 수가 없었다.

"먹을 것도 못 먹고 입을 것도 못 입고…… 임실이가 죽단 말이 웬 말이냐. 어미 애비 내버리고 네 혼자 어데메로 간단 말고, 애고 애고 임실아……"

하며 어미의 우는 소리가 적적한 마을 고요한 공기를 울리고 내 귀에 들려왔다. 공중에서 날아왔다 날아가는 제비 새끼라든지 다 익은 낟알이 바람에 불리어 이리 물결치고 저리 물결치는 것이든지 그 울음소리에 섞이어 몹시 애처로운 정서를 멀리멀리 퍼뜨리는 것 같다.

나는 그 집에 들어가기 전에 벌써 직감적으로 무슨 일이 생긴 것을 알게 되었다. 더구나 시집도 가지 않은 처녀가 원한 품고 죽었구나! 하는 생각을 함에 무서운 생각도 나고 으스스한 느낌이 생겼다.

어미는 머리를 쥐어뜯어가며,

"임실아! 가려거든 같이 가지 너 혼자 간단 말고"

하며 통곡을 한다. 마름은 옆에 앉아 눈물을 씻고 있다. 농후한 애수가 그 집을 싸고돈다.

마누라는 나를 보더니,

"도련님 임실이가 죽었소"

하며 푸념 겸 하소연을 한다. 아랫방 임실의 누운 방문은 꼭 닫혀 있고 그 앞에는 임실이가 신던 신짝이 나란히 놓여 있다.

나는 이것이 정말이라 하면 너무 내 꿈이 지나치게 참말이요, 거짓말이라 하면 이렇게 애통한 광경을 믿지 않아야 할 것이다. 꿈이 이렇게 사실과 결합되는 일이 세상에 어디 있으랴?

"몇 시쯤 하여 그랬는고?"

나는 생각이 있어서 시간을 물어보았다. 마름은 눈을 꿈벅꿈벅 하고 먼 산을 바라보고 꺼질 듯한 한숨을 내쉬더니,

"오경은 되었을 게로"

하며 대답을 하였다. 나는 눈을 더 한 번 크게 뜨지 않을 수가 없었다. 그러면 분명히 임실의 혼이 임실의 몸에서 떠날 때 나에게 즉시 다녀간 것이 틀림없었다.

나는 그날 학교를 고만두었다. 집에 돌아와서 몸이 아프다는 핑계를 하고 종일 드러누워 생각함에 실없이 임실이 생각이 나서 못 견뎠다. 나에게 그렇게 구소(舊巢)³에 사무친 원한을 품고 세상을 떠난 것을 생각하매 내 사지 마디가 저린 것 같았다. 불쌍함과 측은한 생각이 나고 또는 적지 않은 미신적 관념이 공연히 나를 두려움게 하였다.

그리고 일상 나에게 하던 것이라든지 내가 아플 때 나에게 하여준 것이라든지 또는 시집가기 싫어하던 것이든지 병들었던 것을 생각하고 임실의 마음을 추측하매 임실이는 속으로 몹시 나를 사모하였던 것이 틀림없었다. 그러나 나는 상전이요, 자기는 부리는 사람의 딸이었다. 고귀한 집 도련님을 사모한다고 말로는 차마 하지 못하였으나 그는 속으로 혼자 가슴을 태웠던 것이다. 골수에 사무치도록 나를 생각하였던 것이다. 입이 있고 말을 하나차마 가슴속에 든 것을 내놓지 못하였던 것이다.

그 모든 것을 생각할 때 나는 죽어간 임실을 몹시 동정하게 되었었다. 다시 한 번 만날 수가 있어 그의 진정을 들었으면 좋을걸 하는 생각까지 나고 나중에는 제가 생시에 그런 말을 하였다면 들어주기라도 하였을걸 하는 마음까지 났다. 말하자면 나는 임실이가 죽어간 뒤에 분한 마음이 변하여 사랑하는 마음이 되었다는 것이다.

그날 저녁에 나는 잠을 자려 하나 잘 수가 없었다. 어머니는 무슨 영문도 모르시고 가지각색 약을 갖다가 나를 권하셨다. 그러시면서 내가 어제 저녁에 꿈에 가위를 눌리더니 몸에 병이 생기었다 하시면서 매우 걱정을 하시었다. 그런데 나는 오늘 아침 임실이가 죽었다는 말을 하지 못하였다. 만일 그 집에를 들렀다는 말을 하면 처녀 죽은 귀신이 씌었다고 당장에 집안이 뒤집힐 터인 까닭이다.

　나는 온종일 임실이 생각만 하다가 자리 속에 누웠었다. 때는 자정이 될락 말락 하였었다. 어머니는 내가 잠들기를 기다리시느라고 옆에서 바느질을 하시고 계셨다. 사면은 고요하였다. 멀리서 닭 우는 소리가 들리었다. 나는 눈이 또렷또렷 잠 한잠 자지 못하고 누워 있었다. 그런데 누구인지 문간에서 문을 두드렸다. 어머님도 바느질하시던 것을 그치시고 귀를 기울이셨다. 나도 고개를 돌렸다.

　"도련님!"

　분명히 임실의 소리다. 어머니와 나는 서로 쳐다보았다. 서로 의아한 것을 깨치기 위함이다. 어머니 한 사람이나 나 한 사람만 듣는 것이 아니라 서로 다 듣는다는 것을 알 때 나는 온몸이 으쓱하였다.

　"도련님!"

　목소리가 더 똑똑하고 날카로웠다. 나는 무의식하게 벌떡 일어나며 대답을 하려 하였다. 그러자 어머니는 얼핏 나에게로 달려드시며 쉬— 입을 막으라고 손짓을 하셨다.

"도련님!"

세번째 소리가 날 때 나는 아무 말이 없었다. 그때 나는 등에서 땀이 나도록 무서운 생각이 나서 얼른 자리 속으로 들어왔다.

어머니는 그게 누구 소리냐고 날더러 물어보셨다. 나는 어제 저녁 꿈 이야기로부터 오늘 이야기를 아니 할 수가 없었다. 내일이면 온 동리가 다 알 것을 속인들 소용이 없음이었다. 나는 그 이야기를 모조리 하였다. 그랬더니 어머니는 나를 책망을 하셨다. 그렇게 생명에까지 관계되는 것을 이야기하지 않으니 어찌 자식이며 어미냐고 우시기까지 하셨다. 나는 참으로 말 안 한 것을 후회하였다. 그것은 귀신이 다녀간 것이라 하셨다. 세 번 부르기 전에 만일 대답을 하였다면 내가 죽을 것을 요행히 괜찮았다고 하셨다.

그날 저녁은 무사히 넘어갔다. 그 이튿날 어머니는 무당을 불러오셨다. 무당이 내 말을 듣더니 처녀 죽은 귀신이 되어서 그렇다고 그 귀신을 모셔다가 아무 이러이러한 나무 위에 모셔놓고 일년에 한 번씩 제사를 지내주라 하였다. 어머니는 그렇게 하기로 결정을 하셨다. 그 이튿날 임실이를 공동묘지에 갖다가 묻었다. 나는 서운한 생각으로 그날을 지냈다. 더구나 이 사람으로서는 믿을 수 없는 일을 자기가 직접 당하고 보니 이상하게 마음이 편치 못하였다. 더구나 처녀 귀신이 자기를 찾아다니는 것을 생각하고 여러 가지 미신을 종합해 생각할 때 적지 않이 불안하였다.

그날 밤에도 임실이가 꿈에 보였다. 이번에는 아주 다른 세상으로 가서 모든 세상의 더러운 것을 깨끗이 씻어버리고 선녀처럼 어여쁜 얼굴과 고운 단장을 하고 찾아왔다. 나는 그의 손을 잡고 퍽 반가움을 금치 못하여 이번에는 내가 임실이를 생각하는 것이 분수에 과한 것같이 임실이는 숭고하여졌었다. 나는 꿈속에서 임실이를 사모한다 하였다.

그러나 임실이는 조금 비웃는 듯이 나를 보더니 만일 당신이 나를 사모하거든 지금이라도 같이 가자고 하였다. 그러면서 손을 잡아끌었다. 어제 저녁 찾아갔을 때 왜 대답도 아니 하였느냐 하며, 자 어서 가자고 손을 끌었다.

그때 잠깐 나는 꿈속에서나마 생시의 먹었던 정신이 들었던 모양이다. 임실이가 참 정말 임실이가 아니요, 귀신 임실이라는 생각이 들더니 만일 임실이를 따라가면 자기도 죽는다는 생각이 나서 손을 뿌리치는 바람에 잠이 깨었다.

잠은 깨었으나 눈앞에 보던 기억이 역력하다. 가기 싫다고 손을 뿌리쳤으나 임실이 모양이 얼마나 숭고하고 어여뻤는지 옆집 계집애가 노랑 수건을 던져 주던 따위로는 비길 수 없이 나의 정열을 일으켰다. 일이 허황된 일이라면서도 꿈에 보던 임실이를 잊을 수 없다. 어떠한 경우에 사람이 추상적 환상에 반하는 일이 있는 것이나 마찬가지로 나는 꿈속에 임실이 혼에게 반하였던 모양이다.

나는 잊으려 하나 잊을 수가 없었다. 속으로 자기를 비웃으면서도 가슴속은 무엇에 취한 것 같았다.

어머니는 이 말을 들으시더니 더욱 근심을 하시면서 얼핏 장가를 들여야겠다 하셨다. 그리고 유명한 무당과 판수에게는 날마다 다니시다시피 하셨다.

그 이튿날 또 그 이튿날 꿈에는 임실이가 보이지 않았다. 꿈속에서 다시 한 번이라도 만나 보았으면 할 때는 정작 오지를 않았다. 꿈을 꾸어서 만나 보고 싶은 생각이 처음 날 그 이튿날까지는 그리 대단치 않더니 날이 지날수록 심해져서 어떻게 꿈속에서 한번 만나 보나 하는 생각이 간절하여졌다. 그래서 하루 종일 임실이 생각만 하면 혹시 꿈속에서 만나 볼 수가 있을까 하여 일부러 그 생각만 하였었으나 허사였다.

그 후부터 날마다 학교는 가지마는 그 집에는 자주 들르지를 않았다. 첫째 나 때문에 자기 딸이 죽었다는 칭원(稱冤)을 할까 겁나는 까닭이요, 둘째로는 그 죽은 방이 보기 싫은 까닭이었다.

그러나 아무리 하여도 잊혀지지를 않으므로 이번에는 잊어보려고 애를 썼다. 어떤 때는 혼자 눈을 딱 감아보기도 하고 어떤 때는 혼자 고개를 흔들어 눈앞에 보이는 것을 깨뜨려보려 하였으나 더욱 분명히 보일 뿐이다. 그래서 이것도 귀신이 나의 마음을 이렇게 만들어놓은 것이라고 해서 몹시 괴로웠다.

11

하루는 토요일이다. 임실을 잊어버리려 하나 잊어버릴 수 없는 생각이 나를 공동묘지까지 끌어갔다. 풀이 우거져서 상긋한 냄새가 온 우주의 생명의 냄새를 나의 콧구멍으로 전하여주는 듯하였다. 익어가는 나락들은 무거운 생명의 알갱이를 안은 채 고개를 숙이고 있다. 널따란 벌판에는 생명의 기운이 넘쳐흐른다. 땅에서 솟아오르는 흙의 냄새가 새로이 나의 정신을 씻어주는 듯하였다.

먼 산에서 바람에 흔들리는 소나무들은 꿈틀꿈틀한 줄기와 뻣뻣한 가지로 힘 있게 흩날린다. 맑게 갠 하늘에는 긴장한 푸른빛이 이쪽에서 저쪽까지 한 귀퉁이 남겨놓은 것 없이 가득히 찼다. 길 가는 행인들까지 걷어 올린 두 다리에 시뻘건 근육이 힘 있게 꿈틀거린다. 들로 나가는 황소 목에 달린 종 소리까지 쨍쨍한 음향으로 공기를 울린다.

공동묘지는 우리 동리에서 북쪽으로 십오 리나 되는 산등성이에 있었다. 내가 묘지에를 가는 것은 임실의 실체를 만나 보려 하는 것도 아니요, 꿈속같이 임실의 혼을 만나려는 것도 아니다. 임실이가 나를 그렇게까지 사모하다가 말 한마디 하지 못하고 그대로 원혼이 되어 갔으며 또는 그 원혼이 그래도 나를 못 잊고 꿈속에까지 나를 못 잊어 내 눈에 보이며 또 그 원혼이 밤중에 나를 찾아왔다 하면 그 간곡한 마음을 다만 얼마라도 위로하는 것이 나의 의리 있는 짓이라고 하는 생각까지 난 까닭이었다.

그러면 사람이라는 것은 이상한 것이 되어 어떠한 물건에 의지하지 아니하면 그 마음이라든지 그 정성을 다하지 못하는 것이므로 부처를 생각하매 흙으로 빚어 만든 불상이거나 예수를 경배하매 쇠로 만든 십자가가 아니면 그 마음을 한곳에 붙이지 못하는 것과 같이 내가 임실이를 생각하매 그의 몸을 묻어놓은 흙덩이 무덤이 아니면 나의 마음을 붙여 보낼 수 없음이었다.

나는 이 무덤 저 무덤을 찾아서 임실의 무덤 앞에 섰다. 무덤이 무슨 말이 있으랴마는 나의 심정은 무엇으로 채우는 듯이 어색하여졌다. 죽은 사람의 무덤 위에는 새로 생명으로 솟아오르는 풀들이 파릇파릇 났다. 나는 세상에서 가장 애처로운 정서로 얽어 놓은 이 무덤 속에 잠들어 있는 임실이를 위하여 무엇이라고 하여야 좋을지 알지 못하였다.

처녀로서 순결한 마음으로 일평생 한 번밖에 그의 정을 주어보지 못한 임실의 깨끗한 몸이 여기에 놓여 있고 그 순질(淳質)한[4] 심정에서 곱게 피어오른 사랑의 꽃이 저 심산 속에 피었다 사라진 이름 모를 꽃 같은 것을 생각할 때 나의 마음은 숭고하고 결백함으로 찼었다. 그러나 한 번밖에 피지 못하는 꽃이 나로 말미암아 피었고, 그것이 나로 인하여 꺼져버린 것을 생각할 때 말할 수 없이 아까웠다. 더구나 그 꽃은 꺼졌으나 그 나머지 향기가 그렇게 쉽게 사라지지 않고 피었던 자리 언저리에 남아 있어 없어지기를 아끼어 하는 것을 생각할 때 얼마나 나의 마음이 에이는 듯하였는지 몰랐다.

나는 무덤 가장자리를 돌아다녀보았다. 그의 무덤은 보잘 것이 없었다. 그의 무덤에는 찾아오는 이도 없었다. 그의 죽어간 뒤에는 그를 위하여 가슴을 태우는 이라고는 그의 어머니와 아버지가 있을 뿐이다. 그러나 죽어간 임실이가 그렇게까지 사모하던 내가 이 자리에 왔는 것을 아는지 모르는지 만일 참으로 넋이 있어 안다 하면 그가 그것을 만족히 여길는지 아닐는지? 나의 마음속에는 말할 수 없는 안타까움이 있을 뿐이었다.

나는 옆에 피어 있는 석죽(石竹) 꽃을 따서 그것으로 화환을 만들어 무덤 앞에 놓아주고 집으로 돌아왔다. 그 후에는 전과 다름없는 생활을 하여왔다. 그리고 임실이도 꿈에 오지 아니하고 나도 임실의 생각을 잊어버리었다.

그러자 일 년이 지나간 어떤 날 또다시 임실이가 왔었다. 그것은 바로 임실이가 죽은 지 일 년이 되던 날이다. 그 후에는 연년이 그날이면 임실이가 보이더니 내가 서울 와서 공부하던 해부터는 그날이 되어도 오지 않았다. 지금은 아주 남의 이야기가 되어버린 것같이 잊어버리었으나 문득문득 그때 생각이 나면 그때 문간에서 나를 부르던 소리가 귀에 역력하여 온몸이 으쓱하여진다.

뽕 桑葉

1

안협집이 부엌으로 물을 길어 가지고 들어오매 쇠죽을 쑤던 삼돌이란 머슴 놈이 부지깽이로 불을 헤치면서

"어젯밤에는 어디 갔었습던교?"

하며 불밤송이 같은 머리에 왜수건을 질끈 동여 뒤통수에 슬쩍 질러 맨 머리를 번쩍 들어 안협집을 훑어본다.

"남 어디 가고 안 가고 임자가 알아 무엇할 게요?"

안협집은 별 꼴사나운 소리를 듣는다는 듯이 암상스러운 눈을 흘겨보며 톡 쏴버린다.

조금이라도 염량¹이 있는 사람 같으면 얼굴빛이라도 변하였을 것 같으나 본시 계집의 궁둥이라면 염치없이 추근추근 쫓아다니며 음흉한 술책을 부리는 삼십이나 가까이 된 노총각 삼돌이는

도리어 비웃는 듯한 웃음을 웃으면서

"그리 성낼 게야 무엇 있습나? 어젯밤 안권 심바람으로 임자 집을 갔었으니깐 두루 말이지"

하고 털 벗은 송충이 모양으로 군데군데 꺼칫꺼칫하게 난 수염을 숯검정 묻은 손가락으로 두어 번 쓰다듬었다.

"어젯밤에도 김 참봉 아들네 사랑방에서 자고 왔습네그려."

삼돌이는 싱긋 웃는 가운데에도 남의 약점(弱點)을 쥔 비겁한 즐거움이 나타났다.

"무엇이 어쩌고 어째. 이 망나니 같은 놈……"

하는 말이 입 바깥까지 나왔던 안협집은 꿀꺽 다시 집어삼키면서

"남 어디 가 자든 말든 상관할 것이 무엇인고!"

하며 물동이를 이고서 다시 나가려 하니까

"흥! 두고 보소. 가만있을 줄 알았다가는……"

"듣기 싫어! 별 꼬락서니를 다 보겠네."

2

강원도 철원(鐵原) 용담(龍潭)이라는 곳에 김삼보(金三甫)라는 자가 있으니 나이는 삼십오륙 세나 되었고 키는 작달막하여 목은 다가붙고 얼굴빛은 노르께하며 언제든지 가죽창 박은 미투리[2]에 대갈편자[3]를 박아 신고 걸음을 걸을 적마다 엉덩이를 내저으므로 동리에서는 그를 '땅딸보 김삼보' '아편쟁이 김삼보' '오리 궁둥

이 김삼보'라고 부르는데 한 달에 자기 집에 붙어 있는 날이 이틀이라면 꽤 오래 있는 셈이요 하루라면 예사라. 그러고는 언제든지 나돌아 다니므로 몇 해 전까지도 잘 알지 못하였으나 차차 동리서 소문이 돌기를 '노름꾼 김삼보'라는 말이 퍼지자 점점 알아본즉 딴은 강원도 황해도 평안도 접경을 넘어 다니며 골패 투전으로 먹고 지내는 것이 알려지게 되었다.

그 노름꾼 김삼보의 여편네가 아까 말하던 안협집이니 안협(安峽)은 즉 강원, 평안, 황해, 삼도 품에 있는 고읍(古邑) 이름이다.

그 안협집을 김삼보가 얻어 오기는 지금으로부터 오 년 전 안협집이 스물한 살 되던 해인데 어떻게 해서 얻었는지 자세히는 알지 못하나 사람들의 말을 들으면 술 파는 것을 눈을 맞추어서 얻었다고 하기도 하고 계집이 김삼보에게 반해서 따라왔다기도 하고 또는 그런 것 저런 것도 아니라 계집의 전남편과 노름을 해서 빼앗았다고 하는데 위인 된 품으로 보아서 맨 나중 말이 가장 유력할 것 같다고 동리 사람들이 말을 한다.

처음에 안협집이 동리에 오자 그 동리 그 또래 계집들은 모두 석경(石鏡)을 들여다보게 되었다. 안협집이 비록 몸은 그리 귀하게 태어나지 못하였으나 인물이 남달리 고운 점이 있어 동리 젊은것들이 암연히 부러워도 하고 질투도 하게 되고 또는 석경 속에 비친 자기네들의 예쁘지 못한 얼굴을 쥐어뜯고 싶기도 하였으니 지금까지 '나만 한 얼굴이면' 하는 자만심이 있던 젊은 계집들에게 가엾게도 자가결함(自家缺陷)이 폭로되는 환멸을 느끼게 하기까지도 하였다.

그러나 촌구석에서 아무렇게 자란 데다가 먼저 안 것이 돈이었다.

'돈만 있으면 서방도 있고 먹을 것 입을 것이 다 있지'

하는 굳은 신조는 자기 목숨을 내어놓고는 무엇이든지 제공하여 부끄러운 것이 없었다.

십 오륙 세 적 참외 한 개에 원두막 속에서 총각 녀석들에게 정조를 빌린 것이나 벼 몇 섬, 돈 몇 원 저고릿감 한 벌에 그것을 빌리는 것이 분량과 방법이 조금 높아졌을 뿐이요 그 관념은 동일하였다.

그리하여 이곳으로 온 뒤에도 동리에서 돈푼이나 있고 얌전한 젊은 사람은 거의 다 한 번씩은 후려내었으니 그것은 남자 편에서 실없는 짓 좋아하는 이에게 먼저 죄가 있다 하는 것보다도 이쪽 안협집에게 그 책임이 더 있다고 할 수 있고 또 그것보다 더 큰 죄는 그 남편 되는 노름꾼 김삼보에게 있다고 할 수가 있으니 그것은 남편 노름꾼이 한 달에 한 번을 올까 말까 하면서도 올 적에는 빈손을 들고 오는 때가 많으니 젊은 계집 혼자 지낼 수가 없으매 자연히 이 집 저 집 동리로 다니며 품방아도 찧어주고 김도 매주고 진일도 하여주며 얻어먹다가 한번은 어떤 집 서방님에게 실없는 짓을 당하고 나서 쌀말과 피륙 두 필을 받아보니 그것처럼 좋은 벌이가 없어 차츰차츰 이번에는 자기가 스스로 벌이를 시작하여 마치 장사하는 사람이 거래 단골을 트듯이 이 사람 저 사람을 집어 먹기 시작하더니 그것도 차차 눈이 높아지니까 웬만한 목도꾼[4] 패장이나 장돌림 조금 올라서서 순사 나리쯤은 눈으

로 거들떠보지도 않게 되고 적어도 그곳에서는 돈푼도 상당하고
여간해서 손아귀에 들지 않는다는 자들을 얼러보기 시작하게 되
었던 것이다.

그 후부터는 일하지 않고 지내며 모양내고 거드름 부리고 다니
는데 자기 남편이 오면은

"이번에는 얼마나 땄습노?"

하고 포르께한 눈을 사르르 내리뜬다.

"딴 게 뭔가. 밑천까지 올렸네."

삼보는 목 뒤를 쓰다듬으며 입맛을 다신다. 그러면 안협집은 전
에 없던 바가지를 긁고

"불알 두 쪽을 달구서 그래 계집만두 못하다는 말요?"

하고서 할 말 못 할 말을 불어서 풀을 잔뜩 죽여놓은 뒤에는 혹시
서방이 알면 경이 내릴까 하여 노자랑 밑천 푼을 주어서 배송을
낸다. 그러면 울며 겨자 먹기로 삼보는 혼자 한숨을 쉬면서

"허허 실상 지금 세상에는 섣부른 불알보다는 계집 편이 훨씬
나니라"

하고 봇짐을 짊어지고 가버린다.

3

이렇게 이삼 년을 지내고 난 어떤 가을에 삼돌이란 놈이 그 뒷
집 머슴으로 왔는데 놈이 어느 곳에서 어떻게 빌어먹던 놈인지는

모르나 논맬 때 콧소리나마 아리랑 타령 마디나 똑똑히 하고 술
잔이나 먹을 줄 알며 동료들 가운데 나서면 제법 구변이나 있는
듯이 떠들어젖히는 것이 그럴듯하고 게다가 힘이 세어서 송아지
한 마리 옆에 끼고 개천 뛰기는 밥 먹듯 하는 까닭에 동리에서는
호랑이 삼돌이로 이름이 높다.

놈이 음침하여 오던 때부터 동리 계집으로 반반한 것은 남모르
게 모두 건드려보았으나 안협집 하나가 내내 말을 듣지 않으므로
추근추근 귀찮게 구는데 마침 여름이 되어 자기 집 주인마누라가
누에를 놓고 혼자는 힘이 드니까 안협집을 불러서 같이 누에를
길러 실을 낳거든 반분(半分)하자는 약속을 한 후 여름내 같이 누
에를 치게 된 것을 알고 어떤 틈 기회만 기다리며

'흥, 계집년이 배때가 벗어서 말쑥한 서방님만 어르더라. 어디
두고 보자. 너도 깩소리 못하고 한번 당해야 할걸! 건방진 년!' 하
고는 술잔이나 취하면 주먹을 들었다 놓았다 한다.

그러자 주인마누라가 치는 누에가 거의 오르게 되자 뽕이 떨어
졌다. 자기 집 울타리에 심은 뽕은 어림도 없이 다 따다 먹이었고
그 후에는 삼돌이란 놈을 시켜서 날마다 십 리나 되는 건넛말 일
갓집 뽕을 얻어다 먹이었으나 그것도 이제는 발가숭이가 되게 되
었다.

인제는 뽕을 사다 먹이는 수밖에 없게 되었다. 그러나 사다가
먹이자면 돈이 든다.

주인 노파는 담뱃대를 물고서 생각하여보았다.

'개량 뽕이 좋기는 좋지마는 돈을 여간 받아야지. 그리고 일일

이 사서 먹이려다가는 뽕 값으로 다 집어 먹고 남는 것이 어디 있나.'

노파 생각에는 돈 한 푼 안 들이고 공짜로 누에를 땄으면 좋을 것이다. 돈 한 푼을 들인다 하면 그 한 푼이 전 수확에서 나오는 이익의 전부같이 생각되어 못 견뎠다. 그뿐 아니다. 자기 혼자 이익을 먹는 것 같으면 모르거니와 안협집하고 동사로 하는 것이므로 안협집이 비록 뼈가 부서지도록 일을 한다 하더라도 그 힘이 자기 주머니에서 나가는 돈 한 푼만 못해 보인다. 그래서 뽕을 어떻게 공짜로 돈 안 들이고 얻어 올 궁리를 하고 있다가 안협집이 마침 마당으로 들어서매

"뽕 때문에 일 났구려"

하며 안협집에게는 무슨 도리가 없느냐고 물어보았다.

"글쎄."

안협집 생각은 주인의 마음과 또 달라서 남의 주머닛돈 백 냥이 내 주머닛돈 한 냥만 못하다. 그래서 '돈 주면 살걸' 하는 듯이 심상하게 있다.

"어떻게 해서든지 구해봐야지."

서로 얼굴만 쳐다볼 때 들에 나갔던 삼돌이란 놈이 툭 튀어 들어오다가 이 소리를 듣더니 제딴은 동정하는 표정으로

"그것 일 났쇠다. 어떻게 하나……"

한참 허리를 짚고 생각을 해보더니,

"형! 참 그 뽕은 좋더라마는 똑 되기를 미선[5] 조각같이 된 놈이 기름이 지르르 흐르는데 그놈을 먹이기만 하면 고치가 차돌같이

여물 거야!"

들으라는 말인지 혼잣말인지는 모르나 한마디를 탁 던지고 말이 없다. 귀가 반짝 띈 주인은

"어디 그런 것이 있단 말이냐?"

하며 궁금증 난 사람처럼 묻는다.

"네, 저 새 술막에 있는 뽕밭에 있는 것 말씀이오."

혹시 좋은 수가 있을까 하려다가 남의 뽕밭, 더구나 그것으로 살아가는 양잠소 뽕이라 말씨름만 하는 것이 될 것 같으므로

"응! 나도 보았지, 그게 그렇게 잘되었나! 잘되었겠지. 그렇지만 그런 것이야 짐으로 있으면 무엇하니?"

"언제 보셨어요?"

"보기야 여러 번 보았지. 올봄에 두릅 따러 갔다가도 보고……"

삼돌이란 놈이 한참 있다가 싱긋 웃더니 은근하게

"쥔마님! 제가 뽕을 한 짐 져다 드릴 것이니 탁주 많이 먹이시랍니까?"

듣던 중에도 그렇게 반가운 소리가 또 어디 있으랴.

"작히 좋으랴. 따 오기만 하면 탁주에다 젓이라도 담그마."

귀찮스런 삼돌이도 이런 때는 쓸 만하다는 듯이 안협집도 환심 얻으려는 듯한 웃음을 웃으며 삼돌이를 보았다. 삼돌이는 사내자식의 솜씨를 네 앞에 보여주리라 하는 듯이 기운이 나며 만족하였다.

그날 밤 저녁을 먹고 자정 때나 되더니 삼돌이는 눈을 비비며

194

일어나서 문밖으로 나갔다. 나갔다가 한 두어 시간 만에 무엇인지 지고 오더니 그것을 뒷곁 건넌방 뒤 창 밑에 뭉뚱그려 놓았다. 이튿날 보니까 딴은 미선쪽 같은 기름이 흐르는 뽕잎이었다.

"어디서 났을꼬?"

주인하고 안협집은 수군수군하였다.

"그 녀석이 밤에 도둑질을 해 온 게지? 뽕은 참 좋소, 그렇지?"

"참 좋쇠다. 날마다 이만큼씩만 가져오면 넉넉히 먹이겠쇠다."

두 사람은 뽕을 또 따 오지 않을까 보아서 아무 말도 아니 하고

"참 뽕 좋더라. 오늘도 좀 또 따 오렴"

하고 충동인다. 놈은 두 손을 내저으며

"쉬, 떠드시지 맙죠. 큰일 나죠. 그것이 그렇게 쉬워서야 그 노릇만 하게요. 까딱하다가는 다리 마디가 두 동강이 날걸요."

도적 해 온 삼돌이나 받아들인 두 사람이나 도적질 왜 했소 하는 말은 없으나 서로 알고 있다.

그러자 하루는 주인이 안협집더러

"여보, 이번에는 임자가 하루 저녁 가보구료. 그놈이 혹시 못 가게 되더라도 임자가 대신 갈 수 있지 않수. 또 고삐가 길면은 밟힌다구 무슨 일이 있을는지 모르니 임자가 둘이 가서 한몫 많이 따 오는 것이 좋지 않수."

안협집이 삼돌이를 꺼리는 줄 알지마는 제 욕심에 입맛이 달아서 자꾸자꾸 충동인다.

"따다가 잡히면 어찌하구유."

"무얼! 밤중에 누가 알우? 그리고 혼자 가라오, 삼돌이란 놈하

고 가랬지."

"글쎄. 운이 글러서 잡히거나 하면 욕이지요."

잡히는 것보다도 안협집의 걱정은 보기도 싫은 삼돌이란 녀석하고 밤중에 무인지경에를 같이 가라니 그것이 딱한 일이다.

안협집의 정조가 헤프기로 유명한 만치 또 매몰스럽기도 유명하여 한번 맘에 들지 않는 것은 죽어도 막무가내다. 그것은 만 냥금을 주어도 거들떠보지도 아니한다. 그런데 삼돌이가 그중에 하나를 참례하여 간장을 태우는 모양이다.

안협집은 생각하고 생각하여 결심해버렸다.

"빌어먹을 녀석이 그따위 맘을 먹거든 저 죽이고 나 죽지. 내 기운은 없어도……"

하고 쌀쌀하게 눈을 가로 뜨고 맘을 다잡아 먹었다. 그러고는 뽕을 따러 가기로 하였다.

삼돌이는 어깨에서 춤이 저절로 추어진다.

'에 이것이 정말인가 거짓말인가? 이제는 때가 왔구나. 인제는 제가 꼭 당했지.'

놈이 신이 나서 저녁 먹고 마당 쓸고 소여물 주고 도야지, 병아리 새끼 다 몰아넣고 앞뒤로 돌아다니며 씻은 듯 부신 듯 다 해놓고 목물하고 발 씻고 등거리[6] 잠방이[7]까지 갈아입은 후 곰방대에 담배를 꾹꾹 눌러 듬뿍 한 모금 빨아 휘이 내뿜으며 시간 오기만 기다린다.

4

안협집은 보자기를 가지고 삼돌이를 따라서 뽕밭을 향하여 간다.

날이 유달리 깜깜하여 앞의 개천까지 자세히 보이지 않는다. 돌부리가 발부리를 건드리면 안협집은 에구 소리를 내며 천방지축으로 다리도 건너고 논이랑도 지나고 하여 길반쯤 왔다.

삼돌이란 놈은 속으로 궁리를 하였다.

'뽕을 따기 전에 논이랑으로 끌고 가?'

'아니지. 그러다가는 뽕두 못 따 가지고 오면 어떻게 하게!'

'저도 열녀가 아닌 다음에 당하고 나면 할 말 없지. 아주 그런 버릇이 없는 년 같으면 모르거니와.'

'옳지 수가 있어. 뽕을 잔뜩 따서 이어 주면 제가 항우의 딸년이라도 한 번은 중간에서 쉬렷다 그러거든.'

이렇게 궁리를 하다가 너무 말이 없으니까 심심파적도 될 겸 또는 실없는 농담도 좀 해서 마음을 좀 떠보아 나중 성사의 전제도 만들어놀 겸 공연히 쓸데없는 말을 지껄인다.

"삼보는 언제나 온답디까?"

"몰라, 언제는 온다 간다 말이 있이 다니나."

"그래 영감은 밤낮 나돌아 다니니 혼자 지내기 쓸쓸치도 않소?"

놈이 모르는 것같이 새삼스럽게 시치미를 뗀다.

"별걱정 다 하네. 어서 앞서 가, 난 길이 서툴러 못 가겠으니……"

"매우 쌀쌀하구려. 나는 임자를 위해서 하는 말인데. 그렇지만 김 참봉 아들이란 쇠귀신 같은 놈이라 아무리 다녀도 잇속 없습네. 내 말이 그르지 않지."

안협집은 삼돌이가 아주 터놓고 말을 하는 것을 들으니까 분해서 뺨이라도 치고 싶었으나 그대로 참으며

"무엇이 어째? 말이라면 다 하는 줄 아는군"

하고 뒤로 조금 떨어져 걸어갈 제 전에도 그 녀석이 미웠지마는 남의 약점을 들어가지고 제 욕심을 채우려는 것이 더 더러웠다.

뽕밭에 왔다. 삼돌이란 놈이 철망으로 울타리 한 것을 들어주어 안협집이 먼저 들어가고 나중으로 삼돌이란 놈은 그 무거운 다리를 성큼 하여 그 안으로 들어갔다. 들어가다가 발끝에 삭정이 가지를 밟아서 딱 우지끈 소리가 나고 조용하였다.

삼돌이는 손에 익어서 서슴지 않고 따지마는 안협집은 익지도 못한 데다가 마음이 떨리고 손이 떨려서 마음대로 안된다.

삼돌이는 뽕을 따면서도 이따가 안협집을 꾈 궁리를 하지마는 안협집은 이것저것을 잊어버리고 손에 닥치는 대로 뽕을 땄다.

얼마쯤 땄다. 갑자기 안협집의 뒤에서

"누구야!"

하고 범 같은 소리를 지르는 남자 소리가 안협집의 간담을 서늘하게 하였다.

삼돌이란 놈은 길이나 되는 철망을 어느 결에 뛰어넘었는지 십여 간통이나 달아나서 안협집을 불렀다.

"어서 와요! 어서, 어서."

그러나 안협집은 다리가 떨려서 빨리 나와지지를 않는다. 그러나 죽을힘을 다하여 달아나려고, 한 아름 잔뜩 따 넣었던 뽕을 내던지고 철망으로 기어 왔다. 철망을 기어 나오기는 나왔으나 치맛자락이 걸려서 잡아당긴다. 거기에 더 질겁을 해서 그대로 쭉 찢고 나오려 할 때, 때는 이미 늦었다. 뽕 지키던 남자는 안협집을 잡았다.

"이 도적년! 남의 뽕을 네 것같이 따 가. 온 참, 이년! 며칠째냐, 벌써. 이렇게 남의 것이라고 찐 깡갱이[8]로 먹으면 체하지 않을 줄 알았더냐? 저리 가자."

안협집은

"살려주소. 제발 잘못했으니 살려만 주소. 나는 오늘이 처음이오. 저 삼돌이란 놈이 날마다 따 갔지 나는 죄가 없쇠다"

하고 손이 발이 되도록 빈다.

"듣기 싫어, 이년아! 무슨 변명이냐. 육시를 하고도 남을 년 같으니. 왜 감옥소의 콩밥 맛이 고소하더냐?"

"그저 잘못했습니다."

삼돌이는 보이지 않고 뽕지기는 안협집 손목을 끌고 뽕밭으로 들어갔다.

"이리 와! 외양도 반반히 생긴 년이 무엇이 할 게 없어 뽕 서리를 다녀"

하더니 성냥불을 그어 대고 안협집을 들여다보더니

"흥."

의미 있는 웃음을 웃어버렸다.

안협집은 이 웃음에 한 가닥 희망을 얻었다. 그 웃음은 안협집의 손아귀에 자기를 갖다 쥐여준다는 웃음이다. 안협집은 따라서 방싯 웃었다. 그 웃음 한 번이 넉넉히 뽕지기의 마음을 반 이상이나 흰죽 풀어지게 하였다.

안협집은 끌려갔다. '제가 철석같은 간장을 가진 놈이 아닌 바에…… 한 번이면 놓아줄걸.' 그는 자기의 정조를 팔아서 자기의 죄를 면할 수 있음을 알았다. 그는 마지못한 체하고 끌려갔다.

삼돌이란 놈은 멀리서 정경만 살피다가 안협집을 뽕지기가 데리고 가는 것을 보더니 두 눈에서 쌍심지가 돋았다.

'얘 이놈이 호랑이 삼돌이를 모르는 모양이다. 그러나 대관절 어떻게 할 셈이냐? 이놈 안협집만 건드려보아라. 정강마루를 두 토막에다 내놓을 테니. 오늘 밤에는 꼭 내 것이던 걸 그랬지. 어디 좀 가까이 좀 가볼까?'

이제는 단판씨름이라 주먹이 시비 판단을 하는 때이다. 다시 철망을 넘어서 들어갔다. 들어가서는 이곳저곳 귀를 기울이더니 이 구석 저 구석으로 돌아다녀보았다.

저쪽에서 인기척이 웅얼웅얼하더니 아무 말이 없다. 한 두서너 시간 그 넓은 뽕밭을 헤매고 또 거기 닿은 과목밭, 채마전, 나중에는 그 옆 원두막까지 가보았다. 놈이 뽕나무 밭 가운데 부풀 덤불을 보지 못한 까닭이다.

그는 입맛만 다시면서 집으로 와서 주인에게 그 이야기를 했다.

노파의 눈은 등잔만 해지더니 두 손 두 다리가 사시나무 떨듯

한다.

"이거 일 났구나. 어쩌면 좋단 말이냐."

좌불안석을 할 제 삼돌이란 녀석은 분한 생각에 곰방대만 똑똑 떨고 앉았다.

5

그날 새벽에 안협집이 무사히 왔다. 머리에 지푸라기가 묻고 몸 매무시가 말 아니다.

"에그, 어떻게 왔어! 응?"

주인은 눈에 눈물이 괴어서 어루만진다.

"무얼 어떻게 와요? 밤새도록 놈하고 승강이를 하다가 그대로 왔지."

"그대로 놓아주던가?"

"놓아주지 않고, 붙잡아두면 어찌헐 테야?"

일이 너무 싱겁다. 삼돌이 놈만 혼잣말처럼,

"내가 잡혔더면 콩밥을 먹었을걸. 여편네니까 무사했지."

주인은 그래도 미진해서

"그래 잘 놓아주었으니 다행이지. 그러나저러나 뽕은 어떻게 되었노."

"아 뺏겼죠!"

"인제는 아무 일 없겠소?"

"일이 무슨 일예요."

그날 밤에 삼돌이란 놈은 혼자 앉아서 생각하기를 '복 없는 놈은 하는 수가 없거든. 그러나 내가 다 눈치를 채었으니까, 노름꾼 놈이 오거든 이르겠다고 위협을 하면 그년도 발이 저려서 그대로는 못 있지. 내 입을 안 씻기고 될 줄 아는 게로구먼.'

그 후부터는 삼돌이란 놈이 안협집을 보고는

"뽕지기 놈 보고 싶지 않습나?"

하고 오며 가며 맞대놓고 빈정대기도 하고 빗대놓고도 비웃는다.

"뽕이나 또 따러 가소."

이러는 바람에 온 동리에서 다 알았다. 안협집은 분해서 죽겠는데 하루는 삼돌이란 놈이 막 안협집이 이불을 펴고 누우려는데 찾아와서 추근추근 가지도 않고

"삼보 김 서방이 올 때도 되었습네그려"

하며 눈치를 본다. 안협집은 졸음이 와서 눈꺼풀이 뻣뻣하여오는데 삼돌이란 놈이 가지도 않는 것이 귀찮아서

"누가 아누. 오고 싶으면 오고 가고 싶으면 가겠지"

하고 담벼락에 비스듬히 기대앉는다.

삼돌이의 눈에는 그 고단해하면서 비스듬히 누워서 눈을 감을락 말락 한 안협집의 목덜미 살쩍 밑이며 볼그레한 두 볼이 몹시 정욕을 일으켰다.

그래서 차츰차츰 말소리가 음흉해간다.

"임자는 사람을 너무 가려 봅디다! 그러지 마슈. 나도 지금은 남의 집 머슴 놈이지마는 집안 지체라든지 젊었을 적에는 그래도

행세하는 집에서 났더라우. 지금은 그놈의 원수스런 돈 때문에 이렇게 되었지마는"

하고 말을 건네려 하는데 안협집은 별 시러베자식 다 보겠다는 듯이 대답이 없다.

"자 그럴 것 있소. 오늘은 내 청을 한번 들어주소그려"

하고 바싹 달려드는 바람에 반쯤 감았던 안협집의 눈은 똥그래지며 어느 결에 삼돌의 뺨에 손뼉이 올라가 정월의 떡 치듯 철썩한다.

"이놈! 아무리 쌍 녀석이기로 이게 무슨 버르장머리냐. 냉큼 나가거라!"

하고 호령이 추상같다. 삼돌이란 놈은 따귀를 비비면서 성이 꼭두까지 일어나서

"무엇이 어쩌고 어째. 횡! 어디 또 한번 때려봐라."

일이 이렇게 되었으니 자기가 하려던 것은 이루고 마는 것이 상책이다. 이래도 소문은 날 것이요, 저래도 소문은 날 것이니 이왕이면 만족이나 채우고 소문이 나더라도 나는 것이 자기에게는 이로울 것 같았다.

더구나 안협집으로 말을 하면 온 동리에서 판 박아놓은 화냥년이니 한 번 화냥이나 두 번 화냥이나 남이나 내가 무엇이 다를 것이 있으랴 하는 생각이 났다.

도리어 자기의 만족을 한번 얻는 것이 사내자식으로서의 일종의 자랑인 것같이 생각되었다.

그는 두 팔로 안협집을 힘껏 껴안고

"내가 호랑이 삼돌이다! 네가 만일 내 말을 들으면 무사하지만 그렇지 않으면 그대로 두지는 않을 터이야! 너 네 남편이 오기만 하면 모조리 꼬아바칠 테야! 뽕 따러 갔던 날 일까지 모조리!"

무식한 놈이라 야비한 곳이 있다. 안협집은 그 소리가 얼마나 사내답지 못하였는지 알 수 없었다. 쇠 같은 팔이 자기 허리를 누를 때 눈을 감고 한 번만 허락할까 하려다가 그 말을 듣고서 고만 침을 얼굴에 뱉었다.

"이 더러운 녀석! 네가 그까짓 것으로 나를 위협한다고 말을 들을 줄 아니"

하고 소리를 질렀다. 삼돌이는 손으로 안협집의 입을 막았으나 때는 늦었다. 마침 마을 다녀오던 이장의 동생이 이 소리를 듣고 문을 열었다.

삼돌이란 놈은 무안해서 얼굴이 붉어지며 안협집을 놓았다. 안협집은 분해서 색색하며

"저놈 보시소. 아닌 밤중에 혼자 자는데 와서 귀찮게 굽니다. 저 죽일 놈이오. 좀 끌어내다 중치를 좀 해주시오."

이장의 동생은 안협집의 행실을 아는 고로 삼돌이만 보내려고

"이놈이 할 일이 없거든 자빠져 자기나 하지 왜 아닌 밤중에 남의 계집의 방에서 지랄야? 냉큼 네 집으로 가거라!"

두 눈이 등잔만 하여진다.

"네. 그런 게 아니라. 실없이 기롱⁹을 좀 했삽더니."

"듣기 싫어! 공연히 어름어름하면서, 이놈아 너는 사람을 죽여도 기롱으로 아느냐?"

삼돌이는 쫓겨났다. 이장의 동생은 포달을 부리며 푸념을 하는 안협집을 향하여

"젊은것이 늦도록 사내 녀석들을 방에다 붙이니까 그런 꼴을 당하지."

"누가요?……"

"고만둬. 어서 잠이나 자"

하며 문을 닫쳐주고 가버렸다.

6

삼돌이는 앙심을 먹었다. 안협집을 어떻게 해서든지 한번 곯리리라는 생각이 가슴속에 탱중하였다. 안협집은 독이 났다. 삼돌이란 놈 분풀이를 하려는 생각이 머리끝까지 올라왔다.

이튿날 동리에 소문이 났다.

"삼돌이란 놈이 뺨을 맞았다지! 녀석이 음침하니까."

"그렇지만 계집년이 단정하면 감히 그런 맘을 먹을라구!"

"그렇구말구! 제 행실야 판에 박은 행실이니까."

"지가 먼저 꼬리를 쳤던 게지."

이 소리가 바람에 떠돌아 오자 안협집은 분하였다. 요조숙녀보다도 빙설(氷雪) 같은 여자인데 이런 누추한 소문을 듣는 것 같았다. 맘에 드는 서방질은 부정한 일이 아니요, 죄가 아니요 모욕이 아니나 맘에 없는 놈에게 그런 소리를 듣고 당하는 것은 무서운

모욕 같았다.

그는 그길로 삼돌의 주인마누라에게로 갔다.

"삼돌이란 녀석을 내쫓으소."

주인은 벌써 알아챘으나 안협집 편은 안 들었다. 다만 어루만지는 수작으로

"무얼 내쫓을 것까지 있소. 그만 일에…… 그저 눈감아두지."

"왜 눈을 감는단 말이오?"

주인은 속으로 웃었다. '소 한 필을 달라면 줄지언정 삼돌이를 내놔?' 하였다.

"내쫓아선 무얼 하우. 또."

'어림없는 년! 네가 떠들면 떠들수록 네 밑구멍 들춰서 남 보이는 것이라'는 듯이 쳐다보며 맨 나중으로 아주 잘라 말을 해버렸다.

"나는 못 내보내겠소."

안협집은 분해서 집에 와서 머리를 쥐어뜯으며 울었다.

그리고 또 결심했다.

'두구 봐라. 너희들까지 삼돌이를 싸고도니! 영감만 와봐라.'

하루는 딴은 영감이 왔다. 안협집은 곤두박질을 하면서 맞았다.

"에그 어서 오슈."

노름꾼 김삼보는 눈이 똥그래졌다. 무슨 큰 좋은 일이나 생긴 것 같았다. 딴 때와 유달리 반가워하는 것이 의심스럽고 이상하였다.

방에 들어앉자마자 얼마나 땄느냐는 말도 물어보지 않고 삼돌

이란 놈에게 욕 당할 뻔하였다는 말을 넋두리하듯 이야기하였다.

"사람이 분해서 죽겠구려. 이것도 모두 영감 잘못 둔 탓이야. 오죽 영감이 위엄이 없어 보이면 그따위 녀석이 그런 짓을 할라고…… 영감이라고 있으나 없으나 마찬가지지. 일 년 열두 달 계집이 죽거나 살거나 내버려두고 돌아만 다니니까."

영감은 픽 웃었다.

"왜 내 잘못인가. 오죽 행실을 잘 가지면 그따위 녀석에게 그 꼴을 당한담."

김삼보는 분이 나지 않는 것도 아니었다. 그러나 계집의 소행을 짐작도 하려니와 그놈의 주먹도 아니 생각할 수가 없었다. 계집이 먹여 살리라는 말이 없고 이혼하자는 말만 없는 것이 다행해서 서방질을 해도 눈을 감아주고 무슨 짓을 하든지 그저 코대답만 하여주는 터이라 그런 소리가 귓전으로 들릴 뿐이다.

"내가 행실 잘못 가진 게 무어요?"

안협집은 분풀이라도 하여줄 줄 알았더니 도리어 타박을 주므로 분한 데 악이 났다.

"글쎄 무어야! 무엇? 어디 대봐요? 임자가 내 행실 그른 것을 보았소? 어디 보았거든 본 대로 말을 하시우."

딴은 김삼보는 집어서 말할 것이 없었다. 그는 그저 그런 눈치만 채었지 반박할 증거는 잡은 것이 없다.

"본 거나 다름없지."

"무엇이 본 거나 다름없어? 일 년 열두 달 계집이 죽거나 살거나 내버려두었다가 이제 와서 한다는 소리가 그것밖에 없어? 살기가 싫거든 그대로 살기 싫다고 그래! 사내답게. 왜 그만 냄새가 나지? 또 어디다가 계집을 얻어논 게지."

"이년이 뒈지지를 못해서 기를 쓰나?"

"그렇다. 이놈아! 네까짓 녀석 아니면 서방 없을까 봐 그러니. 더러운 녀석!"

김삼보의 주먹은 안협집의 등줄기를 후렸다.

"이년 그래도 잔소리야. 주둥이 좀 닫치지 못하겠니."

이렇게 서로 툭닥거리며 싸우는 판에 뒷집에서 삼돌이란 놈이 이 소리를 듣고서 가장 긴한 척하고 따라왔다.

"삼보 김 서방, 언제 오셨소?"

하고 마당에 들어섰다. 김삼보는 그놈의 상판을 보니까 참았던 분이 꼭두까지 올라온다. 삼돌이는 제법 웃음을 띠고

"허허, 오래간만에 만나셔서 내외분 싸움이 웬일이시우?"

어디서 한잔을 하였는지 얼굴이 불콰하다.

김삼보는 눈을 흘겨 뚫어지도록 삼돌이를 쳐다보았다.

"이놈아! 남이 내외 싸움을 하든 말든 참견이 무어야?"

삼돌이란 놈은 주춤하였다. 그는 비지 같은 눈곱이 낀 눈을 꿈벅꿈벅하더니

"그렇게 역정 내실 것 무엇 있수. 말 좀 했기로……"

"이놈아 네가 아랑곳할 게 무어야?"

"아랑곳은 할 것 없어도 흥정은 붙이고 싸움은 말리랬으니까 말이오. 나는 싸움 좀 못 말린단 말이오"

하고 술 냄새를 풍기며 다가앉는다.

"이놈아 술을 먹었거든 곱게 삭여."

이번에는 삼돌이란 놈이 빌붙는다.

"나 술 먹고 어찌하든 김 서방이 관계할 게 무어요."

"이놈아 남의 내외 싸움에 참견을 하니까 그렇지."

주고받다가 삼돌이의 멱살을 김삼보가 쥐었다.

"이 녀석 네가 무슨 뻔뻔으로 이따위 수작이냐? 내 계집 이놈 왜 건드렸니."

삼돌이는 조금 발이 저렸으나 속으로 흥 하고 웃었다.

"요까짓 게 누구 멱살을 쥐어? 앙징하게"

하더니 김삼보의 팔을 잡아 마당에다가 내려갈기니 개구리 떨어지듯 캑 한다.

"요놈의 자식아! 내 말을 좀 들어보고 말을 해! 네 계집 험절을 모르고 덤비기만 하면 강산이냐? 이 동리 반반한 사내 양반 쳐놓고 네 계집 건드리지 않은 놈이 없다. 이놈! 꼭 집어 말을 하라면 위에서 아래로 내리 섬기마. 이놈 너도 계집 덕분에 노잣냥 노름 밑천 푼 좋이 얻어 썼지. 그래 집이라고 오면서 볼[10] 받은 것이나마 옥양목 버선 벌이나 얻어 가지고 가는 것은 모두 어디서 나온 것으로 아니? 요 땅딸보 오리 궁둥아! 아무리 속이 밴댕이 같기로."

"그리고 또 들어봐라. 나중에는 주워 먹다 못해서 뽕지기까지 주워 먹었다."

안협집이 파래서 달려든다.

"이놈! 네가 보았니?"

"보나 안 보나 일반이지."

"이 녀석 네 말을 듣지 않으니까 된 말 안된 말 주둥이질을 하는구나."

동리 사람들이 모여들었다. 안협집은 삼돌이에게 발악을 하고 김삼보는 듣고만 있다.

한참 있더니 듣다 듣다 못하는 듯이 삼돌이란 놈이 안협집에게로 달려들며

"이년이 뒈지려고 기를 쓰나?"

하고 주먹을 들었다. 동리 사람들이 호령을 하고 말렸다.

"이놈! 저리 얼른 가거라!"

이놈은 변명을 하며 버팅겼다. 그러나 여러 사람에게 끌려 저리로 가버렸다.

사람이 헤어지자 노름꾼은 계집의 머리채를 잡았다.

그는 삼돌이에게 태질을 당한 것이 분하였다. 그뿐 아니라 그렇게까지 계집년의 행실을 온 동리에서 아는 것이 분명하였다.

"이년! 더러운 년! 뽕밭에는 몇 번이나 갔니?"

발길로 지르고 주먹으로 패고 머리채를 잡아당기고 땅에다 질질 끌었다. 그는 이를 갈고 어쩔 줄을 몰랐다. 계집은 울고 발버둥질을 쳤다.

"죽여라— 죽여라 죽여!"

"그럼 살려줄 줄 아니? 이년! 들어앉아서 하는 게 그런 짓밖에는 없어."

김삼보는 자기의 무딘 팔다리가 계집의 따뜻하고 연한 몸에 닿을 때에 적지 않은 쾌감을 느끼었다.

그는 그럴수록 더욱 힘을 주어 때리도록 속에 숨겨 있던 잔인성이 북받쳐 올라왔다.

맞은 안협집은 당장에 죽을 것 같았다. 그는 생각하기를 이왕 이리된 바에야 모두 말해버리고 저하고 갈라서면 고만이지 언제는 귀밑머리 풀고 사주단자 보내고 사당에 예배드린 내외냐. 저는 저고 나는 난데 왜 이렇게 때리노 하는 맘이 나며

"이것 놔라! 내 말하마!"

하고 머리를 붙잡았다.

"뽕밭에는 한 번밖에 안 갔다. 어쩔 테냐?"

삼보는 더욱 머리채를 잡아챘다.

"이년! 한 번?"

이번에는 더 때렸다. 안협집은 말한 것이 후회가 났다. 삼보는 그래도 거짓말을 한다고 그대로 엎어놓고 짓밟았다. 안협집은 기절을 하였다. 삼보는 귀로 안협집의 숨소리를 들어보았다. 그러나 숨소리가 없다. 그는 기겁을 하여 약국으로 갔다. 그의 팔다리는 떨렸다. 그가 의사에게서 약을 지어 가지고 왔을 때 안협집은 일어나 앉아 있었다. 삼보는 반가웁기도 하고 분하기도 하여 약을 마당에 팽개쳤다. 그리고 밤새도록 서로 말이 없었다. 이튿날은 벙어리들 모양으로 말이 없이 서로 앉아 밥을 먹고 서로 앉아 쳐다보고 서로 말만 없이 옷도 주고받아 갈아입고 하루를 더 묵어 삼보는 또 가버렸다. 안협집은 여전히 동리 집 공청 사랑에서 잠을 잤다. 누에는 따서 삼십 원씩 나눠 먹었다.

지형근池亨根

1

　지형근(池亨根)은 자기 집 앞에서 괴나리봇짐 질빵을 다시 졸
라매고 어머니와 자기 아내를 보았다.

　어머니는 마치 풀접시에 말라붙은 풀껍질같이 쭈글쭈글한 얼굴
위에 뜨거운 눈물방울을 떨어뜨리며 아들 형근을 보고 목 메이는
소리로

　"몸이 성했으면 좋겠다마는 섬섬약질이 객지에 나서면 오죽 고
생을 하겠니. 잘 적에 더웁게 자고 음식도 가려 먹고 병날까 조심
하여라! 그리고 편지해라!"

하며 느껴 운다.

　형근의 젊은 아내는 돌아서서 부대로 만든 행주치마로 눈물을
씻으며 코를 마셔가며 울면서도 자기 남편을 마지막 다시 한 번

보겠다는 듯이 훌쩍 고개를 돌리어 볼 적에 그의 눈알은 익을 둥 말 둥한 꽈리같이 붉게 피가 올라갔다.

"네. 네."

형근은 대답만 하면서 얼굴빛에 섭섭한 정이 가득하고 가슴에서 북받치는 눈물을 참느라고 코와 입과 눈썹이 벌룩벌룩한다.

동리 사람들이 그 집 문간에 모두 모여 섰다. 어렸을 적 친구들은 평생 인사를 못 해본 사람들처럼 어색한 어조로 인사들을 한다.

어떤 사람은 체면치레로 말 한마디 던져버리고 그대로 돌아서 저쪽에 가 서는 사람들도 있지마는, 어떤 늙은이는 머리서부터 쓰다듬어 내려 마치 어린애같이 볼기짝을 두들기면서,

"응, 잘 다녀오게. 돈 많이 벌어가지고 오게. 허어, 기막힌 일일세. 자네 같은 귀골이 노동을 하려고 집을 떠나간다니. 자네 어른이 이 꼴을 보시면 가슴이 막히실 일이지"

하는 두 눈에서는 진주 같은 눈물이 괴어오르다가 흰 눈썹이 섬세하고 쌍꺼풀이 진 눈을 감았다 뜰 때 희끗희끗한 눈썹 위에는 눈물이 굴러 맺힌다. 노인이 우는 바람에 어머니와 아내의 울음소리는 더 잦아지며 동리 집 노파들도 눈물을 씻고 젊은 장정들은 초상집에 가서 상제 우는 바람에 부질없이 나오는 울음을 참으려는 것같이 코들만 들이마시기도 하고 눈만 슴벅슴벅하고 있다.

형근도 눈물을 씻으며 어머니께 인사를 하고 다시 동리 사람을 향하여 작별을 하였다.

자기 아내는 도리어 보는 것이 마음을 약하게 하여주는 것이며 장부의 할 만한 짓이 아니라는 듯이 보지도 않고 돌아서서 동구

로 향하였다. 동리 늙은이와 자별한 친구들은 뒤를 따라와주며, 어린아이들은 마치 출전하는 장군 앞에 선 군대들같이 앞에도 서고 뒤에도 서서 따라온다.

형근은 가다가 돌아다보고 또 가다가 돌아다보았다. 얼마큼 오니까 아이들도 다 가고 따라오던 사람들도 다 흩어지고 자기 혼잣몸이 고개 마루턱에 올라섰다.

뒤를 돌아다보니 자기가 살던 이십여 호밖에 보이지 않는 촌락이 밤나무 느티나무 사이에 섞여 있다. 자기 집 앞에는 사람들이 흩어지고 어머니와 자기 아내만 여전히 자기 뒤를 바라보고 섰다.

그는 여태까지 나지 않던 눈물이 어디서 나오는지 폭포같이 쏟아진다. 아침 해가 기쁜 듯이 잔디 위 이슬에서 오색 빛을 반사하고 송장메뚜기가 서 있는 감발[1] 위에 반갑게 튀어 오르나 그것도 보이지 않는다.

분홍 저고리에 남 조각으로 소매에 볼을 받아 입고 왜반물[2] 치마에 부대쪽 행주치마를 입고 백랍[3] 비녀에 가짜 산호 반지를 낀 자기 아내 생각을 할 제 스물두 살 먹은 이 젊은 사람의 가슴은 터질 것 같았다.

그는 한 발자국에 돌아서고 두 발자국에 돌아섰다.

멀리 보이는 자기 집은 아침 해의 그늘이 비추인 산모퉁이에 가리어 보이지 않는다.

2

그는 오 리쯤 가서 단념하였다.

'내가 계집애에게 마음이 끄을려서 이렇게 약한 마음을 먹다니!'

그는 마치 번개같이 주먹을 내흔들었다. 그리고 벌건 진흙이 묻은 발을 땅이 꺼져라 하고 더벅더벅 내놓았다.

그는 고개를 쳐들었다. 가슴을 내놓았다. 하늘은 한없이 높이 개었는데 넓은 벌판 한가운데 신작로로 나서니까 그 가슴속에는 끝없는 희망이 차는 듯하였다.

가면 된다. 이대로 가기만 하면 내 주먹에 지전 뭉텅이를 들고 온다. 그는 열흘 갈 길을 하루에 가고 싶었다.

그때 강원도 철원군에는 팔도 사람이 다 모여들었었다. 그 모여드는 종류의 사람인즉 어떠냐 하면 대개는 시골서 소작농(小作農)들을 하다가 동양척식회사에서 소작권을 잃어버린 사람이 아니면 일확천금의 꿈을 꾸고 허욕에 덤빈 사람들이었다.

그것은 철원에 수리 조합이 생기며 그 개간 공사로 노동자를 사용하는 까닭도 있지만 금강산 전기철도(金剛山 電氣鐵道)가 놓이며 철원은 무서운 속력으로 발전을 하는 데 따라서 다소간의 금융이 윤택하여지며 멀리서 듣는 불쌍한 사람들의 마음들을 충동이어 '나도 철원 나도 평강(平康)' 하고 덤비게 된 것이다.

노동자가 모이어 주막이 늘고 창기가 늘었다.

자본 있는 자들은 노동자가 많이 모여들수록 임금을 낮춰서 얼마든지 그들의 기름을 짜내었다. 그러나 그렇게 기름을 짜낸 돈은 또 주막과 창기가 짜내었다. 남은 것은 언제든지 비인 주먹이었다.

평화스런 철원읍에는 전기철도라는 괴물이 생기더니 풍기와 질서는 문란할 대로 문란하여졌다.

그래도 경상도, 경기도 여기저기 할 것 없이 모든 것을 잃어버린 불쌍한 농민들은 요행을 바라고 철원, 평강으로 모여들었다.

지형근도 지금 그러한 괴물의 도가니, 피와 피를 빨고 짓밟고 물어뜯고 볶는 도가니를 향하여 가며 가슴에는 이상의 꽃을 피게 하고 있는 것이나 마치 절벽 위에서 신기루(蜃氣樓)에 홀려서 한 걸음 두 걸음 끝을 향하여 나가는 것이다.

그는 오십 리를 못 가서 발이 부르텄다. 그는 한 시간에 십 리를 걸었다 하면 지금은 그것의 절반 오 리도 못 걸었다.

그는 발 부르튼 것을 길가에 서서 지긋지긋 눌러보며 혼잣속으로

'흥, 올 적에는 기차 타고 온다. 정거장에서 집까지가 오 리밖에 안 되니 그때는 잠깐 걷지……'

그러나 그는 주머니 속을 생각하여보았다. 발병이 나지 않고 그대로 줄창 잘 걸어간다 해도 닷새나 돼야 들어갈 것이다. 그러면 주머니에 있는 행자[4]는 얼마냐? 빠듯하게 쓰고도 남을지 말지 하다.

해는 져간다. 가슴에서는 공연히 무서운 생각이 났다. 만일 발

병이 더하여 길을 못 가게 되면 어찌하나.

그는 용기가 줄어들고 희망에 구름이 끼는 것 같았다.

그는 비척비척 맥이 없이 걸어가며 궁리해보았다. 그는 자기가 가는 길가에 아는 사람의 집을 모조리 생각해보았다.

말할 만한 집이 하나도 없었으나 거기서 한 십 리쯤 샛길로 휘어 들어가면 거기 큰 촌이 하나 있었다. 그 촌 이름을 여기에 쓸 필요가 없으매 그만두지마는 그 촌에는 자기 아버지가 한참 호기 있게 돈을 쓰고 그 근처 읍에 이름 있는 부자로 있을 때 소작인으로 있던 사람이 생각난다.

그는 그를 자기 집 사랑에서 자기 아버지 앞에 황송한 태도로 앉아 있는 것을 보기는 보았을지라도 그의 집을 찾아간 일은 물론 없었다.

'옳지……'

형근은 무릎을 쳤다.

'김 서방을 찾아가면 얼마간이라도 돌릴 수가 있을 터이지, 거저 달래는 것인가? 돌아올 때 갚을걸!'

그는 김 서방의 상전이란 관념이 있다. 옛날에 자기 아버지의 은덕으로 살아간 사람이니까 은덕을 베푼 자의 아들의 편의를 보아주는 것도 떳떳한 일이라 하였다.

즉 자기 마음이 그러니까 남의 마음도 그러하리라 하였다.

그는 허위단심⁵ 김 서방 집을 찾았다. 그 집 앞에는 훤한 논과 밭이 있고 집은 대문이 컸다.

주인을 찾으매 정말 김 서방이 나왔다. 김 서방은 반가워하면서도 놀랐다.

"이게 웬일야?"

김 서방은 존대도 아니요 하대도 아니요 어리벙벙하게 말을 해 버린다. 형근은 이것이 의외였다. 아무리 세상이 망해서 내가 제 집을 찾아왔기로 어디를 보든지 말버릇이 그렇게 나오지는 못할 것이었다.

"어서 들어가세."

이번에는 하게가 나왔다. 형근의 얼굴은 노래졌다가 다시 붉어 졌다.

그는 대답이 없었다. 마당에 서서 해만 바라보았다. 해는 벌써 저쪽 서산 위에 반쯤 걸리었다.

그러나 그는 단념하였다. 자기가 노동을 하러 괴나리봇짐을 지 고 나가는 이 시대에서는 무엇보다도 돈이 있어야 한다. 돈만 있 으면 무엇이든지 된다. 양반도 되고 남을 부릴 수도 있으니까 자 기도 돈을 벌어서 다시 옛날의 문벌을 회복하고 남도 부려보리라 하였다. 그러니까 지금은 참아야 한다. 숙명적으로 그는 자기가 이렇게 된 것이니까 단념하지 않을 수가 없었다.

옛날에는 문벌만 있으면 무슨 짓—사람을 죽이고도 무사하였 던 것이나 마찬가지로 지금은 돈만 있으면 무슨 짓이든지 괜찮다 는 관념이 한층 깊어지며 그는 얼핏 목적지에 가서 돈을 벌어가 지고 오고 싶었다.

그는 분을 참고 그 집에서 잤다. 김 서방은 옛날의 어린 주인을 잘 대접하였다. 그는 밥상을 내놓으면서도 웃고, 정한 자리를 펴

주면서도 웃었다. 또는 떠날 때도 종종 들르라고 하면서 웃었다.

김 서방은 지금처럼 만족하고 좋은 때가 없었다. 그것은 다른 것이 아니라 여태까지 자기가 깨닫지 못하였던 자랑을 깨달은 까닭이다. 즉 옛날에 자기가 고개를 숙이던 사람의 자식이 자기 집에 와서 숙식을 빌게 될 만큼 자기가 잘된 것에 만족한 것이었다.

형근은 또 주저주저하였다. 어젯밤부터 궁리도 하여보고 분한 생각에 단념도 하여보고 다시 용기도 내어보던 돈 취할 일, 가장 중대한 일이 그대로 남은 까닭이었다.

그는 눈 딱 감고

"여봅쇼!"

하였다. 그는 목소리가 떨리며 자기가 얼마나 비열하여졌는지 스스로 더러운 생각이 났다.

말을 하였다. 김 서방은 벌써 알아챘다는 듯이 또 웃으며 생색내고 소청한 돈의 삼분지 이를 주었다.

형근은 그 돈을 들고 나오며 분개도 하고 욕도 하고 또는 홀연한 생각이 나서 정신없이 앞만 보고 갈수록 그는 돈이 얼마나 필요한가를 새삼스러이 느끼는 것 같았다.

3

형근은 다리로 자기가 걸어온 것이 아니라 팔과 머리로 다리를 끌어온 것 같았다.

그는 예정보다 사흘이 늦어서 철원에 도착하였다. 그는 한 다리를 건너면서 두 팔을 벌릴 듯이 반가워하였다. 그는 자기더러 오라고 편지를 한 동향 친구를 찾아가서 지금까지 지고 온 봇짐을 벗어놓을 때 그는 모든 괴로움과 압박에서 벗어나는 듯하였다.

그러나 그의 짐을 벗어놓은 것은 어깨를 가볍게 함이 아니라 그 위에 더 무거운 짐을 지우기 위함이었다.

그는 자기 친구를 찾았을 때 여간한 환멸(幻滅)을 느끼지 않았다.

우선 그가 있는 집이라는 것은 마치 짐승의 우릿간과 같은데 거기서 여러 십 명 사람들이 도야지들 모양으로 옹기종기 모여 있었다.

땅을 파고 서까래를 버틴 후 그 위에 흙을 덮고 약간의 지푸라기로 덮어놓은 것이 그들의 집이다. 방 안에는 발에는 감발이며 다 떨어진 진흙 묻은 양말 조각이 흐트러 있고 그 속은 마치 목욕탕에 들어간 것같이 숨이 막힐 듯한 냄새가 하나 가득 찼었다.

물론 광선이 잘 통할 리가 없었다. 캄캄하여 눈앞을 잘 분별할 수 없는 그 속에는 사람의 눈들만 이리 굴고 저리 굴고 하였다. 그는 손으로 더듬어서 그 속을 들어갔다.

발길에는 사람의 엉덩이도 채어지고 허구리도 건드려졌다. 그럴 적마다 그들은 굶주린 맹수 모양으로 악에 받친 듯이 소리를 질렀다.

그는 친구의 권하는 대로 자리에 앉았다. 그리고 여러 사람들에게 인사를 시켰다.

새로이 온 사람이라고 여러 사람들은 절을 하다시피 반가워하였다. 저 구석에서 다섯 직째나 학질을 앓던 사람까지 일어나 인사를 하고 눕는다. 그들에게는 이 새로이 온 친구가 반가운 동무라고 함보다도 다시없는 이끼〔餌〕였다.

그들은 새로 온 사람의 노자낭 남은 것을 노리어서 그것으로 다만 한때라도 탁주 몇 잔 육회 몇 접시를 토색하기 위하여 자기네의 갖은 아첨과 갖은 친절을 다하는 것이다.

어떠한 사람은 동향 사람이라고 가까이하려 하였다. 또 어떤 사람은 동성동본이라고 친절히 하였다. 또 어떠한 사람은 어려서 자기 아버지와 형근의 아버지와 친하였다고 세교(世交)라고 늦게 만난 것을 한탄하였다.

이래서 형근은 처음 이 움 속에 들어올 적에 느끼던 환멸이 어느덧 신뢰하는 마음과 이상과 기쁨으로 가득 차버렸다. 그날 저녁에 노자푼 남은 것으로 그 근처 선술집에서 두서너 사람과 탁주를 먹으려 편지하던 친구에게 물었다.

"자네는 그동안에 돈 좀 모았나?"

"아직 모으지는 못하였네. 그러나 인제 수 생길 일이 있지."

친구는 당장에 수만금 재산을 한 손에 움켜쥘 듯이 말을 하였다. 그것도 그럴 것이 그는 아직까지도 황금 덩어리가 멀지 않은 장래에 자기 손 속에 아니 들어올 리가 없으리라고 생각하는 까닭이다.

"설마 천 리 타향까지 나왔다가 맨손 들고 들어가겠나? 지금은 좀 고생이 되지마는 그래도 잘 부비대기[6]를 치면 돈 몇백 원쯤이야 조반 전에 해장하기지."

형근은 또 가슴속이 든든하여지며 이번에는 걸쭉한 막걸리는 그만두고 입 가볍고 상긋한 약주를 청하였다.

"그러나저러나 여러 형님네가 저를 위해서 어떻게 힘을 좀 써주셔야겠습니다. 형님들은 저보다야 경험도 많으시고 또 그런 데 길도 좋으실 테니까요."

형근은 눈이 거슴츠레해서 안주를 들며 말을 하였다.

"아따 염려 마시우. 내나 그 형이나 이런 데 와서 고생하기는 마찬가진데 서로 형제나 친척같이 생각할 것이 아니오."

그중에 머리 깎고 지까다비[7] 신고 행전[8] 친 노동자가 대답을 하였다.

"그럼 저는 형장만 꼭 믿습니다."

"글쎄 염려 말아요."

그날 저녁 그는 여러 가지 진기한 것을 보았다. 번화한 시가도 보고 또 술 파는 어여쁜 계집도 보았다. 그리고 여기서 쓰는 말이며 습속을 배웠다.

그는 어리둥절한 가운데에도 속이 느긋하고 만족하여 그대로 하루 저녁을 그 움 속에서 자고 났다. 그는 고린내 나는 발이 자기 코 위에 올려놓이고 허구리를 장작개비 같은 발이 들이질러도 그것이 화가 나지 않고 그 여러 사람을 오히려 동정하고 불쌍타 하는 생각을 가졌었다. 이들도 지금에는 이렇게 고생을 하지마는 나중에는 모두 돈들을 벌어 가지고 고향으로 돌아가면 호강할 친구들이라고 생각하였다.

그 이튿날 새벽 다섯 시가 되더니 그 같이 자던 사람 중에서 서

222

너 사람은 눈을 비비고 어디로인지 가는 것을 보았다. 그는 어제 자기가 올 적에도 보지 못한 사람이요, 또는 어느 틈에 들어왔는지도 알지 못하는 사람들이었다. 그가 나갈 적에 누구 한 사람 인사하는 일도 없고 눈 한번 거들떠보는 사람도 없었다.

그들이 나갈 적에 부산한 바람에 옆엣사람들이 잠을 깨었다가 그들이 다 나가는 것을 보고

"간나웨 자식들, 나가면 곱상스리 나갈 것이지"

하고 투덜대는데 그의 눈은 무서웠다. 마치 됐다 만나자는 원수를 벼르는 것 같았다. 형근은 그것을 보고 그와 눈이 마주칠까 보아서 눈을 얼핏 감고서 아무리 생각하여보아도 그러할 리가 없었다. 자기에게는 그렇게 친절히 하던 사람들로는 결단코 하지 않을 일이었다. 그는 그 노동자의 질투를 몰랐으므로 이런 의심을 품었었으나 누구든지 이러한 사회에 있으면 그렇게 험상스럽게 될 수 있을 것을 몰랐던 것이다.

그가 다시 실눈을 뜨고 방 안을 슬그머니 둘러볼 적에는 젖뜨려 놓은 싸리 거적문으로 아침 햇발이 붉은빛을 띠고 들이비치는데, 그 해가 비치는 싸리 거적 위에서는 아까 그 불량한 노동자가 코를 땅에다 대고 코를 고는 바람에 땅바닥의 먼지가 펄썩펄썩 일어났다.

아침에 일어나자 어저께 그 지까다비 신고 각반(脚絆)[9]을 쳤던 노동자가 형근을 깨웠다.

"세수하시우."

그는 세수 옹배기[10]에 물을 떠서 움 밖에 놓았었다. 형근은 황송

하고 고맙다는 말을 하고 세수를 하였다. 그리고 아침 먹는 곳을
물었다.

"나만 따라오시우."

형근은 자기 친구(편지한 친구)를 찾으려 하였으나 그자의 수선
바람에 그대로 끌려갔다.

술집에 가서 해장술에 술국밥을 먹었다. 시골서는 먹어보지도
못하던 것인데 값도 꽤 싸다 하였다. 물론 돈은 형근이가 치렀다.
인제는 주머니밑천이라고 은화 이십 전 하나하고 동전 몇 푼이
남았을 뿐이다. 그러나 그는 내일은 일구녕이 생기겠지 하였다.

돌아오는 길에 그자는 형근의 행장에 무엇이 있는가 물었다. 그
는 조선 무명 홑옷 두 벌과 모시 두루마기 두 벌과 삼승[11] 버선이
한 벌 있다 하였다.

그것은 자기 집안이 풍족할 때 자기 아버지가 장만하여두고 입
지 않고 넣어두었던 것을 이번에 자기 아내가 행장에 넣어 주었
던 것이라 그것이 그에게는 다시없는 치장이요 또는 문벌 자랑거
리였다. 그자는 그 말을 듣더니 코웃음을 웃으면서 형근을 비웃
었다.

"그까짓 것은 무엇에 쓴단 말이오, 여보."

형근이 자기 속으로는 무척 자랑삼아 말한 것이 당장에 핀잔을
받으니까 무안하기도 한 중에 또 이상스러웁고 놀라웠다. 이런
곳에서는 그런 것쯤은 반 푼어치의 값이 없나 보다 하는 생각을
하니까 자기의 말한 것이 창피하기도 하고 딴에는[12] 자기가 무슨
사치하고 영화스러운 생활을 할 수 있게 되었나 보다 할 때 즐거

웠다.

그날 저녁에 형근은 지까다비 신은 사람에게 끌려 나왔다.

그가 저녁을 같이 먹으러 가자 하면서 끝엣말에다가

"내가 한턱 씀세"

하였다.

형근은 막걸리 서너 잔에 얼근하였다. 두 사람이 술집에서 나와서 서너 집 지나오다가 그자는 형근을 툭 치며

"여보, 일구녕 뚫어놨쇠다"

하였다. 형근은 눈이 번쩍 띄었다.

"어디요?"

"허허, 그렇게 쉽게 알으켜주겠소. 한턱 쓰소."

형근은 좋기는 좋지마는 한턱 쓰라는 데는 아무 말도 하지 못하고 다만

"허허"

하고 반벙어리처럼 한탄 비슷한 대답을 하였을 뿐이다. 그런즉 이런 어리배기[13]쯤야 하는 듯이 두서너 번 까불러보다가 그자가 미리 묘책 하나를 알려주었다.

그들은 공연히 빙빙 장거리로 돌면서

"그렇게 합시다. 그까짓 것 무슨 소용 있소. 땀 한번 배면 고만일걸. 돈푼이나 수중에 들어오거든 양복 한 벌을 허름한 것 사 입어요. 그러면 더럼 안 타고 오래 입고 어디 나서든지 대우받고 좀 좋소. 여기서 조선 옷 입는 사람들야 할 수 없는 사람들이나 입지 노형 같은 젊은이가 뭘 못 해본단 말요. 그렇게 합시다."

형근은 그자의 말대로 곧 귀를 기울일 수는 없었다. 일이 너무 크고 자기의 이성으로는 판단하여 결단하기가 대단히 어려운 까닭이다.

그는 이럴까 저럴까 난처한 생각으로 다만

"글쎄요. 글쎄요"

하기만 하며 둥싯둥싯 그자의 뒤만 따라다녔다. 그러니까 그자는 화를 덜컥 내며

"여보, 이런 데 와서는 매사에 그렇게 머뭇거리다가는 안 돼요. 여기가 어떤 덴데 그러소 엥. 난 모르오. 엑 맘대로 하소"

하고 홱 가버리려 하니까 형근은 약한 마음이라 하는 수 없이 그자를 다시 불러

"그렇게 역정야 낼 것 무엇 있소. 좋을 대로 하십시다그려."

"글쎄 좋을 대로 누가 하지 않는댔소. 노형이 자꾸 느리배기를 부리니까 그렇지."

옷을 팔았다.

4

형근은 친구에게 끌려서 어떤 안진술집[14]으로 들어갔다. 그 친구가 두루마기 판 것을 자기 손에 쥐여 줄 줄 알았더니 그것도 그렇게 하지 않고 첫걸음에 가는 곳은 이화(梨花)라는 여자가 술을 파는 내외술집[15]이었다.

"나만 따라오시우. 내 어여쁜 색시 구경을 시켜줄 터이니!"

어깨가 으쓱하여지며 두 눈을 찡긋찡긋하는 그자의 뒤를 따라가며 어여쁜 색시라는 말을 들으니까 속으로는 당길심도 없지 않았으나 첫째 노는계집 옆에를 가보지 못한 것은 말할 것 없고 그런 종류의 여자라면 겁부터 집어먹을 줄밖에 모르는 그는 가슴이 두근두근하여질 뿐이다.

"이런 데를 오면은 계집 다루는 것도 배워야 합니다."

형근이 쭈뼛쭈뼛하는 것을 보고 그자는 속으로 '네가 아직 철이 안 났구나' 하는 듯이 코웃음 섞어 말을 하였다.

형근은 그래도 속에는 빳빳한 맛이 있어서 그자에게 멸시를 당하는 것이 창피도 하고 분하기도 하나 사실 뻗댕길 자신도 없었다. 그는 그저 우물쭈물하며 그 뒤를 따라갈 뿐이다. 그렇지만 따라가기는 하면서도 몹시 조심이 되고 조마조마한 생각이 나며 자기 몸에 창피한 곳이나 없나 하는 생각이 나서 걱정이었다.

마루 앞까지 서슴지 않고 들어선 그자는

"여보 술 파우"

하고 소리를 높여 제법 의젓하게 주인을 부르더니 서투른 기침을 하였다.

안방에서는 여러 사람들이 술이 취하여 장거리의 장꾼들처럼 제각기 떠들다가 그 소리에 떠들던 것까지 뚝 그쳤다. 그 왁자지껄하던 무뢰[16] 남자들의 거치러운 목소리를 좌우로 물결 헤치듯이 좍 헤치고 복판을 타고 나오는 연한 목소리는 주인의 목소리였다.

"녜, 나갑니다."

이 소리를 듣더니 그자의 눈은 끔뻑하여졌다. 그러더니 형근을 한 번 본 후에

"이건 손님이 왔는데도…… 아무도 없소?" 하고 짐짓 못 들은 체하고 이번에는 더 높은 소리를 질렀다.

"나갑니다"

하고 그 여자는 소리를 질렀다. 그러더니 문이 열리며 그 여자의 치맛자락이 문에 스치며 나오는 것이 보였다.

"어서 오십시오. 저 건넌방으로 들어가시지요."

형근의 눈에는 머리를 치거슬러[17] 빗어 왜밀[18] 칠을 하여 지르르 흐르게 하고 횟박[19] 쓰듯 분을 바르고 값 낮은 연지를 입에다 칠하고 금니 한 이 사이에서 껌을 딱딱 씹으며 나온 그 이화라는 여자가 몹시 아름답게 보일 뿐 아니라 지르신은 버선까지 유탕 (遊蕩)한[20] 마음을 일으키게까지 하였다.

그자는 이화라는 여자를 보더니

"오래간만일세그려!"

하며 그 손을 잡았다. 그것은 나는 이렇게 이런 이화 같은 미인과 능히 수작을 하며 손목을 잡을 만한 자격과 수단이 있다는 것을 지형근에게 자랑하고 싶었던 것이었다.

"글쎄요."

이화라는 여자는 아무렇지도 않은 머리를 다시 만지면서 '마뜩지 않게 네가 웬 허게냐' 하는 듯이 시답지 않은 어조로 대답을 하여버렸다.

"그런 게 아니라 이 친구허구 술이나 한잔 나눌까 하고 해서 왔

228

지."

연해 생색을 내려고 하면서 이화에게 아첨을 하려는 듯이 쳐다본다.

"어서 건넌방으로."

두 사람은 건넌방으로 들어갔다. 그자는 슬그머니 형근을 보더니

"어떻소? 괜찮지. 소리 한번 시킬 터이니 들어보시우."

상을 들고 이화가 들어왔다. 형근의 눈에는 내외술집에서 한 순배에 사오십 전 하는 술상이 얼마나 풍부하고 진미인지 몰랐다. 그는 어려서 자기 집이 상당한 재산을 가지고 지낼 적에도 이러한 음식을 자기 앞에 차려 주는 것을 먹어본 일이 없었다.

그는 구미가 동하기보다는 덜컥 가슴이 내려앉았다. 이 비싼 술값을 어떻게 치를까? 그는 속이 초조해지면서 겁이 났으나 나중으로 그자를 믿었다. 믿었다는 것보다는 내가 아니, 너 알아 하겠지 하는 마음이 나기는 났으나 그래도 속이 편치는 못했다.

우선 술잔이 자기에게 돌았다. 형근은 마치 남의 집 부인을 보는 것 모양으로 그 여자를 바라보지 못하다가 술잔을 들면서 바로 보았다.

형근은 그 술 붓는 여자를 이제야 비로소 똑바로 보았다 하여도 거짓말이 아니었다.

형근은 그 여자를 보고 마치 뜻하지 아니한 곳에서 뜻한 사람을 만난 것같이 놀라지 아니치 못하였다. 반갑다 하면 반가운 일이요 괴변이라 하면 이런 괴변이 또 어디 있으랴.

그 여자는 형근의 고향에서 한 동리에 자라난 여자다. 그래도 행세깨나 한다고 하여 어려서부터 규중에 들어앉아 배울 것이란 남겨놓지 않고 배우고 읽힐 것이란 모조리 읽히더니 불행히 그가 열세 살 되던 해 아버지가 돌아가고 홀어미 혼자 그 딸을 길러오는데 본시 청빈한 집안이라 일가친척이 있기는 있지마는 인심이 점점 강박하여짐을 따라 돌아보는 이 없으므로 그 여자가 열네 살 되던 해 그 어머니는 딸을 데리고 자기 친정 오라버니를 따라갔다.

어려서 이웃집에 살았으므로 서로 보고 알아서 말은 서로 하지 않았으나 낯은 서로 익었었던 것이라 지금 보니 노성은 하였으나 어렸을 때 모습이 조금도 변하지 않고 남았었다.

형근은 뚫어지게 자세히 보고 싶으나 피차 면구한 일이라 슬금슬금 틈을 타서 이리저리 뜯어보면 뜯어볼수록 옛날의 모습이 더욱더욱 분명히 나타난다.

그러나 만일 참으로 이 서방 댁 규수라 하면 나를 몰라볼 리가 없는데 나를 보고 그래도 기척이라도 있었을 것이 아닌가.

그는 썩 감개가 무량하여지면서 또는 기가 막힌다는 듯이 술상 귀퉁이에 고개만 숙이고 무슨 생각인지 정신없이 앉아 있었다.

같이 간 그자는

"여보, 노형은 무슨 생각을 그리하슈?" 하며 형근을 본즉 형근은 고개를 들다가 다시 이화를 한 번 보더니 그자를 보고

"뭐 별로이 생각이라고는 하지 않소이다."

"허허 그럼 왜 고개를 숙이고 계시단 말이오. 대관절 주인하고

인사나 하시우."

형근은 이런 인사를 해본 일이 없으므로 속으로 몹시 조심을 하고 창피한 꼴을 당하지 아니하리라 하였다. 그래서 우선 속을 가다듬느라고 서투른 기침 한 번을 하였다.

솜씨 있는 이화의 통성명하는 것을 받아 어색한 형근의 인사가 있은 후 형근은 이화에게 고향을 물었다.

"고향이 어디슈?"

"○○예요."

"그럼 ××동리 살지 않으셨소?"

"네."

"그럼 지○○ 댁을 아시겠소?"

"아다 뿐예요. 바로 이웃해 살았는데요. 떠나온 지가 하도 오래니까. 지금도 여태 거기 사시는지요?"

"살지요. 그런데 당신 아버지가 당신 어려서 작고하셨지요?"

"네. 그런 것까지 어떻게 아세요?"

"알죠. 그럼 나를 혹시 못 알아보시겠소?"

이화는 한참이나 다시 자세히 들여다보더니 그래도 알아보지 못한 듯이 고개만 갸웃하고 있다.

"글쎄요, 퍽 많이 뵌 듯하지마는 생각이 잘 나지 않는데요. ××동리 사셨에요?"

"허허. 너무 오래되어서 그렇게 잊은 것도 용혹무괴(容或無怪)"한 일이지마는 이웃해 살던 사람을 몰라본단 말이오? 내가 지○○의 아들이오."

이화의 눈은 동그래질 대로 동그래지며

"네!?"

하고 말이 안 나오는 모양이다.

형근도 자기 신세가 이렇게 된 것을 알리기가 부끄럽다는 듯이 말이 없이 앉았고 그자는 둘이 안다는 것이 신기하다는 듯이 손뼉을 치며

"아 그래. 서로 알았던가? 그것 참 신소설 같군"

하는 두 눈에는 질투가 숨은 웃음이 어리었다.

"그런데 여기는 어째 오셨어요? 그렇지 않아도 처음부터 낯은 익어 보이었으나 지 주사실 줄야 꿈엔들 알았을 리가 있어요."

"나 역시 그럴싸하기는 하지마는 어디 분명치가 못하니까 속으로는 반가우나 말을 못 한 거 아니오."

형근은 세상을 몰랐다. 그가 고향에서 옛날에 알던 규수(지금은 창녀)를 만나 반가움기가 한량이 없었지마는 다시 생각하니 아니꼽고 고개를 내두를 만치 더러웠다.

그는 옛날 일로부터 오늘 이 자리까지 이 이화라는 창녀의 신변을 두르고 싼 환경의 물결이 어떻게 어떠한 자극과 영향을 주고 또는 질질 끌어다가 여기까지 왔는지를 해부하고 관찰하고 판단할 능력이 없었다. 그는 다만 단순한 직관(直觀)과 박약한 추측으로 경솔한 독단(獨斷)을 내리어 인간을 평정(評定)하여버릴 뿐이었다.

이화가 오늘 이 자리에 앉았는 것도 그것이 다른 사회적으로 더 큰 원인이 있는 것은 생각할 여지도 없이 이화 자신이 말할 수 없

는 잘못 죄악을 범행한 까닭으로 오늘 이렇게 된 것이라고밖에 생각지 못하였던 것이다.

그러한 관념으로 이화를 볼 때 형근의 눈에는 이화라는 창기가 옛날이야기에 나오는 음부·독부로밖에 보이지 않았던 것이다.

그것을 생각하면 반가웁던 생각도 어디로 가고 다만 추악한 생각뿐이 나서 그 자리에서 피해 가고 싶을 뿐만 아니라 여태까지 주저하던 맘 차리려는 생각, 쭈뼛쭈뼛하던 생각은 어디로 가고 마치 죄인을 꿇어앉힌 것같이 우월감과 호기가 두 어깨와 가슴속에 가득할 뿐이었다. 그리고 창기인 이화를 꾸짖어 마음을 고쳐주고 싶은 부질없는 친절한 마음까지 났다.

자기의 영락, 얼핏 말하면 타락은 어느 정도까지 당연한 일일는지 알지 못하나 첫째 돈 많고 땅 많고 입을 것 먹을 것 많던 지ㅇㅇ의 외아들이 철원 바닥에까지 굴러와서 노동자 중에도 그중 엉터리하고 얼리어 한 순배에 사오십 전짜리 술을 사 먹으러 왔다는 것은 이화라는 여자가 얼핏 생각하기에는 그렇게 의외의 일이 없을 것이다.

자기가 이렇게 된 것을 그 사람에게 보이는 것도 부끄러운 일이 아닌 게 아니지마는 그 부끄러움까지 지나쳐서 지ㅇㅇ의 아들의 일이 알고 싶지 않은 것도 아니었다.

술잔을 들고 의기 있게 자기가 계집을 기롱(譏弄)하는 솜씨를 보이어 상대자를 위압하려던 그자는 두 사람이 서로 동향 친구라는 이유로 자기 같은 것과는 서로 말할 여지가 없이 이상한 감격과 비극적 분위기에 싸여 있는 것을 보고 자기도 그 분위기 속에 참가를 하든지 그렇지 않으면 그 분위기를 헤쳐버리고 다른 기분을 만들어야 할 것을 깨닫고 말을 꺼내었다.

"아니 고향 친구를 만났으면 고향 친구끼리나 반가웠지 딴 사람은 술도 못 먹는담?"

재담 섞어 솜씨 있게 말을 한다는 것이다.

이화는 손님의 마음을 거스르지 않으려고 억지로 웃음을 웃어 마음을 가라앉혀놓은 후

"천리 타향에 봉고인(逢故人)[22]이라는 말이 있지 않아요. 조 주사 나리는 공연히 그러셔. 그만한 것은 아실 만하시면서. 약주를 처음 잡숫는 것도 아니요 세상 물정도 짐작하실 듯한데 이런 때는 왜 그리 벽창호야."

이화는 생긋 웃었다. 그 웃음 하나가 조화 부른 웃음이던지 소위 조 주사의 마음도 흰죽 풀어지듯 하였다.

"히히, 내가 벽창혼가 이화하고 말이 하고 싶어 그랬지."

"말은 넌지시 하는 말이 비싼 말이라나. 손님도 계시고 한데 무슨 말을 한단 말이오."

"그럼 언제?"

"글쎄 물어봐서는 무엇을 하우. 뻔히 알면서……"

하고 웃음 섞인 눈으로 쨍그리고 본다.

"옳지 옳지."

"글쎄 좀 가만히 있에요. 옳지는 무슨 옳지야. 부증[23] 난 데 먹는 가물치는 아니고. 이 손님하고 이야기 좀 하게 가만있어요"

하고 고개를 형근에게 돌리려다가 잔이 빈 것을 보더니 조 주사

란 자에게 술을 권하였다.

"자, 약주나 드시우"

하고 잔이 나니까 다시 형근을 주면서

"그런데 여기는 어째 오셨에요. 참 반갑습니다. 벌써 우리가 거기서 떠나서 외가로 간 지가 칠팔 년 됩니다."

"그렇게 되나 보."

형근은 자기도 모를 한숨을 쉬더니

"나 여기 온 거야 말할 것까지 있겠소. 그런데 당신은 어째 이렇게 되었소?"

하며 동정한다는 듯이 눈을 아래로 깔았다. 이 소리를 듣던 조 주사라는 자가

"왜 어때서 그러쇼. 인제 얼마만 있으면 내 마마가 된다우"

하더니 혼자 신에 겨워서 허리를 안고 웃어댄다.

두 사람은 그 소리는 들었는지 말았는지

"그동안에 제가 지내온 이야기는 다 해 무엇하겠습니까? 안 들으시는 것이 상책이지요."

그의 얼굴에는 수심이 가득하여지면서 목소리가 비통하여진다.

"차차 두고 들으시면 아시지요"

하고 다시 고개를 숙일 뿐이다.

"그래도 어디 이런 기회가 자주 있겠소. 만난 김이니 이야기 겸 말해보구려. 대관절 언제 이곳으로 왔소?"

하니까 조 주사라는 자가 가로맡아 나오면서

"온 지 벌써 반년이 되나? 그렇지 아마?"

하고 말고기 설익은 것 같은 얼굴을 이화에게 가까이 갖다 대며 들여다본다.

"네, 한 반년 돼요."

이화는 고개를 그자 얼굴에서 비키면서 말을 하였다. 대여섯 잔이 넘어 들어간 술이 얼근하게 돈 조 주사라는 자는 자기 얼굴을 피하는 이화를 뚫어지게 보더니 다시 제 손으로 자기 뺨을 한 번탁 치더니

"왜 그래 어때 그래? 사내 같지 않아? 얼굴에 뭐 묻었어? 왜 피해"

하고 왜가리같이 소리를 지르더니 다시 슬쩍 농을 쳐서

"하하 그럴 것 뭐 있나? 이런 놈도 있고 저런 놈도 있지. 잘못했네. 응 그만두세."

"무얼 잘못하세요 글쎄. 아까 말한 것 있지. 우리는 너무 말을 하면 안 된다니까 그래요. 가만히 있어요."

"어떻게."

"색시처럼."

형근은 우습기도 하고 또 심심치도 않아서 싱긋 웃다가 다시 이화를 보고

"그 후에 외삼촌 댁에서 언제까지 지냈단 말이오?"

"한 이태 지냈죠."

"그 후에는?"

할 때, 조 주사라는 자가 잔을 들더니 소리를 지른다.

"술 좀 따라. 술 먹으러 왔지 이야기하러 왔나. 퉤퉤"

하고 침을 타구에 뱉더니 지형근을 보고

"노형, 실례가 많소. 그렇지만 대관절 말씀요, 술이나 자셔가면서 이야기를 해야 할 것이 아니오. 이야기 안 하는 나는 어떻게 하란 말씀요. 경계가 그렇지 않소."

"그럴듯한 말씀요. 그럼 우리 약주를 자십시다. 오히려 내가 실례가 많습니다."

"아따 천만에 그럴 리가 있나요. 두 분 이야기에 내가 방해가 된다면 먼첨 가죠."

이번에는 이화가 두 눈이 상큼하여지며

"온 조 주사도 미치셨소? 그게 무슨 말씀이오, 사내답지 못하게. 두 분이 오셨다가 혼자 가신다니 어디 가보시우, 가봐요. 가지 못해도 바보"

하고 입을 삐죽하였다. 조 주사라는 자는 바로 일어서더니 모자도 들지 않고 문밖으로 나가려 하니까 이화가 본체만체하더니 슬쩍 뒷손으로 그자의 옷자락을 잡으며

"정말요? 이거 너무 과하구려. 내가 미안하구려. 어서 들어오시우"

하며 일어서서 잡으니까 형근은 숫배기 마음에 가슴이 덜렁하여

"이거 정말 노하셨소? 가시려거든 같이 갑시다"

하고 따라 나서려고까지 할 때

"아니 봐요 봐. 갈 터야. 그런 법이 어디 있담."

"잠깐만 참으시우. 자, 들어와요."

조 주사라는 자는 못 이기는 체하고 들어오더니 자리에 앉아 깔

깔 웃으며

"가기는 어디를 가, 모자도 안 쓰고……"

하며 술잔을 든다. 형근은 속은 것이 분하고 속인 것이 밉살스러우나 어떻든 홀연해졌다. 이화는

"정말 붙잡은 줄 아남? 한번 해본 것이지."

이러는 서슬에 술이 얼마간 더 돌아갔다. 조 주사는 이화에게 술을 서너 잔 권하였다. 이화는 별로 사양도 하지 아니하고 그 술을 받아먹었다.

형근의 머릿속에서는 이화라는 창녀가 마치 하늘에서 죄짓고 땅에서 먹구렁이 노릇을 하는, 옛날의 삼 신선 중의 하나이나 마찬가지로 자기의 지은 허물로 말미암아 이렇게 하게 되었다고 해석할 수밖에 없었다.

옛날에 귀한 것, 깨끗한 것, 아름다운 것은 이화 자신의 잘못으로 다 썩어지고 오늘에 남은 것은 간악한 것, 음탕한 것밖에는 없으리라는 생각밖에 없었다. 즉 이화는 옛날의 이○○의 딸의 죄악의 탈을 쓴 화신(化身)이다.

착한 자는 언제든지 착하고 악한 자는 언제든지 악하다. 그것은 날 적에 타고난 숙명(宿命) 즉 팔자다. 이것이 그의 인생관이다.

그러므로 이화는 팔자를 창기로 타고났으므로 그는 언제든지 창기밖에 못 된다. 그의 가슴속에나 핏속에는 다른 것은 조금이라도 섞이었을 리가 없었던 것이다.

형근도 술기운이 돌면서 얼기설기하게 척척 쌓였던 감정이 흥분됨을 따라서 마치 초가집 장마 버섯 모양으로 떠올라오기를 시

작하였다. 그는 자기가 아버지에게 듣던 것이나 마찬가지 교훈을 이화에게 하여주고 어른이 아이에게 친구가 친구에게 형이 아우에게 하여주는 것 같은 책망과 충고를 하여주고 싶었다. 말하자면 이웃집 부정한 처녀를 종아리 치는 듯한 심리로 이화를 보고 앉았다.

"왜 당신이 이런 짓을 한단 말이오?"

형근은 젓가락 짝으로 상머리를 두들기며 엄연하고 간절한 말로 말을 하였다.

"당신도 당신 아버지와 당신 집안을 생각해야죠."

형근의 말은 틀은 잡히지 않았으나 꾸밈이 없고 진실하고 힘이 있었다.

"나는 이런 데서 당신을 보는 것이 우리 누이를 보는 것보다 부끄러워요."

이화의 가슴속에는 대답할 말이 많았을 것이다. 그러나 그는 말이 없었다. 그는 다만 그 말을 듣고 있었다. 방 안은 갑자기 엄숙하여졌다. 조 주사라는 자는 처음에는 눈이 둥그레지더니 나중에는 '힝' 하고 코웃음을 웃었다.

"언제든지 이 모양으로 있을 터이오? 그래도 어째서 마음을 고칠 수 없겠소?"

이화는 그 '마음을 고칠 수 없겠소?' 하는 소리를 듣고 형근을 기가 막히는 듯이 쳐다보았다. 그러더니 안타까움에서 나오는 눈물이 그의 두 눈에 진주같이 괴었다.

조 주사는 이화가 우는 것을 보더니 제법 점잖은 듯이

"손님이 무슨 말씀을 하시면 잘 명심해 들을 것이지 울기는 무엇을 울어"

하고 덩달아 책망이다.

"돌아가신 아버님의 이름을 더럽히는 것도 더럽히는 것이거니와"

하다가 형근은 이화의 눈에서 눈물이 흐르는 것을 보고는 말을 그쳤다. 그는 너무 큰 감격으로 인하여 자기의 감정이 찬지 더운지 알 수 없게 된 것 같았다. 그러나 그는 하던 말을 다시 이어

"살아 계신 어머니 생각은 하지 않소?"

할 때 이화는

"어머니는 돌아가셨에요"

하고 그대로 땅에 거꾸러져 운다.

형근은 이화가 우는 것을 볼 때 그는 놀랐다는 것보다도 기적(奇蹟)을 보는 것 같았다. 그에게 눈물이 있었을 리가 있으랴. 자기도 자기 아버지가 돌아갔을 때 자기가 억제할 수 없는 눈물이 난 일을 당하여본 일밖에 참으로 가슴에서 펑펑 넘쳐흐르는 눈물을 흘려본 일이 없었다. 자기 아버지가 돌아간 것이 자기로 보아서 이 세상에서는 가장 엄숙하고 비통하고 또는 위대한 사실인 동시에, 자기가 그렇게 울어보기도 아마 전에 없던 일이요 또다시 없을 일일 것이다. 그것은 지금이나 언제든지 그의 가슴에 속 깊이 깊은 인상으로 남아 있는 것이다. 그 인상은 때때로 자기에게 힘 있는 정열과 감격을 주어서 이상한 감정의 세례를 받는 때가 있다.

이화가 운다. 샘물을 손으로 막는 것처럼 막을수록 북받쳐 올라오는 울음은 형근의 가슴속으로 푹푹 사무쳐 드는 것 같았다.

울음은 모든 비극을 알리는 음악이니 형근은 이 비극적 장면을 볼 때 말할 수 없이 위대한 사실을 목전에 당한 것 같았다.

꼭 자기 아버지가 돌아갔을 적에 자기가 받은 인상이나 별 다름 없이 비통하고 엄숙하였다.

그는 까딱하면 따라 울 뻔하였다. 코도 벌룽거리는 것을 참고 눈에 눈물이 핑그르르 도는 것을 슴벅슴벅하여 참았다.

그러나 형근은 이화가 어째 우는지를 알지 못하였다. 옆에 있는 조 주사라는 자는 이화의 어깨를 흔들면서 혀 꼬부라진 소리로

"글쎄, 울지 말어. 내가 다 알어, 이화의 맘을 나는 다 안단 말야. 자, 고만두고 일어나요. 공연히 그러면 무얼 해."

형근은 속으로 알기는 무엇을 안다누. 무슨 깊은 의미가 있나 하는 궁금한 생각이 나나 속으로 참고 여태까지 아무 말도 못 하고 앉아 있다가 이화의 어깨를 조 주사란 자 모양으로 흔들어보며

"글쎄, 울지 마쇼. 그만 그치쇼. 울지 말아요"

하였으나 들은 체 만 체하고 엎드려 느껴 울 뿐이다.

형근은 나중에는 민망한 생각이 나서 말없이 앉았으려니까 조 주사라는 자는 일껏 흥취 있게 놀 것이 깨어져서 분한 생각이 나서 혼잣말처럼

"울기는 왜 쪽쪽 울어. 재수 없게, 응! 쩍쩍."

혼잣말같이 중얼거리며 화증을 내고 앉아 있다.

얼마 있다가 이화는 일어서서 아무 말도 없이 얼굴을 외면하고

바깥으로 나갔다.

　조 주사란 자는 형근을 보더니 눈짓을 하며

　"고만 갑시다"

하고 입맛을 다셨다. 생각하니 더 앉았어야 재미도 없을 것이요 또 재미있게 하자면 주머니 속 관계도 있음이다.

　형근은 이마를 기둥에 받은 듯이 웬일인지 알 수가 없어서 멀거니 앉았다가 그대로 고개만 끄덕끄덕하고

　"네"

하였을 뿐이다. 그렇지만 형근은 알 수가 없다. 어째서 창기인 이화의 눈에서 눈물이 났으랴?

　얼마 있다가 이화는 손을 씻고 들어오며 머리단장을 다시 하였다. 조 주사라는 자는 일어서며 셈을 하였다.

　"왜 그렇게 가세요? 제가 너무 실례를 해서 그러세요?"

하며 미안해한다. 조 주사라는 자는 입에 달린 치사로

　"아니 그럴 리가 있나. 다음에 또 오지"

하며 마루에서 내려섰다. 형근은 여전히 큰 수수께끼를 품고 조 주사의 뒤를 따라 내려갔다.

　조 주사는 문밖에 나섰다. 형근이 마당에서 중문으로 나갈 때 이화는 넌지시

　"쉬 한번 조용히 놀러 오세요"

하였다. 형근은 대답을 한 둥 만 둥 바깥으로 나왔다. 조 주사는 형근을 보더니

　"아주 재미없었소"

하며 입을 쩡그린다. 형근은 재미가 있고 없는 것은 그만두고라
도 이화의 눈물이 해석할 수가 없어서

"대관절 이화가 왜 그렇게 울우?"

하고 물으니까 조 주사라는 자는 손가락질을 하며 혀끝을 채고

"허는 수 없어. 으레 그런 계집들이란 그런 것이 아뇨? 아마 노
형이 전에 잘살았다니까 지금도 전 같은 줄 알고 그러는 게지."

"돈 먹으랴고?"

"암, 어떻게 그런 데서 구해나 줄까 하구 그러는 게 아뇨."

"구허다니요?"

"지금은 팔려 와 있지 않소."

5

형근은 조 주사라는 자가

"어디 잠깐 다녀가리다"

하고 샛길로 슬쩍 빠져버리는 것을

"꼭 다녀오시우. 기다릴 터이니"

하고 어슬렁어슬렁 술에 풀린 다리를 좌우로 내놓으며 큰길 거리
를 지나갔다.

길가에는 전기등으로 휘황히 차린 드팀전, 잡화상, 더구나 자기
의 평생 한번 가져보고 싶은 자전거가 수십 대 느런히 놓인 것이
눈에 어른어른하여 불같은 호기심이 일어나서 그 앞에 서서 그것

을 구경도 하다가 다시 돌아서며

"내 돈만 모으면 꼭 한 개 사서 두고 말 터이야"

하며 그는 주먹을 쥐며 결심을 하고 머릿속으로는 자기 시골에서 때때 자전거 타고 다니는 면서기를 보고 부러워하던 생각을 하였다.

그는 혼자 자전거 공상을 하다가 그것이 어느덧 변하였는지 양복 입은 면서기가 되었다가 다시 돈을 많이 가진 촌부자가 되었다가 그러다가 발부리가 돌을 차는 바람에 다시 지금 철원 와서 노동하려는 지형근이가 되었다.

그는 훗훗한 남풍이 빙그르 자기를 싸고도는 큰길을 지내놓고 골목길로 들어서다가 어떤 촌색시가 지나가는 것을 보고 깜박 잊어버렸던 이화가 다시 눈앞에 보였다.

그는 술기운이 젊은 피를 태우는 번뇌(煩惱)스러운 감정 속에 그 이화를 다시 생각하였다.

'조 주사 말이 참말이라 하면 이화에게도 어딘지 사람다운 곳이 남아 있었던 것이지. 그러나 만리타향에서 옛사람을 만났지만 시운이 글렀으니 낸들 어찌하나'

하며 개탄하는 맘으로 얼마를 걸어가다가

'그러나 누가 창기 여자의 울음을 곧이 생각을 한담. 모두 못믿을 것이지.'

바로 세상 경험이 풍부한 사람처럼 점잖게 결정을 하고 앞에 누가 있는 사람처럼 고개와 손을 내흔들었다.

그는 움에 왔다. 옆에 무성한 풀 냄새가 움을 덮은 진흙 냄새와 함께 답답하게 가슴을 누른다.

　노동자들은 웃통 아랫도리를 벗은 채 거적때기들을 깔고 즐비하게 드러누워서들 혹은 코를 골기도 하고 혹은 돈 타령도 하고 혹은 일어나 두 다리를 모으고 앉아 단소도 분다. 한 모퉁이에는 고춧가루를 태우는 것같이 눈을 뜰 수 없는 풀로 모깃불을 놓았다.

　그는 여러 사람 있는 틈을 지나갔으나 자기를 보고 아는 체하는 사람이 드물었다.

　그중에 키 크고 수염 많이 나고 얼굴 검고 눈이 부리부리한 사람이,

　"허허 대단히 좋으시구려. 연일 약주만 잡수시니. 조 주사만 친구고 우리 같은 사람은 친구가 못 된단 말요? 그런 데는 따돌리고 다니니. 허. 젊은 친구가 그런 데 맛을 붙여서는……"

　빈정대는 어조로 말을 하니 형근은 갑자기 할 말이 없어서 주저주저 어색하다가

　"잘못됐소이다"

하였으나 맨 나중에 '젊은 친구가' 하고 누구를 타이르는 것 같은 것이 주제넘은 것 같아서 혼자 속으로 알아두었다.

　그는 바깥에 좀 앉아서 여러 사람들과 이야기나 할까 하는 생각이 났으나 그자의 말이 비위를 거스르므로 그대로 움 속으로 들어가기로 하였다.

　움 속은 흙내에 사람의 땀내, 감발에서 나는 악취가 더운 기운에 섞여서 일종의 말할 수 없는 냄새를 낸다. 즉 여우의 굴에서 노린내가 나는 것같이 사람 중에서도 노동자 굴에서 노동자 내가

나는 것이다.

그는 불과 몇 마장 떨어져 있지 않은 이화 집과 지금 자기가 들어온 이 움 속과의 차이가 너무 현격한 데 아니 놀랄 수가 없었다.

이화는 일개 창부다. 자기는 그래도 그렇지 않은 집 자손으로 힘들여 돈을 벌려는 사람이다. 그 차이가 너무 과한 데 그는 의혹이 없지 않았다.

그가 더듬거려 움 안으로 들어갈 때

"어디 갔다 오나, 여태 찾았지"

하고 나서는 사람은 자기 동향 친구였다.

"난 길이나 잊어버리지 않았나 하고 한참 걱정을 하였네그려. 그래서 각처로 찾아다녔지. 대관절 저녁이나 먹었나?"

형근은 웬일인지 이화의 집에 갔었단 말 하기가 부끄러웠다. 그는 그 말을 하면 그 동향 친구가 반드시 자기를 꾸짖을 것 같고 또 이화의 집 갔던 것이 더구나 옷을 팔아서까지 갔었다는 것은 말할 수 없이 분수에 넘치는 경솔한 짓 같았다.

그래서 그는

"나는 또 자네를 찾았다네."

처음으로 속에 없는 거짓말을 하였다.

"조 주사가 한잔 낸다고 해서……"

잠깐 말을 입속에다 넣고 우물우물하다가

"그래서 또 한잔 먹지 않았나. 자네하고 같이 가지 못한 것이 대단히 미안하데마는 어디 있어야지……"

동향 친구는 형근의 말에 거짓이야 있을 리 없으리라 믿는 듯이,

"인제는 고만 다니게. 여기가 어떤 덴 줄 아나. 조 주산지 그자 하고 다니지 말게. 사람 사귀기도 몹시 어려우니."

형근은 실쭉하여지며 대답이 없었다. 속으로 생각에 대체로는 그 친구의 말이 옳은 말이지마는 조 주사 같은 친구와 사귀지 말라는 데는 도리어 동향 친구에게 질투가 있는가 하여 적지 않이 불복이 있었으나 말로는 나타내지 않았다.

그는 말이 없이 한 귀퉁이를 비비고 드러누웠다.

일부러 눈을 감아 오지 않는 잠을 청하나 찌는 듯이 무더운 기운이 콧속에 꽉 차서 잠은 오지 아니하고 답답한 생각에 마음이 바깥으로 나간다.

그는 지금 돈 아는 동물들이 늘비하게 드러누워 있는 곳에서 생각은 이화에게서 멀리하여지지 아니한다. 그는 어두움 속에서 끊이는 듯 잇는 듯 애소하는 듯 우는 듯한 단소 소리가 움 밖에서부터 청아하게 이 움 속으로 흘러들어와 자기의 몸과 혼을 스치고 지나갈 때 그의 피는 공연히 타는 것 같아서 마음을 어찌할 수 없었다. 그는 고요한 꿈에서 소요하는 것같이 흐르는 듯하고 녹은 듯한 정조에 잠길 때도 있다가, 또는 미쳐 날뛰는 파도 위에 한 조각 배를 띄운 듯이 무서웁게 흔들리는 정열에 마음을 어떻게 진정해야 좋을지 알지 못하기도 하였다.

그는 하는 수 없이 일어섰다. 몸을 털고 나왔다. 그는 움을 뒤두고 들로 나왔다가 뒷산으로 올라갔다가 다시 내려왔다가 앉았다가 섰다가 하였다. 하늘에는 별이 총총하고 풀에는 이슬이 다락다락하였다.

6

이튿날 아침에 해가 동산에 솟았다. 생명 있는 태양이다. 언제든지 절대의 뜨거움과 광명으로 싼 생명을 가진 태양이다. 태양이 없는 곳에 생명이 없다.

구릿빛 햇발이 온돌방을 비추고 그것이 또한 거짓이 없고 편협함이 없이 이 말하는 구더기 같은 노동자들이 모인 곳에 그의 생명의 빛을 비치어주었다.

형근이 일어나던 맡에 세수를 하였다. 그는 세수를 하고 아침 안개가 낀 넓은 벌판을 내다보고 호호탕탕한 기운을 모조리 들이마실 듯이 가슴을 벌리고 숨을 들이마셨다. 그는 또 한 번 넓은 들에서 이삭이 패어가는 벼 위에 가득히 내리쪼인 햇볕이 눈부시게 반사하는 것을 보고 알 수 없는 기운이 자기 몸에 가득 차는 것 같아서 두 팔을 들었다 놓았다 하였다.

형근은 여러 사람들과 모여 앉아서 밥 되기만 기다리고 있었다. 노란 조밥을 사기 사발에 눌러 담고 그 위에 외지 한 쪽씩 놓거나 그렇지 않으면 무쪽 두 개씩 놓는 것이 그들의 양식이니 그나마 잘못하면 차례가 못 가거나 양에 차지 않아서 투덜대게 되는 것이니, 형근의 신조는 어떻든 이런 곳이나 이런 밥을 달게 여기고 부지런히 일만 하고 얼마만 신고(辛苦)하면 그만이라고 스스로 위로하였다.

형근도 남과 같이 밥을 기다렸다. 어저께와 그저께 같이 술을 먹고 지내던 두서너 사람도 옆에 있었다.

그러나 그들은 수상스러웁게 자기를 두서너 번 쳐다보더니

"여보슈"

하고 말이 공손하여졌다. 형근은 따라서

"왜 그러시우"

하였다. 세상 사람도 모두 자기같이 은근하고 친절하였다.

"미안한 말씀이지마는 돈 가지신 것 있거든 이십 전만 취하실 수 없겠소?"

형근은 그 말하는 사람보다 자기가 더욱 미안하고 얼굴이 붉어지는 것 같았다. 자기가 남더러 돈 취해 달랠 적 모양으로 그도 무안하리라 하였다.

그래서 그는 주머니를 뒤졌다. 형근은 어저께 술집에서 남은 돈 이십 전이 있는 것을 생각하고 서슴지 않고 내주었다.

"에, 여기 마침 이십 전이 남았구려. 자, 옜소이다"

하고 신기하고 즐거운 마음으로 꾸어 주었다. 속으로는 이따가 주겠지 하였다.

그 사람은 그것을 받더니

"고맙소이다. 이따 저녁에 갚으리다"

하고는 옆엣사람과 수군거리며 저리로 가버린다.

형근은 한참이나 앉아서 밥을 기다리려니까 배가 고파왔다. 그리고 여러 사람들을 보니까 그들도 일하러 가는 사람 같지는 않게 배포 유하게 앉아서 이야기들을 한다. 한옆에서는 어떤 자가 다른 어떤 사람더러 오 전짜리 단풍표 담배 한 개를 달래거니 안

주겠거니 하고 싸움이 일어나서 부산하다.

조금 있더니 동향 친구가 왔다.

"여보게, 밥이 다 되었네. 밥 먹으러 가세"

하며

"밥값이나 있나?"

하였다.

"밥값이라니."

형근은 눈이 둥그레졌다.

"밥값이라니가 무어야? 누가 거저 밥 준다던가? 십오 전씩야."

형근은 기가 막혔다. 오던 날부터 술 먹느라고 그저 모든 것을 다른 사람들에게 밀어 맡기면 될 줄 알았고, 또 그자들도 염려 마라, 염려 마라 하는 바람에 정신없이 지내다가 이십 전까지 아침에 뺏긴 것을 생각하니 허무하다.

"밥은 일일이 사서 먹나?"

"그럼. 누가 밥값까지 낸다던가? 어림없네."

동향 친구는 그래도 주머니에 돈이 얼마 남았을 줄 알고서

"이거 왜 이러나. 어서 내게."

형근은 덜렁 가슴이 내려앉아서 동향 친구를 붙잡고 돈이 한 푼도 없는 이야기를 하였다.

동향 친구라는 사람은 친구라고 하느니보다 형근 집에 은혜를 입은 사람이니 같은 양반으로 형근네는 돈푼이나 있고 할 때 그 친구의 아버지가 빚진 것이 있었으나 그것을 갚지 못하여 심뇌하는 것을 형근의 아버지가 알고 호협한 생각에 그대로 탕감을 해

준 일이 있다.

지금은 그 아들들이 서로 만났지만 선대의 일들을 서로 가슴속에는 넣어둔 터이라 그 친구는 형근을 그리 괄시를 하지 않는다.

"그럼 가세."

그 친구와 밥을 먹었다. 그나마 형근은 신세 밥 같아서 먹고 나서도 몹시 미안하였다.

아침을 먹더니 그 친구가 형근을 보고 이르는 말이

"누가 어디를 가자거나 일구넝이 있다거나 도무지 듣지 말게" 하고 점심 값을 주고 가버렸다.

그는 공연히 왔다 갔다 하며 혼자 심심히 지낼 뿐이다. 조 주사가 오늘은 꼭 올 터인데 어제 어디서 자고 아니 오노 하며 오정이 넘어 해가 두 시나 되도록 기다렸으나 오지 않았다.

그는 한옆으로 밥 먹을 구멍이 얼핏 생겼으면 좋을 텐데 하는 걱정과 또 조 주사나 왔으면 모든 것을 의논하여보겠다 하고 기다리는 마음도 마음이려니와, 또 한 가지는 이화의 울던 꼴이 생각나고 또는 은근히 한번 오라고 하던 말이 어떻게 박여 들렸는지 잊을 수가 없다. 그나마 하룻밤 하루 낮이 지나고 나니까 부쩍 마음이 그리로 키여서 못 견디겠다.

그는 앞산에 올라가서 이화의 집이라도 가리켜 보려는 듯이 부리나케 올라갔다. 그러나 서투른 눈에 복잡해 보이는 시가가 방위도 잘 알 수 없고 어디쯤인지도 몰라서 동에서 떴다가 서에서 지는 해만 공연히 쳐다보며

"동서남북"

만 윌 뿐, 나중에는 고향이나 바라본다고 남쪽만 내다보다가 그대로 풀밭에서 멀거니 있다가 잠이 들어버렸다.

잠을 깨고 나니 벌써 해가 서쪽에 기울려 하였다. 그는 무엇에 놀란 사람처럼 벌떡 일어나서 허둥지둥 움을 향하여 왔다. 그는 밥 먹을 시간이 늦은 것도 늦은 것이려니와 조 주사가 일할 자리를 얻어가지고 와서 자기를 찾다가 그대로 가지 아니하였나 하는 걱정이 있음이었다. 그는 때늦은 찬밥을 사 먹고 옆엣사람들에게 물어보았으나 조 주사는 다녀가지 않았다 하였다.

그렇게 지내기를 닷새를 넘고 열흘이 넘었다.

조 주사라는 자를 장거리에서 한두 번 만났으나 코웃음을 치고 우물쭈물 얼렁얼렁하고 휙 피해버릴 뿐이요 전과는 딴판이요 동향 친구는 사람이 입이 무거워서 말은 아니 하지마는 그래도 기색이 좋은 기색은 아니었다. 그뿐 아니라 그 더운 염천에 그 지저분한 곳에서 여벌 옷 한 벌을 입고 지내려니까 온몸에서 땀내가 터지게 나고 옷이 척척 달라붙어서 거북하고 끈적끈적하기 짝이 없다.

그는 비로소 사람 많이 사는 데 인심 강박한 것을 알았다. 아무도 자기를 위하여 힘써주는 이 없고 더구나 서로 으르렁대고 뺏어먹으려고 하는 것뿐인 것을 알았다.

그뿐 아니라 그는 지금까지 시골서는 양반이었고 행세하는 사람이요 먹을 것은 없으나 그래도 일군에서 누구라면 알아주기는 하였으나 지금 여기 와서는 지형근의 존재가 없다. 그뿐이면 오히려 예사이지마는 입을 것도 없고 먹을 것도 없어 남의 것을 빌어먹다시피 하는 사람이 된 것을 생각할 때 그는 자기가 불쌍하니보다도 웬일인지 가슴에서 무서운 생각이 날 뿐이다.

자기가 이화를 보고 그 계집이 창기가 된 것을 비웃었으나 그는 오늘에 거의 비렁뱅이가 된 것을 생각하고 눈이 아플 만큼 부끄러웁지 않을 수가 없었다.

그러나 이곳에 온 지 열흘이 넘도록 그는 일이라고는 붙들어보지를 못하였다. 자기뿐만 아니라 자기와 같이 잠을 자는 축에도 십여 명이나 그런 사람들이 있다. 그는 이상해서 하루는 물었다.

"당신들도 일자리가 없어서 노시우?"

그들은 서로 얼굴들을 보더니 그중 한 사람이

"그렇소. 요새는 여름이 되어서 전황(錢荒)한[24] 까닭에 일본 사람들이 일을 하지 않는다우. 그래 일자리가 퍽 드물죠. 그렇지만 가을만 되면 좀 괜찮죠."

"가을에는 일본 사람들이 돈을 풀어놓나요?"

"풀다 뿐요. 작년 가을에도 여기 수만금 떨어졌소. 오죽해야 돈 소내기[25]가 온다 했소."

형근은 다만

"네에. 그래요?"

하고 말을 못 했다.

"가을까지만 기다리시우. 그때는 괜찮으시리다. 저것 좀"

하고 전찻길 깔아놓은 걸 가리키며

"저것 놓는 데도 돈이 산더미같이 들었소. 지긋지긋합디다."

형근은 그 말에 배가 불러서 공연히 좋았다. 속으로 가을만 되면 태산만큼은 그만두고라도 그 한 모퉁이쯤은 생기려니 하고 혼자 좋았다.

돈 생기는 생각만 하면 이화 생각이 난다. 이화 생각이 나면 이화 집에 가고 싶다. 젊은 가슴은 그림자를 붙잡으려는 듯한 부질없는 정열로 해서 애를 쓴다.

그는 밤중만 되면 이화 집 앞을 돌아온다. 갈 적에는 혹시 이화의 그림자라도 보았으면 하고 가기는 가지마는 어찌 그런 일에 그러한 공교로움이 있을 리가 있으랴.

갔다가는 헛되이 돌아오고 돌아올 때에는 스스로 다시 안 가기를 맹세한다. 맹세만 할 뿐이 아니라 이화를 멸시하고 욕하고 침뱉었다.

그러나 그 이튿날이 되면은 아니 가려 하다가도 자연히 발길이 그쪽으로 향하여져서 으레 허행일 것을 알면서도 다녀오지 않을 수가 없었다.

하루는 전처럼 그 집 앞을 지나다가 그 집을 기웃이 들여다보았다. 여간한 대담한 짓이 아니었다. 그는 발길을 돌이켜 누가 쫓아서 나오는 것처럼 머리끝이 으쓱하여 나와서 집 모퉁이를 돌아서며 다시 한 번 홀쩍 돌아볼 제 마침 그 집에서 나오는 사람이 있는 것을 보았다.

그 사람은 다시 말할 것 없는 조 주사였다. 형근의 얼굴에는 갑자기 질투의 뜨거운 피가 올라오더니 두 눈에서 번개 같은 불이 솟는 것 같았다.

만일 자기 손에 날카로운 칼이 있다 하면 당장에 조 주사를 죽여버리거나 그렇지 않으면 자기가 죽어버릴 것 같았다.

그는 그날 종일 잠을 자지 못하였다. 그는 부질없이 몸에 힘이 오르고 엉터리없는 결심과 용기가 생기기 시작하였다.

그는 내일은 내 모가지가 달아나더라도 이화를 만나 보리라 하였다.

그러나 만나 볼 도리는 없었다. 자기의 주제를 둘러보면 부끄러운 생각이 날 뿐이요 주머니에는 가을에나 들어올 돈이 아직 한 푼도 없다.

그는 눈을 감고 생각하였다.

'내 맘이 떴다.'

그러나 비행기를 탄 사람이 바깥을 보지 않고는 떴는지 안 떴는지를 모르는 것처럼 형근은 뜬 것 같기는 하나 또 그렇지 않은 것 같기도 하다.

혹간 냉정히 자기가 자기를 보려다가도 조 주사가 생각날 적에는 그는 조 주사와 이화는 볼지라도 자기는 볼 수가 없었다.

그는 돈을 얻을 도리를 생각하였다. 그러나 바위 위에서 물을 구하는 것이나 마찬가지였다.

빈궁은 죄악을 만든다는 말이 진리가 아니라고 할 사람은 없을 것이다. 형근은 무슨 분수 이외의 도리가 있다 하면 해보지 않고는 못 배길 만큼 되었다.

그는 동향 친구를 또 생각하였다. 동향 친구는 그동안 근근이 저축한 돈이 얼마인지는 모르나 쇠사슬로 얽어놓은 가죽지갑 속에 있는 것을 일전에 무엇을 찾느라고 꺼내는 것을 보았다.

그는 처음에는

'그렇지만 염치가 어떻게 돈까지 꾸어 달라노?'

하다가는

'돈은 또 무엇에 쓰느냐고 하면 대답할 말도 없지'

하고 눈을 꿈벅꿈벅하다가

'그렇지만 내 말이면 제가 돈 몇 환쯤 안 취해 주지는 못하렷다.'

이렇게 혼자 궁리는 하나 맘뿐이요 몸으로는 할 것 같지는 않다.

그는 또 당장에 단념을 하여버리는 것이 옳은 듯이

'에 고만두어라. 내 마음이 비뚤어가기 시작을 하는 것이야'

하고 툭툭 털고 일어나서 빙빙 돌아다녔다. 그날 저녁 동향 친구는 형근을 찾았다.

"여보게. 일자리 생겼네"

하고 형근에게 달려들듯 하였다. 형근은 너무 의외의 일이라 가슴이 공연히 설렁 내려앉더니 두근두근하며 손끝이 떨린다.

"어디?"

"글쎄 이리 오게. 떠들면 여러 사람 와 덤비네."

"모레는 김화(金化)²⁶로 가세. 내가 오늘 거기 십장에게 자네 일까지 부탁을 하여놓았으니까 염려 없네. 금전도 퍽 후하고 일도 그리 되지 않은 것이야."

형근은 좋은 소식은 좋은 소식이나 또는 마음 한 귀퉁이가 서운하다.

"김화?"

하고 형근은 눈을 크게 뜨며

"여기서 꽤 멀지?"

하고 초연한 생각이 나타난다.

"무얼. 얼마 된다고. 한나절이면 갈걸."

두 사람은 모레 같이 떠나기로 약조를 하였다. 형근은 감사스러운 중에도 무정스러운 감정으로 공연히 마음이 가라앉지 않아서 허둥지둥 엉덩이를 땅에 대지 아니하고 저녁을 먹었다.

저녁을 먹은 뒤에 그는 움 앞에 다시 앉았었다. 이화는 다시 한번 보지도 못하는구나 하며 한숨을 쉬었다. 그러나 꼭 한번 오라고 하였으니 의리상으로라도 한번은 가보아야 할 터인데——하다가 그대로 생각나는 것은 동향 친구 주머니 속에 들어 있는 지전 조각이었다.

'내가 입으로 말을 할 수야 있나? 죽어도 그것은 할 수가 없지.'

말을 하는 입내만 내어보아도 쭈뼛쭈뼛하여지는 것 같다.

'인제야 일할 구녕이 생겼으니까 나중에 갚는 것도 걱정이 없어졌으니까.'

으쓱한 생각에 마음이 느긋하여졌다. 이화를 찾아가는 것도 그다지 부끄러울 것 없을 것 같았다.

'세상에 사람이 살아가려면 권도라는 것도 있는 법이지마는 나같아서야 어디 살아갈 수가 있어야지……'

해가 넘어가고 날이 어둑어둑하여지니까 공연히 마음이 처량하여지면서 쓸쓸하다. 오늘 저녁이 아니면 내일 저녁밖에 없는데 하며 담배를 붙여 물고 한 바퀴 휘돌아 왔다.

와서 보니까 본시 술을 많이 먹지 못하는 동향 친구가 어디선지 술이 잔뜩 취하여 저쪽에다가 거적을 깔고 외따로이 누워 있다.

'이것이 웬일인가'

하고 곁으로 가보니까 그는 세상을 모르고 잔다.

그의 가슴은 웬일인지 무슨 예감(豫感)을 받은 사람처럼 떨리더니 그의 머릿속에 번개같이 일어나는 충동이 있다. 마치 어여쁜 여자가 외로이 누운 그 곁에 선 젊은 남자가 받는 충동이나 마찬가지로 주머니에 돈을 지닌 사람이 아무도 보지 않는 곳에 의식을 잃어버리고 누운 것을 본 형근은 더구나 돈에 대하여 목전에 절실한 필요를 느끼는 그는 무서운 죄악의 충동을 느끼었다.

그러나 그는 그 찰나에 자기가 의식지 못하던 죄악의 충동을 일으킨 것을 깨달았을 때 그는 이를 깨물며 주먹을 쥐고 울 듯이 고개를 내젓고 마음속 깊이깊이 뜨거운 후회로 자기를 깨달았다.

그는 그러한 마음을 한때라도 다정한 친구에게, 일으킨 것이 그에게 대하여 무엇이라고 말할 수 없이 미안하였다.

그는 그를 잡아 흔들었다.

"여보게, 이슬 맞으면 해로우이, 들어가세."

목소리는 다정함으로 떨렸다.

"응, 응, 가만있어"

하며 다시 얼굴을 하늘로 두고 뒤쳐 드러누우며 그는 풀무같이 숨을 쉬면서 드르렁드르렁 코청이 떨어지듯이 숨을 쉬었다.

"이거 큰일 났군."

형근은 그래도 다시 가까이 가서 몸을 추스르려 할 때 그 동향 친구의 지갑이 어디 들어 있는지 그것부터 먼저 보지 아니치 못하였다.

그는 동향 친구를 일으켜 겨드랑이를 부축하였다. 동향 친구는 세상을 몰랐었다. 그러나 눈을 한 번 떠서 형근을 보더니 안심하는 듯이 다시 까부라졌다.

형근의 손은 그 동향 친구의 지갑에 닿았다. 그는 맥이 풀려서 지갑을 꺼내기는 고사하고 친구까지 땅에 떨어뜨릴 뻔하였다.

그는 다시 팔에 힘을 주어 움 속까지 그를 끌고 들어갔다. 바깥에서는 여러 사람들이 이 꼴을 보며 저희들끼리 떠들었으나 거들어주는 자는 없었다. 그러나 움 속에 들어오더니 아무도 없으므로 별로이 보는 이가 없었다.

형근은 그 컴컴한 움 속에서 그 친구를 든 채 얼마간 섰었다. 내려놓지도 않고 눕히지도 않고 그는 무서운 시련(試鍊)의 기로(岐路)에서 방황하였다.

그는 눈을 한 번 감았다 뜨며 친구를 눕히는 서슬에 지갑을 뺐다. 그의 손은 이상한 쾌감과 함께 손아귀가 뿌듯한 것을 깨달았다.

그는 친구를 뉘고 달음박질해 나왔다. 그는 사람 적은 곳에 가서 그것을 열지도 못하고 한숨을 길게 내쉬었다. 그는 다시 시원한 가운데에서도 무서움을 품고 그것을 펴지도 못하고 열지도 못하다가 다시 저쪽으로 갔다.

그는 그대로 그것을 손에 움켜쥔 채 공연히 망설이다가 이화 집을 향하여 갔다.

그는 가는 길 으슥한 곳에서 그것을 펴보았다. 그는 그것을 펴보다가 마치 무슨 기운에 눌리는 사람같이 가슴이 설렁하여지며 눈이 등잔만 하여지더니 뒤로 물러서

"에구"

하였다. 그의 손에는 시퍼런 십 원짜리 석 장이 묻어 나왔다.

"이건 잘못했구나."

그는 그대로 서서 오도 가도 못 하였다.

자기가 요구하던 것은 그것의 몇 분의 일에 지나지 않는다. 이것은 보기만 해도 무서울 만큼 많은 돈이다. 그러나 이것을 지금에 도로 갖다 줄 수도 없고 또 그대로 있을 수도 없다. 그는 한참이나 떨리는 손을 진정치 못하다가 그대로 눌러 생각해버렸다. 술 깨기 전에 갖다가 주지, 그리고 쓴 것은 말을 하면 되겠지.

그는 마음을 억지로 가라앉히고 이화 집 문간에 왔다.

그는 전번에 왔을 적이나 별로이 틀림없는 수줍음과 두근거리는 마음으로 발을 들여놓았다.

그는 술을 청했다. 술을 청하는 것보다도 이화를 부르는 것이었다. 그러나 아래채 조용한 방에서 분명히 이화의 목소리로 소리를 하는 모양인데 나오지를 않고 다른 여자가 나와 맞았다.

방은 전에 그 방이다. 발을 늘여서 안에 있는 것이 바깥에서 보인다.

그는 기대가 틀어진 것에 낙심을 하고 어떻든 술을 청하였다.

그새 여자가 들고 들어오며 형근을 아래위로 훑어보더니

"혼자 오셨에요?"

하였다.

"그럼 여러 사람이 다닙디까."

그 계집은 손으로 입을 막고 웃었다.

"자, 드시죠."

"술도 급하지만 나는 이화를 좀 보러 왔소."

그 계집은

"네?"

하더니 또 웃는다.

"저는 인물이 못생겼죠? 언제 적부터 이화와 가까우시던가요?"

형근은 자기는 좀 점잖이 말을 하는데 그 계집이 실없이 하니까 속으로 화는 나지만 위엄을 보일 수가 없다.

"이화가 어디 갔소? 잠깐 보자는 이가 있다고 하구려."

그 계집은 문을 열고 나가더니 온 집안이 다 들리게,

"이화 언니! 이화 언니! 당신 나지미²⁷ 왔소. 어서 나오"

하며 깩깩거리며 웃는다.

이화는 무슨 영문을 모르는 듯이 어떤 손님과 자별하게 이야기를 하다가 문을 열고 고개를 내밀면서

"무어야? 얘가 왜 이래. 실성을 했나?"

하고 형근의 앉아 있는 방을 올려다보고는

"응, 저이가 왔군."

싱겁게 혼잣말을 하고 다시 돌아앉으니까 함께 한방에 있던 젊은 사람(면서기 같은)이 마주 기웃하고 내다보더니

"저것이 나지미야?"

하고 비웃는다.

"온 이 주사도. 아무렇기로 내가……"

할 때

"글쎄, 꼭 봐야 하겠다니 좀 가 봐요"

하며 그 계집이 지근거린다.

"나를 그렇게 봐서 무엇을 한다더냐?"

하고 이 주사라는 자의 눈치를 보는 것이 그의 눈앞을 졸이는 모양이다.

"가 봐주지. 그것도 적선인데. 내 앞이 되어서 몹시 어려워하는 모양이로군. 그럴 것 무엇 있나?"

"온 말씀을 해두. 왜 그렇게 하시우. 누구는 끈에 매놓았습디까? 나 하고 싶은 대로 하고 지내지. 몇십 년 사는 인생이라구."

"그러나 대관절 어떤 자야."

"고향서 이웃집 사는 사람야."

이러는 동안에 형근은 아무도 없는 빈방에 혼자 앉아 술상만 대하고 있으려니까 싱거웁고 갑갑하고 역심이 나서 올 수도 없고 갈 수도 없다. 그뿐이면 고만이게 이화라는 년은 다른 놈하고 앉아서 자기 방을 쳐다보는 것이 마치 창살 속에 넣어놓은 청국 사람의 원숭이같이 대접을 하는 것 같아서 속으로 분하고 아니꼬운 증이 나며

'천생 타고난 기질을 어떻게 하니? 창기는 판에 박은 창기 년이다.'

속으로 이렇게 중얼거리는데 자기 방 계집이 쭈르르 다녀오더니

"심심하셨죠? 이화는 인제 옵니다"

하고 술을 따라 놓더니

"과일 잡숫고 싶지 않으세요. 과일 좀 들여 오죠. 이화도 오거든 같이 먹게요"

하더니 제멋대로 이것저것 들여다 놓고 먹어댄다.

아무리 기다려도 이화는 오지 아니한다. 여전히 아랫방에서 그자와 이야기를 하는 모양이다. 형근은 혼자서 술을 먹을 수가 없어서 그 계집과 서로 대작을 하였다. 그 계집은 어수룩하고 아직 경험 없는 것을 알아채고 어떻게 해서든지 형근의 주머니를 알겨낼 생각이다. 주제를 보아서 아직 극단의 수단을 내어놓지 않는다.

한 시간이 지나갔다. 형근은 다시 그 계집에게 이화를 불러달라고 청을 하였다. 그 계집은 술잔이나 들어가더니 형근의 말을 안 듣고 요리 핑계 조리 핑계 한다. 형근도 술잔이나 들어가니까 객기가 나지 않는 것도 아니다.

"가 불러와."

그는 소리를 질렀다.

"싫소."

"왜 싫어."

윗방에서 왁자하는 것이 자기 때문인 것을 알아챈 이화는 문을 열고 나왔다.

"어딜 가?"

면서기는 어느덧 술이 곤죽이 되어 드러누웠다가 이화의 치마를 잡았다.

"잠깐만 다녀올 테니 노세요."

"안 돼."

이화는 팩한 성미에 흉허물 없는 것만 믿고 치마를 뿌리쳤다.

"안 되기는 왜 안 돼요. 잠깐 다녀온다는데. 누가 삼십육계를 하나?"

면서기는 노했다. 그대로 일어섰다. 이화는 형근의 방으로 안 들어가고 안으로 들어가버렸다.

술 취한 면서기는 다짜고짜로 형근의 방 발을 집어 던졌다.

"이놈아! 이런 건방진 자식이. 술잔이나 먹으려거든 국으로 먹으러 다녀. 너 이화는 봐서 무엇할 모양이냐? 상판 생긴 것하고 그래도 무엇을 달았다고 계집 맛은 알아서. 놈 계집 궁둥이 따라다닐 만하다."

형근은 기가 막혀 쳐다볼 뿐이다.

"이놈아, 왜 눈깔을 오랑캐 뜨고 보니? 내 얼굴에 무엇이 묻었니. 에 튀튀."

면서기는 침을 방에다 막 뱉는다.

"대관절 이화 어디 갔니? 응, 이화 어디 갔어?"

하고 호통이다. 온 집안 사람이며 술 먹으러 온 사람이 모여들었다.

이화는 이 소리를 듣더니 뛰어나오며 면서기를 달래고 형근에게 연해 눈짓을 하였다.

"글쎄, 이 주사 나리. 이게 무슨 짓요. 약주 취했소. 어서 저 방으로 가시우"

하고 이 주사에게 매달리다가

"대단 미안합니다. 점잖으신 이가 약주가 취해서 그러신 것을 서로 참으시지. 그렇죠? 어서 약주나 자시지요."

면서기는 그래도 여전히 형근을 보고 놀려댄다.

"이놈아. 네가 이놈 노동자가 감히 누구 앞에서 그따위 짓을 해? 홍."

형근의 인습 관념에 젖어 있는 젊은 피는 끓었다. 그는 결코 자기가 노동자는 아니다. 양반의 자식이요 행세하는 사람이다. 몸은 비록 흙 속에 파묻혔으나 마음과 기운은 살았다.

"무엇 노동자!"

형근에게는 그 외에 더 큰 모욕이 없었다. 그는 면서기를 향하여 기운에 타는 두 눈을 부릅떴다.

"그래 이놈아. 네가 노동자가 아니고 무엇야?"

"글쎄, 그만들 두세요. 제발 저 방으로 가세우"

하며 이화는 가운데 들어섰다. 형근은 이화를 뿌리쳤다.

그는 이화를 뿌리칠 때 "더러운 년! 갈보 년!" 하는 소리가 입으로 나오지는 아니하였으나 그의 온 전신을 귀퉁이 귀퉁이 속속들이 울리는 것 같았다.

형근은 이화를 뿌리치던 손으로 이 주사라는 자의 따귀를 보기 좋게 붙이니까 그대로 땅에 나가 뒹굴었다.

"이놈 봐라. 사람 친다"

하더니 면서기는 웃옷을 벗고 덤비었다.

"어디 또 한 번 때려봐라"

하고 주먹을 들고 덤비려고 사릴 제 옆엣방에서도 툭 튀어나오고

대문에서도 쑥 들어서는 사람들의 눈은 횃불같이 타면서 형근을 훑어보더니 다시 이 주사를 보고

"다치지나 않았소? 대관절 어찌 된 일요? 말을 좀 하시구려."

옆에 섰던 이화도 말을 아니 하고 그 계집도 말이 없다.

"대관절 손을 먼저 댄 게 누구야?"

하며 형근을 보더니 그중에 구척같이 키가 크고 수염이 더부룩한 자가 들어서더니

"여보 이 친구. 젊은 친구가 술잔이나 먹었으면 곱게 삭일 일이지 누구에게다 손찌검하고…… 흥, 맛 좀 보련"

하더니 넉가래 같은 손이 보기 좋게 따귀를 붙이는데 눈에서 불이 나며 입에서는 에구구 소리가 저절로 난다. 그는 아무 말 없이 볼따구니만 쥐고 있다.

그러려니까 연신 번갈아 가며 주먹과 발길이 들어오는데 정신이 아뜩아뜩하고 앞이 보이지를 않는다. 그는 에구구 소리만 지르면서

"글쎄, 나는 잘못한 게 없습니다"

하고 빌어대면

"이놈아, 잔말 말어. 너도 세상맛을 좀 알아야 하겠다"

하고 한 개 더 붙인다. 옷은 갈가리 찢어지고 얼굴에서는 피가 흐른다.

이화는 후닥닥거리는 서슬에 마루 끝에 서서

"여보, 박 서방. 가서 순사를 불러오. 야단났소. 그저 그만두시라니까 그러는구려"

할 때 형근은 순사라는 소리가 귀에 들릴 제 그는 꿈에서 깬 것같이 정신이 났다.

'이화가 나를 순사에게!'

하고 얻어맞는 중에서도 온 기운을 다 내었다. 초자연의 기운은 그를 거기서 뛰어 여러 사람을 헤치고 문밖으로 뛰어나갈 수 있게 하였다.

그는 눈 딱 감고 뛰었다. 그러나 때는 늦었다. 문간에 나가자 그 집으로 들어오는 사람이 있었다. 그러나 형근은 그것도 못 보았다. 들어오던 사람은 형근을 보더니 재빠르게 뒤를 따랐다.

형근의 다리는 마치 언덕 비탈을 몰려 내려가다 다리의 풀이 빠진 사람처럼 곤두박질을 할 듯하였다.

그의 눈에는 아무것도 보이지 않고 집이나 사람이나 전깃불이 별똥 떨어지듯이 획획 지나갈 뿐이다.

뒤에서는 여전히 따라왔다.

"도적야?"

달아나며 이 소리를 귓결에 들은 그는

'응, 도적?'

'그러면 나를 쫓아오는 것이 아닌 게지.'

그의 머릿속에서는 자기가 지금 어째 도망을 하는지 그 본능은 있었을지언정 의식은 없었던 모양이다.

그러나 그는 다만

'나는 도적이 아니다'

하면서도 달음질은 여전히 하였다.

그는 어느덧 움 앞에 왔다. 그는 친구의 이름을 부르고 그 자리에 기진해 자빠져서 기운을 잃었다.

경관과 형사는 그놈을 뒤져 동향 친구에게 지갑을 보이고

"당신이 찾던 것이 이것이오? 꼭 틀림없소?"

동향 친구는 눈이 뚱그레서

"형근이가 그랬을 리가 없는데요"

하니까

"듣기 싫어. 물건을 찾으면 그만이지. 맞느냐 말야"

하며 경관은 흘뿌린다.

"네."

친구는 가까스로 대답을 하더니

"그런 줄 알았더면 경찰서에도 알리지 않는걸"

하며

"여보게, 형근이. 정신 차려. 일어나서 말이나 좀 하게. 속 시원하게. 도무지 이게 웬일이란 말인가"

하며 비쭉비쭉 운다.

형근은 아직까지도 깨지 못하고 그대로 누워 있다.

7

형근은 그날로 경찰서 구류간에서 잤다. 어려운 취조가 끝난 뒤에 형근은 검사국으로 넘어갔다.

그 이튿날 신문에는 아래와 같은 신문 기사가 났다.

　○○○ 출생으로 철원군 ○○○리에서 노동을 하는 지형근 (池亨根) (○○) 지난 ○월 ○일 자기 동향 친구의 주머니에 있 는 삼십 원을 그 친구가 술이 취하여 자는 틈을 타서 절취하여 다가 ○○리 이화라는 술집에서 호유(豪遊)하다가 철원 경찰서 형사에게 체포되어 취조를 마치고 검사국으로 압송하였다더라.

청춘青春

1

안동(安東)이다. 태백(太白)의 영산(靈山)이 고개를 흔들고 꼬리를 쳐 굼실굼실 기어 내리다가 머리를 쳐든 영남산(嶺南山)이 푸른 하늘 바깥에 떨어진 듯하고, 동으로는 일월산(日月山)이 이리 기고 저리 뒤쳐 무협산(巫峽山)에 공중을 바라보는 곳에 허공 중천이 끊긴 듯한데, 남에는 동대(東臺)의 줄기 갈라산(葛蘿山)이 펴다 남은 병풍을 드리운 듯하다.

유유히 흐르는 물이 동에서 남으로 남에서 동으로 구부렸다 펼쳤다 영남과 무협을 반 가름하여 흐르니 낙동강(洛東江) 윗물이요, 주왕산(周王山) 검은 바위를 귀찮다는 듯이 뒤흔들며 갈라 앞을 스쳐 낙동강과 합수(合水) 치니 남강(南江)이다.

옛말을 할 듯한 입 없는 영호루(暎湖樓)는 기름을 흘리는 듯한

정적 고요한 공기를 꿰뚫어 구름 바깥에 솟아 있어 낙강(落江)이
돌고 남강이 뻗치는 곳에 푸른 비단 같은 물줄기를 허리에 감았
으니, 늙은 창녀(娼女)의 기름때 묻은 창백한 얼굴같이 옛날의 그
윽한 핑크색 정사(情史)를 눈물 흐르는 추회(追懷)의 웃음으로
듣는 듯할 뿐이다.

서쪽으로 고개를 돌리자. 태화산(太華山) 중록(中麓)에 말없이
앉아 있는 서악(西岳) 옛 절 처마 끝에는 채색 아지랑이 바람에
나풀대고 옥동(玉洞) 한절[大村] 쓸쓸히 빈집에는 휘—한 바람이
한문(閑門)을 스치는데 녹슨 종소리가 목쉬었다.

노래에 부르기를 성주(城主)의 본향(本鄕)이 어디메냐고 읍
(邑)에서 서북으로 시오리를 가면은 바람에 불리고 비에 씻긴 미
륵(彌勒) 하나가 연자원(燕子阮) 옛 터전을 지킬 뿐이다.

낙양촌(洛陽村)의 꿈같은 오계(午鷄)의 울음소리 강물을 건너
귓속에 사라지고, 새파란 밭둔덕에 나어린 새악시의 끓는 가슴
타는 마음을 짜내고 빨아내는 피리 소리는 어느 밭두덩에서 들리
는지 마는지.

벽공(碧空)을 바라보니 노고지리 종달종달 머리를 돌이키니 행
화(杏花)·도화(桃花) 다 피었다. 할미꽃 금잔디 위에 고달피 잠
들고, 청메뚜기 콧소리 맞춰 춤춘다.

일요일이다. 오늘도 여전히 꽃 피고 나비 춤추는 파랗게 갠 날
이다.

석죽(石竹)색 공중이 자는 듯이 개이고 향내 옮기는 봄바람이
사람의 품속으로 숨바꼭질한다. 버들가지에는 단물이 오르고 수

놈을 찾고 암놈을 찾아 날개를 쳐 푸르륵 날고 목을 늘여 길게 우는 새들은 잦아지는 봄꿈에 취하여 나뭇가지에서 몸부림한다.

반구(伴鷗) 귀래(歸來)의 두 정자를 멀리 바라보는 곳에 낙동강 푸른 물이 햇볕에 춤을 추며 귀에 들리는 듯이 고요한 저쪽 모래톱에는 사공이 존다.

신세동(新世洞)에서 빙그르 서남으로 돌아가는 제방 위에는 머리를 모자에 가리고 웃옷을 한 팔에 건 방년 이십의 소년은 얼굴이 향내가 나는 듯이 불그레하게 타오르고, 두 눈은 수정 알 박은 듯이 영롱한데, 머리는 흑단(黑檀)같이 검고 눈썹은 붓으로 그린 듯하고 두 입 가장자리는 일수 조각장이가 망칠까 마음을 졸여 새긴 듯이 못 견디게 어여쁘다.

그는 영호루 편을 향하여 걸어갔다. 걸음걸음이 젊은이의 생기가 뛰고 허리를 휘청 고개를 까댁, 흐르다 넘치는 끓는 핏결이 그의 핏속에서 춤춘다.

그는 버들가지를 꺾어 입 모퉁이를 한옆으로 찡그리며 한 손에 힘주어 그것을 틀었다. 그리고 주머니에서 칼을 꺼내어 피리를 내었다. 그러나 그는 그것이 만족지 못한 듯이 길옆에 내던지고 또다시 댓 걸음 앞으로 가다가 다시 버들가지를 찢어 내버렸다. 그리고는 그것을 아래위 툭 잘라 꺾어 던지고 다시 비틀어 입으로 잡아 빼었다. 그러나 공교히[1] 옹이의 마디가 쭉 훑는 바람에 애써서 비튼 버들을 반 가름하여놓았다.

그 소년은 잠깐 눈을 밉상스럽게 찡그리고 한참 그것을 바라보더니 휙 집어 풀 위에 던져 버리고 얄상궂게 싱긋 웃으면서,

272

'빌어먹을 것 괜히 애만 썼네'

하고 또다시 버드나무를 쳐다보았다.

이번에는 기름하고 휘청휘청하는 놈을 길게 찢었다. 그리고는 풀 위에 주저앉았다. 마음 유쾌한 잔디가 앉아 있는 몸을 시원하게 하고 마음 어루만지는 듯이 편안하게 한다.

그는 피리를 내었다. 칼을 대고 가지를 돌려 아래위 쓸데없는 것을 베어 버리고 정성을 다하고 마음을 졸여 살며시 빼낸 것이 버들피리다. 그는 그 끝을 둘째 손가락 위에 대고 칼날을 세워 혀를 내려고 살짝 겉꺼풀만 벗겼다. 그러고 또다시 저쪽 편 혀를 내려 하다가 그는 갑자기 '에쿠' 하고 칼 든 손으로 그 둘째 손가락을 꼭 쥐었다. 그리고 한참 있더니 그 손가락을 입에다 넣고 호호 불었다. 내려는 피리는 그의 겨드랑이에 끼어 있었다.

손가락에서는 진홍빛 붉은 피가 솟아올랐다. 그러나 그 소년의 주머니에는 종이도 없고 수건도 없었다. 양복 입은 그에게 피 나는 손가락을 동여맬 만한 옷고름이나마 없었다. 쓰리고 아픔을 견디다 못하여 상을 찌푸리고 사람의 집을 찾아간다는 곳이 영호루 높은 집 옆으로 돌아 초가라 삼간을 해정히² 짓고서 오는 이 가는 이에게 한잔 술 한 그릇 밥을 팔아가면서 그날그날을 지내가는 주막집이었다.

"물 주소." 꽉 닥치는 감발한 장돌뱅이.

"그런둥 그런둥, 허허허."

큰 웃음 웃는 촌 양반이 밥을 먹고서 막 일어서 들메인 미투리를 두어 번 구르고,

"야, 주인 아즈먼네이 또 만납시다이."

"웅" 하는 군소리에 뭉치인 인사를 던지고 언제 보아도 그저 그대로 말 한마디 없는 영호루만 쳐다보고서 무슨 감구지회[3]가 그의 마음을 쓰다듬는지 반 얼빠진 사람처럼 한참 있다가 어디론지 가버린다.

주막집은 잠깐 조용하였다. 부엌 구석에 조을던 누른 개 한 마리가 앞발을 버티고 기지개를 켜고 긴 혀를 내밀어 콧등을 두어 번 핥더니 그대로 푸르륵 털고 나아온다.

그 소년은 그 주막집 마루 끝까지 들어서며,

"여보, 주인"

하고 주인을 찾았다. 뒤꼍에서 손을 씻었는지 치맛자락에 물 묻은 것을 훔치며 나오는 사오십 가까운 중년의 노파가 양복쟁이가 이상한 듯이 슬며시 내다보며,

"왜 그러십니까?" 하며 그 소년을 바라보았다.

그 소년은 온순한 어조로,

"그런 게 아니라요, 내가 손을 다쳤는데 처맬 것을 좀 얻으려 하는데요"

하며 손가락을 내보였다. 손가락 끝에는 누른빛 도는 혈장(血漿)이 엉키어 붙었다. 그 노파는 끔찍하게 여기는 듯이 얼핏 달려들며,

"에그, 그거 안되었십니다그려"

하고 한참이나 들여다보더니,

"가만히 계시소" 하고서 마루 위로 올라가려 하였다.

그때 어떠한 처녀가 물동이를 머리에 이고 그 마당 한가운데로

들어섰다. 발은 벗었으나 살빛은 검노른데 바짓가랑이 밑으로 보일 둥 말 둥 하는 종아리는 계란빛같이 매끈하고, 행주치마를 반허리에 감았으니 내다보느냐 숨어드느냐 몽실 매끈한 걸 가슴이 사람의 마음을 무질러 녹이는 듯하다. 고개는 잘 마른 인삼 같으며 가늘지도 않고 굵지도 않고 매끈 동실한데 귀밑의 섬사한 솜 머리털이 보는 이의 눈을 실눈 감듯이 가무 삼삼하게 한다. 두 뺨에는 연홍빛 혈조가 밀려 올랐고 쌍꺼풀 졌는지 말았는지 반쯤 부끄러움을 머금은 두 눈에는 길다 하면 길고 알맞다 하면 알맞을 검은 속눈썹이 쏟아져 나오는 신비스러운 안채를 체질하듯이 깜박한다. 코는 가증하게도 오똑 갸름하고 청춘의 끓는 피 찍어 묻혔느냐 그의 입술은 조금만 힘주어 다물지라도 으크러져 터질 듯이 얇게도 붉다. 흑단 같은 검은 머리에 다홍 댕기 드리지나 말지 이리 휘휘 저리 설기 들다 남은 머리가 반쯤 결 귀 위에 떨어졌는데, 머리에 인 물동이에서 진주나 보석을 흘리는 듯이 대굴 따르륵 구르는 물방울은 소매 걷은 분홍 저고리에 남이 알면 남편 생각 간절하여 혼자 운 눈물 흔적이라 반웃음 섞어 놀려먹을 만치 어룽지게 할 뿐이다.

그 처녀는 허리를 구부리고 물동이를 내려 정지간 물독 속에 물을 부었다. 그리고 머리에 얹었던 또아리를 다시 오른손 네 손가락에 후휘 감았다.

이것을 본 그 소년의 손가락 상처는 깨끗하게 나은 듯이 쓰림도 모르고 아픔도 몰랐다. 다만 몽환의 낙원에서 소요하듯이 아무 때도 없고 흠도 없는 정결의 나라에 들었을 뿐이었다. 환락에 차

고 찬 그의 두 눈에서는 다만 칠야의 명성(明星)을 끼어안으려는
유원한 애회(愛懷)와 이 꽃잎의 이슬을 집으려는 청정한 애욕의
꽃잎에 명주실 같은 가는 줄이 그 처녀의 머리서부터 발끝까지
고치 엮듯 하였다. 그러고 그의 심장은 나어린 그 처녀를 지근거
려보는 듯이 부끄러움과 타오르는 뜨거운 정염(情炎)이 얼기설기
한 두려움으로 소리가 들리도록 뛰었다.

　노파는 방에서 나왔다. 마루를 내려와 그 처녀를 보더니,

　"양순(良淳)아, 반짇그릇은 어쨌는?"

하고서 화가 나서 몰아세우는 듯이 묻는다.

　"왜 방 안에 없어요, 왜 그러세요?"

하면서 방 안으로 들어가는 양순의 은실 같은 목소리가 구슬이
뛰는 듯한 발걸음과 함께 그 소년의 신경의 끝과 끝을 차디찬 얼
음으로 비비는 듯도 하고 따가운 젓가락으로 집어내는 듯도 하
였다.

　방에 들어간 양순은,

　"이것 아니고 무어세요?"

하며 승리자의 만족한 웃음을 웃는 듯이 자기 어머니를 바라보았
다. 그러다가는 비로소 처음으로 마당에 그 소년이 서 있는 것을
보았다. 그는 누가 치맛자락을 잡아당기는 듯이 멈칫하고 섰다.
그러다가는 앵둣빛 같은 웃음을 웃으며 누가 간질이는 듯이 정지
로 뛰어 들어갈 때에는 그 처녀 육체의 바깥에 나타나지 않는 모
든 부분 샅샅이 익지 못한 청춘의 푸른 부끄러움이 숨어들었다.

　노파는 헝겊을 가지러 마루에 던져놓은 반짇고리로 가까이 갔

다. 그러나 거기에는 쓸 만한 오라기가 하나도 없었다.

"이것 어떻게 하는?" 하고 주저주저할 때,

"무엇을 어떻게 해요? 왜 그러세요?"

하고 부끄러움을 삼켰는지 점잖고 얌전하게 얼굴빛을 가라앉힌 양순이는 다시 나왔다. 뒤적뒤적 가위 소리를 덜컥거리며 반짇고리를 뒤지는 노파는,

"저기 서신 저 양반이 손을 다치셨는데 싸매드릴 것이 없구나"

하니까 양순은 다시 고개를 돌이켜 그 소년을 쳐다보더니 다시,

"응, 잠깐만 기다리세요?"

하고 다시 방 안으로 들어가 똘똘 뭉친 조각보 보퉁이를 들고 나오더니 이리 끄르고 저리 헤쳐 한 카락 자주 헝겊을 꺼내어 오니, 그것은 작년 섣달 설빔으로 새 댕기를 접을 때에 끊고 남은 조각이다.

"여기 있어요" 하고서 자기의 헝겊을 그 젊은 소년이 그의 손에 감는 것이 그다지 기뻤던지 서슴기는 그만두고 간원하듯 내주었다.

소년은 그것을 받았다. 그 헝겊이 그리 곱지는 못하였으나 자기의 손을 감을 때 봄바람같이 부드러우며 노곤한 햇볕같이 따뜻하였다. 피가 몰려 흥분된 손가락은 마음 시원하도록 차지근하였다.

이리 감고 저리 동이기는 하였으나 한 손으로 맬 수는 없었다. 그래서 그 끝은 입에 물고 한끝은 오른손에 쥐고서 거북하게 매려 할 때 양순은 이것을 바라보더니 가엾이 여기는 듯이,

"제가 매드릴까요?" 하고 두 손을 들어 그 소년의 윤기 있는 손

가락을 매어주었다. 그리고 그 소년이 고맙다고 인사를 하려 할 때 녹는 듯한 반웃음을 살짝 웃고서 아무 소리 없이 싹 돌아섰다.

2

그 소년은 의성군(義城郡) 출생으로 대구상업학교를 작년에 마친 유일복(柳一馥)이라는 사람이다. 학교를 마치자 대구은행 안동지점 계산과에 근무하게 되어 오늘까지 계속해온 것이다.

그는 그 주막집에서 집으로 향하여 돌아오려다가 또다시 영호루에 올라갔다. 고개를 돌리면 이름만 가진 영가(永嘉) 구읍의 소잔한 자취가 한가히 족재(簇在)하고 내다보면 자기의 그리운 고향으로 동한 주름살 같은 넓은 길이 낙동강의 허리를 잘라 남으로 통하였다.

그윽한 감구의 회포가 그의 마음을 수연하게 물들이는 동시에 아까 본 그 처녀의 달콤한 웃음이 애연한 인상을 박아준 듯하다. 아무것도 없는 자기 주위가 무엇이 있어 못살게 구는 듯하고 가득 찼던 자기 마음이 이지러진 반달같이 한 귀퉁이가 비었다가 또다시 동그란 보름달처럼 가득 찼다 하는 것 같았다. 그의 마음 한 귀퉁이가 비는 듯할 때에는 뜻 모르는 눈물이 흐르려 하고 그의 가슴이 찰 때에는 넘쳐흐르는 기쁨이 그를 몹시도 즐거웁게 하였다.

그가 머리를 쳐들어 하늘을 바라볼 때에는 끝없이 퍼진 하늘이 자기의 모든 장래를 말하는 것같이 길어 보였으며, 그가 고개를 숙여 땅을 내려다볼 때에는 발밑에 살살 기어 다니는 개미보다 저 자신이 별로 커 보이지는 않았다.

그는 오늘에 비로소 그전에 맛보지 못하던 비애를 맛보았으며 예전에 당해보지 못하던 기쁨을 당하였다.

그는 웬일인지 자기의 몸뚱이를 돌고 또 도는 뜨거운 피가 약동하는 그대로 자기의 육체의 모든 관능을 모래사장에 비비고 싶도록 발휘하여보고도 싶고, 촉루(髑髏)의 곰팡내 흐르는 암굴에서 이 세상 모든 것을 눈 딱 감아버리고 요절한 정(精)의 육향(肉香)에 취하여 그대로 사라지고도 싶었다.

'나는 이제 집으로 달아가야지?' 혼자 군소리를 하기는 십여 차나 하였으나 발에다 송진을 이겨 붙이지도 않았을 것이요 몸에다 동아줄을 얽어놓지도 않았으나 초가삼간 작은 집, 보이지 않는 그 방 안에 혼자 앉아 바늘을 옮기는 그 처녀의 흔적 없이 잡아낚는 이성(異性)의 매력이 그를 잡아놓았다.

그는 하는 수 없이 또다시 영호루에서 내려왔다. 그리고도 다시 한 번 그 집 뒤를 일부러 돌았다. 행여나 그 처녀가 다시 한 번 눈에 띄었으면! 다시 한 번 나를 바라나 보았으면!

그러나 그 처녀의 숨소리나마 들리지 않았다. 다만 괴괴 정적한 마을 집에 저녁연기가 자욱할 뿐이었다.

그는 가기 싫은 다리를 힘없이 끌어 서문(西門) 밖 법상동(法尙洞) 자기 여관을 찾아들어 온다.

한 걸음 떼어놓으니 한 걸음이 멀어지고 두 걸음 떼어놓으니 두

발자국 떠나온다. 뒤를 돌아다보나 살금살금 기어오는 저녁 그늘
이 벌써 그 집을 싸돌아 보이지 않으며 실모래 깔린 길이 그리로
연했으나 자기 맘 전해줄 것은 하나도 없다.

그가 자기 은행 옆에 왔을 때였다. 누구인지,

"어데 가쇼?"

하는 이가 있었다. 일복은 다만 망연히 그를 바라보다가,

"네, 집에 갑니다" 하였다.

"어데 갔다 오십니까?"

"영호루에 바람 좀 쏘이러 갔다 옵니다."

"혼자요?"

"네, 혼자요."

"그런데 우리 집에 한번 놀러 오시지요."

"참 간다 간다 하고 못 가 뵈어서 죄송합니다."

"별말씀을 다 하십니다. 한번 놀러 오십쇼."

"네, 이따 저녁 후에 가겠습니다."

"그러세요. 그러면 기다리지요."

그는 삼십이 가까운 그 고을 보통학교 교원인 이동진(李東眞)
이었다.

일복은 자기 사관(舍館)에 돌아와 남폿불을 켜놓고 저녁 예배
를 보러 가리라 하고 성경과 찬송가를 찾아놓고 저녁상 들어오기
를 기다렸다.

남폿불이 때없이 팔락팔락할 때에 그 속에서 꿈지락거리는 것
도 그 처녀이었으며 저쪽 귀퉁이 어두컴컴한 곳에서 춤추는 듯하

는 것도 그 처녀의 환영이었다. 그가 그 옆의 책을 집어 글을 볼 때 그 글자와 글자를 쫓아 내려가는 것도 그 처녀의 어여쁜 자태이었으며, 그가 편지를 쓰려고 붓을 들어 한 줄 두 줄 써 내려가는 것도 그 처녀의 그림자뿐이었다.

그가 저녁을 먹을 때였다. 편지 한 장을 주인 노파가 갖다 준다. 그것은 자기의 친구에게서 온 것이었다.

사랑하는 유 군!

오래도록 군의 음신(音信)을 얻어듣지 못하여 나의 외로운 생애가 더욱 적막하다. 나는 웬일인지 아직 나어린 군에게 이 편지를 못 견딜 만치 쓰고 싶었다. 그래서 종작⁴이 없고 두찬(杜撰)⁵의 흠이 있는지 모르지만 쓰고 싶어 쓰는 것이니까 거기에 진실이 있을 줄은 믿는 바이다.

군은 이 세속에 무엇이라 부르짖는 수많은 대명사의 껍질을 씀보다도 먼저 사람이 되기를 나는 바란다. 예술가가 됨보다도 학자가 됨보다도 무엇보다도 먼저 사람이 되어야 할 것이다.

우리 인생이 최고 이상을 향하여 부단의 노력을 하고 있다 하면 그 최고 이상이라 하는 것은 참사람일 것이다.

그러면 그 참사람이 되려면! 되지는 못하더라도 되려고 노력이라도 하려면 거기에는 그 무슨 힘이 있어야 할 것이다. 그 힘을 창조하는 그 무슨 신앙이 있어야 할 것이다.

유 군이여! 나는 달구다 내버린 무쇳덩이다. 나는 참쇠가 못된다. 참으로 쇠의 사명을 완전히 하는 참쇠다운 쇠가 되려면 그것을 불에 달구어 메로 때려야 할 것이다. 장도리 쇠메가 제 아무리 많을지라도 그 쇠를 완전히 연단(鍊鍛)할 수 없는 것과 같이 우리 사람을 아무리 이성적으로 교육하고 훈어(訓御)하고 지도(指導)할지라도 가슴속에서 활활 붙는 사랑의 불길로 녹을 만치 달궈내지 않으면 참사람이 못 될 것이다.

사랑의 불길! 아아 유 군! 나의 가장 친애하는 유 군! 나의 동생 같은 유 군! 나를 신임하여주는 유 군!

쇠가 불 속에 들어간다 함은 무엇을 이름인가? 철광에서 깨어 낸 차디찬 광철이 도가니에 들어간다 함은 무엇을 이름인가? 거기에 참으로 쇠 된 본분을 완전히 하려는 근본정신의 발휘할 기회를 얻는 것이 아닌가? 그러나 그 광철은 쪼들림을 당할 터이다. 귀찮음을 맛볼 것이다.

인간 사회에 무근(無根)한 연쇄를 이룬 우리 인생도 정(精)의 불길에 들어가 이성(理性)의 망치로 두드려 맞아 참으로 사람이 되려는 그 고통은 어떠하며 그 가슴 아픔은 어떠할까? 자기의 영육(靈肉)을 정의 불길에 녹이고 달굴 때, 또는 이성의 망치로 두드릴 때 사붓사붓 박히는 망치의 흔적이 그의 가슴을 쓰리게 할 때, 아아 눈물지으며 한숨 쉴 터이다. 어떠한 때에는 해 돋는 월겟빛 하늘 같은 장래를 바라보고 너무 기쁜 눈물의 웃음을 웃을 것이며 그 어떠한 때에는 해 지는 석조(夕照)에 빠져가는 저녁 해 같은 낙망의 심연에서도 헤맬 터이다.

유 군이여! 만일 그대가 처음으로 이성을 동경하게 되거든 그가 웃을 때 군도 군 모르게 웃을 것이며 그가 눈물질 때 군도 군 모르게 울 것이다. 그때의 그대는 지순(至純)할 것이며 지정(至淨)할 것이다. 조화가 무르녹는 진주 같은 문자를 주루룩 꿰어 놓은 일 편의 시(詩)였을 것이다. 아니라, 아무 시인도 그것을 시로 표현하기 곤란할 만치 청정무구(淸淨無垢) 지순지성(至純至聖)이었을 것이다.

만일 그대가 그 찰나를 얻었거든, 그 순간을 얻었거든 그것을 연장하여라. 그것을 무한히 연장하기에 노력하라.

나는 옛날에 그것을 얻었었으나 그것을 연장하지 못한 까닭에 무쇳덩이가 되어버렸다. 군에게는 희망이 있다. 그대가 만일 그 찰나를 연장시키려 노력하다가 반 발의 반 발을 연장시켰을 때 그것이 끊기려 하거든 그것을 놓지 말고 붙잡고 사라져라. 감정과 이성의 조화 일치가 참사람 되는 데 유일한 궤도라 하면 감정의 모든 것인 사랑의 연장이 끊어지려 할 때 그 이성 혼자만 남는다 하면 그것은 궤도를 벗어난 유량(流量)일 것이니 그대는 참사람이 못 될 것이라. 최고 이상에 이르지 못하는 자여, 인생의 사명을 이루지 못할 사람일 것이다. 그러므로 그대는 반 발의 반 발만큼 참사람 되는 것이 마땅하다. 그래서 그대는 참사람으로 사라지는 것이 도리어 인생의 근본적 정신에 부끄러움이 없을 것이다.

사랑하는 유 군! 나는 나중으로 군이 사랑에 눈뜨거든 먼저 사랑을 얻으라! 하는 것이다. 사랑을 위하여 너의 이성을 수고롭게 하라! 그리하여 그 사랑을 얻은 그 후에 군에게 생(生)의 광명을 얻을 수 있는 것이며 절대의 세력을 부여하는 신앙이 생길 것이다.

김우일(金友一)

유일복(柳一馥)의 것

편지를 다 본 그의 마음은 바늘 끝으로 찌르는 듯하기도 하고 또는 치륜(齒輪)과 치수(齒輪)가 절조 있게 맞아나가는 것과 같이 그의 편지에 써 있는 글의 의미와 정신이 자기 가슴속에서 혼자 휴지(休止)하였던 무슨 치륜과 서로 나가 맞아 돌아가기를 시작하는 듯하였다.

그리고 어떠한 사물을 만나든지 반드시 자기 가슴에서 새로이 약동하는 그 처녀의 춤추는 듯 하는 모양을 끌어내어 그것과 조화를 시키려고만 하는 그에게 자기의 가장 경모하는 김우일의 편지를 볼 때 끓는 물로 밀가루를 반죽하는 것과 같이 차지고 끈기 있게 그 처녀와 또는 자기와 그 편지의 정신을 혼일(混一)할 수가 있었다.

그는 그 편지를 보고 가장 큰 힘을 얻었다. 그리고 그 전보다 더 그 편지를 요 경우 그 시기에 보내준 그 김우일을 신뢰할 생각이 생겼으며 절대의 애착하는 마음이 그를 잡아당기었다.

그리고는 다시 그 편지를 펼쳐 들고,

'만일 그대가 처음으로 이성을 동경하게 되거든 그가 웃을 때 군도 군 모르게 웃을 것이며 그가 눈물질 때 군도 군 모르게 울 것이다……'

하고 다시 한 번 읽어보았다. 그리고는,

'그대가 만일 그 찰나를 얻었거든, 그 순간을 얻었거든 그것을 연장하여라. 그것을 무한히 연장하기에 노력하여라' 하고 다시 읽었다.

'그렇다. 나는 웃었다. 그 처녀가 웃을 때 나도 모르게 나는 웃었지! 그렇다. 나는 얻었다. 그 찰나를 얻었다. 나는 그것을 연장할 터이다. 연장하려고 노력할 것이다.'

그렇게 부르짖고는 주먹으로 상을 한 번 치고 벌떡 일어서 무엇을 얻은 듯이 한 번 웃었다.

'그렇다. 나는 그 찰나를 연장할 터이다.' 구두를 신으면서도 중얼거리었다. 대문을 나서 큰길로 걸어가면서, '나는 웃었다. 그가 웃을 때 나도 나 모르게 웃었다…… 나는 얻었다. 그 찰나를 얻었다. 그것을 무한히 연장할 터이다. 노력할 터이다.'

3

그가 법상동 예배당에 들어갈 때에는 그 전에 한 번도 당해보지 못하던 갑갑함을 당하였으며 지루함을 당하였다.

휘황찬란하여 보이는 커다란 남폿불이나 웅얼거리는 신남신녀(信男信女)의 소리가 어쩐 일인지 눈에 먼지가 들어간 것같이 뻣뻣하고 거북하였으며 목구멍이 알싸한 것같이 가슴이 답답하였다.

그는 그 자리에 앉아 찬송가를 시작하였을 때 아무 선율도 맞지 않고 조화도 되지 않는 그 얼룩진 노랫소리일지라도 영호루 옆

그 주막집에 조그마한 처녀와 자기의 얼크러지는 행복을 찬양하는 것 같았으며 또한 저쪽 중공(中空)에 계신 듯한 하나님이 엄연한 얼굴에 인자한 웃음으로 그것을 재롱 삼아 들어주시는 듯할 때 그는 기뻤다. 그리고 찬송가를 그치는 것이 섭섭하였다.

성경을 보고 연금을 하는 것도 그 조그마한 처녀와 자기 사이를 몽환적으로 얽어놓는 사이에서 습관적으로 하였다.

목사는 사십 전후의 장년이었으나 몸은 그리 크지도 않고 작지도 않은데 머리에는 벌써 흰 머리털이 군데군데 나 있었다.

그가 연단에 올라서 목사들의 약속 있는 듯한 구조(口調)로 자기의 정력을 다하고 지략을 다하여 여러 교도에게 최상의 위치에 서서 하나님의 말씀을 전할 때 그의 말 중에 한 구절이라도 일복의 귀를 끄는 것은 없었다.

목사는,

"여러분, 여러분이 사랑이 없으면 하나님의 나라에 들어가지 못할 것이올시다. 여러분은 하나님을 사랑할 것이올시다. 여러분이 여러분의 목숨을 아끼고 사랑하는 것과 같이 하나님 아버지를 사랑하여야 할 것이올시다"

하고 소리를 지르더니 또다시,

"여러분은 또다시 여러 형제를 사랑하고 동포를 사랑하여야 할 것이올시다. 요한 1서 제3장 14절을 보면, 우리가 형제를 사랑함으로써 이미 죽음을 벗어나 삶으로 들어감을 벌써 알았도다. 형제를 사랑치 않는 자는 죽음 가운데 있는 자로다, 라고 써 있습니다. 그렇습니다. 사랑을 모르는 자와 사랑하지 않는 자는 죽은 사람이올시다" 할 때 일복은 목사를 향하여 눈을 크게 떴다.

"사랑을 모르는 자와 사랑하지 않는 자는 죽은 사람이올시다."

이것을 속으로 한번 짚어 외어볼 때 자기 속 혼잣말로,

'그러면 나는 지금 살려 한다. 죽음에서 삶으로 나아가려 한다. 그렇다. 무한한 생의 광휘(光輝)가 나의 눈앞에서 번쩍인다. 나는 죽음에서 일어나 삶에서 눈뜨려 한다.'

그리고는 또 목사가,

"하나님은 사랑이요" 할 때 일복은 또다시,

'그렇다. 나는 사랑을 사랑하여야 할 것이다. 사랑을 사랑하는 자가 즉 하나님을 사랑하는 것이니까' 하고 또다시,

'나는 사랑을 사랑하련다. 나는 사랑을 사랑하련다' 하고서는,

'그렇다. 나는 그 찰나를 얻었다. 그 순간을 얻었다. 그 순간에 죽음에서 삶으로 사랑을 사랑하려 잠 깨인 자이다' 하였다.

그가 기도를 할 때에는 사랑은 하나님께 하였다 함보다도 그 처녀의 환상(幻想) 앞에 고개 숙였었다. 별들이 찬란한 꽃잎을 뿌린 듯하게 반짝이는 푸른 하늘을 눈 감은 속에서 바라보며 절대의 제일위(第一位)에 올려놓은 것도 그 처녀이었으며, 구름 가고 달 밝은 그 청공(靑空)에 여신(女神)과 같이 우러러보기도 그 처녀 뿐이었을 것이다. 도리어 자기 마음속에 그려놓은 로맨틱한 환상을 목사의 기도 올리는 소리가 흠 없는 옥돌에 군데군데 흠지게 하는 종의 소리같이 울렸을는지도 알 수 없었을 것이다.

그가 기도를 그치고 예배당 문밖을 나섰을 때에는 또다시,

'나는 찰나를! 나는 얻었다. 그것을 연장할 터이다. 나는 사랑

한다. 나는 죽음에서 삶으로 나온 자이다'

하며 예배당 뜰을 지나 아까 저녁때 약속한 이동진의 집으로 가려 할 때 누구인지,

"일복 씨! 어디 가세요"

하는 고운 여자의 목소리가 들렸다. 일복은 고개를 돌렸다. 그 여자는 미소를 띠고 일복을 향하여 고개를 숙이고 섰다. 일복은 그 여자를 볼 때, 그 여자가 웃을 때,

"네, 어디 좀 가요"

하고서는 도리어 속으로 귀찮은 생각이 났으며 노하는 생각이 났다.

"저 좀 보세요."

"급한 일이 있어서 가야 하겠는데요."

"저의 말을 좀 듣고 가세요."

"아뇨, 바빠요."

"일복 씨는 저를 생각하여주지 않으세요?"

"무엇을 생각하지 않아요?"

일복은 생각하였다. 그는 참으로 생각지 않았다. 또한 생각해지지 않는다. 생각할 수가 없었다.

"네, 저는 그 말씀을 모르겠습니다"

하고 아무 말 없이 큰길로 나서면서 혼잣말로 우리 부모가 그를 보고 웃었으며 그의 부모가 나를 보고 좋아하였으나 나는 그 여자가 웃을 때 나 모르게 나는 웃지 못했다. 나는 그 찰나를 그 여자에게서 얻지 못하였다. 나는 도리어 그 여자가 나를 보고 웃을

때 나는 성내었었다. 나는 불안하였으며 살에 붙는 거머리같이 근지럽게 싫었었다. 그렇다. 나는 하나님을 사랑한다. 즉 사랑을 사랑한다. 내가 그 여자의 말을 듣지 않은 것도 죄악은 아니지. 나는 하나님을 사랑하는 자이니까!

이동진의 사랑 들창을 두드리기는 아홉 시나 되었을 때였다.

"어서 들어오쇼" 하는 주인의 말을 따라 방에 들어앉은 일복의 입에서는 첫인사가 끝났다.

이동진은 담배를 권하니,

"어디 먹을 줄 압니까?" 하고 그것을 사퇴한 후 옆에 있는 책을 집어 보려 할 때,

"그 손은 왜 처매셨나요?" 하며 가엾은 듯이 들여다본다. 일복은 어린애처럼 웃으며,

"그런 게 아니라 장난을 하다가 베었어요."

"무슨 장난을요?"

"아까 영호루에 갔다가 피린가 무엇인가 좀 내느라고 하다가 다쳤어요."

"하하, 그것 참 취미 있는 상처입니다그려."

"그나 그뿐인가요. 어여쁜 여성이 그 상처를 매어주었으니 더욱 시적(詩的)이지요."

"네에, 그래요."

"그나 또 그뿐인가요. 그 여성의 부드러운 웃음이 저의 마음까지 동여맸는걸요."

"하하, 그것 참 그럴듯합니다. 그런데 그 여자란 누군가요?"

"왜 영호루 밑에 주막집 있지 않습니까?"

"네, 있지요. 가만있거라 (한참 생각하다가) 옳지, 엄영록(嚴永錄)의 집 말씀입니다그려."

"그 집이 엄영록의 집인가요?"

"네, 그렇지요. 그의 누이동생 말입니다그려. 아주 유명합니다. 경북(慶北)의 제일가는 미인이라는 소문이 있는 여자지요. 그런데 그 여자가 그 손을 매어드렸어요?"

"네."

이야기는 한참 중절되었다가,

"그런데 엄영록이를 아십니까?"

"알지요."

"친하세요?"

"그전부터 집에를 다니니까 장날이면 꼭 들러 가지요."

"그러세요!"

4

집에 돌아와 하룻밤을 새고 은행 일을 마친 그 이튿날 저녁때, 일복은 또다시 영호루를 향하여 갔다. 멀리 보는 공민왕(恭愍王)의 어필 현액(御筆縣額)이 그를 맞이하는 듯이 바라보며 있을 때 그전에 그리 반갑지 않던 영호루가 오늘에는 웬일인지 없지 못할 것같이 반가웁고 그리웁다. 그러나 처녀를 생각할 때에는 반드시 영호루가 연상되고, 영호루를 생각할 때에는 반드시 그 처녀가 생각이 된다.

양복 주머니에서 그 처녀가 준 자주 헝겊을 꺼내어 보며,

'이것을 갖다 주어? 가서 다시 한 번 만나 봐? 그렇다! 가보는 핑곗거리는 단단히 된다.'

해는 바야흐로 서산을 넘으려 하고 저녁연기는 온 읍내를 덮기 시작한다. 일복이 그 주막집 앞을 다다랐을 때 그는 또다시 주저하였다. 만일 내가 이것을 돌려보낼 때 그 처녀가 있어서 나를 또 보고 웃으면 모르거니와 있지 않으면 어떻게 하노? 그렇기는 고사하고 보고도 웃지 않으면 어찌하나? 웃지도 않으려면 있지 않는 게 좋고 없으려면 내가 가지 않는 것이 좋지!

그는 바로 들어가지를 않고 일부러 영호루를 돌았다. 그리고 영호루 주춧돌 틈으로 그 집을 엿보았다.

그때였다. 또다시 어저께와 같이 그 처녀는 물동이를 이고 물 길으러 갔다. 넘어질까 겁하여 두 눈을 아래로 깔고 물 길으러 갔다. 걸음걸음이 향 자취를 땅 위에 인박고, 발끝 발끝마다 꽃 그림자를 그리는 양순은 텅 빈 물동이에 사랑의 샘물을 가득 채우려는 듯이 물 길으러 갔다. 쓰지 않은 새 그릇 같은 양순의 가슴 속에 새로운 사랑의 씨를 담아 주려는 일복이 뒤에 있음을 알았는지 몰랐는지! 그는 아무 소리 없이 물만 길으러 갔다.

일복은 그 뒤를 따라갔다. 좁은 비탈길을 지나고 언덕 아래 길을 거쳐 밭이랑을 꿰뚫고 언덕 모퉁이 하나를 돌아 포플러 그늘이 슬며시 걸친 우물에 왔다.

우물에 허리를 굽혀 물을 뜨는 양순은 뒤에 누가 있는지도 알지 못하고 다만 두레박을 물속에 텀벙 잠가 이리 한 번 저리 한 번 잦혀 누일 뿐이었다.

저녁 그늘진 곳에 수분 섞인 공기가 죄는 일복의 마음을 더욱 으스스하게 한다. 그리고 점점 어두워가는 저녁날에 아무도 없이 다만 나뭇가지 속에서 쌕쌕하는 고요한 곳에 단둘이 서 있는 것이 어쩌 그의 마음을 정욕으로 가늘게 떨리게 한다.

양순이 물동이를 들고 일어서려 할 때이다. 일복은, "에헴" 하고 기침을 하였다. 양순은 소스라치게 놀라며 뒤를 돌아다보았다. 그러고 그 서 있는 사람이 일복임을 알고서 겨우 안심하는 중에도 '나는 누구라구', 왜 사람을 놀라게 하느냐' 하며 반가워하는 가운데 얄미웁게 토라지는 듯이 반쯤 웃었다. 일복은 다만,

"이것 가지고 왔는데" 하고 그 헝겊을 꺼내 놓았다. 그 처녀는 그것 한 번 들여다보고 또 일복의 얼굴을 다시 한 번 쳐다보았다. 그러고서는 그것을 받으려 하지도 않고 물끄러미 서 있었다.

"자, 받어요" 하고 그 헝겊을 그 처녀의 손에 쥐여 주는 일복의 얼굴은 빨개졌다.

그리고 몸이 떨리었다. 아무 소리 없이 그것을 받아 든 양순은 웬일인지 섭섭한 기색을 띠고 서 있다가 아무 소리 없이 물동이를 이었다. 그리고 구름이 발에 걸치는 듯이 느럭느럭 힘없이 걸어갔다.

일복은 다만,

"내일도 또 저녁때 물 긷지?"

하였다. 그러니까 그 처녀는,

"네" 할 뿐이었다.

두 사람이 다시 언덕 모퉁이를 돌아섰을 때에는 일복은 언덕 위에 올라서서 멀리 그 처녀가 자기 집으로 물동이 이고서 돌아가는 것을 바라볼 뿐이었다.

양순은 물을 독에 부어놓고 누가 쫓아오는 듯이 방으로 뛰어 들어갔다. 그리고는 방구석에 돌아앉아 홀쩍홀쩍 울면서 손에 든 헝겊을 손에다 단단히 쥐었다.

"그이가 왜 이 헝겊을 도루 주었노?"

할 때 눈물방울은 삿자리 위에 떨어졌다.

"그이가 이 헝겊을 싫어하는 것인 게지?"

할 때 그는 고개를 숙이고 다시 느껴 울었다. 그리고 또다시 고개를 들고 먼 산을 볼 때,

"내가 준 헝겊을 도루 줄 때에는 나를 보기 싫어 그리한 것인 게지?"

하고서는 또다시 눈물방울이 따르륵 두 뺨에 굴렀다.

"그런 줄 알았다면 애당초 주지를 말걸!"

양순은 웬일인지 울음이 복받쳐 올라오고 어두운 방구석이 마음 죄게 답답하다. 그러다가는,

"나는 내일은 물 길러 가지 않을 터이야"

하고 그 헝겊을 갈가리 찢어 창밖에 내버렸다.

5

그 이튿날 저녁에는 또다시 일복이 그 우물가에 갔다. 나무와 풀과 그 우물에 놓여 있는 돌멩이까지 어제 같으나 그 아리따운 처녀는 보이지 않았다.

해가 지고 날이 어둑어둑하여도 양순은 오지 않았다. 눈썹달이 서편 하늘에 기울어져 한적한 옛 읍을 반웃음 져 흘겨보며 서산으로 들려 할 때 사랑을 도적하려는 어여쁜 도적놈은 지금 사랑하는 사람을 기다리고 있다. 바람이 쏴— 해도 그가 오는가? 나무 끝이 사르륵하여도 그가 오는가? 오는지 안 오는지! 오려거든 온다 하고 오지 않으려거든 오지 않는다 하지, 오는지 안 오는지 알지 못해 속 태우는 마음 미친 소년이 있는 줄은 누가 있어서 알아주는지!

달이 어뒀으매 정조(貞操) 도적맞을까 보아 오지를 않을 터이요, 오지 않으면 외로이 기다리는 나이 젊은 사람의 붉은 피를 바지작바지작 태우는구나.

그러나 제가 아니 오지는 못하느니라. 물동이 머리에 얹고 누가 있을까 마음 졸여 황망히 오는 사람은 분명히 그 처년데 날이 어두워 그 얼굴은 모르겠으나 그 윤곽은 분명히 양순이요 그 걸음걸음이 분명히 그 처녀.

양순은 우물까지 와서 사면을 한 번 둘러보았다. 그리고는 물한 두레박 뜨고 뒤를 돌아보고서는 가느다란 목소리를 입속에

굴려,

"오지 않았나?" 하는 소리를 할 때 나무 뒤에 숨어 있는 일복의 가슴은 부질없이 뛰었다. 그리고 양순이가 물을 떠놓고 한참이나 서 있다가 긴 한숨을 쉴 때 일복은 슬며시 그의 등 뒤에 나서서,

"이것 좀 봐!"

하고 나지막하게 부를 때 그 처녀는 두 어깨가 달싹하도록 깜짝 놀라며 뒤를 돌아다보았다. 일복은 다시,

"양순!"

하고 서서 정 뭉친 두 눈으로 흘겨보며 다시,

"양순!" 하였다. 양순은 다만 돌아선 채로 아무 소리가 없이 손가락에 옷고름만 배배 감고 있었다.

"오늘은 어째 물을 늦게 길러 왔어? 여태까지 기다리고 있었는데……"

양순은 한 번 허리를 틀더니 말을 할 듯 할 듯 하고 그대로 서 있다.

"나는 네가 보고 싶어서 여기 와 기다렸는데 너는 아마 그렇지 않지? 나는 너를 날마다 여기서 만나 보았으면 좋겠어!"

"저두요" 하는 양순은 부끄러워 그랬던지 얼굴이 빨개지며 두 손으로 낯을 가리었다.

"정말?" 하고 묻는 말에 양순은 아무 대답이 없다.

"정말야? 응, 정말야? 대답을 해야지."

양순은 물동이를 이려고 허리를 구부리며 부끄러워 웃음 지으며,

"네" 하고서는 그대로 동이를 이고 가버리려 하니까, 들려는 물

동이를 일복은 붙잡으며,

"내일 또 오지?"

"네."

"내 또 와서 기다릴게."

양순은 집에 돌아왔다. 어머니는,

"무엇하느라고 여태까지 있었는?"

하며 들어오는 양순을 흘겨본다.

"두레박이 우물에 빠져 건지느라고 그랬어요."

한마디 말로 의심을 풀었다. 물을 부어놓고 방으로 뛰어 들어가 양순은 얼른 뒷창문을 열고 어저께 저녁에 갈가리 찢어 버린 그 헝겊을 다시 차곡차곡 모아다가 다시 손에 쥐어 들고,

"내가 잘못 알고 그랬지! 내가 모르고 그랬지! 이것이 그이의 손가락을 처매었든 것인데!"

하고서는 그대로 그것을 똘똘 뭉쳐 반짇고리에 넣어놓았다.

6

대구은행 안동지점 지배인의 집 대문 소리가 열두 시나 거의 지나 닭이 홰를 치며 울 때 고요한 밤의 한적을 깨뜨리고 나더니 지배인의 딸 정희(貞嬉)가 혼잣몸으로 어디인지 지향하여 간다.

밤이 점점 고요하고 달은 밝아 흐르는 빛이 허리 감겨 땅에 끌리는 듯한데 무슨 생각을 하는지 달빛같이 창백한 빛이 얼굴에

돌며 걸음을 천천히 걷는 중에도 주저하는 꼴이다. 그는 혼잣말로,

'나는 왜 이다지도 불행한고?' 하더니 수건으로 눈물을 짓는지 콧물 마시는 소리가 난다.

정희가 일복의 집 문간에 와서 문을 열어달랄까 말까? 그러나 내가 이렇게 하는 것이 잘못이나 아닐까? 아무리 정혼(定婚)한 남자일지라도 밤중에 남몰래 찾아오는 것이 여자의 일은 아니지, 하며 주저주저하고 서 있다가 문틈으로 집 안 동정을 살펴보니 일복의 방에는 여태까지 불이 켜 있다.

"여태까지 주무시지를 않은 모양일세!"

"어떻게 할까? 문을 열어달랠까 말까! 이왕 왔으니 할 말이나 다 하고 가지."

정희는 대문을 밀어보았다. 단단히 닫혀 있을 줄 알았던 대문이 힘없이 삐걱하고 날 때 정희의 온몸엔 맥이 풀리는 듯하였다. 주저하던 생각은 어디로 가고 인제는 아니 들어갈 수 없구나 하여지며 공연히 가슴이 두근두근하다.

정희는 마당으로 들어서며,

"일복 씨"

하고 가늘은 가운데에도 애연한 어조로 일복을 불렀다. 한 번 부르나 말소리가 없고 두 번 부르나 대답이 없다.

정희는 이렇게 정성껏 부르는데 대답이나마 하여주지 하고 야속한 생각이 나며 공연히 눈물이 핑 돈다. 그리고서 저 방 안에는 그이가 누워 있으렷다. 누워서 잠이 고단히 들었으렷다. 내가 여기 와서 있는지도 알지 못하고 자렷다. 아니다, 온 줄을 알려고도

하지 않으렷다.

아니다! 그렇지 않지! 그이는 지금 자지를 않는다. 눈을 뜨고서 영호루를 생각한다. 내가 온 줄 알면서도 일부러 못 들은 체하는 것인 게지? 아— 무정한 이여.

정희는 다시 허리를 구부리고 일복의 방 문틈으로 들여다보면서 이번에 한 번만 다시 불러보아서 대답이 없거든 그대로 가버리리라 하였다.

"일복 씨!" 하면서 문틈을 들여다보니까 방 안에는 아무도 없었다. 그러면서 언뜻 마루 끝을 보니까 미처 생각지도 못하였던 구두가 없다.

정희의 마음은 냉수로 씻은 듯이 말짱하여지고 또는 깨끗하여졌다. 그리고 웬일인지 또다시 조그마한 나머지 믿음이 있는 듯하였다.

"알았습니다. 저는 아무도 원망하지 않습니다. 일복 씨의 사랑을 얻지 못하게 태어난 저만 불행하지요. 그러나 저는 부모의 작정대로 그것을 억지로 이행하려고 아내로 생각해달라는 것도 아닙니다. 그렇지요. 사랑이 없는 아내는 없으니까요. 법률상의 아내나 인습에 젖은 그 형식의 아내를 저는 원하는 것이 아녜요. 저에게는 온 우주가 없을지라도 일복 씨 하나는 잃을 수 없어요. 만유(萬有)가 있음도 자아(自我)가 있은 연후의 일입니다. 저는 일복 씨가 없으면 자아까지 잃을 것입니다."

"일복 씨!" 다시 부르나 대답이 없다.

"여보세요." 또 아무 말도 없다.

298

"일복 씨, 저는 일복 씨를 사랑합니다. 저의 진정을 일복 씨는 알어주지 못하시겠어요?"

"저는 마음 약한 사람이 되기를 원치 않어요. 저는 제가 마음 약한 자인 것 압니다. 그러므로 언제든지 마음이 굳은 자가 되기를 노력합니다. 저의 마음 여자의 애원을 들을 때마다 불쌍함을 깨달었을지라도 사랑을 깨달은 일은 없었어요. 연민은 사랑이 아니겠지요. 정희 씨가 참으로 나를 사랑하여주신다 하드래도 나에게는 아무 행복과 불행이 간섭되지 않습니다. 도리어 어떤 경우에는 나의 마음을 귀찮게 할 때가 있습니다."

정희는 그 자리에 엎드러지며,

"일복 씨!" 하고 느끼어 울면서,

"그러시면 한 가지 원이나 들어주세요."

새벽닭의 우는 소리가 먼 동리 닭의 홰에서 꿈속같이 들려온다. 달은 떨어져 방 안은 어둠침침한데 두 사람의 숨소리에 섞인 정희의 느껴 우는 소리가 온 방 안을 채울 뿐이다.

"저에게 원하실 것이 무엇일까요?"

일복은 보기 싫고 귀찮은 듯이 말을 던지었다.

"네, 꼭 한 가지 원할 것이 있어요."

"말씀하세요."

"저를 다만 한마디 말씀으로라도 아내라고 인정만 해주세요. 그러면 저는 다른 원은 아무것도 없어요."

일복은 허리를 펴고 팔짱을 끼고 고쳐 앉더니,

"에―" 하고 무엇을 생각하는 듯이 한참 있다가,

"네, 알겠습니다. 그러나 어떠한 이성(異性)이 어떠한 이성을 혼자 사랑하는 것은, 그것은 누구에게든지 자유겠지요마는 남편 없는 아내나 아내 없는 남편은 없겠지요. 비록 있다 하면 그것은 진리에서 벗어났거나 결함 있는 것이겠지요. 또는 형식이나 허위겠지요. 나는 거기에 대답할 수 없습니다."

정희의 다만 터럭만 한 것이나마 희망은 칼날 같은 일복의 혀끝으로 떨어지는 말 한마디에 다 끊어졌다.

때가 이미 늦었는지라 정희라는 여성은 자기가 결심한 맨 마지막 길을 아니 밟을 수가 없었다. 그는 벌떡 일어서며,

"안녕히 계세요. 저는 갑니다. 저는 또다시 일복 씨를 뵈올 때가 아마 없겠지요"

하고서 마루 끝을 내려서 신을 신고서 문밖으로 나왔다.

나어린 정희의 갈 곳이 어디메냐? 달 같은 정희의 마음은 월식(月蝕)하는 그 밤처럼 무엇이 삼킨 듯이 있는지 없는지 어둠 침울하고 작열하는 백금선(白金線)과 같이 뜨거운 혈조(血潮)는 다만 그의 가슴을 중심하여 전신을 태울 뿐이다. 정희의 전신을 꿀꺽 집어삼키는 듯이 아찔 아슬한 비분이 때 없이 온몸으로 쌀쌀 흐를 때 그는 모서리를 치며 그대로 땅에 거꾸러지고 싶었다.

그것이 실연(失戀)이란다. 조소하는 듯이 땅 틈에서 우는 벌레 소리가 똑똑하게 정희의 귀에 들려올 때 정희에게는 구두 신은 발로써 그놈의 벌레를 짓밟아 죽이고 싶도록 깍정이였다. 그리고 어두컴컴한 서투른 길을 급한 보조로 걸어 나오다가 발끝에 돌멩이가 채고 높은 줄 알았던 땅이 정신없이 쑥 들어갈 때 에쿠 하고

넘어질 듯하다가도 그 돌멩이 그 허방에 분풀이를 하고 싶어서 못 견딜 지경이었다.

정희에게는 만개한 꽃이 다 여윈 듯하고 둥근 달이 이지러진 듯하다. 밤빛에 흔들리는 웃는 꽃들도 때아닌 서리를 맞아 애처롭게 여위어 땅에 떨어져 짓밟힌 듯하고 구만리나 멀고 먼 하늘에 진주를 뿌린 듯한 작고 큰 별들도 죽어가는 요귀(妖鬼)의 독살스러운 눈동자같이 보일 뿐이다.

그는 발이 이끄는 대로 정처 없이 걸어간다. 화분(花粉) 실은 봄바람이 그의 두 뺨을 선들선들하게 스치고 적적한 밤기운은 쓰리고 아픈 가슴을 채울 뿐이다.

원산(遠山)의 검은 윤곽은 세상의 광막(廣漠)을 심수(心髓)에 전하여주는 듯하고 어두움 속에 멀리 통한 백사지(白沙地) 길은 일종(一種) 낭만적 경지로 자기를 인도하는 듯하였다.——그 낭만적 경지라 함은 물론 모든 행복의 이상경(理想境)이 아니라 그와 반대되는 곳이었을 것이다.

정희는 가슴에서 쓰린 감정이 한 번 치밀어 올라오며 주먹을 쥐고 전신을 바르르 떨고,

'죽을까?'

할 때 굵다란 눈물방울이 두 뺨을 스치었다.

'죽지, 살어 무엇하나!'

그 옆에 누가 서 있어 그에게 의견을 묻는 듯하다.

'죽어도 좋지요.'

그는 하늘을 우러러보며 혼자 부르짖었다. 그리고 두 손을 모으

고 두 입술이 떨리며 눈물이 식어 그의 옷깃에 떨어지는 소리가
들릴 때,

'하나님, 모든 것을 만드신 하나님! 저도 하나님이 만드셨지요.
인간의 모든 행복이 하나님의 뜻으로 되는 것이라 하면 또한 불
행도 그러하겠지요. 사람이 만물을 자유로 할 수 있을 만치 총명
한 것같이 하나님은 또한 우리를 자유로 하실 수 있을 만치 전능
하시지요. 아아 하나님, 저는 아무것도 모릅니다. 마음 약한 사람
의 하나로서 인생의 가장 큰 행복을 잃어버린 사람입니다. 하나
님, 저는 다만 하나님이 시키시는 대로 그대로 모든 것을 행할 뿐
입니다.'

그는 걸음을 낙동강 연안으로 향하여 갔다. 두 팔을 가만히 치
마 앞에 모으고 걸음을 반걸음 반걸음 내놓을 때마다 그의 고통
과 초민(焦悶)은 그 도를 더하여갈 뿐이다.

틀어 얹은 머리털이 풀어지고 흩어져 섬사한 살쩍이 촉촉이 솟
은 땀에 젖었다. 그에게는 있다 하면 가나안 복지요 이스라엘 백
성을 인도하던 모세의 영감(靈感) 있는 지팡 막대기가 아니라 죽
음의 깊은 물로 그를 집어 던지려 하는 낙망에서 일어나는 일종
의 반동적 세력이었다.

어두컴컴한 저쪽에 출렁거리는 물소리를 정희는 들었다. 그리
고 푸른 물이 암흑 속에서 울멍줄멍 자기의 몸을 얼싸안으려는
것이 보일 때 그는,

'아!'

하고 그대로 땅에 엎드러져,

'너무 속하구나!' 하고서,

'나는 원망도 없고 질투도 없고 다만 순결한 일생을 만들기 위하여 스스로 죽음을 구하여 여기까지 왔습니다. 세계는 순결한 곳에 비로소 영(靈)의 나라를 세울 수 있겠지요.'

사박사박하는 가루모래가 바람에 불려 사박사박할 때 동으로 왕태산(王太山) 저쪽의 새벽빛이 서편 암흑과 어우러져서 밝아온다.

정희는 구두를 벗었다. 이것이 그의 죽음으로 가는 첫째 번 해탈(解脫)이다. 그리고 이번에는 더욱 천천히 걸음걸이를 하여 물 흐르는 곳으로 가까이 갔다. 비단 양말 밑에 처음으로 가루모래가 닿을 때 그는 차디찬 송장의 배 위를 딛는 것같이 몸서리 치게 근지러움을 깨달았다. 그러고 두 발걸음 세 발걸음 점점 물 가까이 가서는 멈칫하고 서며 가슴이 무쇠로 때리는 듯이 선뜩하여졌다. 그리고 컴컴한 가운데서 시커먼 물이 넘실넘실할 때 그는 무서워 떨었다. 그리고는 물속의 졸던 고기 하나가 사람 그림자에 놀라 푸르락하고 뜰 때 그는 간이 좁쌀만 하여지도록 놀랐다. 그리고는 '에그머니' 소리를 칠 만치 몸을 소스라쳤으나 달아날 만치 약하지 않았다.

그는 그 자리에 선 채로 뒤도 돌아다보지 않고 오 분 이상을 꼼짝 아니하고 있었다.

그러다가 먼 동리에서 '죽어라' 하고 신호를 하는 듯한 닭의 소리가 들릴 때 그는 비로소 동쪽이 밝은 것을 알았다. 그래 치마를 머리 위에 뒤집어쓰고 모든 용기를 다하여 물속으로 달음질하였다.

그가 이제는 물속에 들어왔지? 하였을 때, 인제는 죽었지 하였을 때, 모든 세상을 단념하고서 두 팔을 두 다리를 쭉 펴고 힘없이 누웠을 때, 그가 송장이 된 줄 알고 모든 세상의 괴로움 슬픔이 없어진 줄 알았을 때, 자기 몸은 둥실둥실 강물을 따라 흐르는 줄 알았을 때, 그 찰나에 다시 정신을 차려 보니 아직까지도 모래 위 자기가 섰던 그 자리에 나무에 붙잡아 매어놓은 듯이 꼿꼿이 서 있었다. 그는 다시 주먹을 쥐었다. 푸른 물은 서색(曙色)[6]을 받아 조금 얇게 푸르다. 그는 또다시 달음질하였다. 그가 죽을힘을 다하여 죽음으로 뛰어 들어가려 하는 노력은 죽는 것보다도 더 어려웠을 것일는지!

이를 악물었다. 그리고 물이 이 몸에 닿으리라고 예기하던 찰나에 그는 도리어 그 반대 방향 되는 그의 등 뒤쪽으로 자빠지고 등이 모래 위에 닿을 터인 그 찰나가 되기 전에 그의 등은 어떠한 사람의 가슴에 안겼다. 그리고 비로소 처음으로,

"이게 무슨 짓요?" 하는 소리가 사람의 입에서 나오는 것인 것을 분명히 알게 되었다. 그는 아무 말 없이 그저 물 있는 곳으로 뛰어들려 할 뿐이었다. 그는 그때에는 자기가 죽으리라고 결심한 낙망을 동기로 물로 들어가려 하는 것을 무슨 부끄러움, 또는 세상에 대한 자아의 불명예를 생각할 때 그는 거의 비스름하게 물로 뛰어들려 하였다. 그러나 그를 제지하는 그 사람은 그리 완강하지는 못하였으나 정희 하나를 붙잡기에는 넉넉한 힘이 있었다.

정희의 전신은 땀에 젖었다. 그리고 이제는 하는 수 없구나 하

였을 때 그는 그 사람 팔에 그대로 안기며 힘없이 쓰러졌다. 그리고 얼굴 가린 치마는 벗으려 하지도 않고 소리가 들릴 만치 느껴 울었다. 그가 정신을 차릴 때에는 그의 머리가 어떠한 사람의 무릎에 놓여 있고, 그는 모래사장에 두루마기를 깔고 누워 있었다.

7

"나무아미타불!"

정희는 눈을 떴다. 온몸이 땀에 젖은 데다가 새벽바람이 불어 척근척근하게 한다.

"누구십니까?" 하고 자기를 문지르고 있는 사람을 바로 쳐다보았으나 그의 얼굴 윤곽이라든지 음성이라든지 또는 몸짓이라든지 한 번도 만나 본 기억이 없는 사람인데 머리에는 송낙[松蘿][7]을 썼다.

"나무아미타불!"

을 또 한 번 외더니 가슴을 내려앉히고 한숨을 한 번 쉬고,

"누구신지는 알 수 없으나 젊으신 양반이 어째 그런 마음을 잡수셨을까요?"

정희는 일어나 앉으려 하지는 않고 고개를 힘없이 그 여승(女僧)의 무릎 위에서 저쪽으로 돌리며,

"그거야 말씀해 무엇하겠습니까마는 어떻든 고맙습니다"

하고 다시 하늘을 쳐다보니 아까 있던 별은 여전히 깜박거리고,

아까 보이던 산도 여전히 멀리 둘리어 있고, 아까 자기를 삼키려던 물은 여전히 흘러가느라고 차르럭거린다.

"고맙기야, 이것도 다 부처님이 지시하심이지요. 그러나 이렇게 젊으신 이가 물에 빠지려 하심은 반드시 곡절이 있을 듯한데요. 저에게 말씀을 하시고 어서 바삐 날이 밝기 전에 댁으로 가시지요. 소문이 나면 좋지 못할 터이니까요."

정희는 또다시 한참 있다가 겨우 일어나려 하니까 그 여승은,

"염려 마시고 누워 계세요. 신열이 이렇게 나시고 가슴이 이렇게 뛰시는데"

하며 아직 주름살이 잡히지 않은 사십 가까운 여자의 손으로 정희의 머리를 짚어준다. 정희는,

"저는 이제부터 집도 없고 부모도 없고 아무것도 없는 사람예요. 지금 당신이 나를 구하신 것이 세상 사람이 혹 그것을 잘한 일이라고 칭송할는지는 알 수 없으나 죽는 사람은 벌써 이 세상에서 한 가지 반 가지의 행복을 얻지 못할 줄 알 뿐만 아니라 도리어 세상에 살아 있는 것이 고통이며 불행한 것을 안 까닭에 죽으려 한 것이니까 죽는 것이 사는 것보다 어떻게 생각해서 더욱 행복은 된다 할 수 없드래도 사는 것보다 나으니까 죽으려 한 것이겠지요. 지금 당신이 나를 구한 것이 당신의 자비일는지는 알 수 없으나 나에게는 도리어 고통의 연쇄가 될는지도 알 수 없어요."

여승은,

"그렇지요. 그것도 그렇지요. 그러나 이 세상의 괴로움은 극락

에 들어가는 여비입니다……"

말도 마치기 전에 정희는,

"알았습니다. 신심(信心) 깊으신 당신으로는 그런 말씀 하시는 것이 잘못이라 할 수는 없겠지요. 당신은 당신 마음 가운데 언제든지 극락이나 열반이란 당신 자신이 믿는 바 이상경을 동경하는 까닭에 이 세상에서 살아갈 수가 있는 것이지요. 그러나 저의 마음에는 당신과 같이 굳세인 힘을 주는 것인 천당도 아니요 극락도 아니요 그 무엇인 것이 없어졌습니다."

여승은,

"그 무엇이라시는 것은 무엇입니까?"

"네, 그것은 말씀하지 않으렵니다. 그 말을 하여서 도리어 자비하신 당신의 마음을 걱정되게 할 것은 없으니까요. 그것은 청정하신 당신의 마음을 도리어 불쾌한 감정으로 물들이게 할 터이니까요. 도리어 당신네들에게는 죄악시되는 것입니다. 그러나 우리 인생의 모든 종교 모든 속박 모든 세력을 깨뜨려 부술지라도 그것 한 가지는 우리 인류가 존재한 그날까지는 길이길이 우리 인생에게 최대의 신앙을 줄 것입니다."

여승은 알아챈 듯이 한참이나 묵묵히 있다가,

"알았습니다. 알았에요. 그러면 저는 또다시 말씀을 여쭈어보려 하지도 않겠습니다."

"네, 그 말 하나는 물어주지 마세요. 그것은 언제든지 기회가 오면 알어질 날이 있을 터이니까요. 그런데 여보세요, 저는 다만 청정한 몸으로 이 세상에서 살다가 죽으렵니다. 저의 영(靈)에게

도 아무 흠이 없고 저의 육(肉)에게도 아무 흠이 없이 죽고 싶어
요. 종교에 헌신한 사람이 어떠한 종교의 한 가지 신앙만으로써
그의 일생을 마칠 때 그가 영생의 환희를 깨닫는 것과 같이 나는
아무 매듭과 아무 자국이 없는 영과 육으로 영원한 대령(大靈)과
영원한 만유(萬有) 속에 안기고 싶어요."

여승에게는 그 무슨 의미인 줄 알아듣지 못한 듯이 다만 묵묵히
앉아 있을 때 저쪽 갈라산 앞에서 삐걱삐걱 새로이 밝아오는 새
벽 기운을 흔들며 낙동강 하류로 흘러가는 뗏목 젓는 소리가 들
려온다.

두 사람은 일시에 깜짝 놀랐다. 그리고 정희는 일어나 앉아 사
면을 둘러보았다. 새벽빛은 벌써 온 하늘에 가득 차고 작은 별들
은 자취를 감추고 동쪽 하늘에 여왕의 이마를 치장하는 금강석
알 같은 샛별이 번쩍번쩍할 뿐이다.

"어서 가십시다."

사람도 없는데 누가 듣는 듯이 여승은 조그마한 목소리로 황망
히 정희를 재촉한다. 정희도 여승의 손을 잡고 일어섰다. 그러나
어데로 갈꼬?

"댁이 어디세요?"

"나는 갈 집이 없어요."

"그러실 리가 있나요? 봐하니 그러실 것 같지는 않은데요."

"우리 집이라고 있었기는 있었지만은 이제부터는 우리 집이 아
네요. 있다 하드래도 가기를 원치 않으면 가지 못해요."

"그러면 어떻게 하십니까?"

"무엇을 어떻게 해요. 나는 벌써 죽은 사람예요. 그러기에 아까도 말씀했거니와 죽으려는 사람을 구하시는 것이 당신에게는 자비가 될는지 알 수 없으나 나에게는 행복이 못 된다 하였지요."

"그러면 소승하고 같이 가세요."

"고맙습니다. 네, 네, 나를 어디로든지 데려가주세요. 그러고 나의 살아 있는 것 누구에게든지 알리지 말아주세요."

"그것은 어째서요?"

"네, 그것은 그렇지요——한참 있다가——요다음에 말씀하지요."

여승은 정희의 발바닥 발을 보더니,

"신을 신으시지요"

하였다.

이 말을 들은 정희는 그 소리를 듣고 구두를 신으려 하다가 무엇을 생각한 듯 얼른 말머리를 돌리어,

"싫어요. 죽으려다 다시 산 사람이, 죽으려 할 제 벗어버린 신을 다시 신으려 하니까 어째 몸서리가 쳐지는구려. 그대로 발바닥으로 가지요."

두 사람은 걸어간다. 먼 곳에서 바라보매 송낙 쓴 중의 등에 정희가 업히어 강물을 건너는 것이 희미히 보인다. 그리고 저쪽 의성으로 통한 고개 비스듬한 길 위에 두 사람의 그림자가 사라지고 말았다.

8

　그날 새벽이 새어 아침이 되었다. 온 안동 전읍에 이상한 소문
이 퍼지었다.

　"어젯밤에 사람이 물에 빠져 죽었다네그려."

　"어디서?"

　"강물에서."

　"누구인지 모르나?"

　"모르긴 왜 몰라. 은행소(銀行所) 사장(社長)의 딸이라네."

　"이 사람아. 사장의 딸이 아니라 지배인의 딸이란다."

　"아냐. 사장의 딸야. 자네는 알지도 못하고 공중 그러네그려."

　"아따, 이 사람아. 대구은행 안동지점에 사장이 있든가? 지배인
이 사장 대리를 보지."

　"그런데 나이는 얼만데?"

　"열여덟 살야. 왜 자네 보지 못하였나? 작년에 대구여자학원을
제2호로 졸업한 그 여자 말일세."

　"그것 참 안되었는걸. 그런데 시체나 찾었나?"

　"송장까지 못 찾었다네. 물은 그리 깊지도 않은데 어디든지 떠
가다가 모래에 묻혔거나 어디 걸렸겠지."

　"자네 가 보았나?"

　"그래, 가 보았어. 그런데 조화데 조화야. 빠진 곳은 물이 한 자
도 못 되데그려."

310

한참 있다가 또다시,

"그런데 그와 정혼한 사람이 있지?"

한 사람이 입술을 삐죽 내밀더니,

"말 말게. 이번 일도 다 그 사람 때문이라네."

"그 사람 때문이라니?"

"소박덕이야, 소박덕이. 새로운 문자로 말하면 실연자렷다."

"그걸 보면 사람이란 알 수 없는 것이야. 남들은 침들을 게게 흘리면서 따라다니는 놈도 있는데 또 싫다고 내대는 사람은 누구야. 그것을 보면 우리 사람이란 영원히 불구자들야. 장님이며 귀머거리들야."

이러한 소문이 난 줄을 알지 못하는 일복은 아침 일찍이 일어나서 은행으로 가려 하다가 시간이 아직 되지 못하였으므로 이동진을 찾아 그의 집까지 갔다.

"동진 씨"

하고 문밖에서 부르는 소리를 들은 주인은,

"네, 누구십니까? 에구, 이게 웬일이시오. 이렇게 일찍이……"

하면서 아직 대님도 푼 채 문밖으로 나와 일복을 맞아들인다. 일복은 방 안으로 들어가 앉으며,

"네, 하도 잠이 오지 않기에 세 시에 일어나 앉아 밤이 새기를 기다려 여기까지 찾아왔습니다. 일찍 일어나니까 참 좋은걸요."

두 사람은 대좌하였다. 이 말 저 말 하다가 일복은 무슨 하기 어려운 말이나 꺼내려 하는 듯이 기침을 한 번 하고,

"그런데요, 한 가지 청할 것이 있어서요"

하니까, 동진은 이상히 여기는 눈으로 일복을 바라보며,

"무슨 말씀입니까?"

하였다. 일복은 다짐을 받으려는 것처럼,

"꼭 성공을 시켜주셔야 합니다."

"글쎄 말씀을 하셔야지요. 성공할 만한 일이면 어디까지든지 일복 씨를 위하여 진력하여드리지요. 대체 무슨 일인가요?"

일복은 한 번 빙긋 웃더니 부끄러워 얼굴이 잠간 연분홍빛으로 변하였다가 사라지며,

"저— 엄영록을 아신다지요?"

하고서는 동진의 기색을 살피는 동시에 아첨하는 듯이 또 빙긋 웃었다.

"하하하하"

하고, 크게 웃는 동진의 웃음 속에는 일종의 조롱과 호기심이 잠재하였다. 이것을 알아챈 신경질의 일복은 달아나고 싶을 듯이 부끄러웠다. 그러나 꿀꺽 참고 자기도 거기에 공명하는 듯이,

"하하하"

하고, 웃었으나 그 웃음소리는 자기의 폐부를 씻어내는 듯한 시원한 웃음이 아니었다.

"알았습니다. 그러면 날더러 중매가 되라시는 말씀이지요. 예, 진력해보죠. 그러나……"

한참 입을 다물고 있더니,

"그러면 그이는 어떻게 하시나요?"

하며 일복의 얼굴을 중대 문제나 들으려는 듯이 물어본다.

"그이라뇨?"

"정희 씨 말씀예요."

"네, 정희요. 정희가 나에게 무슨 관계가 있습니까?"

"그게 무슨 말씀예요? 그 정희 씨는 일복 씨의 아내가 되시지 않습니까?"

"아내요? 저는 아내가 없거니와 될 사람도 없어요. 있었다 하드래도 그것은 벌써 옛날이지요."

동진은 일복의 마음을 잘 알아차리지 못하였는 듯이,

"나는 이런 문제를 당할 때마다 한 가지 큰 걱정으로 생각하는 것이 있어요. 요사이 젊은이들 가운데에는 이혼 문제가 많이 일어나는 모양이올시다. 그런데 그것은 당사자 된 그 사람들이 깊이깊이 생각하지 않고서 경솔히 행하는 것이라 생각합니다. 자기네들은 자기의 만족만 채우기 위하여 일개 잔약한 여자의 불행을 생각지 못한다 하는 것예요."

"그거야 사랑이 없는 까닭이지요. 또한 그 아내 되는 이가 자기를 이해하지 못하고 다만 습관의 노예가 되는 까닭이지요."

"흥, 사랑이 없어요? 사랑만 없다 하면 차라리 모르겠습니다마는 그것을 지나쳐 자기의 정식 아내를 아내라는 미명하에 유린하는 사람들은 그것을 무엇이라 할까요? 아내와 사랑이 없다는 핑계로써 다른 여자를 소위 애인이라고 사랑을 하면서 또 한옆으로 자기 아내에게 자식을 낳게 하는 것은 그것이 자기 아내에게 대하여서 부정(不貞)일 뿐만 아니라 그 소위 애인이라 하는 사람에게 간음이 아니고 무엇예요? 정식 아내는 신성합니다. 부모가 정하여주었다거나 또는 법률상으로 인정한다 하여 신성한 것이 아니라 그에게 자기는 누구의 아내라는 굳은 신념과 책임을 갖게 한 곳에 있어 신성하지요. 보십시오. 비록 그의 남편을 이해하지는 못할지라도 그 남편을 위하여 자아를 희생하는 곳에 있어 아마 자기네들이 싫어하는 아내 같은 이가 별로이 없다고 생각합니다. 나는 요사이 새로운 청년 간에 애인이라는 새로운 명사를 많이 듣습니다. 애인, 진정한 애인이 있기를 나도 바라 마지않는 바가 아니지만은 자기네들도 죄악으로 덮어놓고 인정하는 첩(妾)이라는 말과 애인이라는 명사의 그 거리가 얼마나 먼지 알 수가 없는 일이 있어요."

이 말을 들은 일복은,

"그렇지요. 거기 들어서는 나도 공명하는 의견을 가졌습니다. 아내가 즉 애인이요 애인이 즉 아내가 되지 않으면 안 될 것이지요. '아내=애인 애인=아내' 여기에 비로소 완전한 애인 원만한 가정이 생길 것입니다. 그런데 동진 씨나 나나 입으로 말하는 곳에 그럴듯한 생리, 일리, 혹은 진리가 없지 않겠지마는 우리의 모든 행동에 모순이 있을는지 없을는지 나는 단언하기 어렵다고 생각해요. 감정이 미친 장님처럼 날뛸 때에 과연 생각의 일절(一節) 사이에라도 죄악의 마음이 발동하지 않느냐 하는 것이 저의 입으로는 대답하기 어려운 말입니다. 그러나 우리 사람이 약한 동시에 강할 수 있는 것으로서 다른 만물과 다른 점이 있는 것이지요. 우리는 약한 데서 일어나 강한 데로 나가는 곳에 자아를 완성할 수 있다고 생각합니다. 미성품(未成品)인 자아를 성품(成品)을

만들려고 노력하는 그 노력 여하에 그 인격이 나타나는 것이라고
저는 생각해요. 오늘의 제가 약자가 되어 일개 여성의 눈물을 보
고서 저의 입을 한번 잘못 벌리었드면 저는 영원히 죄짓는 사람
이 되었을 터이지요."

"그것은 무슨 말씀이십니까?"

"네, 차차 아시겠지요. 그러나 동진 씨는 나를 독신자로 물론
인정하시는 동시에 어떠한 이성의 사랑을 구하는 데 완전한 권리
와 자격이 있는 것을 의심치 않으시겠지요?"

동진은 빙긋 웃어 그것을 긍정하는 뜻을 표하더니,

"그거야 그렇지요. 그러나 정희 씨와 그렇게 되셨다 하는 말씀
을 들으니까 어째 좋은 마음은 들지 않는걸요."

"그러하시겠지요. 그런 일이 없으니만은 같지 않으니까요. 저도
좋은 감정이 일지는 않아도, 그러나 적은 것은 큰 것을 위하여 용
단 있게 버릴 것이지요. 그러면 아까 말씀한 것은 꼭 그렇게……"

"그거야 염려 맙쇼. 말씀을 해보지요."

9

일복은 동진의 집 문을 나섰다. 그리고 큰길 거리를 나섰을 때
등에 나무를 진 촌사람들과 지게에 물건을 듬뿍 진 장돌뱅이들이
서문으로 동해서 읍을 향하여 들어오는 것을 보았다. 이것을 본
그는 무엇을 깨닫는 듯이 발을 멈칫하다가 다시 걸어가며,

"옳지, 가만있거라. 오늘이 며칠인가? 오늘이 장날이로구나, 오늘이 장날이야. 됐다, 됐어. 그러면 오늘 엄영록이가 이동진의 집에를 들어올 터이지. 그러면 내가 부탁한 말을 하렷다"

하고서는, 웬일인지 얼굴이 시커멓고 상투 꼬부랭이에 땀내 나는 옷을 입은 촌사람 장돌뱅이들이 만나는 족족 반가워 손목을 붙잡고 인사를 하고 싶었다. 그리고는 엄영록은 양순의 오라비였다, 저렇게 저 사람들처럼 생긴 촌사람이었다. 그리고 나는 은행원. 제가 나를 매부를 삼기만 하면 해로울 것은 없지! 사람의 마음이라 알 수 없지마는 제가 나를 매부로 삼아보아라. 제 등이 으쓱하여질 터이지.

일복 앞에는 새로 뜨는 아침 볕이 금색으로 번득거려 새날의 기쁜 새 소식을 전하여주는 고마운 전령사의 사람 좋은 웃음같이 그의 마음을 즐거움으로 넘치게 하고, 부드러운 봄바람이 산들산들한 길거리로 걸어가는 사람들은 모두 혼인 잔치 구경 가는 사람들처럼 발자취가 가벼웁고 기꺼운 농담이 입 가장자리에 어린 듯하다.

그에게는 어린애가 촛불을 잡으려는 듯한 환희와 기대가 있었다. 앞길이 밝고도 붉으며 신묘하고도 즐거운 희망의 서색이 그를 끝없는 장래까지 끌고 가는 듯하였다. 그러나 어린애가 다만 그 목전에 휘황한 촛불의 빛만 보고 그 뜨거운 것은 알지 못하는 것과 같이 일복도 또한 자기 앞길에 전개되는 광채 나게 즐거운 것만 볼 줄 알았지만, 그 외에 그 광채 속에 가리어 있는 그 어떤 쓰림과 그 어떤 아픔이 있을 것을 알지 못하였다.

그가 은행 문을 들어서기는 아홉 시가 십오 분을 지난 뒤였다. 앞서 온 은행원들은 장부들도 뒤적거리고 전표를 가지고 왔다 갔다 하기도 했다.

일복은 모자를 벗어 걸고 자기 사무상(事務床)으로 나아가려 할 때 다른 행원 두엇이 자기를 돌아다보고서는 냉정한 눈으로 다만 묵시(默示)를 하고서는 하나는 저쪽 지배인실 모퉁이를 돌아가버리고 한 사람은 자기 상에 돌아앉아 전표에 도장을 찍을 뿐이다.

그는 일부러 당좌예금계(當座預金係)에 있는 행원에게 가까이 가서 심심풀이로 말을 붙여보려 하였다.

"오늘은 어째 이르구려. 어제는 아마 마시지를 않은 모양이구려."

술 잘 먹는 당좌예금계는 삐쭉하면서, 그전 같으면 껄껄 웃고 말 일을 오늘은 어째 유난히 냉정한 태도에 침착한 어조로,

"내가 술 잘 먹는 것을 언제 보셨든가요?"

하고서는 장부를 이것저것 꺼내 들고서 쓸데없이 뒤적거린다. 이 말을 들은 일복의 마음은 불쾌하였다. 더구나 '보셨든가요'라 아주 싫었다. 전 같으면 '보셨소' 하든지 '보았다' 할 것을 오늘에 한하여 '보셨든가요' 경어를 쓰며 그의 표정이 너무 사무적인 데 일복은 불쾌하지 않을 수가 없었다. 그리고 말 한마디를 정다웁게 꺼냈다가 도리어 불의(不意)와 분외(分外)에 존경을 받고 보니 도리어 그는 치욕을 받은 것 같고 멸시를 당한 것 같았다. 그래서 입이 멍멍하여지며 공연히 얼굴이 홧홧하여졌다. 그러나 그

대로 돌아설 것도 없어,

"아뇨. 보았다는 것이 아니라 본래 유명하시니까 말씀예요."

"무엇이 유명해요? 나는 그런 불명예스러운 유명은 원치 않아요."

일복은 기가 막혀 한참이나 아무 말이 없다가,

"그렇게 말씀할 것은 없지요. 그리고 그렇게 불명예 될 것은 없을 듯한데요."

"일복 씨는 그것을 불명예로 생각지 않으시는지는 알 수 없으나 저는 아주 얼굴 붉어지는 불명예로 알어요. 그리고 저는 언제든지 자기로 말미암아 남에게 불행을 끼치기를 원치 않으므로 이제부터는 술을 끊으려 합니다."

"술 먹는 것으로 남에게 불행을 끼치게 할 것이 무엇입니까?"

당좌계는 '흥' 하고 한 번 기막힌 듯이 웃더니 그 말 대답을 하지도 않고,

"사람이란 불쌍한 것이지요. 자기 때문에 생명을 잃은 사람이 있는 것을 알지 못하고 안연한 태도로 하늘과 땅 사이에 서 있는 것은……"

일복은 속으로 '이 사람이 미쳤나?' 하였다. 그래서, '그게 무슨 말씀예요?' 하려 할 때 누가 소절수(小切手) 하나를 들이밀므로 그는 그 소절수 들이민 사람의 얼굴 한 번 보고 그것을 받는 당좌계를 한 번 쳐다보고서는 남의 일에 방해가 될까 하여 이쪽 자기 사무상으로 왔다.

일복이 자기 사무상으로 가는 뒷그림자를 보는 당좌계는 현금

출납계를 건너다보며 일복을 향하여 입을 삐쭉하더니 빙긋 웃었다. 출납계원도 거기에 따라 웃었다. 일복을 보고서 말 한마디 하는 사람이 없었다. 그리고 전표를 옮기는 하인까지 경멸히 여기는 태도와 또는 가까이하기에도 무서운 눈으로 일복을 대한다. 그리고 여기저기 자기 일을 보고 앉았는 여러 사람들은 약속한 듯이 말이 없고 은행 안은 근지러운 듯이 적적하여 때때로 문 닫히는 소리와 스탬프 찍는 소리가 가라앉은 신경을 놀라웁게 자극할 뿐이다.

일복은 자기의 장부를 폈다. 그러고서 주판을 골라놓고 한 줄기 숫자를 차례로 놓아본 뒤에 다시 다른 장부를 펴려 하다가 다시 접어놓고 혼자 멀거니 앉아 유리창으로 바깥을 내다보고 앉았으려니까 또다시 자기 눈에 보이는 것은 양순이며, 또는 오늘 그의 오라비와 이동진 사이에 체결될 연담(緣談)이 성공되리라는 믿음이 공연히 침울하던 마음을 양기(陽氣) 있게 흥분시켜 당장에 자기가 하늘로 올라갈 듯이 기쁜 생각이 나는 동시에 아까 당좌예금계에게 받은 반모욕의 핀잔이 지금 와서는 자기의 행복을 장식하는 한 개 쇠못같이밖에 생각되지 않아 혼자 빙긋 웃었다.

열한 시가 되어도 지배인은 들어오지를 않았다. 일복은 지배인실을 돌아다보고 지배인이 들어오지 않음에 얼마간 이상히 여기는 생각이 났다. 그리고 여태까지 알지를 못하였더니 모든 사무를 다른 사람들은 지배인을 거치지 않고 그대로 처리하는 것을 그때야 발견하였다. 지배인에게 인(印)을 찍어 받아야 수리될 전표는 그대로 그다음 계(係)로 돌아가 거기서 임시 처리가 되고,

지배인의 승낙을 받아야 할 만한 일은 내일로 연기가 된다.

그것을 본 일복은 오늘 지배인이 들어오지 않는 것은 반드시 무슨 긴급한 일이 생기었으며, 또는 다른 사람들은 그것을 아는구나 하였다. 그래서 그는 하인을 불러,

"오늘 지배인 어른은 안 오셨니?"

하고 물었다. 다른 사람들이 자기에게 대하여 태도가 냉정한 듯하므로 하는 수없이 만만한 하인을 부름이다. 하인은 다만,

"네, 안 들어오셨어요. 아마 오늘은 못 들어오신다나 보아요. 무슨 일이 계신지요?"

하고서, 일종 연민히 여기는 눈으로 일복을 보다가 저쪽에서 자기를 부르므로 그리로 가버렸다.

조금 있다가 지배인의 집 하인 하나가 은행 문에 들어섰다.

"유일복 씨 계세요?"

하는 하인의 말을 수부(受付)에 앉았던 행원이 듣고서 조소하듯이 쌩긋 웃더니 얼굴짓을 하여 일복을 가리킨다. 하인의 목소리를 들은 일복은 서슴지 않고 벌떡 일어서며,

"왜 그러나?"

하였다. 하인도 일복을 조금 경멸히 여기는 듯이 시원치 않은 말씨로,

"댁에서 잠깐만 오시라고요."

즉 지배인이 부른단 말이다.

"나를?"

"네."

"왜?"

하인은 조금 주저하다가,

"모르겠어요?"

"여기 일은 어떻게 하고."

"곧 오시라고 하시든걸요. 퍽 급한 일이 있는가 봐요."

일복은 공연히 의심이 난다. 어제 저녁에 정희가 다녀갔는데 오늘 지배인이 은행에도 들어오지 않고 또 은행 사무 시간에 당장 오라는 것은 어떻든 좋은 일이 아닌 것을 예감하였다.

"가지. 먼저 가게."

"아뇨. 같이 가세요."

하인은 구인장(拘引狀)을 가진 형사나 순사 모양으로 의기양양하고 또는 엄격한 빛을 띠고 그 자리에 서 있다.

그러나 일복은,

"먼저 가"

하고 조금 무례를 책하는 듯이 하인을 흘겨보았다. 그러나 하인은, 더욱 꿋꿋한 태도로써,

"같이 가셔야 합니다. 같이 모시고 오라 하셨어요."

일복은 하는 수 없이 모자를 쓰고 여러 사람에게 인사하고 문밖으로 나왔다.

나가자 은행 속에서는,

"잡혀가는구나!"

"인제는 저도 이 은행하고는 하직일세."

"하지만 제 잘못은 아니니까."

"이 사람아, 그럼 누구 잘못인가? 사람이 인정이 있어야지. 그렇게까지 저를 생각하는 여자를 목숨까지 끊게 하였으니 그게 사람이 할 짓인가? 사람으로서는 너무 냉정한 짓을 하였느니!"

"말 말게. 그 사람도 하고 싶어 했겠나. 다 저 좋아하는 사람이 있으니까 그랬지."

"참 알 수 없어. 글쎄 주막집 계집애가 아무리 인물이 반반하다 하드래도 그래 자기 처지도 생각하고 장래도 생각해야지. 무엇무엇 할 것 없이 죽은 사람만 불쌍하이. 그러나 저도 잘못이지. 죽을 것까지야 무엇 있나?"

10

문밖에 나오려니까 장꾼들이 와글와글한다. 층계를 내려서려 하니까 우편배달부가 편지 뭉치를 들고 은행 문을 향하여 들어온다.

우편배달부는 일복을 보더니 고개를 끄덕하며 인사를 하고서 편지 한 장을 꺼내 준다.

일복은 그 편지를 손에 받기 전에 벌써 그것이 김우일에게서 온 것을 알았다.

편지를 뜯었다. 그리고 읽었다.

나는 지금 이곳에 온 지 삼십 분이 못 되어 이 편지를 친애하는 군에게 쓴다. 일천여 년 긴 역사를 말하는 고운사(孤雲寺)에

오려고 맘먹기는 벌써 여러 해였으나 이제야 이곳에 발을 잠시 머물게 되니 옛날과 오늘을 한 줄에 쭈루룩 꿰뚫은 회고의 심정 위로 나의 추상의 그림자는 시간을 초월한 듯이 고금을 상하를 오락가락한다.

군이여, 안동서 여기가 걷자면 삼십 리, 멀지 않은 곳이니 한 번 다녀가라. 그대를 떠난 지도 벌써 반재여(半載餘) 멀리 있어 그립던 정이 가까운 줄을 알게 되매 더욱 끊어지는 듯이 간절하다.

의성(義成) 고운사에서 우일(友一)

이 편지를 받아 든 일복은 의성 편을 바라보았다. 몽몽한 구름과 한없는 천애(天涯)가 다만 저쪽에 고운(孤雲)이 있다는 추상(推想)만 주고 산이 막힌 그쪽에는 산모퉁이의 위로 두어 마리 소리개가 소라진을 치고 있다.

나의 벗은 저쪽에 있다. 나의 모든 사상, 모든 감정을 속속들이 피력할 수 있고 또는 호소할 수 있으며 또는 능히 지도하여주고 안위를 줄 수 있는 친우는 여기서 재를 넘고 물을 건너 삼십 리 저쪽에서 나 오기를 기다리고 있다.

나는 갈 터이다. 마음을 서로 비추어 밝힐 수 있고 간담을 서로 토하여 서로 알아주는 우일에게로 나는 가리라 하였다.

그는 당장에 맥관(脈管)으로 흐르는 핏결이 술 먹어 유쾌한 흥분을 깨달은 듯이 얼굴이 더워지도록 약동함을 깨달았다. 그러고 흐르고 넘치는 회우(懷友)의 정이 그의 가슴으로 스며드는 듯함을 느꼈다.

한 사람의 지기(知己)도 갖지 못한 사람은 아무것도 가진 바 없이 사막을 가려 함과 같다. 일복에게는 만 사람 주고도 바꿀 수 없는 우일이라는 지기가 있다. 그는 그의 생애에 기름이며 에너지였다. 우일은 자기를 바쳐서 일복을 도와주는 사람이다. 그에게는 일복에게 능히 신앙을 부어 줄 만한 뜨거운 열정이 있었으며, 일복을 우는 데서 웃게 하며 약한 데서 강하게 할 만한 힘이 있었다.

우일의 웃음은 도리어 일복을 감격으로 울릴 수 있으며 그의 눈물 한 방울은 일복의 용기를 솟쳐줄 만큼 뜨거움이 있었다.

우일은 일복이 울려 할 때 웃음으로 그 눈물을 위로하였으며, 그는 일복이 넘어지려 할 때 농담 섞어 격려하여 그를 붙잡아주는 사람이다. 네가 우느냐? 함께 울어주는 마음 약한 동정자가 아니라 울려거든 네 맘껏 울고 그 울음을 말았거든 다시 웃어라 하는 자였다. 너는 약함을 알고 비애를 알고 고통을 알아라! 그러나 그것은 강자(强者)가 되기 위하고 또는 환희(歡喜)를 얻기 위하고 또는 무한한 생(生)의 위안을 얻기 위하여서 하라 하는 자였다.

남이 넘어지거든 그를 붙잡아라. 그리고 자기 등에 그 사람을 짊어지고 나아갈 만한 용자(勇者)가 되라. 넘어진 사람을 위하여 함께 넘어져 같이 파멸되는 자가 되지 말라 하는 자였다.

진주 같은 눈물방울은 영원한 환희의 목을 장식하는 치렛거리요 탕 비인 한숨의 울림은 무한한 안위의 반영인 신기루로밖에 생각지 않는 사람이었다.

일복이 편지를 주머니에다 넣고 다시 앞으로 한 걸음 나가려 할 때에 하인은 죄수를 감시하는 간수와 같이 일복에게서 시선을 조금도 떼지 않았다.

일복은 그러나 그것을 알지 못하였다. 그가 다시 군청(郡廳) 서기 한 사람을 만나 모자를 벗고 인사를 하며 넘치는 우정을 웃음으로 나타내었으나 그 사람은 전에 없는 멸시하는 표정으로 모자를 벗고 땅만 내려다보며 인사를 하고 지나갈 뿐이다.

장거리에서 물건을 사고팔던 사람들도 일복을 모두 한 번씩 유심히 바라본다. 저쪽에서 방물(方物)을 늘어놓고 촌사람과 수작을 하던 상투쟁이 장돌뱅이가 일복을 보더니 손가락질을 하며 무엇이라 수군댄다.

술집 마누라쟁이가 일복을 보았다. 허리가 아픈 듯이 뒷짐을 지고 뚱뚱한 배를 내밀고서 진물진물한 두 눈을 두어 번 끔벅끔벅하더니 긴 한숨을 휘— 쉬며 들릴 둥 말 둥 한 소리로,

"허— 저렇게 얌전한 이가 가엾은 일이로군"

하며, 옆의 어린애를 업고 있는 늙은 할멈을 부르더니,

"동생네, 이리 오소. 술이나 한잔 자시소."

사투리 섞어 동무를 부른다.

일복은 어제와 아주 다른 별천지를 지나간다. 모든 사람들이 자기에게 대한 태도가 그렇게까지 고둥을 틀어놓은 듯이 변한 줄은 알지 못하고 다만 이상한 숲 속으로 지나가는 듯이 일복은 장거리를 지나간다.

방 안에서 술 먹던 사람은 고개를 기웃 일복을 쳐다보며, 이발

관에서 머리를 깎던 이발쟁이는 가위를 솔로 털면서 일복을 내다본다.

일복은 지배인의 집 문간에 들어섰다. 새로이 지은 주택이 해정하고 깨끗하나 그런데 맨 첨 생각나는 것은 정희다.

정희가 나를 보면 어저께 일을 생각하고 퍽 부끄러워하겠지! 아니다, 보러 나오지도 않으렸다. 보러 나오지 않는 것이 피차간 좋은 일일는지도 알지 못하니까. 그러나 오늘 지배인이 다른 날과 다르게 나를 사무 시간에 자기 집으로 부르는 것은 반드시 중대한 일이 있는 모양인데 필연 정희에게 무슨 말을 듣고서 그것을 나에게 권고하려거나 또는 책망하려는 것인 게지. 그렇지, 그래. 그러나 쓸데 있니. 나에게는 하늘이 준 절대 자유가 있으니까. 내가 하고 싶은 일은 하고 하기 싫은 일은 아니 하는 것이지.

일복은 마루 끝까지 갔다. 그전 같으면 문간까지 나오지 못하는 것을 한할 만치 자기 목소리만 들어도 반가워하던 지배인이 자기가 방문 가까이 와서 기침을 서너 번 하여도 소리가 없다.

그가 열어놓은 방을 흘깃 들여다볼 때 지배인은 그대로 자리에 누워 일복을 보고도 본체만체한다. 어제까지 그렇게 인자하고 온정이 넘치었으나, 적의와 노여움과 심각한 비애의 빛이 그 얼굴에 박혀 있다.

일복은 방 안에 들어서 예를 하였다. 그러나 지배인은 점잖은 사람의 예하는 투로 고개를 끄덕 아무 말이 없다. 그러나 그의 드러누운 태도로 패전한 장군이 적군의 하급 병졸을 대하는 듯이 비소(鼻笑) 중에는 한(恨) 있는 적의를 품은 듯하였다.

일복은 자리를 정하고 앉았다. 그러나 어쩐지 지배인의 태도가 너무 냉담하다 함보다도 결투장에서 늙은 원수에게 무리로 결투하기를 강청함을 받은 듯이 불안하여 못 견딜 지경이었다.

"부르셨습니까?"

하는 것이 맨 처음 불안을 누르고 나오는 일복의 목소리다. 지배인은 다만 들릴 듯 말 듯 한 한숨을 쉬어 긴장하였던 가슴을 내려 앉히더니,

"어제 저녁에 정희가 자네에게 갔든가?"

일복은 속으로 그렇지 그래, 그 까닭이지, 하면서도 부끄러운 생각이 나는 중에 얼굴이 잠깐 붉어져 수줍은 생각이 나면서도 공연히 사람을 부끄럽게 하여준 정희가 원망스러웠다. 그러나,

"네"

하고 정직하게 대답하였다.

"그러면 몇 시에 왔나?"

"자세히는 모르겠으나 두 시는 된 듯합니다."

"두 시?"

한 번 다시 묻더니,

"혼자 왔는가?"

"네."

"자네는 정희를 아내로 생각하는가?"

일복은 아무 대답이 없다.

"왜 대답이 없어!"

"그것을 왜 저에게 거푸 물으십니까?"

"글쎄 거기에 대답을 해달란 말야."

"저는 아무 대답도 할 수가 없어요."

"그것은 어째서?"

"정희는 저에게 아무 관계가 없는 사람이니까요."

지배인은 멀거니 무엇을 탄식하는 듯이 한참 있더니,

"그러면 자네 내 말 한마디 들어주려나?"

"무슨 말씀입니까?"

지배인은 벌떡 일어나서 바로 앉더니,

"만일 세상에 어떤 사람으로 인하여 그 어떤 사람이 목숨을 끊는다 하면 도덕상으로 보아서 그 어떤 사람은 책임을 갖게 되겠지?"

"물론 그거야 형편에 따라서 다르겠지요."

"형편에 따라서 다르다니, 형편이란 어떤 것 말인가?"

"즉 말씀하면 어떤 남성과 여성이 있어 그 여성이나 남성이 그 어떤 남성이나 여성을 혼자 사랑하다가 저편에서 뜻을 받아주지 않는 편에는 책임이 없다는 말씀예요."

이때 안방 쪽에서 여자의 울음소리가 들리기 시작하였다. 바늘로 찌르는 듯하고, 날카로운 칼로 저미는 듯한 여성의 울음소리가 따뜻한 햇볕이 쬐어 드는 앞마당을 지나 일복의 귓속으로 원한 있는 듯이 달려든다. 그리고 조(調) 있게 뽑아내는 애처로운 소리가 일복의 가슴 위로 살금살금 기어드는 것이 천연 산발한 처녀가 덤비어 돌아다니는 듯하다.

일복은 가슴이 공연히 내려앉았다. 지배인이 나를 불러다가 정회 말을 묻고서, 또는 어떤 사람으로 인하여 그 어떤 사람이 목숨을 끊는다 하면 도덕상으로 보아서 그 어떤 사람이 책임을 지지? 하는 말을 물은 것을 생각하면서 안에서, 곡성이 나는 것을 들으매 반드시 곡절이 있는 일인가 보다 하였다. 그러고서 자기가 거기에 대답한 말이 생각날 때 내가 대답은 그렇게 하였지만 만일 그 경우를 당장 내가 당하고 있으면 참으로 그 책임을 면할 수가 있을까?

울음소리는 일복을 소스라치고 소름이 끼치게 한다. 그리고 저 울음소리가 마녀(魔女)의 홀치맛자락이 흩날리는 것같이 회선(回旋)하는 저 방 안 아랫목에는 창백하게 식은 정희의 시체가 놓여 있지나 아니한가? 그리고 그 정희의 죽음이 이를 악물고서 나를 영원히 원망하지 않는가?

그의 추상이 너무 불명하고 막연하게 자기 눈앞에 보일 때 그는 모든 의식에서 뛰어나 정말 정희가 죽었고 정말 정희의 홑이불 덮은 송장이 저 어머니의 우는 방 아랫목에 놓여 있는 것을 믿었다.

지배인은 안에서 울음소리 나는 것을 듣더니 복받쳐 올라오는 비애를 못 견디는 듯이 힘 있고 떨리는 목소리로,

"일복 군!"

하고서 한참이나 천장을 쳐다보더니 사나이 얼굴에 금치 못하여 흐르는 뜨거운 눈물방울이 두 뺨에 괴며,

"저 울음소리가 무슨 소리인지 자네는 아는가?"

일복도 고개를 숙이었다. 온 방 안은 순례자의 경건한 묵도를 올리는 듯한 엄숙하고도 신비한 침묵이 돌았다. 지배인은 일복을

자기 자식같이 끼어안으며,

"일복! 나의 딸 정희는 갔네! 영원히 갔네! 전능하신 하나님은 우리 딸을 불러 가셨네! 그러나 영과 육을 한꺼번에 찾아가셨네! 아! 일복 군! 내가 누구를 원망하고 누구를 허물하겠나! 그러나 간 사람의 고통과 비애를 나누어 차지할 사람이 남어 있는 사람 가운데 한 사람도 없는 것을 나는 더욱 서러워한다."

일복의 가슴은 떨리었다. 어떻게 그렇게도 나의 추상이 맞았는 가? 그러면 정희가 과연 나로 인하여 죽었는가?

일복은 지배인의 점잖은 눈물을 보고서 자기도 아니 울 수가 없었다. 그의 눈물이 한 방울 두 방울 방바닥에 떨어지는 소리가 더욱 그의 신경을 으스스하게 자극한다.

일복은 그때에 자기가 마음이 약한 자인 것을 다시 깨달았다. 그가 눈물을 흘리며 자기를 힘 있게 끼어안는 정희 아버지의 뜨거운 살이 자기 몸에 닿을 때 그는 웬일인지 죄지은 죄수가 의외의 특사(特赦)를 받은 듯이 눈물 날 듯한 감격을 당한 동시에 또는 자기가 짓지도 않은 죄가 있는 듯이 그 무엇인지 알지도 못하게 뉘우치는 생각이 났다.

"일복 군!"

지배인의 목소리는 간원하는 정에 목이 메었다.

"정희는 죽었으나 자네는 나의 사위지? 그것을 자네가 허락지 않는다 하드래도 나는 그렇게 인정할 터일세."

일복은 방바닥에 엎드러졌다. 그리고 눈을 감고 엎드린 방바닥 밑 암흑 속에는 정희가 있다. 저— 멀리 영혼이 날아가서 자기를 본 체도 하지 않고 멀거니 앉아 있다. 일복은 그 정희를 웬일인지 다시 데려오고 싶도록 그리웠으나 그것은 할 수 없다고 단념할 때 그는 가슴이 죄도록 괴로웠다.

그리고 지배인의 묻는 말에 대하여 얼핏,

"네"

하고 대답을 하고 싶도록 모든 꿋꿋한 감정은 풀려버렸다. 그러나 얼른 입이 떨어지지는 않았다. 그때의 일복은 마음이 약하여지려 하는 자이었다.

그러다가 다시 그가 지배인의 얼굴을 쳐다보려고 고개를 들 때, 여전한 햇빛 여전한 현실이 그의 눈과 코와 귀와 또는 피부에 닿을 때, 그는 다시 풀렸던 감정이 다시 뭉치며 두 손을 단단히 쥐고 전신에 힘을 주었다.

그는 속으로 혼자 '아니지!' 하였다. '약자로부터 강자가 되려고 위대한 노력을 하는 자가 인격 있는 자가 될 수 있는 것이다.'

그는 눈물을 씻었다. 어린애 꾸지람 들을까 겁하여 남몰래 씻는 듯이 눈물을 씻고 시치미를 떼는 듯이 얼굴빛을 고치고 바로 앉았다.

그리고는 또 생각하기를, 나의 입아! 네가 나를 죄짓게 마라! 하였다. 그리고 그의 심장을 속마음으로 가라앉히며 너는 상(傷)함을 받은 염통이 되지 마라! 보기에도 지긋지긋한 푸르딩딩하게 상흔이 있는 마음이 되지 마라! 그리고 영원히 새 피가 돌고 뜨거운 피가 밀물 일듯 용솟음치는 심장이 되라! 깨끗한 심장이 되라! 하였다.

'눈물에 지는 자가 되지 마라! 자기의 영(靈)을 비애라는 여울에 던지는 자가 되지 마라! 탄식이란 폭풍우에 날려 보내지 마라! 강한 자야지만 완전한 사랑도 할 수 있나니라!'

일복은 벌떡 일어서며,

'운명은 우리를 무가내하(無可奈何)[8]라는 경지로 인도하였습니다. 운명은 진리를 말하는 대변자입니다. 운명처럼 정직한 가치표는 없습니다. 우리는 입이나 또는 형식으로써 그 가치표를 뜯어고칠 수 없습니다.'

11

집에 돌아온 일복은 쓸쓸히 빈방에 혼자 누웠었다. 그러나 누르는 듯한 공포가 가끔가끔 공중에서 자기 가슴을 누르는 듯할 때 그는 다시 벌떡 일어나 앉았다.

"아— 그 책임은 내가 가져야 할 것이지!"

혼자 중얼거리는 그에게는 온 방 안이 자기 몸에 피가 때때로 타는 듯이 고조(高調)로 긴장할 때마다 암흑하게 눈에 비친다.

'그가 죽은 것이 과연 나의 잘못으로 인함일까?' 한참 있다가 다시 멀리 보이는 강물을 실없이 내다보다가,

'그가 정말 나로 인하여 죽었다 하자! 그러면 그것은 무엇을 가지고서 나에게 그 책임을 질 만한 증거를 내세울 수가 있는가?'

그는 다시 초조한 감정을 내려앉히고서 아주 침착하고 냉정한

생각으로 그것을 순서 있고 조리 있게 해석하기 시작하였다.

일개 여성의 생명! 더구나 꽃 같은 청춘 여자의 끔찍한 생명! 인생의 무한한 생의 관맥(關脈) 중의 하나인 정희의 생명! 그 생명은 나의 이 생명과 조금도 다름없이 두 번 얻기 어렵게 귀한 생명이다! 그러면 그와 같은 생명을 자기의 손으로 자기의 똑똑한 의식으로 사(死)의 선언을 하고 또한 자기 자신으로서 그것을 집행한 그 생명 소유자의 고통! 그것은 얼마나 정 있는 자의 동정을 받을 만하였을까? 그 동정할 만한 고통의 동기가 나에게 있다 하면 다른 몇만 사람의 동정보다 더욱 많은 동정을 정희에게 부어 주어야 할 것이다.

그러고 보자. 내가 비록 정희의 몸에 손을 대거나 또는 흉기를 대어 죽인 것은 아니라 할지라도 또한 그의 생명을 빼앗으리라는 마음은 비록 먹지 않았다 할지라도 오늘의 그 결과는 어떠한가? 정희는 어떻든 죽은 것이 아닌가? 정희라는 여자가 자기의 생명이 끊길 만큼 원동적(原動的) 원인은 나에게 없다 하더라도 그만큼 반동적 원인을 가진 자 되는 것은 면할 수 없을 것이다.

물론 내가 법률상으로는 죄를 면할 수 있고 또는 양심으로 보아서 내가 허물이 없지마는 인간성의 보배 중 하나인 인정으로 보아서 나는 그 책임은 면할 수 없을 것이다.

나 때문에 초민하고 나 때문에 고통하고 나 때문에 울고 또한 나 때문에 죽고 내가 있으므로 그의 인생이 의의 있을 수 있었고 또한 내가 있어 그의 생애가 능히 무가(無價)할 수 있는, 즉 내가 있으므로 그의 생이 죽고 살 수 있는 그를 오늘날 생명까지 끊게 한 나는 오늘에 이렇게 살아 있어 자기의 생을 누리고 또한 자기의 사랑을 사랑할 만치 무책임한 자이며 몰인정한 자일까? 자기의 생명을 귀중히 알면은 또한 남의 것도 그렇게 알아야 할 것이다.

그는 새로이 따가운 인정이 그의 전신을 따뜻하게 싸고돌기 시작하였다.

그리고서 그전에는 그렇게까지 보기도 싫어하던 정희의 모든 것을 다시 불러내어 한 번 더 생각하고 한 번 더 만나 보고 싶도록 그리운 생각이 나기 시작하였다.

그는 최근의 그를 보던 때와 또는 최초에 그를 만나던 때를 번개같이 머릿속에서 중동을 끊어 영사(映寫)하는 활동사진 필름같이 보았다.

그리고 어제 저녁 자기 앞에서 흘린 눈물방울이 떨어진 방바닥을 한 손바닥으로 쓰다듬어보고, 또는 어저께 정희가 신 벗어놓았던 마루 끝을 여전히 그 신이 있는 듯이 내려다보았다.

'그리고 어제 저녁에 이 방문을 정희가 나갈 적에 나의 이 손이 한 번만 붙잡았더라면 오늘 그가 그대로 이 세상에, 더구나 나와 가까운 안동읍에 살아 있을걸!'

하고서 문지방과 문설주를 만져보기도 하였다.

그리고서 그는 다시 정희가 그 옆에 앉아서 자기 목소리를 들을 수 있는 듯이 "정희!" 하고 불러보았을 때 그 '정' 하는 음의 종성(終聲)인 'ㅇ' 음이 피아노의 '파' 음이 연하고 부드럽게 울려 나오는 듯하였다. 그래서 그는,

"정희! 정! 정!" 두어 번 거푸 혼자 중얼거렸다.

그러나 대답이 없고 다만 새파랗게 갠 공중에 두어 점 구름이 미끄러지는 듯이 서에서 동으로 흘러가는 것이 눈에 보일 뿐이다.

그러매 그는 고적한 듯한 생각이 나며 또는 여태까지 자기를 칭찬하고 숭모(崇慕)까지 하던 온 안동 전읍 사람들이 자기에게서 떠나 자기를 욕하고 비웃고 나중에는 저주까지 하는 듯이 생각이 들 때 그는 암야(暗夜)에 귀신 많은 산골을 지나가는 듯이 머리끝이 으쓱할 만큼 무서움을 깨달았다.

그리고 자기를 누가 있어 두 어깨를 답삭 들어 천인절벽(千仞絶壁) 밑 밑 없는 음부(陰府)에 내려 던지려고 지금 그 위에 번쩍 들고 있어 대룽대룽 매달린 듯하다.

그는 그러나 그 무서움 속에서도 억울함이 있었다. 몸이 떨리는 중에서도 그 비(非)를 반발하고 자기의 시(是)를 호소할 만한 정의를 주재하는 이를 찾아보고 싶었다.

그는 자기의 몸에서 우러나오는 두려움과 자기의 마음에서 솟아오르는 떨림을 어떻게 무엇으로든지 이길 것을 찾으려 애썼다.

그는 방에 들어앉은 것이 지옥에 들어앉은 듯하였다. 그래서 그 지옥을 벗어나기 위하여 밖으로 나왔다.

밖에 심은 푸성귀 향내. 저쪽 우물에서 물 길어 올리는 두레박에서 흐르는 물방울. 먼 산에서 바람에 춤추는 허리 굽은 장송(長松). 빨래하는 못 속에 비친 촌녀(村女)의 불경 저고리, 검은 치마.

그는 지옥에서 나왔다. 그러나 유열(愉悅)과 환락(歡樂)이 흐르는 천당에는 들지 못하였다. 태우는 몰약(沒藥)에 혼을 사르고 피우는 볼삼bolsam에 영을 취(醉)케 하는 듯한 몽중(夢中)에 들지는 못하였으나, 배암의 혀끝에서 흐르는 듯한 독액(毒液)을 빠는 듯하고 삼척(三尺) 긴 칼 끝에 묻은 독약을 치솟는 가슴에 받은 듯한 고통은 잊었다.

그는 발을 정처 없이 옮겨놓았다. 그러나 가고 싶은 곳도 없고 오라고 하는 곳도 없었다.

새로운 공기와 향기로운 풀 내음새가 적이 초민에 타는 듯한 가슴을 문질러줄 뿐이다.

'어찌할고? 내가 책임을 져? 진다 하면 어떻게 해야 할 것인가? 책임을 진다고 죽은 사람을 다시 살릴 능력이 없는 사람으로서는 그것을 단념하는 수밖에 없거니와 그렇지 않고는 무슨 다른 도리가 있을까? 그러면 정희가 나로 인하여 죽었으니 나도 또한 정희를 위하여 죽을까?'

그것을 생각한 일복은 혼자 껄껄 웃으며,

'죽는다니 어리석은 일이지. 내가 생에 대한 집력(執力)이 강해서 그런 것이 아니라 그렇게 어리석은 희생자는 되기 싫어!'

그러면 또 무엇이냐? 나를 사랑하여, 즉 사랑을 위하여 자기의 몸을 바친 정희를 위하여서는 나는 사랑을 바치는 것밖에는 없지? 그렇지. 나의 목숨을 바치는 것은 어리석은 일이라 할지라도 나의 사랑은 바쳐야 할 것이다. 그러면 사랑을 바친다 함에는 다만 한 가지 길이 있을 뿐이다. 즉 소극적으로 내가 일평생 다른 여성을 사랑하지 않고 나의 정신과 육체로써 정희를 위하여 정조를 지켜야 한다는 것이다.

그는 길을 새길로 취하였다. 초가집 담 모퉁이를 돌고 밭고랑을 지날 때 그는 자기의 그림자가 땅 위에 비쳐 있어, 자기를 따라오는 것을 보았다. 그리고는 또다시 '사랑은 생의 일부분이지!' 하면서 고개를 들어 저쪽 영호루를 보았다. 그러자 그의 머리에는 또다시 양순이가 보였다. 그 양순의 자태가 자기 눈앞에서 춤추는 듯 환영이 보일 때 그는 또다시,

'사랑은 죽음을 무서워하지 않을 만치 강한 것이다. 불이 나무에 붙을 수 있는 것이지마는 그 나무를 능히 사를 수 있는 것같이 사랑도 생 있는 연후에 작열할 수 있는 것이지마는 능히 그 생을 불살라버릴 수 있는 것이다.'

그때 자기 어깨를 탁 치며,

"어디를 가시오?" 하는 사람이 있었다. 일복은 깜짝 놀라 뒤를 돌아다보았다. 거기에는 이동진이가 한턱내라는 듯이 웃으며 서 있었다.

"어째 여기까지, 이렇게?" 하며 일복은 조금 주저하는 중에도 반가워 손을 내밀었다.

"네, 나는 일복 씨에게 좋은 소식을 가지고 왔습니다."

일복은 그 좋은 소식이란 양순과 자기 사이의 연담이 그 공을 이룬 줄로 추상되었을 때 그의 맥을 풀리게 하였다. 그래서 그는 반가운 표정도 보이지 못하고 도리어 침착하게,

"무슨 소식을요?"

"네, 반가운 소식입니다. 엄영록은 그것을 승낙하였습니다. 당장에 쾌락하였습니다."

"그러나 때는 이미 틀렸습니다. 내가 또다시 다른 여성을 사랑

할 권리는 있지마는 나는 그 권리를 나로 인하여 죽은 여성을 위하여 내버리려 합니다."

이동진은 껄껄 웃었다. 그리고서는 일복에게,

"그것은 어째서요?" 하고 물었다.

"그것은 동진 씨도 아시겠지마는 나는 나를 사랑하는 사람을 죽게 한 사람입니다."

이동진은 입을 크게 벌리며 또다시 웃더니,

"나는 알겠습니다. 정희 씨가 죽은 까닭이겠지요?"

일복은 남이 그 말을 하는데 너무 감정이 감상으로 변하여 눈물이 날 듯하였다. 그러나 억지로 그것을 참고서,

"네" 하고 먼 산을 보았다.

동진은 얼굴빛을 교회사(敎誨師)[9]처럼 엄숙한 중에도 정이 어리게 하며,

"여보세요! 일복 씨! 정희 씨가 죽은 것이 당신으로 인하여 죽은 줄 아십니까? 물론 그 외면적 원인은 일복 씨에게 있을는지는 알 수 없으나 정희 씨 그이는 자기 자신의 사랑을 위하여 죽은 사람입니다. 그는 자기의 사랑을 완전하고 깨끗한 사랑으로 만들기 위하여 죽은 것입니다. 지금 만일 그 정희 씨의 혼령이 있어 우리가 그 의견을 들을 수 있다 하면, 그는 당신에게 호소할 것도 없는 동시에 또한 원망도 없을 터이지요. 그는 옛날에 순교자가 폭군의 칼날도 무서워하지 않고 자기의 신앙을 위하여 죽은 것과 같이 자기의 사랑을 위하여 목숨도 아끼지 않은 것이지요."

일복은,

"그렇지만 내가 그 책임을 면할 수 없으니까요."

동진은 다시 힘 있게,

"그렇지요. 그 책임이 있다 하면 있겠지요. 그리고 없다 하면 또 없는 것입니다. 그러면 만일 일복 씨가 또다시 다른 여성을 사랑하지 않으신다 하시니 당신은 그 무가치한 인정──이 경우에만 말씀입니다──그것으로 인하여 일평생 당신은 사랑을 못 하시겠다는 말씀입니까? 사랑을 하는 사람이어야만 이 세상에서 강자가 될 수 있는 것입니다. 사랑만큼 위대한 세력을 우리에게 주는 것이 또 없으니까요! 사랑은 생(生)보다 적으나 온 생을 포괄하고 또한 지배할 수 있습니다. 마치 우리 인생이 우주의 일부분에 불과하나 능히 그 영(靈)으로써 온 우주를 포괄할 수 있는 것같이! 나는 적은 인정을 이겨 큰 사랑을 하시라 권합니다. 인정이 물론 우리 인류의 꽃이지만 사랑은 여왕입니다. 만일 신심 깊은 목사가 어떠한 매춘부를 위하여 눈물을 흘렸다 하면 그것을 동정이나 연민이라 할지언정 사랑이라 할 수는 없겠지요. 동정이나 연민으로 인하여 도리어 자기가 죄짓기를 원치 않을까. 일복 씨! 정희 씨는 정희 씨의 사랑을 위하여 순(殉)하였습니다. 일복 씨는 또한 일복 씨의 사랑을 위하여 최후까지 강하게 나아가셔야 할 것입니다."

이 말을 들은 일복은 새로운 광명이 자기 앞에서 번득거리는 것 같았다. 그래 그는 동진의 손을 잡고서,

"동정은 사랑이 아니지요? 나는 나의 사랑에 충실하여야 할 것이지요? 사랑을 하여야 참사람이 될 수 있겠지요? 우리 인간미를

영의 나라에서 참으로 맛볼 수가 있겠지요? 고맙습니다. 나는 그러면 지금에 잘못 길을 들려 할 때 동진 씨가 그것을 가르쳐주심에 대하여 감사합니다."

동진은,

"아뇨. 천만의 말씀을 하십니다. 그러나 어떻든 나는 당신의 장래할 행복이 영원하기를 빕니다. 오늘 엄영록은 당신에게 행복의 문을 열어놓았습니다."

12

일복은 그 이튿날 해가 떨어지려 할 때 양순의 물 긷는 우물을 향하여 갔다.

어제 동진에게 엄영록이가 자기 누이동생 양순을 자기에게 허락하였다는 말을 듣기는 듣고 당장에 알고 싶은 마음이 생기기는 하였으나, 한옆으로 부끄러웁고 또 한옆으로 점잖은 생각이 나서 그날 바로 가지는 못하고 오늘 하루 종일 주저하다가 겨우 해 떨어지려 할 때 그 우물에 가서 기다리고 있었다. 물론 집에서 떠나기는 오정 때나 되었었으나 공연히 빙빙 돌아다니느라고 그날 해를 다 보내었다.

그는 우물 옆에 서서 오리라고 기대하는 양순을 기다릴 때 이슬같이 흐르는 반웃음이 입 가장자리에 돌아보는 이의 단침을 삼키게 할 듯하였다. 그리고 또는 고대하는 가슴이 따갑게 타서 불난

곳에 화광(火光)이 하늘에 퍼지는 것같이 그의 가슴의 불길이 하얀 피부 밑으로 살짝 밀렸을 그의 용모는 술 취한 신랑같이 보였다.

그는 북국(北國)의 회색 천지에서 석죽색(石竹色) 공중에 연분홍 정조(情調)가 떠도는 남국(南國)에 온 것같이 껴안고 뒹굴 만치 흘러넘치는 희열이 도리어 그를 가슴이 두근거리도록 흥분시키며 입에 윤기가 흐를 만치 오감(五感)에 감촉되는 모든 것을 껴안고 입 맞추고 싶었다.

그는 우물에 허리를 구부리고 물 한 두레박을 퍼 먹었다. 그러고 나니까 흥분되었던 것이 조금 가라앉았다.

사람의 기척만 나도 그쪽을 보고서 속으로,

'오는가?'

하다가 아니 오면 무참히 고개를 돌리기를 몇 번이나 하였는지, 어떤 때는 벌떡 일어서려다가 다른 곳을 보고서 군소리까지 한 일이 있었다.

사면은 조용하다. 저쪽 포플러 그늘 속으로 대구서 오는 자동차가 읍을 향하여 달아나고는 또다시 무엇으로 탁 때린 듯이 조용하다.

멀리서 저녁 짓는 연기가 공중으로 오르지 않고 땅 위로 기어간다. 아마 비가 오려는가 보다.

그러나 양순의 그림자는 볼 수 없었다. 일복은 우물 옆 잔디 위 넓죽한 돌 위에 다리를 꼬고 앉아서 양순의 집을 머릿속으로 보고 앉았었다. 양순의 오라비 엄영록은 무엇을 하는가? 마루 위에 벌떡 드러누워 아리랑 타령을 하지 않으면 땔나무를 끌어들이렷

다. 양순의 어머니는 무엇을 하는가? 부엌에서 솥뚜껑을 열어보
고서 옆에서 가로거치는 개란 놈의 허구리를 한 발 툭 차며 "이
가이!" 하고 소리를 지르렸다. 그러고 보자, 양순은 지금 마루 끝
에 내려섰다. 그러면서 혼자 속마음으로 '오늘도 또 그이가 안 왔
으면 어떻게 하노? 그가 와 있었으면 좋으련만' 하면서 툇마루 위
에 놓았던 또아리를 휘휘 감아 가르마 어여쁘게 탄 머리 위에 턱
얹고서 허리를 굽혀 물동이를 이렸다. 그럴 때 그만 잘못 또아리
가 비뚤어지니까 그 옆에 있던 오라비더러 그것을 고쳐 놓아달라
고 두 팔로 물동이를 공중을 향하여 번쩍 들고 있으렸다. 그러면
그 오라비는 자기 누이 곁으로 와서 그 또아리를 바로 놓아주면
서 자기 누이가 새삼스럽게 어여쁘기도 하고 또 이 나하고 혼인
할 것을 생각하매 아주 좋아서,

"저것이 시집을 가면 흉만 잡힐 터이야. 또 쫓겨나 오지 않았으
면 좋겠지만! 쫓겨 오지! 쫓겨 와! 애, 양반 남편 섬기기가 어떻
게 어려운데 그러니?"
하며 놀려먹으면 양순은 얼굴이 그만 빨개져서 물동이를 내던질
만치 부끄러워 저의 오라비에게 달려들며,

"에그, 난 싫어. 오라버니두, 그럼 난 물 안 길러 갈 테야"
하다가 그래도 나를 못 잊어 문밖을 나서렸다. 지금 나섰다. 그리
고 걸어온다. 지금 오는 중이다.

일복은 혼자 눈을 감고서 머릿속에서 양순의 걸음 걸어오는 것
을 하나 둘 세고 있다. 그리고 지금쯤은 그 수양버들나무 밑을 걸
어오렸다. 지금은 밭이랑을 지났다. 그리고 지금은 바로 요 모퉁

이 돌아섰다. 양순은 지금 나를 보면서 이리로 온다. 왔다. 이만
하면 눈을 떠야지. 이 눈을 뜨면은 양순이 바로 내 앞에 있을 터
이지.

일복은 눈을 떴다. 정말 양순이 서 있다. 그러나 저를 보고서
'악' 하고서 희롱 삼아 깜짝 놀라며 가만가만 싱글싱글 웃으면서
오는 것이 아니라, 그는 돌아서서 울고 있었다.

이게 웬일이냐? 일복은 벌떡 일어나서 양순의 등 뒤로 가서,

"왜 그래?"

하며 두 어깨를 껴안을 듯이 두 손으로 쥐었다.

그러나 양순은 자꾸 울고 있을 뿐이다.

"왜 울어, 응?"

일복은 귀밑에서 소곤거려 물었다.

그래도 말이 없다.

"말을 해야지?"

일복은 두 어깨를 재촉하듯이 흔들었다. 그때야 겨우 울음 섞인
목소리로,

"아녜요."

"아니라니, 집에서 꾸지람을 들었나?"

"아뇨."

"그럼 무엇을 잘못한 것이 있나?"

"아녜요."

"그럼 내가 오지 않아서 그래?"

"그것도 아녜요."

"그럼 무엇야?"

양순은 눈물을 두 뺨 위에 흐르는 채 그대로 내버려두고서 긴 한숨을 힘없이 쉬더니 일복을 바라보며,

"여보세요."

그의 목소리는 아직까지 보지 못하던 애수가 뭉켰었다.

"왜 그래?"

일복의 감정은 이유 없이 양순의 애수에 전염되어 그도 울고 싶었다.

"당신은 양반이지요?"

"그게 무슨 소리야."

"저는 상사람의 딸입니다."

일복은 속으로 껄껄 웃었다. 그러나 양순은 말을 계속하여,

"저를 생각하시는 것은 도리어 당신 명예나 신상에 이롭지 못합니다. 저를 잊으시는 것이 도리어 당신이 저를 생각하여주시는 정예요. 오늘부터 저를 잊어주세요."

일복은,

"그게 무슨 소리야. 양순이가 없으면 내가 없는데 나는 어디까지든지 양순을 잊을 수는 없어. 내가 잊지 않으려는 것 아니라 잊어지지 않는 것을 어찌하나?"

"여보세요. 나는 당신을 섬길 마음이 간절하지마는 저는 내일…… 아네요. 저는 당신을 섬길 몸이 못 되지요. 너무 천한 몸예요."

양순은 내일이라는 말을 하다가 다시 말을 고쳐 하였다. 이 말

을 들은 일복은 의심이 생기어,

"무엇야, 내일 어째?"

양순은 이 말을 듣더니 눈물이 새로이 떨어지며 울음이 복받쳐 올라온다.

"여보세요? 당신은 저를 참으로 생각하시지요? 그러면 저를 데리고 어디로든지 가주세요. 저는 내일 돈 백 원에 팔려 가는 몸예요. 우리 어머니는 돈 백 원에 나를 장돌뱅이에게 팔았어요. 그래서 내일은 그 장돌뱅이가 와요."

"무엇?"

일복의 몸과 혼이 한꺼번에 떨리기 시작하였다. 일복의 가슴에 몸을 기댄 양순의 몸까지 부리나케 떨린다.

"정말야?"

일복은 다시 물었다. 그러다가는 양순의 귀밑에 입을 대고,

"거짓말이지? 웅?"

그것이 거짓말이지 참말일 리는 없었다.

"거짓말이지? 거짓말?"

"왜 거짓말을 해요?"

일복은 두 주먹을 불끈 쥐고 눈에서 형광(螢光) 같은 불빛이 번쩍이며,

"여! 금수(禽獸)! 독사다! 내가 그런 짐승들을 그대로 둘 수는 없다. 자기 딸의 살과 피를 뜯어먹고 빨어먹는 귀신이다. 에! 그런 것을 그대로 두어?"

그는 당장에 그쪽으로 향하여 가려 하였다. 그가 힘 있는 발을

한 걸음 내놓았을 때,

"왜 이러세요."

양순은 일복의 팔을 붙잡았다.

"우리 오라버니는 황소 하나를 드는 기운을 가진 이예요. 당신
이 가시면 당장에 큰일 나세요."

"아냐. 내가 가서 그까짓 것들은 모조리 처치를 할 터이야."

"가지 마세요. 글쎄 어떻게 하시려고 그러세요."

일복은 아무 말 없이 한참 먼 산만 바라보고 있었다. 양순은 한
참 있다가,

"여보세요! 저는 당신의 몸이지요?"

"왜 그것을 거퍼 물어?"

"글쎄 대답을 하세요."

"그래."

"그러면 저를 죽이시거나 살리시거나 그것은 당신에게 달렸으
니까 저를 어디로든지 데리고 멀리 가주세요."

"어디로?"

"어디로든지."

"죽을 때까지?"

"죽어도 좋아요. 당신과 같이 죽으면……"

양순은 일복의 허리에 착 감기며 잠깐 바르르 떨더니,

"여보세요. 나는 결심했습니다. 저의 한 가지 길은 그것밖에 없
어요."

일복의 마음은 무엇으로 부수려 할지라도 부술 수 없이 단단하

여겼다. 온 우주의 정령과 세력의 정화(精華)가 그의 가슴에 엉키어 만능의 힘을 가지게 된 듯하였다. 그리고서 형광 같은 신앙의 불길이 그 앞에서 붙으며 최대의 세력이 그 전 관능(全官能)을 지배하는 듯하였다.

"나도!" 그의 부르짖음은 굳세었다. 그리고 투사(鬪士)가 모자 gage를 던진 그 찰나와 같이 아무 세력도 그의 의지를 움직일 수는 없었다.

"그러면!" 일복은 말을 꺼냈다.

"오늘 저녁에라도 달아날까?"

"네!"

양순은 몸을 턱 일복의 팔에 실으면서 대답하였다.

"저를 저기서 해가 넘어가는 저 산 뒤까지라도 데려다 주세요. 그리고 언제든지 같이 가세요. 저는 당신이 계실 때는 조금도 무서운 것이 없으나 당신이 없으시면 무서워 죽겠어요."

"그러지, 그래. 어디든지 데리고 가지. 같이 자고 같이 살고 같이 죽지! 응?"

양순은,

"네" 하면서 고개를 숙였다.

일복은 벌게진 서천(西天)을 한탄 있는 눈으로 한참 바라보다가,

"그렇다, 그렇지!"

하며 손뼉을 탁 치더니,

"옳지, 옳아" 하며 무엇을 혼자 깨달은 듯이,

"이것 봐! 그러면 좋은 수가 있어! 만일 어머니에게 내가 돈 백

원을 주면 고만이지! 그렇지? 그래그래, 그러면 고만야. 자, 오늘 그러면 어머니에게 나는 의논을 할 테야."

양순은,

"글쎄요. 그러나 그렇게 많은 돈을 가지셨어요?"

"그것야 어디 가서든지 변통을 하여 오지! 그것은 염려 없어. 그러나 그것을 저쪽에서 물러줄는지가 의문이지."

"그러면 우리 두 사람이 멀리 가지 않아도 괜찮지요?"

"그것야 말할 것도 없지!"

"정말요?"

"그럼."

양순은 눈물방울을 방울방울 눈썹에 달고서 좋아 못 견디어 나오는 웃음을 웃으면서,

"그러면 저는 공연히 울었어요"

하고 두 손등으로 눈을 씻었다.

13

일복은 집으로 돌아오는 길에 또다시 이동진을 만났다.

"아, 그런데 어떻게 된 일입니까?"

일복은 인사도 없이 댓바람에 물어보았다. 동진도 그 말을 알아들은 듯이,

"허, 참 일이 우습게 되었습니다. 그렇지 않아도 만나 뵙고 그

말씀이나 여쭈려고 지금 댁에를 다녀오는 길입니다."

일복은 주춤하고 서서,

"글쎄 그런 일이 어디 있습니까? 돈 백 원에 일직(一直) 사는 장돌뱅이에게 팔아먹었다니, 그런 비인도의 짓이 글쎄 어디 있습니까?"

하고서 상을 찌푸리고 고개를 내돌린다.

"글쎄요. 저도 그 말을 오늘야 듣고서 퍽 분개하였습니다. 그런 죄악의 짓을 하고도 부끄러움을 모르니 짐승이 아니고 무엇예요"

하고서 동진은 손에 들었던 사냥총을 다시 어깨에 메고서,

"이번 일은 제가 퍽 미안하게 되었습니다. 그 내용인즉 이렇습디다그려. 엄영록은 자기 어머니가 자기 딸을 팔아먹은 줄 알지 못하고서 나에게 그와 같이 승낙을 하였다가 그날 자기 집에 가서 어미와 의논을 하여보니까 어미 말이 그와 같은 일이 있으므로 할 수 없다고 하드랍니다. 그 어미 말이 그 돈 백 원이라는 것도 그 어미가 그 장돌뱅이 놈에게 거진 이백 원 돈의 빚이 있는 것을 얼마간은 탕감해주고 그 딸을 백 원에 쳐서 데려가는 것이랍니다그려. 어떻든 언어도단이지요. 말할 것도 없지마는 그 어미가 나쁩니다. 그래서 나는 그 어미도 알고 또는 어미도 내 말이라면 웬만한 것은 듣는 터인 고로 오늘 일복 씨하고 같이 가서 직접 말이라도 해보고 만일 돈이라도 달라면 좀 안되기는 하였습니다마는 돈이라도 주시지요."

일복도,

"그러지요. 돈야 주려면 주겠지요마는 어떻든 일이 잘되었으면

좋겠습니다. 동진 씨가 많이 진력하여주실 줄만 믿습니다."

"힘은 써보지요마는. 무얼 그런 것들은 돈만 주면 고만이지요.
그저 돈예요, 돈"

하며 동진은 손가락을 동그랗게 만들어 내흔든다. 일복의 마음에
도, 그렇지, 돈만 많이 주어보아라. 저의 입들이 딱 벌어질 터이
니. 그놈이 백 원 주면 나는 이백 원 주지. 그래도 싫달라구? 그러
나 돈으로 애인을 산다는 것은 부끄러운 일인걸! 그러나 아냐. 결
함 많은 세상에서 살려는 우리의 임시 권도지!

"그러면 이따 저녁 잡순 후에 우리 같이 가십시다. 아니, 우리
집 가서 저녁을 같이 잡숫고 그리고 같이 가십시다"

하며 동진의 팔을 끌어당기었다.

"아녜요. 집에 가서 먹지요."

"같이 가세요. 우리 집에도 밥 있습니다. 밥 없을까 보아서 그
러세요? 하하."

두 사람은 일복의 집으로 가기로 정하였다.

얼마 가다 동진은 어깨에 메었던 사냥총을 보이며,

"이것 좋지요? 어저께 허가가 나왔어요. 그래서 내일은 사냥을
좀 해볼까 합니다."

"그것 참 좋습니다그려. 얼마 주셨어요?"

"○○원 주었어요. 제가 학교 다닐 때 어떤 선생님에게 총 놓는
법을 한 일 년간 배운 일이 있지요."

"그러면 퍽 잘 놓으시겠습니다."

"무얼요. 잘 놓지는 못하여도 대강 짐작은 합니다."

"이것으로 사람을 놓으면 죽지요?"

"죽고말고요. 바로 맞으면 죽습니다."

"그러나 몇 방이나 나갑니까?"

"오연발예요."

일복은 그 총을 빼앗아 들고서 한 번 노려보더니,

"저도 대구 있을 때 일본 사냥꾼의 총을 두어 번 놔본 일은 있지요. 그러나 겁이 나요. 하지만 총이란 위대한 것인 까닭에 가까이하는 것이 좋지는 못하지요. 어떻든 사람의 감정이라는 것은 알 수 없는 것이 되어서 웬만큼 자제력 있는 사람이 아니면 무슨 짓이든지 하니까요."

"그래요. 그러기에 조선에도 성미가 급한 사람이 주머니칼을 아니 가진다는 말이 있지 않습니까?"

"그러므로 저는 사람을 죽이는 것도 거의 다 그 자제력 없는 데서 나는 것이라 합니다. 그러나 감정을 누를 만한 자제력을 가진 사람이 어디 있습니까? 감정도 피도 생명인데 더구나 사랑으로 인하여 사람을 죽였다 하면, 즉 자기의 사랑 원수를 죽였다 하면 그것은 얼마간 동정할 만한 일이라 할 수 있을 것 같아요"
하다가,

"고만두십시다, 그까짓 이야기는. 우리 관에 가서 쇠고기나 한 근 사고 술집에 가서 술이나 몇 잔 받아 가지고 가십시다. ……그러나 그 돈을 준비하실 수 있습니까?"

일복은 속에 예산하기를 의성 고운사에 있는 김우일에게 그와 같은 사정을 하지 않고라도 자기가 급히 쓸데가 있으니 얼마간

보내라 하면 그만한 것은 즉시 보내줄 줄을 믿는 터이므로 그렇게 하기로 하고서,

"그거야 되지요. 어떻게 하면 그거야 못 되겠습니까."

"만일 없으시면 저라도 변통하여 드리지요."

두 사람은 밥을 먹었다. 일복은 먹을 줄을 모르는 술을 동진의 강권에 못 이기어 석 잔이나 먹었다. 얼굴이 빨개지고 숨소리가 잦았다. 그리고 온 세상이 팽팽 내둘리고 어질어질하면서도 그의 감정이 흥분되어 앞에 무서운 것이 별로 없고, 유쾌함이 한이 없다. 그래서,

"여보, 동진 씨!" 아무리 똑똑히 한 말이라도 자꾸 헛나간다.

"그까짓 년을 그래 그대로 둔단 말이오?"

동진은 껄껄 웃으며,

"여보, 술 취했소. 정신 차리시우."

"술이 취해요? 예 여보시우. 그까짓 술에 취해요" 하고서는 머리를 짚으며 "어, 머리 아퍼" 한다.

"큰소리는 고만하시우. 당장에 머리가 아프다면서 그러십니까? 자, 어서 갈 곳이나 가봅시다."

"가지요! 자, 이번 일은 꼭 동진 씨에게 있습니다. 만일 듣지를 않으면 그런 짐승 같은 것은 죽여버리지."

"사람을 죽여요? 그것은 죄 아닌가요?"

"그것이 어디 사람인가요? 짐승이지요. 짐승을 죽이는 것이 죄예요?"

"그럼 죄가 아녜요? 요즘 사냥 규칙을 좀 보십시오. 팔자가 사

람보다도 좋은 짐승이 어떻게 많은데 그러십니까?"

"네, 보호받는 짐승들 말씀이지요. 그래요. 짐승도 마음이 곱고 모양이 어여쁘면 대접을 봤어요. 그러니까 사람은 동물 아닌가요. 그저 짐승만 못한 것은 일찍 죽여버리는 것이 도리어 양순 씨를 보호하는 가장 좋은 방법이지요."

이렇게 실없는 말 섞어서 무엇이라 떠들더니 구두를 신으려고 마루 끝에 내려서려 하다가 다리가 헛놓여서 고만 주저앉았다. 이것을 본 동진이가,

"글쎄 이게 무슨 짓이오. 그렇게 취하셨소?"

"아녜요. 취하기는 취했어도 정신은 까딱없어요."

동진은 짚어 세워놓았던 사냥총을 집으며,

"이것을 어떻게 할까? 가지고 가자니 안되었고."

일복은,

"이리 주세요. 내 방에 두세요. 내일이나 이따가 찾아가시지요."

"그렇지만 위험합니다."

"위험하기는 누가 어쩌나요?"

"그러나 탄환을 아까 장난하느라고 다섯 개를 넣었다가 한 개를 쓰고 네 개가 남았는데요."

"괜찮아요. 나도 그만한 주의는 하는 사람이랍니다. 염려 말고, 자, 내 방에 두세요"

하고, 일복은 총을 방에 들여다 세우고 나왔다.

14

의성이라 고운사다. 울울창창한 대삼림(大森林)이 제철[10]형(蹄鐵形)으로 등을 껴안아 고개를 돌려 쳐다보면은 높이 뜬 솔개가 그 중턱에서 배회한다. 절 옆으로 흐르는 잔잔한 시내 소리는 숲 속에서 울려 나오는 자규(子規)의 소리와 이리저리 얽히어 한아(閑雅)한 정조에다 새긴 듯한 무늬를 놓아놓는다. 가운루(駕雲樓) 옛집이 구름을 꿰뚫지는 못하였으나 천여 재 시일을 구슬 꿰듯 하였고, 최고운(崔孤雲) 선생의 목소리는 들을 수 없으나 그의 발자취를 고를 수 있는 듯하다.

여기 온 지 며칠이 되지 못한 김우일은 사무실 뒷방에 혼자 누웠다. 너무 고요한 것이 피부를 간지럽게 문지르는 듯하다. 저쪽 선방(禪房)에서 참선하는 소리가 가끔가끔 그 간지러운 정적을 긁어줄 뿐이다.

우일은 혼잣말로,

"이상하다!" 하고서는 벌떡 일어났다.

"오늘 저녁에는 다시 한 번 나가 보리라!"

할 즈음에 그 절 주임(主任)의 대리를 보는 중 하나가 앞 복도를 지나다가 우일을 보고서 합장하고 와 앉는다. 얼굴빛은 자둣빛같이 검붉으나 건강하다는 것을 유감없이 나타내며 미목(眉目)이 청수하여 그의 천분을 읽을 수 있다. 그가 웃음 지으며 할 말을 꺼낼 때에 하얀 이가 사람의 마음을 잡아당긴다.

"심심하시지요?" 그는 꿇어앉아 친절하게 물어본다.

"네, 조금 무료합니다. 그러나 퍽 좋습니다."

"무얼 좋을 거야 있겠습니까마는 속계(俗界)보다야 조금 한적한 맛이 있지요."

"조금뿐이 아니라 퍽 많습니다. 이런 데서 살면은 늙지를 않을 것 같습니다."

"네. 헤헤, 그렇습니다. 건강에 관계가 조금 있지요."

우일은 화제를 돌리어,

"그런데 이 절에 모두 몇 분이나 계십니까?"

"몇 사람 안 됩니다. 한 이십여 인밖에."

"여자라고는 하나도 없겠지요?"

그 중은 시치미나 떼는 것처럼,

"없습니다" 하니까 우일은 미심쩍은 듯이,

"네—" 하고서는 멀거니 서 있다. 그러니까 그 중은 할 말이 없어 군이야기처럼,

"안동읍에 가보신 일이 계신가요?"

"한 두어 번 가보았지요. 거기에는 나의 절친한 친구 한 사람 있어서요."

"네, 그러세요. 누구십니까요?"

"네, 지금 은행에 있는 유일복이라는 사람예요."

이 말을 들은 중은,

"유일복 씨요!" 하고 고개를 기웃하고 무엇인지 한참 생각하다가,

"그의 본댁이 의성이지요?"

"네, 바로 우리 집하고 가깝습니다."

김우일은 이 중도 그러면 혹시 유일복을 짐작하는가 하여,

"그것은 어떻게 아십니까?"

"네, 알 만한 일이 있어요. 들으니까 그이가 은행 일을 고만두었다나 보아요."

김우일은 깜짝 놀라는 듯이,

"그럴 리가 있나요?"

"아니올시다. 고만두었습니다. 그럴 사정이 있어요."

김우일은 속마음으로 일복 사정은 나같이 자세히 알 사람이 없는데 내가 모르게 일복이 은행 일을 그만두었다니 내가 잘못 알았다 하는 듯이,

"아마 똑같은 이름이 있는 게지요"

하니까 그 주지 대리는,

"그러면 우일 씨 아시는 그 어른이 저 아는 그이가 아닌 게지요."

"그렇지만 안동은행에는 유성(柳姓) 가진 이가 그 사람밖에 없는걸요."

"그러면 정희라고 아십니까?"

"은행 지배인의 딸 말씀이십니까?"

"네, 네. 바로 맞았습니다."

"알고말고요. 그이가 유일복과 정혼한 이죠."

"바로 맞았습니다. 네, 네."

주지 대리는 한숨을 후 쉬더니,

"참 가엾은 일예요" 하고 고개를 숙인다.

우일은 무슨 가탄한 일이 일복과 정희 사이에 생겼는가 하여,
"무슨 일이오?" 하니까 그 중은,

"말씀할 것까지는 없습니다마는…… 가엾어요."

우일은 궁금증이 나서 무슨 일인지 어떻게 해서든지 알아보려고,

"무슨 일인지 가르쳐주십쇼그려. 궁금합니다. 그렇지 않아도
요사이 그 사람의 소식을 듣지 못해서 궁금하던 차인데요."

"네, 일복 씨하고 그렇게 친하시다 하고 또 우일 씨를 신용하는
까닭에 말씀은 하겠습니다마는 정희 씨가 일전에 돌아갔지요."

이 말을 들은 우일은 자기의 동생의 죽음을 들은 듯이,

"네? 죽어요?"

중은,

"네"

하고서 점잖게 고개를 숙이고 눈을 감으며 입속으로 중얼중얼 염
불을 하였다.

"어떻게 하다가요? 병이 났었든가요?"

우일은 바싹 달라붙어 앉았다.

"아니지요."

그 중은 다시 점잖게 고개를 내흔들더니,

"물에 빠졌지요"

하며 입맛을 다셨다.

우일은 중의 얼굴을 무엇이 나오는 것을 기다리듯이 한참 들여

다보았다. 그리고 여태까지 민틋한 얼굴에 윤기가 번쩍거리고 그
야말로 영광(靈光)이 있는 듯하더니 지금 자기가 속마음에 어제
저녁 자기가 변소에 갔을 때에 이 절에는 여자가 하나도 없다는
데서 여자를 본 것과 또는 그 여자가 정희와 똑같은 것을 본 것을
생각하면서 그 중의 얼굴을 보니까 그 윤기와 영광은 어디로 사
라지고 짐승의 털 같은 검은 수염과 사자 입 같은 길게 째진 입과
이리의 욕심 많은 눈 같은 두 눈이 보일 뿐이다.

아무리 신심(信心) 깊다는 승(僧)·목사(牧師) 등 여러 종교가
에게 대하여 착실한 신임을 하지 못하는 우일은 속으로 '너도 사
람인 이상에야 죄를 안 짓고는 어디가 가려워서 못 견디는 모양
이로구나?' 하였다.

우일은 얼굴빛을 다시 냉정하게 고치고서,

"어째 그랬을까요?"

"그것은 그 유일복 씨 까닭이지요. 그이가 아마 마음을 주지 않
었든 모양예요."

"네."

우일은 대답할 뿐이다.

15

그날 밤 한 시나 되었다. 우일은 문을 살며시 열었다. 그리고 조
심스러웁게 문을 나섰다. 복도로 가만가만 걸어서 옆의 방을 들

여다보니까 주지 대리가 코를 골며 자고 있다. 시커먼 먼 산에 바람이 쏴 할 때에는 그 무슨 대신(大神)이 달음질하는 듯하다. 우일은 회랑(回廊)을 돌았다. 대웅보전(大雄寶殿)이 점잖게 앉아 있는 앞뜰을 지났다. 주방을 지나 다시 마당에 나왔다. 이쪽 선방에서는 이야기 소리가 들리더니 뚝 그친다. 우일도 멈칫하고 서 있었다. 그리고 다시 이야기 소리가 나기를 기다려 다시 걸어갔다. 맨 끝 방을 돌았다. 그리고 뒷방 문 앞에 와 섰다. 백지로 다시 바른 미닫이에는 머리카락 날신날신하는 양 머리가 비쳤다 말았다 한다. 우일은 숨소리를 죽이고 마루 위로 올라섰다. 찬 바람이 쏴— 불어 잔등이를 으쓱하게 할 제 그는 미닫이 틈에 한 눈을 대고 방 안을 들여다보았다.

불빛이 어룽대어 그 방 안에 앉은 여자의 얼굴이 선명히 보이지 않고 윤곽의 곡선이 자주 변한다. 그 여자는 무슨 책인지 펴놓고 앉아서 보는지 마는지 십 분이 지나가도 책장 하나 넘기지 않는다.

우일은 속으로,

'분명히 정희는 정횐데'

하며 더욱 똑똑한 증거를 알기 위하여 자기가 삼 년 전에 대구서 만날 때의 기억을 꺼내어 그것과 지금 방 안에 앉아 있는 실물과 대조하기를 시작하였다. 댕기를 드렸을 때에 본 정희가 지금 머리를 튼 때와 똑같을 리는 없지마는 어떻든 많이 같은 곳이 있다. 눈초리에 눈썹이 조금 숱해서 사람의 마음을 끌게 된 것, 코가 어여쁜 것, 입이 조그마한 것, 두 뺨이 불룩한 것, 가끔가다가 고개를 까땍까땍하는 버릇까지 꼭 정희다.

그러면 저 정희가 무엇하러 자기 부모와 또는 일복까지 내버리고 이런 절에 외로이 와 있는지? 정말 주지 대리의 말과 같이 죽었다 하면 여기에 와 있을 리도 없을뿐더러, 그렇다고 죽지 않은 정희를 옆에다 두고 죽었다고 거짓말을 했을 리는 없겠는데 내가 아마 잘못 보고 그러지나 않는지? 똑같은 여자가 있는 것을 잘못 보고 그러지! 그렇지만 어쨌든 나이 젊은 여자가 여기 혼자 와 있는 것은 무슨 곡절이 있는 것이다. 아니 한양(閑養)을 하러 와 있는 것인가?

우일은 한참 의욕에 싸여 멀거니 서 있으려니까 방 안에서 가늘게 기침하는 소리가 나더니 부스스 일어나는 소리가 난다. 우일은 깜짝 놀라 담 모퉁이에 가서 숨었다.

방문 소리가 나더니 그 여자는 신을 신고 마당으로 내려섰다. 그는 마당 한복판에 한참 섰다가 다시 두어 번 사면을 둘러보고서 샛길로 아래 시내를 향하여 내려간다. 우일도 나무 사이에 몸을 숨겨 쫓아 내려갔다.

저 아래서 치르럭치르럭 손 씻는 소리가 나더니 또 얼굴 씻는 소리가 난다. 우일은 그 여자가 앉아서 수건을 적시는 바로 옆 나무 뒤에 숨어 섰다. 그 여자는 얼굴을 씻고 손을 씻은 뒤에 다시 일어서 멀거니 섰더니 고개를 숙이고 한숨을 쉬며 나무 사이에서 반짝거리는 별을 쳐다보고서 그 별을 껴안을 듯이 두 팔을 벌려 한껏 내밀었다가 다시 끌어들이며,

"아아"

하고 옆의 사람에게까지 들리도록 소리를 내어,

"저는 아무도 원망하지 않고 또한 아무것도 부끄러울 것이 없습니다. 저는 다만 하나님이 하라시는 대로 할 뿐입니다. 저의 생명을 하나님께 바쳤습니다"
하고서 한참 있다가 다시,

"하나님! 그러나 저는 그이를 사랑합니다. 저의 피와 저의 생명은 그를 위하여 있습니다. 저는 그를 위하여 제단(祭壇) 위에 저의 흠 없는 사랑을 바치려 합니다."

그리고서는 고개를 숙이고서 훌쩍훌쩍 우는 소리가 들린다. 너무 감격함은 자기 스스로 자기를 울게 하였다.

''그이'! 그이가 누구일까?'

우일은 '그이'가 알고 싶었다. '그이가 일복이가 아닌가?'

그러면 저 여자는 필연 실연자(失戀者)인 듯한데 그 대상 되는 사람은 누구인가?

소나무 위에서 이슬이 가끔가끔 머리 위에 떨어질 때마다 척근척근한 것이 흐릿한 감정을 청신하게 하는 동시에 어디선지 자기 몸뚱어리에서 용기가 나는 듯하다.

그는 혼잣속으로,

'물어봐?'
하다가도 그 냅다 나오는 감정을 참고서,

'아니지! 만일 말을 꺼냈다가 정말 저 여자가 정희가 아니면 어떻게 하게, 정희라 할지라도 나를 못 알아보면 어찌하노? 그렇지. 내일 자세히 알아본 뒤에 하자!'

하고서 다시 나무 등 뒤로 서 그 여자의 행동만 살펴본다.

가끔가끔 나뭇잎 사이로 스쳐 지나가는 바람이 가늘게 떨 때 우수수하는 소리가 너무 고요함을 조금씩 조금씩 깨뜨린다.

그 여자는 대리석으로 깎아 세운 여신상처럼 한참이나 멀거니 서 있더니 몸을 잠깐 뒤로 틀어 고개를 돌리더니 올라갈까 말까 하는 듯이 주저주저하다가 다시 그 자리에 서 있다. 흰옷 입은 그의 흐르는 듯한 몸맵시가 새까만 암흑 속에 서 있으니 시내에서 솟아오른 정령의 화신같이 보인다.

그러고서 몸짓을 잠깐씩 할 적마다 치마저고리의 주름살이 살근살근 울멍줄멍할 때 주름살의 음영이 이리 변하고 저리 변하여 휘둘리는 곡선이 희었다 검었다 한다.

그 여자는 다시 두 손을 맞잡고서,

"그만 올라갈까?"

하고서 내려오던 비탈로 다시 올라갈 때 그는 입속으로 혼잣말로,

"나는 살았으나 죽은 사람이지? 그렇지! 언제든지 일복 씨가 나를 생각지 않으시면 나는 죽은 사람이나 마찬가지니까"

할 제, 이 소리를 들은 우일은

'응? 무엇이야? 일복?'

하고 속으로 놀라면서,

'그러면 정말 정희인가?'

할 제, 그 여자는 다시

"이이는 나를 여기다 혼자 맡겨두고 어디를 가서 여태 오지 않는고?"

362

하다가,

"그렇지, 나는 어디로든지 그 여승이 가자는 대로 가겠지만 일복 씨는 이렇게 내가 살아 있는 줄 모르시고 죽은 줄만 믿으시렷다! 그렇지, 그렇게 아시는 것이 일복 씨에게는 도리어 좋으실 터이지!"

우일은 알았다. 그 여자가 분명히 정희인 것을 알았다. 그래서 당장에,

'정희 씨, 무엇이오?'

하려다가, 그래도 그렇지 않아서 가만히 그 여자의 뒤를 쫓아 너른 마당 한가운데 왔을 때, 그는 가늘게 기침을 하여 인기척을 내었다. 별은 공중에 총총히 박히었고 시커먼 숲은 사면에 둘러 있었다.

"에고!" 하고 자지러지는 듯이 놀란 그 여자는 뒤를 한 번 돌아다보고서 누가 자기 뒤를 따라오는 것을 보더니 한달음에 뛰어서 방으로 들어가려 한다. 우일은 어조를 가다듬어,

"여보세요! 정희 씨!"

하고서 그래도 의아하여 시험 삼아 불러본 '정희'라는 이름이 맞았는지 맞지 않았는지 그 여자가,

"네?" 하고서 자기의 이름을 부르는 사람이 있으므로 멈칫하고 서서 반갑기도 하고 의심쩍어 흘끔 돌아다보지 않았다면 몰랐을 것이다.

"정희 씨를 이런 곳에서 뵈옵기는 참으로 뜻밖입니다"

하고 돌아서는 정희에게로 가까이 갔다. 정희는 누구인지 몰라서

겁이 나는 듯이 뒤로 물러서며,

"누구세요?"

우일은,

"네! 저를 몰라보시겠어요? 저는 김우일이올시다."

정희는 눈을 번쩍 뜨는 듯이,

"네! 김우일 씨요! 이게 웬일이십니까?"

하고서 일복이나 만난 듯이 가까이 덤벼들려다가 다시 멈칫하고 서면서,

"참 오래간만이십니다"

하고서 고개를 숙이고 땅을 내려다보면서 한참 서 있더니,

"참 오래간만이세요."

다시 하는 목소리에는 옛날을 생각하여 오늘을 비추어 보는 일종 금치 못할 애수의 회포가 엉키었다.

"네, 뵈인 지가 벌써 삼사 년이나 되나 봅니다. 그러나 어떻게 이런 곳에 와 계십니까?"

정희는 주저하였다. 말을 할 수도 없고 아니 할 수도 없었다. 말을 하자니 자기의 비밀을 세상에 알릴 터이요, 아니 말하자니 무슨 핑계가 없었다.

"네, 네, 다니러 왔어요."

"다니러요?"

"네."

"그러면 혼자 오셨나요?"

"네."

"언제 오셨어요?"

"온 지 며칠 안 돼요."

"네, 그러세요."

우일은,

"저도 여기 온 지가 며칠 못 됩니다마는, 일복은 요사이 잘 있나요?"

하면서 어두운 가운데서도 정희의 기색을 살피었다. 정희는 일복이란 소리만 들어도 가슴이 괴로운 듯이,

"네, 안녕하세요"

하고서는 눈을 위로 흘겨 뜨면서 우일을 바라보다가 다시 고개를 숙이더니 속마음으로 저이가 내가 물가에서 한 소리를 다 듣고서 일부러 저렇게 물어보는 것이렷다, 하는 생각을 할 때 얼굴이 홧홧하여졌다. 우일은 또다시 어떻게든지 의심 나는 것을 알아보고 싶어서,

"이런 말씀을 여쭈어보는 것은 실례일는지 알 수 없습니다마는 밤마다 시냇가에 내려가시나요?"

정희는 가슴이 달랑 내려앉으며 '에쿠, 저이가 아는구나' 하고서,

"그것은 어떻게 아십니까?"

"날마다 뵈오니까 말씀예요."

"날마다요?"

"네."

정희는 한참 있다가 공중을 쳐다보더니,

"우일 씨는 우일 씨의 누이동생 같은 이정희의 비애를 알아주

실 수가 있겠지요?"

입술이 떨리는지 목소리가 가늘어지며 떨린다. 그리고 망연히 서 있는 그의 두 눈에는 무궁한 거리에서 멀리 비추는 별빛을 반사하여 반짝거리는 눈물방울이 그 별같이 반짝이기 시작한다.

우일은 정중한 목소리로,

"그게 무슨 말씀입니까?"

"저는 죽은 사람예요. 저는 살아 있으나 죽은 사람예요. 저의 목숨은 비록 육체의 피를 돌게 하나 저는 죽은 지 오랜 사람입니다. 그는 저의 최대의 행복을 잃었고 또는 저는 지금 세상을 속이어 이곳에 몸을 감춘 사람입니다. 물에 빠진 나로서 오늘은 잠깐 이곳에 머물렀으나 내일은 또 어디로 갈는지 모르는 사람입니다. 저를 물에서 구해낸 여승은 저를 잠깐 이곳에 맡겨놓고 모레에는 다시 나를 데려다가 어느 곳에 숨겨줄는지 알 수 없습니다."

그러고서는 그대로 서 있는 정희의 두 눈에는 구슬구슬이 눈물이 떨어진다.

이 말을 들은 우일은,

"정희 씨! 제가 일복의 가장 신뢰하는 친구인 것을 알아주시죠. 그러면 저는 일복 군에게……"

"고만두세요." 정희는 우일의 말을 가로 끊었다.

"나는 우정을 의뢰하여 사랑을 이으려 하지 않습니다. 아니라, 우정으로써 사랑을 이을 수는 없습니다. 사랑은 사랑으로야만 이을 수가 있겠지요."

이때이다. 저편에서 사람이 오는 기척이 났다.

366

"에헴."

기침 소리는 나이 늙은 주지의 소리다. 두 사람은 깜짝 놀랐다. 삼물 장삼 자락이 어두운 저쪽에서 걸음걸이에 흩날리는 것이 희미하게 보인다. 정희는 깜짝 놀라면서,

"에쿠, 우일 씨! 가세요, 어서요."

우일은,

"네? 네."

"밤이면 이 절 주지가 가끔가끔 저 있는 곳까지 순회를 하고 가요. 제가 이 절에 맡겨 있을 때까지는."

정희는 자기 방으로 들어가며 댓돌 밑까지 쫓아온 우일에게 나지막한 목소리로,

"이 집 주지가 저를 구한 여승의 법사(法師)이라나요."

이것이 일복과 동진이 양순의 집을 가려던 전날 밤이었다.

16

동진과 일복은 엄영록의 집에 다다랐다. 일복은 여태까지 술이 깨지 않았는지 얼굴빛이 붉은 데다가 양순의 집으로 비록 자기 직접은 아닐지라도 연담을 하러 가는 것을 생각하매 부끄러웁기도 하며 또 한옆으로는 한번 허락하였던 것을 물리치고 오십이나 된 장돌뱅이에게 돈 백 원에 팔았다는 것을 생각하매 공연히 두 주먹이 쥐어졌다 펴졌다 하며 팔이 불불 떨린다.

그가 양순의 집에 들어가는 심리(心理)는 두 가지였다. 한 가지는 초례청에 들어가는 나이 어린 신랑 수줍어하는 듯한 그것과 또 한 가지는 흉적(凶賊)을 물리치려 그 소굴로 들어가는 연소무인(年少武人)의 의분이 넘치는 그것이었다.

동진은 먼저 마당에 들어섰다. 마루에 앉아 하루 판 돈을 세던 양순 어미는 동진을 보더니 술 항아리 옆으로 비켜 앉으며,

"어서 오시오"

하고서 인사를 한다.

"괜찮은가?" 동진은 인사 대답을 하고 마루에 걸터앉아 사면을 한 번 둘러보더니,

"재미가 어떤고?"

"언제든지 그렇지요. 장 그렇지요"

하면서 두 눈을 더러웁게 스르르 감는다.

"죄다들 어디 갔는가? 아들서껀."

"모르겠쇠다. 동리에 갔는가요."

"또 딸은?"

어미는 방을 가리키며,

"저 방에요."

이러다가 일복이 웬일인지 뚫어지도록 자기를 들여다보면서 마루 끝에 서 있는 것을 보더니,

"이리 올러오시죠"

하면서 마룻바닥을 가리킨다. 동진은 그제야 알아차린 듯이 두루마기를 휩싸고서,

"올러앉이소"

하며 일복을 권하는 듯이 쳐다본다.

일복은 허리 굽혀 사례를 하고,

"네"

하며 걸터앉았다.

동진은 담배를 피워 물고,

"그런데 술이나 한잔 주게나그려."

어미는 잔을 씻고 안주를 담더니 미안한 듯이 빙긋 웃으며,

"안주가 있어야죠. 에그, 맨술만 잡숫나요?"

하고서 두 잔을 부어 놓는다. 일복은 술을 보더니 진저리나 치는
듯이 상을 찌푸리고 얼굴을 내흔들며,

"에그, 나는 정말 못 먹겠어요. 지금도 머리가 아파 죽겠는데
요."

그래 동진은 억지로 권하면서,

"한 잔만, 꼭 한 잔만 잡수세요."

"네, 정말 못 해요."

"무얼 공연히 그러십니다그려. 오— 장모에게 어여쁘게 보이
려고 그러십니까?"

이 말이 떨어지자 어미는 일복을 보더니 고개나 끄덕거리는 것
같이 곁눈으로 일복을 바라본다. 일복은 얼굴이 더욱 빨개지며
이 양반이 유일복 씨란다 하는 듯이 슬그머니 얼러맞추는 동진의
두름성 있는 말을 듣고서는 이제는 주저할 것 없다는 듯이 안심
이 된다. 그러나 참말 먹을 수 없는 술이나마 하는 수 없이 안 받

아먹을 수가 없었다. 그는 마시었다.

그리고 안주를 먹은 뒤에 뒤로 물러앉았다. 동진은 마루에 걸쳤던 두 다리를 마루 위로 올려놓으면서 부어 놓은 술을 마시더니 잔을 탁 내려놓고 안주를 씹으며,

"그런데 여보게, 내 말 한마디 할 것이 있네"

하고서 젓가락을 놓고 다시 고개를 쳐들어 양순 어미를 보면서,

"그래 이번 일은 어떻게 된 셈인가? 오늘 온 것은 다름이 아냐. 그 일 때문에 온 것이야."

그 말이 나오자 양순 어미는 그 말 나오는 것이 귀찮은 듯이 공연히 딴소리를 하려고 앵 하고 모여드는 모기를 두 손으로 날리면서,

"망할 놈의 모구, 사람 못살겠군"

하니까, 얼핏 대답하지 않는 데 조금 조급한 듯이,

"응? 웬일야? 곡절을 알 수가 없으니."

동진은 재우쳐 묻는다. 양순 어미는 벌써 알아차리고서,

"무엇을요?"

하면서 미안히 여기는 중에도 비웃는 듯이 씽긋 반웃음을 웃었다.

"내가 자네 아들에게 청한 것 말야?"

그때야 어미는,

"네—"

하며 긴대답을 하고서,

"나는 무엇이라구요. 참 미안한 말씀을 벌써 하려다가. 그렇지만 정혼을 하여놓은 것을 어떻게 합니까?"

"정혼을 하였어?"

"네."

일복은 한 잔 술이 또 취하여 공연히 말이 하고 싶은 중에도 동진의 교섭이 점점 진전할수록 마음 조마조마한 기대를 가지고 있었다. 동진은,

"흥!"

하고 코웃음을 한 번 치더니,

"여보게. 글쎄 그게 무슨 짓인가? 자아 여기 앉으신 이가 그 어른일세"

하며 일복을 가리키더니,

"자아, 그런 생각 먹지 말고 내가 말한 것대로 이 어른에게 허락하게. 오늘은 이 어른이 직접으로 자네의 말을 들으시려고 몸소 오셨으니."

일복은 소개하는 소리를 듣고서 허리를 다시 펴고 몸을 고쳐 앉아서,

"참 보기는 두어 번 보았으나 알지를 못하였소. 나는 유일복이오. 아마 이미 동진 씨에게 말씀을 들었을 듯하오"

하니까 어미는 조금 냉담하게,

"참 말씀은 많이 들었습니다"

하고서 걸레로 방바닥을 훔쳤다.

동진은 조금 더 바싹 들어앉더니,

"어떻게 할 터인가? 허락할 터인가?"

하니까 어미는 동진을 바라보고 태연한 웃음을 웃으면서,

"무엇을 어떻게 하랍니까? 어서 술이나 드소."

"술야 먹겠지마는 그 말 대답을 해야지."

"글쎄요"

하고서 일복을 가리키며,

"약주 한 잔만?"

하며 주전자를 들어 먹겠느냐는 의견을 들으려 한다.

"아니, 싫소. 싫어, 진저리가 나오."

일복은 손을 내저으며 고개를 돌이킨다. 동진은 한 잔을 마시더니 고개를 숙이고 젓가락으로 안주를 뒤적거리면서,

"사람이란 그래서 안 되네. 어린 딸을 생각해야지. 자네가 그것은 잘못 생각하고 한 짓이지. 글쎄 이 사람아, 지금 말하자면 갓 피는 꽃봉오리 같은 젊은 딸을 오십이나 넘은 늙은 사람에게다 주다니, 안 돼. 안 될 일야"

하니까 어미는 그래도 부끄러운 듯이 고개를 숙이고서 한참 있다가,

"그것도 연분이지요."

"연분!"

동진은 어미를 한 번 쳐다보더니,

"연분이 무슨 빌어먹을 연분인가? 그래 젊은 딸을 늙은 놈에게 팔아먹는 것이 연분야?"

하고 조금 어조가 불온히 나가는 것을 들은 일복은 자기까지 미안한 생각이 나서, 어미는 오죽하랴 하는 듯이 어미의 기색을 살피었다. 그러나 어미는 또 한 번 씽긋 웃더니,

"그것도 다 연이 있길래 그렇게 되지요."

동진은 껄껄 웃어 쓸데없는 분격에 잘못 말한 것을 덮어버리면서,

"그렇지. 그러나 그 연을 이쪽으로 끌어와보게그려. 그것은 자네 입에 달린 것이 아닌가?"

"그러면 혼인을 무르라는 말씀이지요?"

"그렇지 그래."

"혼인을 무르기야 어려운 일은 아니지요."

"그러면?"

"그렇지만 이번 일은 무를 형편이 되지 못해요."

동진은 어미를 흘겨보더니,

"형편이 무슨 형편야. 그까짓 놈에게 나는 싫소 하면은 제가 또 무슨 큰소리를 할라구."

"그래도 못돼요."

"무엇이 못돼?"

동진은 무엇을 알아차린 듯이 들었던 젓가락으로 소반 변죽을 탁 치면서,

"옳지, 알겠네. 그거야 염려 말게, 이 사람아! 그까짓 것을 가지고 그러나? 돈 말일세그려. 돈 때문에 그렇지? 하하, 그거야 내가 있는데도 그러는가? 아마 말하기가 부끄러워 그러나 보이그려. 그거야 벌써 생각해둔 거야."

동진은 일복을 돌아다보며,

"사람이 저렇게 용렬합니다그려"

하고서 놀려먹듯 웃더니, 다시 어미를 보고서,

"이 사람아, 아무리 하기로 이 어른이 돈 몇백 원이야 못 해 주실 줄 아는가?"

일복은 속으로 문제는 그것 하나면 낙착이 되리라 하면서도 혼인 이야기를 하는데 돈이라는 소리가 나는 것이 아주 불쾌하였다. 그러나 어떻든 잘되기만 기대하는 그는,

"그거야 우리도 벌써 의논한 것이 아닙니까? 그런 염려는 할 것이 없겠지요"

하고서 동진의 말에 뒷받침을 하였다.

그러고 나니까 반 이상의 허락을 받은 듯하여 일복은 부질없이 기꺼운 중에도 죄던 가슴이 내려앉았다.

그리고 석유남포에 켜놓은 불빛으로 마주 앉은 어미를 볼 때 기름때 묻은 머리채를 이리저리 설기설기하여 틀어 얹은 것과 두 발의 열 발가락이 짐승의 발같이 험상스럽게 생긴 것과 격에 맞지 않는 은가락지를 목우상(木偶像)의 손가락에 끼워놓은 것 같은 것까지 반 이상은 벌써 눈에 익어 짐승 같은 발가락과 격에 맞지 않는 은가락지와 때 묻은 머리채가 벌써 자기 장모의 그것이 되고 만 듯하다. 그래서 아까 여기를 들어올 때에 깨달았던 그 의분은 어디로 사라지고 잦아지는 재미에 웃음으로 꽃피는 화목한 가정에 앉은 듯할 뿐이다. 그리고 마루 밑에서 정정하고 나서는 그 집 개까지 벌써 자기 집 개가 되고 만 듯하다.

그러나 어미는 얼굴에 차디찬 정이 돌면서,

"고만두세요"

하며 고개를 내두르는 두 눈에는 어떠한 여성에게서든지 볼 수 있는 암상맞은 광채가 나면서,

"저는 돈도 바라지 않고요. 아무것도 싫어요. 상사람은 상사람끼리 혼인을 해야지 후환이 없어요."

일복은 다시 어미를 보았다. 그러고서는 양을 보려다가 여우를 본 것같이 적지 않은 낙망이 되면서도, 그러나 한 번 더 다지는 수작이려니 하고서 일복은 있는 말솜씨를 다 내어,

"그러면 내가 상사람 노릇을 하지"

하니까 동진도 잠깐 웃다가,

"이 사람아, 양반하고 혼인해서 후환 있을 것이 무엇인가?"

어미는,

"어떻든 저 어른에게 내 딸 드릴 수는 없어요"

하면서 일복을 원망이나 있는 듯이 가리킨다. 동진은 기가 막힌 듯이 허허 웃고서,

"그것은 또 어째서?"

"왜든지요."

"말을 해야지?"

"말요?"

"그래."

"그 말 해 무엇하게요? 안 하는 것이 좋지요."

"무슨 말인데 못 할 것이 무엇이야. 알기나 하세그려."

"어떻든 저는 저의 딸을 아무리 나이 늙은 장돌뱅이라도 그 사람에게 주는 것이 좋아요."

일복은 다시 살이 에이는 듯한 불쌍한 정과 피가 끓는 듯한 분노가 가슴에서 일어난다. 그리고서 가끔가끔 방 안에서 크게 못하는 가는 양순의 기침 소리를 들을 때 일복은 그 어여쁜 양순을 수염이 짐승의 털같이 나고 수욕(獸慾)이 입 가장자리와 두 눈에서 낙수 지듯 하는 그놈의 장돌뱅이가 이리 발 같은 두 손을 넓게 벌리고 자기의 만족을 채우려고 덤벼드는 듯할 때 악 소리를 치면서 덤벼들어 그놈을 당장에 죽여 흠 없고 깨끗한 양순을 구해 내고 싶었다. 그는 그것을 생각할 때마다 온몸을 진저리 치듯 떨었다. 그래서 그는 저도 모르게,

"무어요? 그것은 어째 그렇소?"

하고서 바싹 가까이 다가앉았다. 어미는,

"네, 네. 그것은 아무리 나이 젊고 얌전하고 재주 있는 당신이라도 남의 목숨을 끊게 한 어른에게는 드릴 수가 없단 말예요."

일복의 머릿속에는 번개같이 정희가 보였다. 정희!

일복은 아무 말도 못 하고 벙벙히 천장만 바라보고 앉았었다. 그의 입은 무엇으로 풀 발라 봉한 듯하였다.

이 말을 들은 동진은 눈 크게 뜨며 어미를 쥐어지를 듯이,

"무어야? 누가 사람을 죽게 해?"

하니까 어미는 태연한 얼굴로,

"꽃 같은 젊은 아가씨를 죽게 한 이가 누구십니까?"

하며 일복을 쳐다본다. 일복은 그 자리에 엎드러질 듯이 낙망하였다.

"여보!"

일복의 목소리는 떨리더니 조금 있다가 다시,

"동진 씨!"

하려니까 어미는 하려던 말을 채 마치지 못한 듯이,

"흥, 물에 빠진 귀신은 사라지지도 않고 언제든지 등 뒤에 따라다닌답니다. 그런 이에게 딸을 줘요!"

동진도 아무 말이 없었다. 일복은 고개를 숙이고 한참이나 앉았더니,

"여보! 내가 이 말을 하지 않으려 하였으나 하는 수가 없이 하오. 그런데 동진 씨!"

말에 눈물이 마룻바닥에 떨어진다.

"동진 씨! 나의 마음을 말하려 하나 그 말이 없고 귀를 가졌으나 들어줄 사람이 없습니다. 여보세요, 만일 나를 죄인으로 생각하고 자기의 딸을 줄 수가 없거든, 줄 수가 없거든 말씀여요……"

일복은 갑자기 고개를 들더니 사면을 한 번 물끄러미 바라보고서,

"저에게 주지는 않을지라도 제발 오십 먹은 장돌뱅이에게는 주지 말아달라고 해주세요"

하고서는 그 자리에 엎드러져 울었다. 그러려니까 그 어미는 다시 깔깔 웃으면서,

"별걱정을 다 하십니다그려. 내 딸이지 당신의 딸은 아니지요. 내 딸은 언제든지 내 맘대로 하렵니다."

이 말을 들은 일복은 벌떡 일어나 두 주먹을 쥐고서 어미에게 달려들며,

"이 아귀야! 딸의 피를 빨아먹는 독사야! 너 같은 것들은 모두 한 번에……"

하고서 발길을 들려 하니까 동진이 덤벼들어 말리면서,

"고만두십쇼. 고만두세요. 그것을 그러시면 무엇합니까?"

어미는 분해서 씩씩하며,

"무어요? 아귀요? 내가 아귀여요? 어째서 내가 아귀요?"

하고 말대답을 하려니까, 동진은 호령을 하면서,

"가만있어! 무엇이라 지껄여?"

일복은 눈물을 씻으면서,

"에— 분해요. 내가 죽드라도 저런 짐승 같은 것은 살려두기가 싫어요."

17

그날 밤이다. 일복과 동진이 양순의 집에서 나간 지 한 시간이 지난 열한 시이다.

누구인지 시커먼 옷을 입고 머리에 검은 수건을 두른 사람 하나가 양순의 집 뒤 언덕을 기어오르더니 사면을 둘러보고서 다시 그 집 뒷담을 살금살금 기어간다. 무엇인지 기다란 막대기로 이리저리 위아래를 조사하더니 중턱을 손에 단단히 쥐고서 뒤창을 향하여 걸어가다가 무엇이 부스럭하기만 하여도 멈칫하고 서 있다가 소리가 그친 뒤에야 다시 걸어간다. 사면은 적적 고요한 밤인데 공중 위에서 유성 하나가 비스듬히 공중을 금 긋는 듯이 흐르고 별들까지 속살대는 소리를 그친 듯하다. 영호루 나루에 가로놓인 다리에 물결치는 소리가 차르럭거리며 풀 속에 곤히 자는 벌레를 잠 깨우는 것이 오늘 밤의 정적을 깨뜨리는 것이다.

그 검은 옷 입은 사람은 뒤창에 와서 가만히 엎드려 한참이나 그 속을 엿듣더니 손가락에 침칠을 하여 창구멍을 뚫고서 그 속을 들여다본다. 그러고서는 무엇을 생각하더니 다시 위를 돌아보았다. 저쪽에는 버드나무 두어 개가 하늘을 꿰뚫을 듯이 정적 속에 서 있다. 그는 다시 뒤를 돌아 앞마당으로 나왔다. 그리고 마루로 올라와 뒷방을 엿보고 안방을 들여다보았다. 처마에 잠자던 제비 새끼가 찌르륵하는 바람에 그는 멈칫하고서 뒤를 돌아보다가 다시 건넌방으로 소리 없이 건너가서 손에 든 총을 옆에 놓고서 머리에 쓴 것을 벗었다. 그는 말할 것도 없이 일복이었다.

일복은 이불도 덮지 않고 가로누운 양순을 가만히 흔들었다. 그의 손이 그의 보드라운 살에 닿을 때, 그는 간지러운 불쌍함을 깨달았다. 그러고서 지금 이때부터는 여기 누운 이 여자와 끝없이 갈 것을 생각하매, 공연히 세상일이 비애로웁고 한스러웠다.

"일어나!"

오기를 기다렸는지 양순은 쌍꺼풀 진 두 눈을 반짝 뜨더니 꿈꾸는 사람처럼,

"에구, 오셨네."

"일어나! 어서!"

양순의 손을 붙잡고 뒤를 돌아다보는 일복의 손은 떨리었다.

"가야지!"

일복의 목소리는 전판(電板)에 구르는 구슬같이 떨리었다.

"어서! 어서!"

그러나 양순은 일복의 목을 끼어안으며,

"여보세요, 정말 가요?"

하고서 소리 없이 운다.

"그럼 가야지. 가지 않고 어떻게 해?"

하고 양순을 달래듯이,

"울지 말어, 응! 남이 알면은 어떻게 하게."

양순은 고개를 더욱 일복의 가슴에 비비면서,

"어디로 가요?"

양순은 어린애처럼 온몸을 발발 떤다.

"어디로든지."

일복은 또 한 번 안방을 건너다보았다.

양순의 울음은 복받쳐 오르며,

"여보세요, 저는 할 수가 없어요"

하고서 침을 한 번 삼키었다.

일복은 병 앓는 어린애를 안은 어머니가 귀여웁고도 불쌍히 여겨 내려다보는 듯이 양순을 내려다보며 혼자 마음으로 '네가 아직 집을 떠나보지 못해서 집을 떠나기가 싫어서 그러는구나?' 하였다.

"그럼 어떻게 해? 어서 가야지? 응?"

"가기 싫거나 집을 떠나기가 싫어서 그러는 것이 아니에요."

"그럼?"

"어제까지는 제가 당신을 따라서 어디까지든지 가려 하였어요.
그러나 오늘은 다만 당신이 죽여주기만 기다릴 뿐이에요."

"무어야?"

일복은 소리가 커졌는가 의심하여 다시 문밖을 내다보고서,

"그런 소리 말고 어서 가!"

일복은 울고 싶도록 섭섭하고 분하였다.

"그러면 너의 마음이 하룻밤 사이에 변하였구나?"

하면서 을크러뜨릴 듯이 양순을 끼어안았다. 양순은 일복의 허리
를 안고 몸은 어리광처럼 좌우로 흔들며 기막히는 목소리로,

"아녜요, 아녜요."

"그러면 어째 그래?"

양순은 한참이나 주저하다가,

"저는 장돌뱅이에게로 가는 수밖에 없어요."

일복은 양순을 몸에 붙은 거머리나 떼는 것처럼 두 손으로 밀치
고 얼굴을 물끄러미 들여다보더니,

"무어야? 장돌뱅이에게로?"

"……"

일복은 양순을 손에서 뿌리치며,

"에— 더러운 년! 그러면 여태까지 네가 나를 생각한다는 것이
다 거짓말이었구나. 너의 조 새빨간 입으로 같이 가자 한 것도 다
거짓말이었지?"

하자 개가 다시 킁킁 짖는다.

안방에서 잠자던 어미가 개 소리에 잠을 깨었다가 건넌방에서 인기척이 있는 것을 듣고서, "그 누구요?" 하고 드러누워서 건넌방을 바라본다. 이 소리를 들은 일복은 얼핏 옆에 놓았던 사냥총을 들고 아무 말 없이 안방 동정만 살피었다.

어미는 그래도 담벼락에 어룽대는 그림자가 이상하므로 옆에서 자는 자기 아들을 깨운다.

"얘, 애야."

코를 골고 자던 엄영록이라는 놈이 부스스 돌아누우며 응응 할 뿐이다.

"응, 일어나거라, 일어나."

그래도 대답이 없다. 어미는 혼자 일어나 건넌방에 누가 왔는가 알려고 가만가만히 마루로 건너간다.

일복은 가슴이 떨리고 손이 떨리고 다리가 떨린다. 그리고 그의 눈에는 아무것도 보이지 않고, 보이는 것이라고는 그 앞에 선 양순 어미뿐이다. 그리고 그 양순 어미는 여적(女賊)의 괴수나 힘 많은 짐승같이 보이는 동시에 자기의 몸이 지금 당장에 그 여적의 괴수 같고 짐승 같은 양순 어미에게 해를 당할 것같이 보인다. 그래서 그는 침착지 못한 마음으로써 최후의 수단으로 자기가 보신용(保身用)으로 가져온 사냥총을 들었다. 그러나 그 총부리는 떨렸다.

"이 짐승 같은 년, 꿈적 말어. 끽소리만 해보아라. 그대로 쏠 터이니."

어미는 "에구머니" 한 소리에 그대로 마룻바닥에 주저앉아 벌벌 떤다. 일복은 이것을 보고서 아까 그 여적의 괴수나 사나운 짐 승을 본 듯한 생각은 어디론지 없어지고 땅에서 꿈지럭거리는 지 렁이같이 더러웁고 징그러운 중에도 아무 힘도 없는 것을 알아차 렸을 때 그는 웬일인지 세계를 정복한 듯한 용기와 자신이 생기 었다. 그래서 그가 '꿈적 말어' 소리를 지를 때 자기가 생각지도 못하던 큰 소리가 자기의 폐(肺)와 성대(聲帶)를 과도로 떨리게 하며 나왔다.

안방에서 자던 엄영록이 이 소리에 깨었다. 굴속에 잠들었던 사 자와 같이 그는 툭툭 털고 일어나 문밖을 내다보더니 한달음에 마 루로 뛰어나와, 채 일복은 보지 못하고 어미의 떠는 것을 보고서,

"이게 웬일인고?"

하니까 어미는 그저 덜덜 떨면서 건넌방을 가리키며,

"저, 저"

할 뿐이다.

일복은 또 총을 엄영록에게 들이대며,

"너는 웬 짐승이냐? 이놈! 꿈적 말어. 죽고 싶거든 덤벼라!"

일복은 으레 그놈도 항복하려니 하였다. 그러고서 그 조그마한 여적의 자식쯤이야 그대로 꼼짝 못하리라 하였더니, 일복의 예상 은 틀리었다.

엄영록이란 담 크기로 동리에 유명한 놈이다. 그는 태연히 나서 더니 한참이나 일복의 눈을 바라보다가 재빠르게 옆에 놓여 있는 방칫돌을 들었다.

양순은 방 한 귀퉁이에 서서 일복의 행동만 살핀다.

엄영록은 일복에게로 덤비어든다. 이것을 본 일복은 자기의 손에 그것을 보호할 만한 무기가 있는 것을 알기는 알면서 황망하고도 무서운 생각이 나서 총부리가 떨리기 시작하였다.

"어디 놔봐라! 놔!" 하고 소리를 지른다.

일복은 황급한 가운데 그놈의 팔을 향하여 한 방 놓았다. 팔에 들렸던 방칫돌은 쾅 하고 떨어지며, 떨면서 앉아 있는 어미의 가슴을 눌렀다.

"에구, 사람 살리우" 소리가 나더니, 어미는 그 자리에 자빠졌다. 이것을 당한 엄영록은 붉은 피가 뚝뚝 듣는 팔로 옆에 찼던 장도를 빼어 들었다. 그러고서는 자기의 용기와 힘을 다하여 일복에게로 덤벼든다.

일복의 총부리는 떨린다. 그가 사람의 신음하는 소리와 또는 마룻바닥에 떨어져 흐르는 사람의 피를 볼 때 그의 몸이 아니 떨리는 곳이 없고 그의 눈길이 닿는 곳이 떨리지 않는 곳이 없었다. 그러나 자기의 목숨을 빼앗으려고 입을 벌리고 덤벼드는 엄영록을 볼 때 그는 총을 아니 놓을 수가 없었다. 그래서 함부로 자기의 정신을 다 차려 두 방을 놓았으나 밤중에 이슬 찬 공기를 울리는 총소리는 다만 담벼락을 뚫고서 지나 나갈 뿐이다.

일복은 엄영록에게 총부리를 잡혔다. 그러고서는 엄영록의 단도 쥔 손이 일복의 허리를 스치더니 일복은 정신없이 그 자리에 쓰러졌다.

엄영록은 칼을 마루에 내버리는 듯이 휙 던지며,

"흥, 다 무엇이냐? 되지 않은 녀석! 총? 총이 무슨 일이 있어?"

양순은 일복이 넘어지는 것을 보더니 그대로 덤벼들어 얼싸안고서,

"여보세요, 일어나세요"

하면서 일복의 몸을 흔들어 죽은 데서 깨려 한다. 이것을 본 엄영록은,

"흥"

하고 비웃더니,

"애, 그 정신없는 짓 좀 하지 마라. 죽었어, 죽어! 죽은 사람을 붙잡고 네가 암만 그러면 무엇하니?"

양순은 죽었다는 말에 실신이 되도록 놀라,

"에!"

하고서 자기 오라버니 한 번 보고서 일복의 얼굴 한 번 들여다보았다.

"오라버니."

"왜 그래?"

양순의 눈에서는 애소의 눈물이 떨어지며,

"이이를 다시 살려주세요."

"무어야? 허허, 죽은 사람을 다시 살려주어?"

"네! 살려주세요. 제가 할 말이 있어요."

엄영록은 핀잔 주듯이,

"이 어리석은 계집년아! 그따위 생각 말고, 자! 송장이나 치워서 너의 오라비 죄나 벗게 해!"

"오라버니!"

양순은 두 손을 모으고 신명(神明)께 기도나 하는 듯이 자기 오라버니를 처다보면서,

"저이를 죽이지 마시고 나를 죽이셨드면 좋았을 것을……"

할 때 일복은 눈을 떴다. 그는 그때야 자기 옆구리가 아픔을 깨달았다. 그리고 고개를 돌이켜 옆을 볼 때 거기에는 양순이가 고개를 숙이고 울고 있었다.

그는 몸에 칼을 맞고서도 마음속에도 어서어서 양순을 데리고 도망할 생각뿐이었다. 그래서 힘을 다하여 벌떡 일어서며,

"가! 어서 가!"

하고 양순의 손을 잡아끌려 할 때 그의 신경은 교란(攪亂)하여져서 눈에는 남폿불이 보이기도 하고 마당이 보이기도 하고 자빠진 양순 어미가 보이기도 한다. 그리고 그의 눈앞에 양순 어미의, 자빠진 늙은 계집의 히들히들한 살이 보일 때 그는 눈을 가리고 싶도록 무서웁게 더러웠었다. 그러고서는 죄 묻은 검은 남루(襤褸)를 누가 자기 몸 위에 씌어주는 것 같아서 그는 몸서리를 치고 벌벌 떨다가 그 어미가 으스스한 신음 소리를 내고서 뒤쳐누울 때 그는 미친 사람같이 무서운 웃음소리를 내면서 뒤로 물러섰다. 그러고서는 다섯 손가락을 벌리고서 그 어미를 뜯어먹을 듯이 들여다보다가 다시,

"양순! 가! 어서 가! 날이 밝기 전에!"

하며 연한 양순의 가는 팔을 잡아끈다.

"가! 가!"

양순은 아무 말 없이 일어서서 끄는 대로 끌려간다.

이 꼴을 서서 보고 있던 엄영록이라는 놈이 성큼 한 발자국 나서면서 양순을 홱 뺏으면서,

　"어디를 가?"

하고 가로 나선다.

　"못 가!"

　이 꼴을 당한 일복은 엄영록을 한참이나 바라보다가,

　"엠"

하고 이를 악물며 덤빌 때 그의 전신을 맹화 같은 분노가 사르는 듯하였다.

　"안 놓을 터이냐?"

　일복은 엄영록의 팔을 잡고 양순을 빼앗으려 할 때 엄영록은 완강한 주먹으로 일복의 가슴을 탁 밀치는 바람에 일복은 그대로 건넌방 구석에 나자빠지자, 머리를 놓여 있던 총대에 맞아 눈앞에 번갯불이 번쩍하는 것 같고 정신이 없어 온 천지가 팽팽 내돌리며 콧속에서는 쇳내가 난다.

　그는 한참 정신을 차리다가 다시 벌떡 일어나려 할 때 그의 방바닥을 짚으려는 손이 총부리를 만지게 되었다.

　그럴 때 그는 무슨 신통한 도리를 발견한 듯이 속마음에 옳지 하는 생각이 났다. 그러고서 그 총을 들고 일어서려 할 때 귓결에 엄영록이란 놈이 양순의 팔을 끌며,

　"가자, 어서 가"

하며, "어머니를 일으켜야지" 하는 소리를 듣고서, 그는 다시 벌컥 분기가 치밀어 올라오며,

"에 이놈아, 어디를 가?"

하고 일어서자, 한 방을 놓은 총소리와 함께 엄영록은 마루 끝에서 마당으로 굴러떨어졌다.

이것을 본 양순은 일복에게로 달려들었다. 그에게는 일복이 자기 오라버니 죽이는 것을 보고서 얼마나 일복이가 무서웠는지 알 수 없으나 그래도 그 무서움을 없이할 만큼 안전한 피난처는 일복밖에 없었다.

그러나 엄영록이 쓰러지는 것을 본 그 찰나에 일복의 머릿속에는,

'살인!'

이라는 소리가 들려오며 그는 혼잣속으로,

'인제는 정말 사람을 죽이었는가?'

하면서 덤벼드는 양순도 본체만체 그는 그대로 멀거니 섰다가 엄영록이 자빠진 것을 가까이 와서 들여다보더니,

"에!"

소리를 지르고 그 자리에 기절하다시피 놀라 자빠지더니 다시 일어서서 고개를 돌이켜 양순을 보더니, 양순의 마음을 위로나 하는 듯이 빙긋 웃을 때 감출 수 없이 일어나오는 무서운 마음은 그 웃음을 살인광이 사람의 피를 보고 웃을 때와 같이 음침하고도 으스스한 웃음을 만들었다. 그래도 일복은 두 눈에 피가 올라와 불같은 빛이 나는 눈망울로 양순을 보며,

"가야지! 어서 가! 남에게 들키기 전에."

양순은 아무 말도 못 하고 가만히 서 있다가,

"여보세요"

하며 일복을 애연(哀然)하고도 떨리는 목소리로 부를 때,

"어서 가! 어서! 어서."

일복은 황망히 사면을 둘러보며 재촉을 할 제 그의 다리는 떨리었다.

그러나 양순은,

"저는 갈 수가 없어요"

하며 붙잡으려는 손을 피하여 몸을 이리로 돌이켰다.

"저는 가고 싶어도 할 수가 없거니와……"

하면서 속마음으로 생각하기를, '저이는 진정으로 나를 사랑하지! 그러나 나는 저이를 사랑할 수는 없다. 내가 비록 저이를 잊지는 못한다 할지라도 내가 저이를 따라갈 수는 없지. 저이는 자기의 사랑하는 이를 죽게 한 이지? 그리고 우리 오라버니를 죽인 이지?'

한참 있다가 또다시 생각하기를,

'그렇지만 나는 저이 없이는 살 수가 없지'

하고서 일복을 한참 또다시 보더니,

"저는 당신을 따라갈 수는 없어요"

할 때 피 묻은 허리를 한 손으로 쥔 일복은,

"무어야? 갈 수가 없어?"

"네! 저를 이 자리에서 저 우리 오라버니처럼 쳐 죽여주세요."

"안 될 말! 안 될 말이다!"

그는 미친 사람같이 소리를 지르더니,

"어서 가자! 어서 가!"

할 제 양순은 그 옆에 떨어진 일복의 피 묻은 칼을 집어 일복을 주며,

"여보세요, 제가 당신을 생각지 않는 것이 아니며 또는 같이 가기 싫어서 그런 것이 아닙니다. 저는 당신을 따라감보다도 당신의 칼에 죽기를 바랍니다."

그의 목소리는 비장하였다. 그리고 다시,

"나는 남의 사랑을 빼앗어 자기를 복스럽게 하기는 원치 않어요. 당신을 위하여 죽은 이의 사랑을 빼앗으려 하지는 않어요"

하고는 떨어지는 눈물로써 발등을 적시다가 다시,

"자"

하고 칼을 내밀면서 일복을 향하여,

"당신께서도 무슨 결심이 계시겠지요"

하고서 속적삼을 풀어 헤친 양순의 젖가슴은 백옥같이 희다.

일복은 무의식하게 그 칼을 받아들일 때 그에게 모든 것이 절망인 것을 알았다. 그러고서는 그래도 맨 마지막 희망, 즉 양순을 데리고 사랑의 나라로 도망을 갈 줄 알았다가, 오늘에 그 사랑인 양순이가 가기를 거절할 때 그는 이를 악물었다. 그리고 '엥' 소리를 치고 온몸을 부르르 떨 때에는 모든 비분이 엉기고 덩지가 되어 나중에는 이 세상의 모든 것을 저주하고 싶은 동시에 그것을 참지 못하여 일어나는 본능적 잔인성이 그의 칼자루를 단단히 쥐게 하고서 절대의 자유로서 그의 생명을 좌우할 수 있는 양순이 자기 팔에 안기어서 흐트러진 머리카락이 창백한 이마를 어려 덮였고, 다시는 뜨지 않으리라고 결심한 두 눈이 비장하게 감기

어 있으며 맺힌 마음으로 악문 붉은 입술이 하얀 두 이 사이에 을 크러지도록 물려 있어 자기의 전 생명을 바치고 있는 양순을 내려다볼 때 그는 자기의 모든 원망을 한꺼번에 몰아다가 한 칼 끝에 모아 양순을 그대로 찌르려 하였다.

그러나 그가 눈을 감고 칼을 들어 양순의 가슴을 찌르려 하다가 그는 이런 것을 깨달았다.

누가? 남의 칼날에 말없이 자기 생명을 바치는 자이냐? 할 때 그는 모든 희열과 또는 애인에 대한 경건한 감사의 마음이 생기면서 그는 다시 한 번 최후를 기다리는 양순을 안았다. 그러고서는 뜨거운 눈물이 떨어지면서,

"참사랑을 알 때에는 그 생(生)의 여유가 찰나를 두고 다투지 않지는 못하는가?"

그리고는 눈물이 어린 눈으로 자기의 손에 든 칼을 볼 때 멀리서 사람의 기척이 들렸다. 그는 황급한 마음이 다시 나서, 다시 눈을 감고 칼을 들어 양순의 심장을 향하여 힘껏 칼날이 쑥 들어갔을 정도로 찔렀을 때 자기 팔에 안긴 양순은 팔딱하더니 두 팔두 다리에 힘을 잃었다. 그러나 그가 고개를 돌이키고 감히 바로 양순을 보지를 못할 때 자기 손에 피 묻은 것을 보았으나 그래도 양순이 어쩐지 참으로 죽은 것 같지가 않아서 또다시 한 번 그의 가슴 정중(正中)을 내리 찔렀다. 이번에는 아까와 같이 손이 떨리지 않고 아까와 같이 지긋지긋하지가 않고 아까와 같이 감히 손이 내려가지 않지 않고 한 번에 내려갔다. 그의 칼이 양순의 가슴에 박혀 잠깐 바르르 떨 때에는 또 한 번 양순이가 몸을 팔딱하고

목구멍 속으로 연적(硯滴)에 들어가는 물방울 소리 같은 소리를 낼 적이다.

그는 칼을 잡아 빼었다. 흰 옥판(玉板)에 붉은 피를 흘리는 듯이 새어 나온다. 그는 그것을 보고서 그래도 양순이 죽은 것 같지 않아 못 견디겠다. 이왕 죽여주면 완전히 죽여주어야지 하는 생각이 나면서 그는 또 칼을 들었다. 그리고 이번에는 아무 지긋지긋함이나 애처로움이나 참기 어려운 잔인성이 조금도 없고 대리석상(大理石像)을 쪼아내는 석공과 같이 아무 감정도 그는 깨닫지 못하였다. 그는 다시 그의 허리를 찔렀을 때 양순은 조금도 팔딱하지 않고 그대로 곤포(昆布) 쪽같이 일복의 팔에 매달려 있을 뿐이었다. 일복은 그제야 양순이 죽은 것을 안 듯이 마루 위에다 양순의 시체를 놓고서 그래도 연연한 정이 미진한 듯이 그의 팔과 그의 다리를 만져보았다.

그러자 또 한 번 수군수군하는 사람의 소리를 들었다. 그는 여태까지 잊었던 공포가 다시 일어나며 이리 허둥 저리 허둥 할 제 그는 혼자,

"살인을 했어! 예끼, 내가 살인을 하다니, 그렇지만 양순을 죽였지!"

중얼거리면서 부엌으로 툇마루로 왔다.갔다 하더니,

"그렇지! 그래!"

하고서 성냥을 득 긋더니 처마 끝과 나무더미에 불을 붙이고서는 미친 사람처럼 집 뒤를 돌았다. 그러자 사람 죽이는 것은 모르고, 달아나는 것만은 개란 놈이 쫓아오며 짖으매 그는 손에 들었던

칼로써 개란 놈의 허구리를 찔러 그대로 쓰러뜨리고 한걸음에 강다리를 건넜을 때 그 모래톱에 쓰러졌다. 그는 다시 일어나 물가에 가서 물을 마시고 풍현(風峴—바람뫼)을 올라섰다. 입에서 단내가 나고 허리가 끊어지는 듯하다. 땀은 온 전신에 폭포같이 흐른다.

그가 고개 마루턱에 올라서서 뒤를 돌아다보매 멀리 외로이 서 있는 양순의 집에는 불이 붙어 배암 혀 같은 불길이 이 귀퉁이 저 귀퉁이를 날름날름하고 있다.

이것을 본 일복은 뜯어 먹던 미끼의 흐른 피를 입 가장자리에 흘린 짐승처럼 잔인한 웃음을 크게 웃으면서,

"아! 악마의 전당! 요귀의 소굴! 내가 너를 불 지른 것이 아니다! 옛날의 소돔이 불에 탄 것같이 너의 운명이 너를 불에 타게 한 것이다."

그는 풍현을 넘어섰다. 굼실굼실한 산 그림자가 안동읍을 눈앞에 가려버렸다. 그는 달아나면서도 혼자 중얼거리기를,

"고운사로 가야지! 우일에게로!"

한달음에 송(松)고개를 지나 다랫들(日坪)에 다다랐을 때 그는 다시 엎으러졌다. 그는 개울의 물을 마셔 정신을 차린 후에 다시 노루고개를 넘었다.

토각골을 지날 때는 아무리 흥분된 그일지라도 요귀의 토굴을 지나는 것같이 머리끝이 으쓱하여지지 않을 수가 없었다. 도적 많고 제일 무섭기로 유명한 토각골을 지난 그는 토지동(兎枝洞)을 지나갈 제 먼 동리에서 닭이 울기를 시작하였다. 다시 톡갓

재를 지날 때에 그는 그곳이 안동과 의성이 북남(北南)으로 경계
되는 곳인 줄을 알고서, 자기 고향 의성을 바라보았다. 그는 거기
에서 잠깐 다리를 쉬었다. 그는 땅 위에 누워서 하늘의 별을 쳐다
보았다. 풀 냄새는 사면에서 코가 알싸하도록 나고 축축한 이슬
은 홧홧 달아오르는 상처를 시원하게 식힌다. 그는 누워서 먼 창
공에서 반짝이는 작고 큰 별들을 보다가 다시 벌떡 일어나며,
  "어서 가야지. 어떻든 가고 보아야 한다."
  그는 다시 풀 냄새를 맡을 수 있으며 다시 창공에 반짝이는 별
들을 보지 못하리라고 생각지는 못하였다.
  그가 다시 힘을 다하여 매기골에 왔을 때에는 멀리서 개가 짖는
다. 그는 다시 지동골을 지나 고운사 어귀까지 와서, 안동서 여기
가 삼십 리, 겨우 세 시간에 왔다.
  그가 여기가 고운사이지 할 때, 여태까지 참았던 신체의 맥이
풀리며 그대로 길바닥에 쓰러졌다. 땀과 피가 섞이어 붉고 누른
물이 온몸을 적시었다.
  그는 다시 일어서려 하였다. 그러나 의식은 똑똑하나 일어서지
를 못하였다. 그래 그는 넘어진 어린아이가 일으켜주기를 기다리
는 듯이 한참 고개를 숙이고 엎드렸을 때 때 없이 약한 마음이 자
기 가슴으로 지나갈 때 그는 우일을 소리쳐 부르고 싶었다.
  그는 다시 고개를 들어 나무가 우거진 틈으로 절집을 살필 때
옆에서 물 흐르는 소리를 듣고서 다시 산 듯이 벌떡 일어나려 하
다가 다시 쓰러지려 할 때 그는 허리를 짚고서 꼿꼿이 버티고 섰
다. 그리고 비슬비슬 걸어서 물소리를 찾아 물을 먹으러 시냇가

로 갔다. 그는 그대로 엎드려 물을 마시었다. 두 모금 세 모금 물을 마신 후에 그는 고개를 들고 다시 일어나 양쪽의 나무가 홍예문을 튼 듯한 너른 길을 얼마인지 걸어와서 층계 돌을 모은 데 걸려 넘어져 이마가 깨지었다. 그리고 다시 한 층을 오르려다가 무릎을 벗기었다. 그는 또다시 일어서려 하였으나 일어서지를 못하고 그대로 쓰러져 몸을 이리 굴리고 저리 굴리며 고통에 신음을 하다가 다시 번듯이 누웠을 때 그는 생각하였다. 자기의 육체가 자기의식을 행사치 못하니 아마 이제 나의 생명이 끊어질 시각이 가까웠나 보다. 그러면 나의 벗 우일도 만나 보지도 못하고 이 자리에서 죽나 보다 할 때 암흑 속에서 우는 벌레의 소리들과 샘물의 중앙중앙 흐르는 소리가 바람 밑에서 살락살락하는 나뭇잎의 떠는 소리나 자기 손에 만져지는 가슬가슬한 모래들이나 또는 콧속에 맡이는 수기(水氣) 있는 흙 냄새, 멀리서 자기의 임종을 못하는 듯한 뻐꾸기의 소리, 이 모든 것을 그는 이 몇 찰나 사이에 마지막 듣고 보지나 않는가 하였다.

그는 그것을 생각할 때,

'아니다, 마지막으로라도 우일을 만나야 한다'

하고서 맨 나중 힘을 다하여 일어섰다. 그러고서 다시 저쪽 가운루가 어두컴컴한 속에 희미하게 보일 때 그는 그쪽을 향하여 달음질하려 하였으나 그의 다리는 힘없이 떨리고 그의 옆구리는 지구를 차고 가는 듯이 무거웠다. 그러나 그가 한 다리를 내어놓으려 할 때 바로 자기 눈앞에는 우일과 정희가 와서 섰다. 일복은,

"아, 우일 군!"

하고서 그의 가슴에 그대로 안기며 다시 옆에서 자기를 무서운 듯해 하는 정희를 보고서,

"아! 정희?"

하고서 꿈이나 아닌가 하는 의아한 눈으로 그를 비킬 때,

"이게 웬일인가?" 하고 자기의 몸을 잡는 사람은 분명한 우일이었다.

그러나 너무나 의외 일에 그는 꿈이나 아닌가 하고서 두 사람의 얼굴을 물끄러미 들여다볼 때 정희도 그때야, 안 듯이,

"아! 일복 씨"

하고서 덤벼들려 하니까 일복은 다시 힘없이 우일의 팔에 힘없이 턱 안기며,

"아! 정희의 환영이다! 환영이다!"

하면서 우일을 쳐다보며,

"우일 군! 정희의 환영! 저기 정희의 환영!"

하고서 아무 소리 없이 우일의 팔에서 실신을 해버렸다.

이 말을 들은 정희는 일복의 가슴에 엎드러지며,

"일복 씨! 저는 환영이 아니라 정체(正體)입니다. 저는 일복 씨의 아내인 정희입니다!"

우일은 일복을 무릎에 뉘었다. 그러고서 그의 얼굴의 피를 씻으며,

"이게 웬일인가?"

하고서 다시 그의 허리를 만지다가 다시 눈을 크게 뜨며 깜짝 놀라면서,

"이 사람이 어디서 칼에 맞았으니 도적을 만났는가?"

하고 십 분이나 넘게 주물렀을 때 일복은 겨우 눈을 떠 우일을 보
며 입속에서 잘 나오지도 않는 소리로,

"여보게 나, 나는 사람을 죽였네!"

우일은

"응? 무어야?"

하며 사면을 둘러보고서,

"그래 어떻게, 무슨 일로?"

"나는 나의 애인을 죽였다! 그러나 나는 죽지를 않았다. 그러나
그때는 가까웠다"

하고서,

"여보게, 나의 가슴을 좀 문질러주게"

하고서는 그의 눈에서는 눈물이 비 오듯 하였다. 그러나 그의 목
소리는 점점 풀이 죽어지며,

"나의 눈물은 우리 정다운 친구를 마지막으로 작별하는 눈물이
다!"

우일의 눈에서도 눈물이 나왔다. 정희는 또다시 일복을 잡으며,

"일복 씨! 저에게 다만 한마디 말씀이라도 아내라고 불러주세요!"

할 때 일복은 다시 정희를 물끄러미 바라보더니 고개를 내두르며,

"환영은 언제든지 환영! 죽은 정희의 환영! 죽음을 찰나 앞에
둔 나로서도 그런 어리석은 짓은 하지 못하겠다……"

하고서 우일의 팔에 힘 있게 몸을 비틀 때 심장의 고동은 정지하
고 말았다.

젊은이의 시절

*『백조』, 1922년 1월.

1 시름없이 근심과 걱정으로 맥이 없이. 아무 생각이 없이.

2 일간 가까운 며칠 안에.

3 야차(夜叉) 사람을 괴롭히거나 해친다는 사나운 귀신.

별을 안거든 우지나 말걸

*『백조』, 1922년 5월.

1 울멍줄멍하다 크고 뚜렷한 것이 고르지 않게 많이 벌여 있는 상태이다.

2 일찰나(一刹那) 극히 짧은 시간.

3 오포(午砲) 낮 열두 시를 알리는 대포. 오정포.

옛날 꿈은 창백하더이다

*『개벽』, 1922년 12월.

1 짚세기 짚신.

2 오계(午鷄) 한낮에 우는 닭.

3 경역(境域) 경계가 되는 구역.

4 동구(洞口) 동네 어귀.

5 촉루(髑髏) 해골.

여이발사

* 『백조』, 1923년 9월.

1 깔죽깔죽 까칠까칠.

2 맥고모자(麥藁帽子) 맥고로 만든 모자. 밀짚모자. 개화기에 젊은 남자들이 주로
썼다.

3 상옥(床屋) 도코야(とこや). '이발소'를 뜻하는 일본어.

4 今日ㅅ 곤니치와(こんにちは). 낮에 하는 일본어 인사말.

5 은령(銀鈴) 은으로 만든 방울.

6 흉흡다 흉업다(말이나 행동 따위가 흉하다)의 북한어.

7 시룽시룽 매우 방정맞게 까불며 자꾸 실없이 지껄이는 모양.

행랑 자식

* 『개벽』, 1923년 10월.

1 모지랑비 끝이 다 닳아서 무디어진 비.

2 옴츠러지다 몸이 오그라지거나 작아지다.

3 질뚱바리 행동이 느리고 소견이 꼭 막힌 사람을 낮잡아 이르는 말.

4 닥달리다 부딪치다.

5 삿자리 갈대를 엮어서 만든 자리.

6 남바위 추위를 막기 위하여 머리에 쓰는 쓰개. 겉의 아래 가장자리에 털가죽을 둘
러 붙였고 앞은 이마를 덮고 뒤는 목과 등을 덮는다.

벙어리 삼룡이

* 『여명』, 1925년 7월.

1 오정포(午正砲) 낮 열두 시를 알리는 대포.

2 동탕하다 얼굴이 두툼하고 잘생기다.

3 대강이 '머리'를 속되게 이르는 말.

4 앵모 벙어리의 말투나 행동을 흉내 내 놀리는 말.

5 허구리 허리 양쪽의 갈비뼈 아래 잘록한 부분. 위아래가 있는 물건의 가운데 부분.

6 빙충맞다 어리석다.

7 부시쌈지 불을 켜는 도구인 부시, 부싯깃, 부싯돌 따위를 넣어서 가지고 다니던 조그만 주머니.

8 대강팽이 '머리'의 비속어.

물레방아

* 『조선문단』, 1925년 9월.

1 계가루 겨가루. '계'는 '겨'의 방언.

2 주짜를 빼다 난잡하게 굴지 않고 짐짓 조촐한 체하다.

3 글컹거리다 남의 심사를 자꾸 긁어 상하게 하다.

4 주릿대 주리를 트는 데에 쓰는 두 개의 긴 막대기.

5 포달 암상이 나서 악을 쓰고 함부로 욕을 하며 대드는 일.

6 이끼 '이(餌: 먹이)'의 사투리 혹은 옛말.

7 요정(了定) 결판을 내어 끝마침.

꿈

* 『조선문단』, 1925년 11월.

1 방치 다듬잇방망이.

2 준절하다 매우 위엄이 있고 정중하다.

3 구소(舊巢) 새의 옛 둥우리.

4 순질(淳質)하다 순박하다.

뽕

* 『개벽』, 1925년 12월.

1 염량 생각, 염치.

2 미투리 삼이나 노 따위로 짚신처럼 삼은 신.

3 대갈편자 말편자. 말굽에 대갈을 박아 붙인 쇠.

4 목도꾼 무거운 물건을 목도하여 나르는 것을 직업으로 하는 사람.

5 미선(尾扇) 둥근 부채 모양.

6 등거리 등에 걸쳐 입는 홑옷의 하나.

7 잠방이 가랑이가 무릎까지 내려오도록 짧게 만든 남자용 홑바지.

8 찐 깡갱이 찐 강냉이. 공짜로 쉽게.

9 기롱(譏弄) 남을 속이거나 비웃으며 놀림.

10 볼 버선이나 양말 밑바닥의 앞뒤에 덧대는 헝겊 조각.

지형근

*『조선문단』, 1926년 3~5월.

1 감발 버선 대신으로 발에 감은 좁고 긴 무명을 이르던 말.

2 왜반물 남빛에 검은빛이 섞인 물감.

3 백랍 밀랍을 표백한 물질. 연고, 경고 따위의 기제(基劑)로 쓴다.

4 행자 노자(路資).

5 허위단심 허우적거리며 애를 씀.

6 부비대기 그럭저럭 참으면서 버티는 일.

7 지까다비(じかたび) (노동자용의) 작업화. 튼튼한 천과 두꺼운 고무바닥으로 만들어졌음.

8 행전(行纏) 바지나 고의를 입을 때 정강이에 감아 무릎 아래를 매는 물건.

9 각반(脚絆) 걸음을 걸을 때 가뜬하도록 발목에서 무릎 아래까지 매는 헝겊 띠.

10 옹배기 둥글넓적하고 아가리가 쩍 벌어진 아주 작은 질그릇.

11 삼승 예순 올의 날실로 짜서 올이 굵고 질이 낮은 삼베.

12 딴에는 원문에는 '에는'으로 되어 있음.

13 어리배기 '어리보기'의 방언. 말이나 행동이 다부지지 못하고 어리석은 사람을 낮잡아 이르는 말.

14 안진술집 앉은 술집. 옛날 술집의 한 종류.

15 내외술집 주인 여자가 외간 남자와 얼굴을 대하지 않고 내외를 하는 술집.

16 무된 되지 않은.

17 치거슬러 위쪽으로 거꾸로.

18 왜밀 밀과 참기름에 향료를 섞어 만든 기름.

19 횟박 석회를 되거나 담는 데에 쓰는 됫박.

20 유탕하다 흐드러지고 음탕하게 놀다.

21 용혹무괴(容或無怪) 혹시 그런 일이 있더라도 괴이할 것이 없음.

22 봉고인(逢故人) 고향 사람을 만남.

23 부증 부종(浮腫). 몸이 붓는 증상.

24 전황(錢荒)하다 돈이 잘 융통되지 않아 귀해지다.

25 소내기 소나기.

26 김화(金化) 강원도 북쪽에 있는 군.

27 나지미(なじみ, 馴染) '단골손님'을 뜻하는 일본어.

청춘

* 조선도서주식회사, 1926년.

1 공교히 생각지 않았거나 뜻하지 않게.

2 해정하다 바르다.

3 감구지회(感舊之懷) 지난 일을 떠올리며 느끼는 회포.

4 종작 대중으로 헤아려 잡은 짐작.

5 두찬(杜撰) 틀린 곳이 많은 작품.

6 서색(曙色) 새벽빛.

7 송낙[松蘿] 예전에 여승이 주로 쓰던, 송라를 우산 모양으로 엮어 만든 모자.

8 무가내하(無可奈何) 막무가내. 달리 어찌할 수 없음.

9 교회사(敎誨師) 교정직(矯正織) 국가공무원 관명. 죄수를 교화하는 일을 맡아본다.

10 제철(蹄鐵) 편자. 말굽에 대어 붙이는 U자 모양의 쇳조각.

■ 작품 해설

에로스의 불안과 타나토스의 정념

우찬제

1. 위험 사회와 불안의 풍경

두말할 필요도 없이 1920년대 소설사에서 나도향의 자리는 퍽 인상적이다. 가업을 잇기를 바랐던 조부의 뜻에 따라 입학했던 경성의전을 포기하고 문학의 길로 돌아섰다는 점, 약관 스물한 살에 『동아일보』에 장편 「환희」를 연재할 정도로 조숙했다는 점, 대부분의 작품에서 에로스의 향유 및 불안과 관련한 특징적인 스타일을 보였다는 점, 우리 근대소설의 형성 과정에서 자기 모색의 궤적을 나름대로 보였다는 점, 위험 사회의 타나토스의 풍경을 실감 있게 형상화했을 뿐 아니라 작가 본인이 스물다섯이란 아까운 나이에 폐결핵으로 요절했다는 점 등 여러 면에서 그러하다.

나도향 소설에 대한 기존 논의는 낭만 미학이나 낭만적 환멸의 풍경을 주목하면서도,[1] "감상적 낭만주의에서 출발하여 현실의 객관적 묘사 단계를 넘어 낭만성과 현실성의 조화를 향해 나아간 나도향 소설의 변모 과정은, 근대적 문학 양식으로서의 단편소설이 우리 소설사에 정립되어가는 궤적"[2]이라는 지적처럼, 나도향 소설의 긍정적 변모 과정을 소설사적 질서 속에서 해명하려는 경향이 많았다.[3] 아울러 일찍이 김태준이 『조선소설사』에서 나도향의 소설을 '심리적 리얼리즘'으로 평가한 이래 심리적 혹은 정신분석학적 측면에서 접근한 논의들도 여럿 있었다.[4] 그중 박헌호는 "근대적 이성에 반하여 분출하는 성욕의 문제를 전면화한 거의 유일한 작가이며, 성욕을 매개로 하여 개인의 내면과 사회적 현실의 변증법적 결합에 도달한 유일한 작가"[5]로 나도향을 평가했다. 이와 같은 기존 논의들을 비판적으로 참고하면서 나는 이 자

---

1 이재선, 『한국소설사: 근·현대편 Ⅰ』, 민음사, 2000; 김윤식·정호웅, 『한국소설사』, 문학동네, 2000 등.

2 진정석, 「단편소설의 미학을 위한 모색」, 『한국소설문학대계 22』, 동아출판사, 1995, p. 581.

3 송하춘, 『1920년대 한국소설연구』, 고려대학교 민족문화연구소, 1985; 한점돌, 「총체적 식민지 현실의 형상화: 나도향론」, 김용성·우한용 공편, 『한국근대작가연구』, 삼지원, 1985 등 참조. 한편 이강언은 「나도향의 후기 작품론」(『영남어문학』, 1976. 10)에서 이런 입장에 대해 비판적 견해를 밝혔다.

4 문성숙, 「나도향론: 「벙어리 삼룡이」의 심리학적 해석」, 『백록어문』, 1987. 5; 이혜령, 「성적 욕망의 서사와 그 명암: 나도향의 『환희』론」, 『반교어문연구』 10집, 1999; 장수익, 「나도향 소설과 낭만적 사랑의 문제」, 『한국문화』 23호, 서울대 한국문화연구소, 1999. 6; 박헌호, 「나도향과 욕망의 문제」, 상허학회 편, 『1920년대 동인지 문학과 근대성 연구』, 깊은샘, 2000.

5 박헌호, 앞의 논문, p. 323.

404

리에서 "새로운 것을 약간 창조하는 행운을 가질 정도로 이미 말해진 것을 잘 말할"[6] 수 있기를 바란다. 그 약간의 행운을 위해 나는 불안과 욕망의 테마에 주목하면서 에로스와 타나토스의 역동적 파노라마의 심리적 · 현실적 측면을 주목하고자 한다.

예민한 작가라면 누구나 자기 시대를 가장 위험한 시대로 인식하는 법이지만, 나도향이 창작 활동을 했던 1920년대 전반기는 특히 위험 사회였음이 틀림없다. 3 · 1운동 실패 직후에 창작 활동을 시작했던 나도향이었다. 그 당시의 정치 · 경제적 상황에 대해 여기서 군이 강조할 필요는 없을 터이다. 가족적인 상황의 측면에서도, 이는 좀더 면밀한 조사가 필요한 대목이지만, '아버지의 이름'을 대신했던 조부와의 불편한 관계 등 여러 면에서 위험 상황이었을 것으로 짐작된다. 개인적으로도 일본 유학 꿈의 좌절, 곤궁한 생활, 고독이나 소외감, 병 등 여러 문제가 위험한 실존 풍경을 연출했을 것으로 보인다. 범박하게 말해 위험한 시대에 매우 불안하게 살았던 작가가 바로 나도향이 아니었을까 생각한다. 그런 상황에서도 나도향은 불안에 강박되기보다 불안한 자유의 상태를 나름대로 즐기는 방식으로 소설을 택한 작가일 것으로 가정한다. 기존 논의에서 많이 언급된 낭만적 환멸의 풍경이나 낭만적 동경의 형식 등은 대개 불안에 대한 나도향 식의 문학적 향유enjoyment의 풍경일 터이다. 게다가 감상적 낭만주의에서 리얼리즘으로의 변화 혹은 낭만성과 현실성의 조화를 이루었

6 나지오, 『자크 라캉의 이론에 대한 다섯 편의 강의』, 임진수 옮김, 교문사, 2000, p. 23.

다고 논의되는 후기 소설의 질서 또한 불안을 향유하는 방식의 측면에서 그만의 독자성을 지닌다. 실제로 나도향 소설을 발표 순서대로 읽다 보면 대부분의 인물들은 불안한 상황에서 일정한 증후/증상을 보이며, 그 과정에서 욕망의 주체가 되는 것을 논리화할 수 있다.

불안의 수사학으로 나도향 소설의 전모를 체계적으로 검토할 수 있겠다는 가정을 바탕으로 세 측면에서 읽어볼 것이다. 초기 감상적 낭만주의 경향의 소설에서 인물들은 에로스의 욕망과 관련하여 불안에 빠지는 경우가 많고 즉흥적으로 타나토스 충동에 이끌리는 경향을 보인다. 「젊은이의 시절」 「별을 안거든 우지나 말걸」 「옛날 꿈은 창백하더이다」 「청춘」 등에서 특히 그러하다. 나도향의 감상적 낭만주의 경향은 「여이발사」 「행랑 자식」 등을 거치면서 불안한 현실에 대한 관심과 탐색으로 변화한다. 특히 경제적인 조건이나 계급 기반과 관련한 현실원칙들에 의해 이런 저런 억제를 당할 때 에로스의 욕망들이 불안의 행동화로 이어질 수 있음을 「물레방아」 「뽕」 「꿈」 「지형근」 등에서 실감 있게 환기한다. 이런 경향과 비슷하면서도 조금 다른 분위기를 자아내는 소설이 바로 나도향 후기 대표작의 하나로 꼽히는 「벙어리 삼룡이」다. 쾌락원칙과 현실원칙 사이에서 역동적으로 교호하면서 에로스와 타나토스의 탈승화를 알려주는 불안의 수사학이 인상적이다. 미학적이면서도 현실적인 맥락에서 불안의 상상력을 극적으로 형상화한 소설이다.

2. 에로스의 욕망과 타나토스 충동

나도향의 중편 「청춘」은 그야말로 청춘소설이다. 발표된 것은
1926년이지만 박종화 등의 회고에 따르면 1920년경 탈고되었다
고 하니, 그의 나이 열아홉 무렵의 작품인 셈이다. 표제 그대로
'청춘'의 질풍노도와도 같은 정념과 그 파국에 관한 이야기다. 한
해 전 상고를 졸업하고 대구은행 안동지점에 근무하는 은행원 유
일복은 은행 지배인의 딸 정희와 정혼한 사이지만 그녀에게 애정
을 느끼지 못한다. 그러던 어느 날 손가락에 상처를 입어 주막에
들렀을 때 주막집 딸 양순을 보고 한눈에 반한다. 더구나 그녀가
손가락을 치료해준 다음에는 완전히 매료되고 만다.

이것을 본 그 소년의 손가락 상처는 깨끗하게 나은 듯이 쓰림도
모르고 아픔도 몰랐다. 다만 몽환의 낙원에서 소요하듯이 아무 때
도 없고 흠도 없는 정결의 나라에 들었을 뿐이었다. 환락에 차고
찬 그의 두 눈에서는 다만 칠야의 명성(明星)을 끼어안으려는 유
원한 애회(愛懷)와 이 꽃잎의 이슬을 집으려는 청정한 애욕의 꽃
잎에 명주실 같은 가는 줄이 그 처녀의 머리서부터 발끝까지 고치
엮듯 하였다. 그리고 그의 심장은 나어린 그 처녀를 지근거려보는
듯이 부끄러움과 타오르는 뜨거운 정염(情炎)이 얼기설기한 두려
움으로 소리가 들리도록 뛰었다. (pp. 275~76)

여기서 "뜨거운 정염(情炎)"은 곧 에로스의 정념(情念)이다. 뜨거운 정염의 정념에 사로잡힌 그는 거기에 그대로 몰입하고 만다. 게다가 가장 친한 벗 김우일의 편지를 받은 후 자신의 정념에 이성적 확신마저 지니게 된다. 편지에서 김우일이, 이성(異性)과 "청정무구(淸淨無垢) 지순지성(至純至聖)"의 순간, "그 찰나를 얻었거든, 그 순간을 얻었거든 그것을 연장하여라. 그것을 무한히 연장하기에 노력하라"(p. 283)고 강조했던 것이다. 그에 따르면 "감정과 이성의 조화 일치"를 이룰 때 "참사람"이 될 수 있다. 그런데 "감정의 모든 것인 사랑의 연장이 끊어지"고 "이성 혼자만 남"으면 "참사람"이 될 수 없다. "최고 이상"에 이를 수 없고 "인생의 사명"을 완성할 수 없다. 그러니 "사랑을 위하여 너의 이성을 수고롭게 하라!"(p. 283)고 권유하는 김우일의 메시지는 1920년대 감상적 낭만주의 사고의 한 전형적인 패턴을 보인다. 주인공 유일복은 이 메시지가 마치 자기 정황을 멀리서 간파하고 보낸 것처럼 기뻐하며 에로스 정념에 드라이브를 건다. 그런 상황에서 약혼녀인 정희는 일복으로부터 사랑을 확인받고 싶어 하지만, 그는 그럴 수 없다고 단호하게 생각한다. "나는 그 찰나를 그 여자에게서 얻지 못하였다. 나는 도리어 그 여자가 나를 보고 웃을 때 나는 성내었다. 나는 불안하였으며 살에 붙는 거머리같이 근지럽게 싫었었다"(pp. 288~89). 즉 에로스의 욕망이 상호 교환되지 않을 때 그는 불안을 느낀다. 욕망하지 않는 정희가 자신을 욕망할 때 그는 불안하다. 욕망하는 양순이 자신을 욕망한다는 신호를 받지 못할 때 그는 불안하다.

이 불안의 기미들이 일련의 막장(?) 드라마를 연출한다. 불안을 느낀 유일복이 자신의 정체성을 확인해달라는 정희의 불안하지만 간절한 청을 단호하게 거절하자, 그녀는 강가에서 자살을 시도한다. 대타자에게 보내는 강력한 불안 신호인 셈이다. 우연히 지나가던 여승을 만나 목숨을 건지지만, 불안 신호의 상징물인 벗은 신발을 그대로 두고 절로 떠남으로써 세상 사람들은 그녀가 실연의 비애로 자살한 것으로 알게 된다. 뒤늦게 정희의 소식을 들은 일복은 잠시 가책을 느끼지만 그렇다고 양순을 향한 정념의 드라이브를 접지 않는다. 오히려 불안과 가책의 반작용으로 가속도를 낸다. 교사인 이동진에게 부탁하여 양순에게 청혼을 하는데 거절당했다는 소식을 접한다. 양순은 이미 나이 많은 다른 사람의 재취 자리로 팔려가게 되었다는 것이다. 이에 격분한 그는 양순의 집을 찾아가 자신이 돈을 내겠다며 양순과의 결혼을 사정하지만 끝내 이루어지지 않는다. 양순의 모친이 돈 때문이 아니라 신분이 다르기 때문에 결국 행복할 수 없을 것이라며 반대한 것이다. 결국 일복은 그날 밤에 양순의 오빠 엄영록을 살해하고 양순과 "사랑의 나라"(p. 390)로 도피하고자 한다. 그러나 양순은 정희의 소식과 관련한 가책과 그렇게까지 싸늘할 수 있는 일복, 그리고 자기 오빠를 죽인 일복에 대한 두려움 때문에 그를 따를 수 없다고 말한다. 그러자 일복은 사랑의 순교를 위해 양순을 칼로 찌르고 자신도 죽기로 결심한다. 양순을 죽이고 그 집에 불을 지른 일복의 의식은 당대 감상적 낭만주의의 한 표상이었던 운명의 형식에 대해 생각하게 한다. "아! 악마의 전당! 요귀의 소굴! 내가 너를 불 지른 것이 아니다! 옛날의 소돔이 불에 탄 것같이 너의 운명이 너를 불에 타게 한 것이다"(p. 393). 개인의 의지에 입각한 행동이 아니라 운명에 의한 것이라는 생각은 현실로부터 감상적 탈주를 가능하게 한다. 엄영록의 칼에 찔린 몸으로 일복은 우일이 있다는 고운사를 어렵사리 찾아가고 거기서 우일과 정희를 보게 된다. 정희는 자신이 환영(幻影)이 아닌 정체(正體)라고 말하며 한 번만이라도 "아내라고 불러주세요!"(p. 397)라고 간청하지만, "환영은 언제든지 환영"일 따름이라며 일복은 거절한다. 그러면서 목숨을 거둔다.

이처럼 나도향의 중편 「청춘」은 감상적인 청춘극의 특징을 고루 지닌다. 비록 이념적으로는 감정과 이성의 조화를 강조하지만, 실은 감상적 정념에 이끌리는 사고와 행동을 뚜렷하게 보인다는 점, 그 결과 필요 이상의 감상과 눈물을 자아내고 죽음 충동에 이끌린다는 점, 정희의 욕망을 거절하고 양순을 욕망하는 주인공이 양순을 죽이고 자신도 죽음을 택하는 과정이 서사적 핍진성을 넘어 과격하게 진행된다는 점, 전체 서사 과정을 거치면서 인물들의 의식 변화나 성장이 수반되지 않는다는 점 등 여러 면에서 그러하다. 존재론적 불안과 시대의 불안에 강박될 수밖에 없었던 청춘들의 의식과 행동의 극적인 단면을 점묘하다 보니 그렇게 된 것이 아닐까 짐작한다. 결국 불안하게 살다가 비극적인 죽음으로 연계될 수밖에 없었던 불안한 청춘들의 이야기는 짙은 연민의 페이소스에 젖게 한다.

「젊은이의 시절」「별을 안거든 우지나 말걸」「옛날 꿈은 창백하더이다」등 초기 작품에서도 사정은 비슷하다. 「젊은이의 시절」
에서 감상적인 청년 조철하는 음악가가 되고 싶어 하지만 아버지
의 반대로 고독과 비애에 젖어 있다. 누이 경애는 그를 이해해주
는 유일한 인물이지만 구체적인 조력자가 되지는 못한다. 이에
철하는 "나는 나의 하고 싶은 것을 하지 못하고 이렇게 쓸데없는
시일을 보낼 수가 없어요. 집에 있어야 울음뿐입니다"(p. 24)라며
낭만적 망명을 시도한다. "감상의 마액(魔液)"(p. 8)에 취한 상태
에서 "감상의 노래"를 동경하던 그에게 음악을 이해해주지 못하
는 가정은 마땅히 탈출해야 할 "어두운 동굴" 이외에 다른 것이
아니다. 그는 나름대로 감상적 출사표를 던진다.

재산은 들고 가려느냐, 땅은 사서 메고 가려느냐, 죽어지면 개미
가 엉기는 몸뚱이에 기름을 바르는 여자들아, 분 바르고 기름칠하
면 땅속에서 썩지 않고 다시 산다더냐? 떠나라! 거짓에서 떠나고
사랑 없는 곳에서 떠나라! 너의 갈 곳은 이 세상 어디든지 있고,
너의 몸을 묻는 한 뼘의 작은 터가 어느 산모퉁이든지 있느니라.
아! 갈 것이다. 심령의 오로라여, 나를 이끌라. 진리와 밝은 별이
여, 그대는 어디든지 있도다. 아! 갈지라, 나는 갈지로다. (pp.
25~26)

이 부분에서 우리는 주어진 운명이나 환경을 거슬러 스스로 자
신의 운명을 열어나가려는 개성적 의지를 기대할 수도 있다. 그
러나 아쉽게도 그가 이끌리고자 했던 "심령의 오로라"는 그다지

신통한 것이 아니었나 보다. 그는 제대로 집을 벗어나지 못한다. 예술가의 길을 반대하는 아버지에 맞서서 집을 떠나(분리), 이런 저런 길 위에서 낭만적 방황과 위기를 거쳐(여행), 예술적 완성을 이루고 다시 집으로 돌아가는(귀환) 단원신화의 구조는 이루어지지 않는다. 이미 신이 지상에서의 일들에 대해 많은 부분 단념하고 뜻을 거두어 떠난 탓일까. 철하는 제대로 떠나지도 못한다. 더욱이 영빈과 사랑이 유지되던 때는 예술을 십분 이해해주려던 누이조차 영빈이 결별을 선언하고 떠나간 다음에는 예술을 막무가내로 거부하려는 경향까지 보이는데도, 철하는 누이에게만 정서적으로 매달릴 따름이다. 꿈속에서 예술적으로 자신을 이끌어줄 것 같던 마왕의 손을 잡았는데 깨어보니 누이의 손이더라는 것으로 소설은 끝나는데, 그 꿈 내용도 다소 허술하거니와 누이에게 어리광을 부리는 남동생의 감상적 포즈를 크게 벗어나지 못한다. 혹은 현실로, 세상으로 나아가는 출구가 봉인되었다고 느끼는 감상적 낭만주의자가 그 닫힌 불안의 심리를 근친애적인 욕망으로 변형한 결과인지도 모른다.

이런 남동생-누이의 관계는 「별을 안거든 우지나 말걸」에서도 비슷하게 반복된다. 만하(晚霞)누님에게 동생(DH)이 보내는 편지 형식으로 이루어진 서간체소설인데, 여기서 주인공 DH는 '도향'의 이니셜을 연상케 하는 젊은 작가이다. DH와 R은 호형호제하는 사이인데 MP를 사이에 두고 미묘한 삼각관계가 된다. DH의 누이가 MP에게 그의 소설을 보여주었는데, MP에게 인간적으로는 물론 문학적으로도 인정받고 싶었던 DH는 크게 상처받기에 이른다. 자신이 그토록 믿었던 R이 MP에게 자기와 자신의 문학을 폄훼했기 때문이다. 이래저래 DH는 "감상에 쫓기어 정처 없이 방황"하는 "불쌍한 사람" "피곤한 심령"이 된다. 욕망하는 "열정과 이지"가 까물까물 사위어가는 것을 안타까워하면서, 홀로인 자신의 처지를 누이에게 토로한다. 벗들이 하나둘 동경으로 떠난다는데, 자기만 홀로 경성에 남아 제대로 인정받지도 못하고 꿈을 키우지도 못하는 처지가 한탄스러웠기 때문이다. "W군은 어저께 동경으로 떠나갔다는 말을 들었습니다. 만나 보지 못한 것이 매우 섭섭하외다. 그리고 S군 Y군도 그리로 향하여 수일 후에 떠나간다는 말을 들었습니다. 아아, 저는 외로운 몸이 홀로이 서울에 남아 있게 되겠지요. 정다운 친구들은 모두 다 저 갈 곳으로 가 버리고……"(p. 52) 감상적 낭만주의 작가에게 당시 동경(東京)은 어쩌면 동경(憧憬)의 공간 형식이었을 터이다. 동경하는 동경이 아닌 경성에서 욕망하는 MP와의 낭만적 사랑도 R과의 인간적 교류도 거세된 채 상처받은 자신의 처지에 대한 하소연의 서사이다. 이런 하소연, 넋두리는 '청춘' 시절에는 흔히 있을 법한 감상이요 애수의 일환이다. 타인에 대한 객관적 성찰의 지평을 제대로 알지 못하고, 자신에 대한 심화된 인식도 부족할 때, 감상적 성향은 자연스럽게 노출되기 마련이다. '여이발사'를 보고 '행랑 자식'의 처지를 구체적으로 경험하고 '벙어리' 머슴의 입장과 교감하고 소통하려 할 때, 센티멘털리즘은 현실에서 새로운 우편번호를 마련할 수 있게 된다. 젊은 청춘의 문사 나도향이 나아간 자리도 그러했다.

3. 현실원칙의 억제와 에로스의 불안

감상적 쾌락원칙을 추구하던 청춘이 구체적 현실에서 '행랑 자식'이나 '벙어리'의 상황을 직관하기 시작하자, 예의 감상적 쾌락원칙은 유예되고 경제적 현실원칙에 의해 억제되기 시작한다. 특히 궁핍한 식민지 시대였던 1920년대 현실에서 가난한 사람들의 삶은 안타깝기 그지없었다. 욕망을 충족할 수 있는 현실적 매개인 돈이 결여된 상태에서 하층민들의 심리적인 결핍감은 더욱 늘어나기 마련이다. 심리적인 결핍감이 증폭될수록 반대급부로서 욕망이 증폭되고, 또 결핍감이 증폭되고 그에 따라 욕망이 증폭되는 등 악순환이 가속화된다.

「행랑 자식」에서 진태는 열두 살 된 보통학교 사 학년 아이다. 박 교장 댁 행랑에 기거하며 그 댁 마당을 쓰는 일이 행랑자식인 진태의 임무인데, 눈 내린 겨울날 삼태기로 눈을 치우다가 그만 힘이 모자라 박 교장의 새 버선을 더럽히고 만다. 무안을 당한 진태는 황망하게 쫓겨 들어가는데 그 바람에 삼태기를 잃어버린다. 그러자 가난한 아버지는 "삼태기 하나 잃어버린 것이 자기 자식을 쳐 죽이고 싶도록 아깝고 분하"다며 "망할 자식"이라고 쾌씸해한다. 진태네는 쌀도 떨어지고 나무도 없어서 밥을 지을 수 없다. 이를 안타깝게 여긴 주인마님이 안에 들어가서 밥을 같이 먹자고 하는데, 진태는 계속 거부한다. 기다리던 아버지가 결국 돈을 벌지 못한 채 빈털터리로 귀가하자, 어쩔 수 없이 어머니는 최

414

후의 보루였던 은비녀를 내놓는다. 전당포에 가서 돈으로 교환한 다음 쌀과 나무를 사 오는 임무가 진태에게 주어진다. 전당포 두 곳 중 한 곳은 친구의 집이어서 그 집에는 가고 싶지 않았지만, 두번째 집이 기중(忌中)이어서 할 수 없이 친구네 전당포에 가서 바꾼다. 그 와중에 친구와 마주치게 되어 민망했던 진태는 쌀과 나무를 사서 돌아오던 골목에서 학교 선생님을 발견하고는 그 선생님과 마주치지 않기 위해 후닥닥 뛰어 들어오다가 그만 쌀을 바닥에 떨어뜨리고 만다.

이런 이야기인 「행랑 자식」에서 진태는 정녕 불안한 어린 초상이다. 우선 행랑 자식이라는 지위에서 오는 불안이 있다. 눈을 치우다가 박 교장의 새 버선을 더럽히는 사건에서 만약 진태가 행랑 자식이 아니었다면 그토록 무안하지는 않았을 것이다. 게다가 굶주림에서 오는 생리적 불안이 있고, 경제적 형편에서 오는 실존적 불안이 가중된다. 더하여 학교 친구나 선생님에게 자신의 곤궁한 처지를 들키고 싶지 않은 자존감의 불안이 있다. 열두 살 어린 진태에게 이런 중첩된 불안은 그 자체로 복합적이기도 하거니와 매우 가혹한 것이다. 연애와 예술 문제로 눈물짓던 청춘의 이야기와는 사뭇 다른 분위기가 아닐 수 없겠다.

신분적 · 경제적으로 열악한 처지에서 불안하고 고통스러운 악몽에 시달리는 비극적인 사태는 비단 진태의 이야기에서 그치지 않는다. 「꿈」에서 초점 인물인 임실은 마름집 딸이다. 관찰자인 주인댁 도련님('나')이 학질에 걸린 채 들렀을 때 혼수품으로 장만한 자기 이부자리를 내주며 간호했던 그녀는 도련님을 사모하게 되었으나 부모는 경제적 도움을 바라고 상처한 늙은 농부에게 시집보내려고 한다. 시집가기를 거부한 임실은 곧 병들어 죽는다. 임실이 죽은 그 순간 도련님의 꿈속에 나타난다. 죽어 원혼이 되어서나마 연모하던 도련님과 인연을 잇고 싶은 욕망이었을까. 어떤 처녀라도 좋아할 만한 훈남(?)인 도련님과 나누는 낭만적 사랑의 꿈, 임실이 비록 마름집이긴 하지만, 어찌 그런 꿈조차 꾸지 못할 수 있겠는가. 그러나 그 꿈의 결과는 비극적 죽음과도 통하는 악몽이었다. 도련님을 향한 에로스의 정념은 불안의 불꽃이었고, 그로 인해 존재의 파국을 맞았던 것이다. 주인댁 도련님인 '나'는 그 꿈을 통해 임실의 처지에 대한 이해와 연민의 지평을 넓히게 된다.

그런 도련님이라고 해서 궁핍한 시대의 악몽에서 자유로울 수는 없는 노릇이다. 경제적으로 전락하면 제아무리 양반 출신이라고 하더라도 강고한 현실원칙에 의해 억제당할 수밖에 없다. 「지형근」에서 주인공 지형근이 그 대표적인 사례이다. 잔반(殘班)인 지형근은 경제적으로 몰락하여 예전의 머슴에게조차 무시당하는 처지이다. 현실에서 이렇다 할 살 도리를 마련하기 어려웠던 그는 친구의 부름을 받고 강원도 철원으로 향한다. 철원에는 팔도에서 많은 사람이 몰려들었는데 "대개는 시골서 소작농(小作農)들을 하다가 동양척식회사에서 소작권을 잃어버린 사람이 아니면 일확천금의 꿈을 꾸고 허욕에 덤빈 사람들이었다"(p. 215). 수리조합이 생기고 금강산 전기철도 공사를 하면서 일자리가 많을 것이라 생각하여 전국적으로 사람들이 모여들다 보니 "주막이 늘고 창기가 늘"어나 "풍기와 질서는 문란할 대로 문란"해진 곳이 바로 철원이었다. 그곳에서 지형근은 먼저 온 사람들에게 어리숙하게 이용당할 뿐 아니라, 동향 출신 작부 이화에게 놀아나면서 지녔던 돈을 다 날리고 빈털터리가 된다. 그러다가 마침내 소매치기로 경찰에 잡히는 신세로 전락하고 만다. 이렇게 「지형근」은 식민지 반봉건 현실에서 철저하게 전락을 경험하는 인물의 이야기를 통해서, 낭만적 청춘이 동경했던 욕망이 일그러진 현실에서는 한갓 신기루에 불과했음을 반성적으로 되새기게 한다. 만약 그가 경제적으로 전락하여 허황된 욕망에 사로잡히지 않았더라면 그처럼 고통스럽지 않아도 되었을 것이다. 경제적 결여가 욕망을 자극하고 그로 인해 철저하게 불안한 실존에 빠지지 않을 수 없었던 지형근의 이야기를 통해 작가는 당대의 현주소를 매우 정직하게 드러낸다.

그런 현실에서 사람들은 몸도 마음도 불안해진다. 불안이 욕망을 더 부추기고 그런 욕망의 악순환은 다른 한편으로 손쉽게 영혼을 내어 팔아 악마와 거래하려는 경향을 자극하기도 한다. 그 극단적인 사례가 이른바 매춘이라 불리는 '성(性)의 상품화' 양상이다. 예로부터 가난해 굶주린 사람들이 식량을 얻기 위해 자주 매춘의 방법을 사용했다는 것은 확실히 인류사의 비극에 속한다. 인격을 지닌 한 개체로서의 여인이 가장 은밀하고 개인적인 자신의 성(性)을 완전히 비인격적이고 피상적이며 객관적인 돈의 보상을 위해 바친다면, 그것은 분명 인간 존엄성의 극단적인 몰락을 의미하는 것 이외에 다른 것이 아닐 터이다. 이렇게 매춘에 의

한 인간 가치의 하락은, 여인의 성과 돈을 적절한 등가물로 매개하면서, 성의 상품화와 윤리적 타락의 극단적인 한 단면을 보여주는 예가 된다. 나도향의 「뽕」과 「물레방아」는 그런 측면에서 비상한 주목에 값하는 소설들이다.

「물레방아」는 물레방앗간이라는 목가적인 자연 배경을 대상으로 하지만, 배경의 분위기와는 달리 가난으로 인한 사랑의 배신과 분노에 뒤이은 살인과 자살로 점철되는, 결코 목가적일 수만은 없는 사람살이의 불안과 비극을 다룬 작품이다. 주인공 이방원은 지주 신치규의 막실(幕室)살이를 하는 사람이다. 그는 남의 아내와 눈이 맞아 도망하여 살고 있었다. 방원과 도망칠 때만 해도 호강시켜주겠다는 약속을 믿었던 아내는 현실이 그렇지 않자 곧 실망하고 신치규의 유혹에 넘어간다. 방원과는 달리 절대적인 권력과 돈을 소유한 신치규와 더불어 물레방앗간에서 달 밝은 어느 날 밤 정사를 맺게 된다. 이후 신치규는 방원의 아내를 완전히 차지할 속셈으로 방원으로 하여금 집을 비우게 한다. 방원은 애걸해보았으나 허사였고 집에 와보니 아내 역시 예전과는 딴판으로 변해 있었다. 이에 격분한 방원은 아내를 때린 다음 나가 술을 마시고 돌아온다. 집에 있을 줄 알았던 아내가 없자 찾아나서서 보니 신치규와 함께 물레방앗간에 있는 것이었다. 분노한 방원은 신치규를 구타하고, 폭력 죄로 입건되어 감옥살이를 하게 된다. 감옥에서 풀려난 방원은 자신이 감옥에 있는 동안 아내와 신치규가 함께 살았다는 사실을 접하고 아내를 불러내어 같이 달아나자고 사정도 하고 애걸도 해보았지만, 이미 신치규에게 몸과 마음을 다 빼앗긴 터수였기에 거절당한다. 이에 격분한 방원은 아내를 죽이고 자결한다.

이런 「물레방아」에서 우리는 돈의 문제가 인간 삶에 미치는 엄청난 영향력에 대해 거듭 생각하게 된다. 이 소설에서 '신치규—이방원' '신치규—계집' '이방원—계집' 사이의 갈등에 일관성 있는 동기를 제공하는 요소가 바로 돈이다. 주종 관계는 실상 돈의 유무에 따른 구속 관계이며, 부부 관계의 배신 내지 파열 또한 돈의 부재에 의한 운명적 결과라 하겠다. 먼저 돈의 유무에 따른 주종 관계를 보자. 방원의 아내를 탐내는 신치규는 물레방앗간에서 정사를 벌인 후 방원을 불러 집을 나가라고 명령한다.

"오늘부터는 우리 집에 사정이 있어 그러니 내 집에 있지 말고 다른 곳에 좋은 곳을 찾아가보아라."
아무 조건도 없다. 또는 이곳에서도 할 말이 없다. 죽으라고 하면 죽는 시늉이라도 해야 하는 것이다. 주인은 돈 가지고 사람을 사고팔 수도 있는 것이다. (p. 147)

돈 있는 상전과 돈 없는 막실살이의 부당한 관계가 현실적인 힘으로 그 폭력성이 적나라하게 드러나는 장면이다. 이에 "사랑하는 아내를 구해갈 길이 막연"해진 방원은 주인에게 사정해보나 실패하고, 설상가상으로 아내에게 경제적 무능을 질타당한다.

"그래. 얼마나 나를 잘 먹여 살리고 나를 호강시켰소. 여태까지 이태나 되도록 끌고 돌아다닌다는 것이 남의 집 행랑이었지요?"

[……]

"누가 발악이야. 계집년 하나 건사 못하는 위인이 계집보고 욕만 하고 한 게 뭐야? 그래 은가락지 은비녀나 한 벌 사 주어보았어?"(pp. 148~49)

여기서 우리는 돈의 결핍 상황에서 운명적 여인이 드러낸 가역적 보석애호증(리토필리아)의 한 단면을 보게 된다. "은가락지 은비녀"에 미혹된 이 운명적 여인은 돈의 유혹에 의해 자신의 성(性)을 방매하고 남편마저 배신하게 된다. 이런 아내에게 배신당한 남편 이방원이 손찌검을 한 후 취중에 푸념하는 대목은 돈 없는 자의 처절한 절규와 반항 이외에 다른 것이 아니다.

"빌어먹을 놈! 나가라면 나가지. 무서운가? 제 집 아니면 살 곳이 없는 줄 아는 게로군! 흥 되지 않게 다 무엇이냐! 돈만 있으면 제일이냐? 이놈 네가 그러다가는 이 주먹맛을 언제든지 볼라. 그대로 곱게 뒈질 줄 아니?"
하고 개천 하나를 건너뛴 후에,
"돈! 돈이 무엇이냐."
한참 생각하다가
"에후."
한숨을 쉬고 나서
"돈이 사람 죽이는구나! 돈! 돈! 흥. 사람 나고 돈 났지 돈 나고

사람 났니?" (p. 151)

이렇게 방원은 자신과 아내의 삶의 조건을 깨뜨린 것이 다름 아
닌 '돈'이라고 지목한다. 자신의 의도나 의지와는 아랑곳없이 자
기 실존을 옥죄는 현실의 물리적인 폭력성을 돈의 상징성으로 인
지하는 것이다. 방원의 금전혐오증(리토포비아)은 물레방앗간에
서 아내의 배신과 부정을 거듭 구체적으로 확인하면서, 광포한
세계에서 소외된 자신의 열등감으로 진전되고, 나아가 생존에 대
한 욕망과 아내에 대한 에로스의 욕망, 그리고 신치규와의 주종
관계 등 모든 것을 가역적으로 차단하기에 이른다.

오늘날까지 남을 섬겨보기만 한 그의 마음은 상전이라면 모두
두려워하는 성질이 깊이깊이 뿌리를 박아놓았다. 그러나 오늘부터
는 신치규가 자기의 상전도 아니요 자기가 신치규의 종도 아니다.
다만 똑같은 사람으로 마주 섰을 뿐이다. 아니다. 지금부터는 신치
규는 방원의 원수였다. (p. 154)

주인공의 이런 결심은 신치규와의 주종 관계에서 벗어나 주체
적인 새로운 자아로 거듭나게 해주지만, 현실적인 조건이 뒷받침
하지 못하기 때문에 그의 자아가 오히려 고립되는 결과를 가져온
다. 특히 아내의 태도에 의해 그의 고립된 자아는 더더욱 폐쇄성
이 고조된다. 이 고립과 폐쇄성은 방원이 겨울 감옥에 들어가는
것을 계기로 극에 달한다. 감옥 안에서 최악의 보복을 결심하기

때문이다. 그러나 방원은 아내에 대한 미련과 에로스의 욕망 때문에 출감 후 다시 아내를 회유한다. 그렇지만 보석애호증, 금전애호증에 걸린 운명적 여인의 배신은 방원으로 하여금 극단적인 분노와 적대감을 표출하도록 만든다. 바로 방원이 칼로 아내를 찔러 죽이고, 그 칼로 자결해버리는 결말의 사건 단위가 그것이다.

요컨대 나도향의 「물레방아」에서 방원의 아내는 「감자」의 복녀와 마찬가지로 돈이 결핍된 현실에서 성마저 상품화하는 자아의 이중 상실을 겪다가 그로 인해 비극적인 죽음을 맞이한다. 방원역시 신치규와의 적대 관계, 즉 돈에 의한 주종 관계를 적극적인 저항 행동으로 해소하지 못한 채 비극적으로 죽어가는데, 이 또한 돈이 지배하는 사회경제적 상황에서 돈 없는 자의 불안과 우수, 패배와 절망이 빚은 비극적 결과라 하겠다.

4. 에로스와 타나토스의 역승화, 혹은 쾌락원칙과 현실원칙 사이에서

「벙어리 삼룡이」는 다르다. 「물레방아」와 비슷한 경향을 보일 수 있는 소재였음에도 불구하고 나도향은 나름대로 개성적인 서사 미학을 빚어낸다. 발표 연대로 보아 「행랑 자식」과 「물레방아」 「뽕」 「지형근」의 중간에 놓이는 「벙어리 삼룡이」는 「청춘」이나 「젊은이의 시절」에서 「행랑 자식」을 거쳐 「물레방아」의 세계로 성큼 나서는 과정에서 나도향 나름의 개성적 미의식과 산문정신의 정수를 보여준 매우 인상적인 소설이다. 그만큼 각별한 주의를 요한다.

두루 알려진 것처럼, 「벙어리 삼룡이」는 머슴인 벙어리 삼룡이가 새서방의 핍박과 주인아씨에 대한 애모 때문에 불안하게 살다가 죽음을 맞이하는 이야기다. 삼룡이가 머슴이기에 주인인 오생원이나 그 아들과의 관계는 헤겔의 주인과 노예의 변증법을 연상케 한다. 그가 자신의 '머슴 됨'을 수긍할 때, 즉 타자인 주인의 욕망(머슴으로 머물기를 바라는)에 속박될 때 그는 욕망의 주체일 수 없다. 라캉은 1954~55년 무렵에 향락의 개념을 헤겔의 맥락에서 이해하면서, 노예는 주인의 향락 대상을 제공하기 위해 일해야 한다고 말했는데,[7] 삼룡이의 경우가 바로 여기에 해당된다. 주인의 향락 대상을 위해 일하면서 주인의 향락을 자신의 향락으로 오인하여 동일시한다. 즉 주인과 머슴 사이의 차이나 균열을 알지 못하는 것이다. 너무 귀엽게만 자란 탓에 버릇이 없고 포악한 일을 자주 저지르는 주인 아들을 원망하지 않고, 묵묵히 자기 일에만 충실하는 것은 그 때문이다. 가령 "벙어리는 얻어맞으면서도 기어드는 충견 모양으로 주인의 아들을 위하여 싫어하지 않고 힘을 다하였다"(p. 128)는 데에서 분명하게 확인할 수 있다. 이때까지의 서사는 향락의 주체에 의한 향락의 계기체라 할 만하다. 2장 끝 부분의 서술은 이런 삼룡이의 성격을 잘 보여준다.

---

7 딜런 에반스, 『라캉 정신분석 사전』, 김종주 외 옮김, 인간사랑, 1998, p. 431.

속으로 나는 '벙어리다' 자기가 생각할 때 그는 몹시 원통함을 느끼는 동시에 나는 말하는 사람들과 똑같은 자유와 똑같은 권리가 없는 줄 알았다. 그는 이와 같은 생각에서 언제든지 단념하려야 단념하지 않을 수 없는 그 단념이 쌓이고 쌓이어 지금에는 다만 한 개의 기계와 같이 이 집에 노예가 되어 있으면서도 그것이 자기의 천직으로 알고 있을 뿐이요 다시는 자기가 살아갈 세상이 없는 것 같이밖에 알지 못하게 된 것이다. (p. 130)

그러던 중 주인댁 아들이 장가들게 된다. 예쁘고 정숙한 색시였다. 그런데 신랑은 예쁜 아내를 구박하고 학대하기 시작한다. 이것이 삼룡이에겐 대단한 충격으로 다가온다. 스물셋이 될 때까지 이성과 접촉할 기회를 갖지 못했던 삼룡이로서는, 그렇게나 예쁘고 천사 같은 색시가 구박받는 걸 도무지 이해할 수 없었다. 그러던 어느날 주인집 아들이 술에 취해 맞고 길에 쓰러져 있는 것을 삼룡이가 업어다 뉘게 되는 사건이 발생한다. 이를 고맙게 여긴 색시가 삼룡이에게 비단 부시쌈지를 만들어 준다. 그것이 새서방한테 발각되어 색시가 구타를 당하자, 삼룡이는 이를 제지하고 주인 영감 앞에 색시를 업어다 놓고 몸짓으로 하소연을 한다. 그 다음 날 삼룡이는 주인에게 불경하다며 때리는 새서방의 매질을 고스란히 받아내야 했다. 이런 과정에서 색시에 대한 삼룡이의 감정이 차츰 바뀐다. 천사 같은 색시가 자기같이 천한 사람처럼 매를 맞는 것이 이해되지 않아 처음에는 색시를 동정하던 마음이 점차 연모의 정으로 바뀌는 것이다. 또 하루는 술에 취해 들어온 새서방이 색시를 때려 기절시키자 약을 사 오는 등 집안이 소란해지는 사건이 발생한다. 색시의 안부가 몹시 궁금하고 걱정됐던 삼룡이는 밤에 담을 넘어 색시 방 문틈을 엿보다가, 목매어 자살하려는 색시를 발견하고 이를 말리려다가 식구들의 눈에 띄어 오히려 오해를 산다. 이로 인해 주인집 아들에게 뭇매를 맞고 쫓겨난다.

이 두번째 계기체의 성격은 분명하다. 새로운 타자로 등장한 아씨와 아씨에 대한 그리고 주인에 대한 태도의 변화가 그 성격을 규정한다. 천사같이 예쁜 아씨는 벙어리에게 신비스러운, 균열되지 않은 타자 A다. 그야말로 어머니 같은 존재다. 주인/주인 아들 역시 향락의 계기체에서 전능한 타자 A였지만, 아씨와는 성격이 분명 다르다. 다른 타자 아씨가 등장하면서 오인으로 인한 동일시의 대상은 주인에서 아씨로 전이된다. 이 전이로 인해 주인/주인 아들과 벙어리의 관계망은 변화된다. 벙어리가 그들과 관련하여 만족의 결여를 느낄 때 그들은 빗금 쳐진 타자 Å가 되는 것이다. 새서방이 아씨를 때리는 것이 부당하다고 주인에게 호소하는 장면은 빗금 없는 타자 A와의 관계에서는 불가능하다. 아씨와의 동일시는 주인 아들과의 비동일시의 틈을 더욱 벌려놓는다. 이 틈에서 벙어리의 불안이 생겨난다. 주인과 머슴이라는 거짓 관계의 안정성에 틈이 생기기에 이전까지와는 달리 불안이 생기는 것이다. 여기서 불안의 심리는 밖에서도 오고 안에서도 온다. 주인과 머슴 관계의 균열, 결여에서 오는 것이 밖에서 오는 불안이라면, 이제까지 휴화산처럼 억압되어 있던 리비도에서도 불안이 오

기 때문이다.[8]

이래저래 벙어리는 불안의 주체가 된다. 부시쌈지 사건 이후 안방 출입을 못 하게 되었을 때 벙어리가 느끼는 불안의 상태는 이렇게 진술된다. "그 후부터는 밥을 잘 먹을 수가 없었다. 일도 손에 잡히지 않았다"(p. 136). 이 불안이 아씨라는 대상으로 향하는 욕망을 낳는다. 아씨를 향한 충동은 그러나 아씨에게 가닿을 수 없다. "틈만 있으면 안으로 들어가고 싶"지만, "밤에 잠을 자지 않고 집 가장자리로 돌아다"(p. 136)닐 수밖에 없다. 가장자리를 배회하는 이 원무(圓舞)는 불안에 대한 방어/저항 전략으로서의 행동화(큰 타자에게 보내는 상징적인 신호)이기도 하다. 그러나 타자인 아씨의 시선에 의해 보이는 것이 아니어서 불안의 장면은 계속 상연된다. 이는 뒤에 아씨가 자살을 시도하는 장면에서 '행위로의 통과'로 연결된다. '성관계가 없는' 이 사건이 '성관계가 있는' 사건으로 오해되어 그 집을 쫓겨나면서 벙어리는 욕망의 주체로 거듭난다. 이것은 "그에게는 이 집 외에 다른 집이 없다. 이집 외에는 살 곳이 없었다. 자기는 언제든지 이 집에서 살고 이집에서 죽을 줄밖에 몰랐다"(p. 139)는 상상적 오인의 단계를 넘어서 "그는 비로소 믿고 바라던 모든 것이 자기의 원수가 된 것을 알았다"(pp. 139~40)는 상징적 인식의 단계로 진입할 때 형성되

---

8 프로이트는 초기의 리비도 억압설을 후기에 수정하기는 했지만 완전히 취소한 것은 아니다. 라캉 역시 1974~74년 세미나에서는 프로이트의 첫번째 이론인 변형된 리비도로서 불안론으로 되돌아가는 것처럼 보인다. 라캉은 몸이 팔루스적 향락에 압도당할 때 몸 내부에 존재하는 것이 불안이라고 말한다.

는 것이다. 그것은 또한 "그는 그 모든 것을 없애버리고 자기도 또한 없어지는 것이 나을 것을 알았다"(p. 140)는 표현에서 보이는 것처럼 타나토스에의 충동과 연결되는 욕망이다.⁹

  욕망의 주체가 된 삼룡이는 자신을 쫓아낸 그날 밤 주인집에 불이 나자 달려가 영감을 구해낸 뒤, 매달리는 주인 아들을 밀치고 아씨를 어렵게 찾아내 안고서 지붕으로 올라간다. 지붕 위에서 새아씨를 안고 생애 처음으로 자기 존재감과 생명감을 느끼지만 자기 육체의 생명이 소진되었음을 감지한 삼룡이는 사력을 다해 불길을 헤쳐 바깥으로 나온다. 최후의 에너지로 새아씨를 내려놓은 다음 삼룡이는 아씨의 그 무릎에 누워 "평화롭고 행복스러운 웃음"을 머금은 채 죽어간다.

  불은 마치 피 묻은 살을 맛있게 잘라 먹는 요마(妖魔)의 혓바닥처럼 날름날름 집 한 채를 삽시간에 먹어버렸다.
  이와 같은 화염 중으로 뛰어 들어가는 사람이 하나 있으니 그는 다른 사람이 아니라 낮에 이 집을 쫓겨난 삼룡이다. 〔……〕
  그는 다시 건넌방으로 들어갔다. 그때야 그는 새아씨가 타 죽으려고 이불을 쓰고 누워 있는 것을 보았다. 그는 새아씨를 안았다. 그러고는 불길을 찾았다. 그러나 나갈 곳이 없었다. 그는 하는 수 없이 지붕으로 올라갔다. 그는 비로소 자기의 몸이 자유롭지 못한

---

9 욕망의 문턱을 넘어서는 대목에서 초점화 양상의 변화가 보인다. 이전까지는 삼룡이가 초점 주체였는데, 불이 나는 장면부터 즉 삼룡이가 욕망의 주체로 행위하는 대목부터는 그가 초점 대상이 된다.

것을 알았다. 그러나 그는 자기가 여태까지 맛보지 못한 즐거운 쾌감을 자기의 가슴에 느끼는 것을 알았다. 새아씨를 자기 가슴에 안았을 때 그는 이제 처음으로 살아난 듯하였다. 그는 자기의 목숨이 다한 줄 알았을 때 그 새아씨를 자기 가슴에 힘껏 껴안았다가 다시 그를 데리고 불 가운데를 헤치고 바깥으로 나온 뒤에 새아씨를 내려놓을 때에 그는 벌써 목숨이 끊어진 뒤였다. 집은 모조리 타고 벙어리는 새아씨 무릎에 누워 있었다. 그의 울분은 그 불과 함께 사라졌을는지! 평화롭고 행복스러운 웃음이 그의 입 가장자리에 엷게 나타났을 뿐이다. (pp. 140~41)

삼룡이는 벙어리에다가 머슴이다. 상징적 질서에서 매우 열악한 처지가 아닐 수 없다. 타자에 속박될 수밖에 없었던 사정을 우리는 앞에서 보아왔다. 그런데 불안의 주체 단계에서 보였던 행동화와 행위로의 통과를 거쳐, 이 장면에서 삼룡이는 본격적인 행위로의 통과를 시현함으로써 상징적인 것으로부터 탈출하고자 한다. 일단 불 지르기 모티프가 그것이다. 폭력적인 주인 아들의 욕망 앞에 직면하여 통제할 수 없는 불안에 사로잡힌 그는 불안에 대한 최후의 저항 수단으로서 불을 지른다. 계급적 반항 욕망을 드러내는 방식이기도 한 이 축선을 밀고 나갔더라면 경향소설의 방법론과 닮은 것이 되었겠지만, 나도향은 그렇게 하지 않았다. 이미 이중적/양면적 타자성과 불안의 전략을 구사해온 터이기에 소설 내적 논리도 떨어진다. 그래서 행위로의 통과는 더 이어진다. 불타는 집으로 들어가서 새아씨를 구해 지붕으로 오르는 행위가 인상적인 것은 이 때문이다. 지붕은 평지와는 다른 고소 (高所)이다. 상징적 질서에 속박되었을 때는 늘 아래에서 위를 우러러보기만 했던 삼룡이었다. 그런 그가 고소로 올라가는 운동을 하고 고소로부터 관찰한다. 이 시선의 공간적 위계 변화가 주목된다. 지붕 위에서 그는 "자기의 몸이 자유롭지 못한 것을 알았"으나, "자기가 여태까지 맛보지 못한 즐거운 쾌감을 자기의 가슴에 느끼는 것을 알"게 될 뿐 아니라, "새아씨를 자기 가슴에 안았을 때 그는 이제 처음으로 살아난 듯"이 느낀다. 처음으로 느끼는 자기 존재의 충일감이요, 고양감이다. 그러니까 그가 아씨를 안고 지붕으로 올라가는 공간적 상향 이동은 곧 욕망의 상승 운동이면서, 오인이 아닌 자기 인식, 소외를 넘어서 자기 동일성의 상승 운동과 등가인 셈이다. 또한 그것은 리비도가 타나토스를 향해 절정으로 치닫는 운동이기도 하다. 그러나 끝까지 성관계는 없다. 절정으로 치닫던 리비도는 성관계로 나타나지 않고, 레비나스 식 타자애의 실천으로 승화된다. 이런 상승 운동과 고소로부터의 자기 관찰 결과로 인해 그는 아주 "평화롭고 행복스러운 웃음"을 머금은 채, 불안으로부터 완벽하게 탈출하여 죽어갈 수 있었던 것이다. 격정 속에서도 숭고미가 드러나는 이 장면에서 불안의 카타르시스는 독자에게 전이된다.

요컨대 이 장면을 통해 우리는 낭만적인 환멸 의식과 현실적인 비판 의식이 나도향 식의 불안에 대한 방어 전략 안에서 환상적으로 결합되고 있음을 본다. 이 소설은 1925년 7월에 발표된 작품이다. 이 시기는 카프의 결성 등으로 우리 문학이 1920년대 초반의 낭만주의적 경향을 청산하고 현실주의적 모색을 시도하던 때였다. 현진건 등과 더불어 나도향도 그런 변화를 예민하게 자각한 작가였다. 이때 현실주의적 비판 의식을 밀고 나가면 최서해의 소설이나 조명희, 이익상 등 일련의 경향파 소설처럼 된다. 이 소설의 내용으로 치면 주인과 노예의 변증법 맥락에서, 주인/주인 아들이라는 타자로부터 불안한 시련을 당한 머슴 삼룡이가 주인 아들을 공격하는 이야기에 초점을 맞춘 전개 방식이다. 낭만적인 방식이라면 이 같은 계급 구성이 문제되지 않았기도 했거니와, 혹 그런 경우라도 계급 문제와는 상관없이 삼룡이가 사랑의 도피 행각을 벌이는 이야기로 전개되었을 가능성이 높다. 즉 리비도 불안이 극화되는 소설 형태 말이다. 그런데 나도향은 적어도 「벙어리 삼룡이」에서만큼은 그 중간의 노선을 취했다. 향락─불안─욕망의 계기체에 따른 주체의 성격 변화를 바탕으로 양면적인 타자성, 혹은 양면적인 불안 전략을 구사했기에 나름의 중도적 입장을 효율적으로 처리할 수 있었을 것이다. 적어도 「벙어리 삼룡이」를 집필하던 1925년 여름의 나도향은 쾌락원칙과 현실원칙의 경계에서 상상적 향유enjoyment를 구가했던 작가였다.

▌작가 연보

1902년(1세) 음력 3월 30일 서울 남문 밖 청파동 1가 156번지에서 경
　　　　　 성의전 의사인 부친 나성연과 모친 김성녀의 7남매 중 장남으
　　　　　 로 출생. 본명은 경손(慶孫), 호는 도향(稻香), 필명은 빈(彬).

1909년(8세) 공옥보통학교 입학.

1914년(13세) 배재학당 입학. 습작에 몰두.

1918년(17세) 배재고등보통학교 졸업. 경성의전 입학.

1919년(18세) 문학 공부를 위해 몰래 일본으로 밀항. 와세다 대학 영
　　　　　 문과에 입학하려 했으나 본국에서의 송금이 끊겨 귀국.

1920년(19세) 경북 안동에서 보통학교 교사로 약 1년간 근무. 최초의
　　　　　 중편「청춘」탈고.

1921년(20세) 박영희, 최승일 등과 '경성청년구락부' 기관지『신청
　　　　　 년』의 편집에 관여, 다수의 습작품 발표. 박영희, 현진건, 이상
　　　　　 화, 박종화, 홍사용 등과 동인지『백조』창간.

1922년(21세) 『동아일보』에 장편 『환희』를 연재. 단편 「젊은이의 시절」, 「별을 안거든 우지나 말걸」 등 발표.

1923년(22세) '조선도서'에 근무. 가세가 기울기 시작함.

1924년(23세) 『시대일보』에 근무. 7월 31일 조부 사망. 『백조』의 중단으로 일정한 거취 없이 여관과 친구 하숙방 등을 전전.

1925년(24세) 『시대일보』에 두번째 장편 『어머니』를 연재. 「벙어리 삼룡이」 「물레방아」 「뽕」 등 대표작 발표. 재차 도일하나 폐병에 시달림.

1926년(25세) 6월 초 귀국. 폐병으로 8월 26일 오후 1시경 사망. 이태원 공동묘지에 최서해를 비롯한 문우들이 모금하여 비를 세움.

작품명	발표지	발표 연월일
나의 과거	신청년 4호	1921. 1. 1
추억	신민공론 4호	1921. 1
출학	배재학보 2호	1921. 4
계영의 울음	조선일보	1921. 5. 20
나는 참으로 몰랐다	청년	1921. 6
박명한 청년	신청년 6호	1921. 7. 15
젊은이의 시절	백조 1호	1922. 1
별을 안거든 우지나 말걸	백조 2호	1922. 5
환희(장편)	동아일보	1922. 11. 21~1923. 3. 21
옛날 꿈은 창백하더이다	개벽 30호	1922. 12
은화·백동화	동명 18호	1923. 1
17원 50전	개벽 31호	1923. 1
당착	배재 2호	1923. 3
춘성	개벽 37호	1923. 7
속 모르는 만년필 장사(콩트)	배재 3호	1923. 7

작품명	발표지	발표 연월일
여이발사	백조 3호	1923. 9
행랑 자식	개벽 40호	1923. 10
자기를 찾기 전	개벽 45호	1924. 3
전차 차장의 일기 몇 절	개벽 54호	1924. 12
어머니(장편)	시대일보	1925. 1. 5~5. 10
J의사의 고백	조선문단 6~7호	1925. 3~4
계집 하인	조선문단 8호	1925. 5
벙어리 삼룡이	여명 창간호	1925. 7
물레방아	조선문단 11호	1925. 9
꿈	조선문단 13호	1925. 11
뽕	개벽 64호	1925. 12
피 묻은 편지 몇 쪽	신민 11호	1926. 3
지형근	조선문단 14~16호	1926. 3~5
화염에 싸인 원한(연재 중 사망)	신민 15~16호	1926. 7~8
청춘(중편, 박종화 등의 회고에 의하면 1920년경 집필)	조선도서주식회사	1926
미정고 장편(미완성 유고)	문장 21호	1940. 12

▌참고 문헌

1. 단행본

권영민 편, 나도향 저, 『벙어리 삼룡이』, 문학사상사, 2005.

김동리 외 편, 『나빈 작품집』, 한국대표단편문학선집 4, 정한출판
        사, 1977.

나도향·현진건, 『한국현대문학전집 5』, 삼성출판사, 1978.

박헌호 편, 나도향 저, 『어머니(외)』, 범우, 2004.

주종연·김상태·유남옥 편, 『나도향 전집』, 집문당, 1988.

구인환, 『한국근대소설연구』, 삼영사, 1977.

김용직, 『현대한국작가연구』, 민음사, 1976.

김우종, 『한국현대소설사』, 선명문화사, 1962.

김윤식, 『한국근대문학의 이해』, 일지사, 1974.

김윤식·김현, 『한국문학사』, 민음사, 1981.

김재홍 편, 『나도향: 소외자의 분노를 그린 낭만파의 작가』, 지학
　　　사, 1985.

백　철, 『신문학사조사』, 백양당, 1947.

윤병로, 『현대작가론』, 삼우사, 1975.

윤홍로, 『한국근대소설연구』, 일조각, 1980.

──── , 『나도향: 낭만과 현실의 변증(辯證)』, 건국대 출판부,
　　　1997.

이인복, 『한국문학에 나타난 죽음의식의 사적 연구』, 열화당,
　　　1979.

이재선, 『한국현대소설사』, 홍성사, 1978.

──── , 『현대소설의 서사주제학: 문학 모티프와 테마를 찾아서』,
　　　문학과지성사, 2007.

임종국, 『한국문학의 사회사』, 정음문고, 1982.

정한숙, 『현대한국작가론』, 고려대 출판부, 1976.

조동걸, 『일제하 한국농민운동사』, 한길사, 1979.

조연현, 『한국현대문학사』, 인간사, 1961.

2. 박사논문

곽순애, 「1920년대 전반기 소설의 현실 인식 방법 연구: 김동인·
　　　나도향·염상섭·현진건의 소설을 중심으로」, 명지대 박
　　　사논문, 2002.

박현수, 「1920년대 초기 소설의 근대성 연구: 김동인, 염상섭, 나
　　　도향, 현진건을 중심으로」, 성균관대 박사논문, 2000.

조달옥, 「羅稻香 小說 연구」, 효성여대 박사논문, 1993.

차혜영, 「1920년대 한국소설의 형성과정 연구」, 한양대 박사논문, 2001.

3. 석사논문

곽순애, 「나도향 소설 연구」, 명지대 석사논문, 1992.

권형식, 「羅稻香 小說에 나타난 죽음에 대한 研究」, 명지대 석사논문, 1981.

김정태, 「나도향의 작품 연구」, 명지대 석사논문, 1982.

김지희, 「羅稻香 중·장편소설 연구」, 상명대 석사논문, 1998.

김진영, 「나도향 소설 연구」, 세종대 석사논문, 1994.

김충실, 「도향 문학 고찰」, 경희대 석사논문, 1982.

남기홍, 「羅稻香 문학의 전기적 고찰」, 인하대 석사논문, 1994.

마서일, 「稻香小說의 位相」, 전주우석대 석사논문, 1988.

박상민, 「나도향 소설 연구」, 연세대 석사논문, 1998.

박상준, 「1920년대 초기 소설 연구」, 서울대 석사논문, 1993.

신현숙, 「나도향 소설 연구」, 울산대 석사논문, 2011.

심수영, 「나도향 소설 연구: 『청춘』 『환희』 『어머니』를 중심으로」, 국민대 석사논문, 2004.

유남옥, 「나도향 연구」, 숙명여대 석사논문, 1986.

윤정화, 「羅稻香 소설의 時空間 연구」, 이화여대 석사논문, 1993.

이강현, 「나도향 소설 연구」, 세종대 석사논문, 1984.

이수민, 「나도향 소설의 연애 양상과 그 의미」, 경북대 석사논문,

전문수,「羅稻香小說硏究」, 계명대 석사논문, 1980.

최영미,「나도향 소설의 변천과정 고찰」, 서울여대 석사논문,
1983.

한점돌,「나도향 소설 구조와 그 배경 연구」, 서울대 석사논문,
1981.

현석휴,「나도향 소설의 낭만성 연구」, 경북대 석사논문, 1999.

4. 정기 간행물 및 단행본 게재 논문

강진호,「'진애(眞愛)'에 대한 열망과 비운의 삶: 나도향의 삶과
문학」,『문학사상』제38권 제1호 통권 435호, 문학사상
사, 2009.

구인환,「玄鎭健과 羅稻香의 小說攷: 生活과 愛情의 美意識」,『論文
集』20호, 서울대학교연구위원회, 1975.

김길례,「羅稻香 小說의 갈등구조」,『又石語文』3호, 우석대학교
국어국문학연구회, 1986.

김용성,「도향 나경손」,『한국문학사 탐방』, 1973.

김용직,「나도향과 안동」,『안동』통권 130호, 2010.

김우종,「羅稻香論: 浪漫과 碑碣의 榮光」,『現代文學』8권 11호, 현
대문학사, 1962.

김일영,「나도향 작품 세계 변모와『어머니』의 관계」,『경산어문
학』1집, 1995.

김정자,「소설에 나타난 아이러니와 文體」,『人文論叢』20호, 부산

438

대학교 인문대학, 1981.

김준배, 「한국 소설에 나타난 性意識 연구」, 『國文學論集』 16호, 단국대학교 국어국문학과, 1999.

김진석, 「도향 나경손 연구」, 『論文集』 14호, 청주사범대학, 1984.

김진수, 「현대소설의 담화분석: 나도향의 「물레방아」와 윤정선의 「해질녘」을 중심으로」, 『언어』 14호, 충남대학교 어학연구소, 1993.

류수연, 「병인의 나르시시즘, 파리한 근대의 두 초상: 선우일의 『두견성』과 나도향의 『환희』에 대한 고찰」, 『한국문예비평연구』 22집, 창조문학사, 2007.

박기수, 「미완의 근대 문학, 그 여섯의 초석: 김소월·정지용·김상용·나도향·주요섭·채만식」, 『문학과창작』 8권 6호 통권 82호, 문학아카데미, 2002.

박상민, 「나도향 소설에 나타난 요부형 여인의 의미」, 『현대문학의 연구』 20호, 한국문학연구학회, 2003. 2.

박종홍, 「「물레방아」와 「날개」의 대비적 고찰: 가치지향의 대립과 화해의 양상을 중심으로」, 『국어교육연구』 15호, 경북대학교 사범대학 국어교육연구회, 1983.

박종화, 「나도향 10주기 추억 편편」, 『신동아』, 1935. 9.

박태일, 「1925년 대구 지역매체 『여명(黎明)』 창간호」, 근대서지학회, 『근대서지』 3호, 소명출판, 2011.

박헌호, 「나도향과 반기독교」, 『한국학연구』 27집, 인하대학교 한국학연구소, 2012.

박헌호, 「삶에 부딪쳐 파열한 근대적 욕망: 나도향, 그리고 그의 『어머니』」, 『민족문학사연구』 제12호, 민족문학사연구소, 1998.

─────, 「나도향과 욕망의 문제」, 상허학회 편, 『1920년대 동인지 문학과 근대성 연구』, 깊은샘, 2000.

─────, 「나도향의 『어머니』 연구」, 『작가연구』 7·8호, 새미, 1999.

방민호, 「우리 소설의 전통이 된 초창기 근대소설의 형상: 채만식, 나도향, 주요섭 소설의 의미」, 『문학사상』 31권 7호 통권 357호, 문학사상사, 2002.

방인근, 「도향을 추억함」, 『삼천리』, 1928. 9.

변경은, 「나도향 장편 소설 연구: 작가와 작중 인물의 관련 양상 규명을 통한」, 『國語敎育論志』 16호, 대구교육대학 국어교육과, 1990.

서재원, 「나도향 소설에 나타나는 열정의 의미 연구」, 『현대문학이론연구』 19집, 현대문학이론학회, 2003.

서정록, 「「불」·「뽕」·「떡」에서의 韓國的 Reality: 玄鎭健·羅稻香·金裕貞의 共感帶와 그 韓國的 特性」, 『同大論叢』 4호, 동덕여자대학, 1974.

손병희, 「나도향의 소설에 안동이 등장하는 까닭」, 『安東文化』 16집, 안동대 안동문화연구소, 1995.

송준호, 「'물레방앗간'의 空間象徵 硏究:「모밀꽃 필 무렵」과 「물레방아」의 경우」, 『韓國言語文學』 28호, 한국언어문학회,

1990.

송준호, 「'불'의 原型的 모티프: 「불」과 「벙어리 三龍이」를 中心으로」, 『韓國言語文學』 29호, 한국언어문학회, 1991.

———, 「寫實主義 小說의 象徵論的 解明: 羅稻香 小說을 中心으로」, 『論文集』 17호, 전주우석대학, 1995.

———, 「현대소설의 통과제의 구조 1: 「벙어리 삼룡이」의 경우」, 『韓國言語文學』 45호, 한국언어문학회, 2000.

송하춘, 「나도향론」, 『人文論集』 29호, 고려대학교 문과대학, 1984.

안다영, 「羅稻香의 文學과 丹心」, 『문학사상』 40호, 문학사상사, 1976.

안석영, 「조선문단 30년 측면사」, 『조광』, 1938. 12.

오양진, 「나도향의 「물레방아」와 최서해의 「홍염」에 나타난 인간상의 비교」, 『현대소설연구』 44호, 한국현대소설학회, 2010.

우찬제, 「불안의 향락과 타나토스의 수사학」, 『텍스트의 수사학』, 서강대학교 출판부, 2005.

유남옥, 「북한에서의 나도향 논의에 관한 몇 고찰」, 『원우논총』 8호, 숙명여자대학교 대학원 총학생회, 1990.

유문선, 「데몬과 맞선 영혼의 굴절과 좌절」, 정호웅, 『장편소설로 보는 민족문학사』, 열음사, 1993.

윤병로, 「모든 人生의 幻戱: 稻香·羅彬」, 『女苑』 7권 12호, 여원사, 1961.

———, 「飛躍과 幻想의 天才 羅稻香: 特히 「물레방아」를 中心해

서」, 『文學春秋』 2권 6호, 문학춘추사, 1965.

윤홍로, 「나도향 작품 연구」, 『壇國大學校論文集』 11집, 단국대학
교, 1977. 12.

이강언, 「나도향의 후기 작품론」, 『한민족어문학』 3호, 한민족어
문학회, 1976.

이경희, 「나도향 문학세계와 죽음」, 『이화어문논집』 17집, 이화여
자대학교, 1984.

이동희, 「나도향 소설의 문체양상」, 『國語敎育論志』 8호, 대구교
육대학, 1981.

이영성, 「나도향의 초기작품 연구」, 『국민어문연구』 2호, 국민대
학교 국어국문학연구회, 1989.

이영아, 「나도향 소설에 나타난 '참사랑'의 모색 과정 고찰」, 『한
국현대문학연구』 18집, 한국현대문학회, 2005.

이인복, 「나도향론」, 『현대문학』, 1962. 12.

이형기, 「놓친 고기 論: 羅稻香의 文章」, 『문학사상』 9호, 문학사
상사, 1973.

이혜령, 「성적 욕망의 서사와 그 명암: 나도향의 『환희』론」, 『泮橋
語文硏究』 10호, 반교어문학회, 1999.

───, 「동물원의 미학」, 『한국근대문학연구』 6호, 한국근대문학
회, 2002. 10.

임은희, 「'관능'으로 본 나도향의 성과 사랑」, 『한중인문학연구』
25집, 한중인문학회, 2008.

임정연, 「근대소설의 낭만적 감수성: 나도향과 노자영 소설을 중

심으로」, 『현대소설연구』 48호, 한국현대소설학회, 2011.

임종국, 「모델의 社會性: 羅稻香의 벙어리 三龍이」, 『韓國文學』 33
호, 현대문학, 1976.

자료조사연구실, 「한국대표작 정리: 나도향」, 『문학사상』, 1977. 3.

장수익, 「나도향 소설과 낭만적 사랑의 문제」, 『한국문화』 23호,
서울대 한국문화연구소, 1999. 6.

전문수, 「나도향 소설 연구: 삼자미학」, 『論文集』 3집, 마산대학,
1981.

전복규, 「羅稻香 小說에 關한 小考: 作品에 나타난 女人像에 關하
여」, 『論文集』 3호, 인천전문대학, 1982.

정한숙, 「도향문학의 반성과 해명」, 『語文論集』 14·15호, 고려대
학교 국어국문학연구회, 1973.

──, 「도향문학의 전개와 그 의의」, 『人文論集』 30호, 고려대학
교 문과대학, 1985.

──, 「反省과 解明: 羅稻香의 人間과 文學」, 『문학사상』 9호, 문
학사상사, 1973.

정혜영, 「근대적 세계와 '첩'의 사랑: 나도향의 『어머니』를 중심
으로」, 『현대소설연구』 27호, 한국현대소설학회, 2005.

──, 「나도향과 환영의 근대문학: 장편 『어머니』를 중심으로」,
『어문논총』 37호, 경북어문학회, 2002.

──, 「나도향의 『환희』 연구」, 『韓國文學論叢』 32집, 한국문학
회, 2002.

조달옥, 「羅稻香 小說에 나타난 人物 類型에 대하여」, 『경남어문논

집』4집, 경남대학교 문과대학 국어국문학과, 1991.

조연현, 「요절한 천재의 의미」, 『문학춘추』, 1964. 12.

조영복, 「나도향·이효석·박영희의 알려지지 않은 작품을 통해 본 근대문학 초창기 잡지 발간의 여러 상황」, 『韓國學報』 102호, 일지사, 2001.

──, 「알려지지 않은 나도향의 습작소설 「나는참으로몰낫다」: 우리 근대문학 발전에 기여한 바 큰 초기 기독교 잡지 들」, 『문학사상』 340호, 문학사상사, 2001.

진정석, 「나도향의 『환희』 연구」, 『한국학보』 76호, 일지사, 1994.

채　훈, 「거듭된 誤謬와 새 立論: 稻香硏究의 再批判」, 『문학사상』 9호, 문학사상사, 1973.

천이두, 「한국단편소설론」, 『현대문학』 130호, 1965. 10.

최원식, 「鐵原愛國團 사건의 문학적 흔적: 羅稻香과 李泰俊」, 『기 전어문학』, 10·11호, 수원대학교 국어국문학회, 1995.

최유학, 「나도향 단편 「뽕」의 자연주의 소설적 성격」, 『東方學術論 檀』 總第4期, 한국학술정보, 2007.

편집실, 「한국현대문학의 재정리: 나도향 편」, 『문학사상』, 1973. 6.

하동호, 「羅稻香落穗: 새 資料」, 『詩文學』 42호, 시문학사, 1975.

한금윤, 「나도향 소설의 미적 특성 연구」, 『연세어문학』 28호, 연 세대학교 국어국문학과, 1996.

한기형, 「잡지 『신청년』 소재 근대문학 신자료: 나도향·박영희· 최승일·황석우의 작품들」, 『대동문화연구』 41권, 성균관 대학교 문화연구원, 2002.

한상각, 「나도향과 그의 작품 세계」, 『어문연구』 24집, 어문연구
학회, 1993.

―――, 「『白潮』의 浪漫性과 羅稻香小說의 感傷的 特性에 關하여」,
『批評文學』 7호, 한국비평문학회, 1993.

한정호, 「나도향의 「피 묻은 편지 몇 쪽」, 『지역문학의 이랑과 고
랑』, 경진, 2011.

현길언, 「나도향 소설의 일 고찰」, 『논문집』 13집, 청주대, 1981.

황 경, 「나도향 소설의 사랑에 대한 고찰」, 『작가연구』 9호, 새
미, 2000.

한국문학전집을 펴내며

오늘의 한국 문학은 다양한 경험과 자산에서 비롯된 것이지만, 그중
에서도 우리 앞선 세대의 문학 작품에서 가장 큰 유산을 물려받고 있
다. 그럼에도 우리는 가끔 우리의 문학 유산을 잊거나 도외시한다. 마
치 그것 없이는 살아갈 수 없는 소중한 물을 쉽게 잊고 사는 것처럼
그동안 우리는 우리가 이루어놓은 자산들을 너무 쉽게 잊어버리고 있
었는지도 모르겠다. 인기 있는 외국 작품들이 거의 동시에 번역 출판
되고, 새로운 기획과 번역으로 전 세계의 문학 작품들이 짜임새 있게
출판되고 있는 요즈음, 정작 한국 문학 작품들을 체계적으로 정리하
지 못하고 있었다는 점을 최근에 우리는 깊이 반성하게 되었다. 그리
고 이러한 때늦은 반성을 곧바로 '한국문학전집'을 기획하는 힘으로
전환하였다.

오늘의 시점에서 '한국문학전집'을 기획한다는 것은, 우선 그동안
양적으로나 질적으로 괄목할 만한 수준에 이른 한국 문학 연구 수준

을 반영하는 새로운 시각이 전제되어야 할 것이다. 그리고 '우리 것을 지키자'는 순진한 의도에서가 아니라, 한국 문학이 바로 세계 문학이 되는 질적 확장을 위해, 세계 문학 속에서의 한국 문학의 정체성을 찾는 일을 간과해서는 안 될 것이다.

이번 기획에서 우리가 가장 크게 신경 썼던 점은 크게 두 가지이다. 하나는, 그동안 거의 관습적으로 굳어져왔던 작품에 대한 천편일률적인 평가를 피하고 그동안의 평가에 대한 비판적 평가와 더불어 새로운 평가로 인한 숨은 작품의 발굴이었다. 그리하여 한국 문학사를 시기별로 구분하여 축적된 연구 성과들 위에서 나름대로 중요한 작품들을 선별하는 목록 작업에 가장 큰 공을 들였다. 나머지 하나는, 그동안 여러 상이한 판본의 난립으로 인해 원전 텍스트가 침해되고 있는 심각한 상황을 고려하여 각각의 작가에게 가장 뛰어난 연구자들을 초빙하여 혼신을 다해 원전 텍스트를 확정하였다는 점이다.

장구한 우리 문학사의 주옥같은 작품들을 한자리에 모아, 세대를 넘고 시대를 넘어 그 이름과 위상에 값할 수 있는 대표적인 한국문학전집을 내놓는다. 이번에 출간되는 한국문학전집은 변화된 상황과 가치를 반영하는 내실 있고 권위를 갖춘 내용으로 꾸며질 것이며, 우리 문학의 정본 전집으로서 자리매김해 한국 문학의 전통을 계승하고 발전시키는 데 기여하고자 한다. 이 기획이 한국 문학의 자산들을 온전하게 되살려, 끊임없이 현재성을 가지는 살아 있는 작품들로, 항상 독자들의 옆에 있게 되기를 기대한다.

㈜문학과지성사

01 감자 김동인 단편선

최시한(숙명여대) 책임 편집

수록 작품 약한 자의 슬픔 / 배따라기 / 태형 / 눈을 겨우 뜰 때 / 감자 / 광염 소나타 / 배회 / 발가락이 닮았다 / 붉은 산 / 광화사 / 김연실전 / 곰네

극단적인 상황과 비극적 운명에 빠진 인물 군상들을 냉정하게 서술해낸 한국 근대 단편 문학의 선구자 김동인의 대표 단편 12편 수록. 인간과 환경에 대한 근대적 인식을 빼어난 문체와 서술로 형상화한 김동인의 주옥같은 작품들을 만날 수 있다.

02 탈출기 최서해 단편선

곽근(동국대) 책임 편집

수록 작품 고국 / 탈출기 / 박돌의 죽음 / 기아와 살육 / 큰물 진 뒤 / 백금 / 해돋이 / 그믐밤 / 전아사 / 홍염 / 갈등 / 먼동이 틀 때 / 무명초

식민 치하 빈궁 문학을 대표하는 최서해의 단편 13편 수록. 식민 치하의 참담한 사회적 현실을 사실적으로 전해주는 작품들. 우리 민족의 궁핍한 현실에 맞선 인물들의 저항 정신과 민족 감정의 감동과 울림을 전한다.

03 삼대 염상섭 장편소설

정호웅(홍익대) 책임 편집

우리 소설 가운데 서울말을 가장 풍부하게 살려 쓴 작품이자, 복합성·중층성의 세계를 구축하여 한국 근대 장편소설의 대표작으로 꼽히는 염상섭의 『삼대』. 1930년대 서울의 중산층 가족사를 통해 들여다본 우리 근대의 자화상이다.

04 레디메이드 인생 채만식 단편선

한형구(서울시립대) 책임 편집

수록 작품 논 이야기 / 레디메이드 인생 / 미스터 방 / 민족의 죄인 / 치숙 / 낙조 / 쑥국새 / 당랑의 전설

역설과 반어의 작가 채만식의 대표 단편 8편 수록. 1920~30년대의 자본주의적 현실 원리와 민중의 삶을 풍자적으로 포착하는 데 탁월했던 채만식. 사실주의와 풍자의 절묘한 조합으로 완성한 단편 문학의 묘미를 즐길 수 있다.

05 비 오는 길 최명익 단편선

신형기(연세대) 책임 편집

수록 작품 폐어인 / 비 오는 길 / 무성격자 / 역설 / 봄과 신작로 / 심문 / 장삼이사 / 맥령

시대를 앞섰던 모더니스트 최명익의 대표 단편 8편 수록. 병과 죽음으로 고통받는 인물 군상들을 통해 자신이 예감한 황폐한 현대의 징후를 소설화한 작가 최명익. 너무나 현대적이어서, 당시에는 제대로 평가받을 수 없었던 탁월한 단편소설들을 만난다.

06 사하촌 김정한 단편선

강진호(성신여대) 책임 편집

수록 작품 그물 / 사하촌 / 항진기 / 추산당과 곁사람들 / 모래톱 이야기 / 제3병동 / 수라도 / 인간단지 / 위치 / 오끼나와에서 온 편지 / 슬픈 해후

리얼리즘 문학과 민족 문학을 대표하는 김정한의 대표 단편 11편 수록. 민중들의 삶을 통해 누구보다 먼저 '근대화의 문제'를 문학적으로 제기하고 예리하게 포착한 작가 김정한의 진면목을 본다.

07 무녀도 김동리 단편선

이동하(서울시립대) 책임 편집

수록 작품 화랑의 후예 / 산화 / 바위 / 무녀도 / 황토기 / 찔레꽃 / 동구 앞길 / 혼구 / 혈거부족 / 달 / 역마 / 광풍 속에서

한국적이고 토착적인 전통 세계의 소설화에 앞장선 김동리의 초기 대표작 12편 수록. 민중의 삶 속에 뿌리 내린 토착적 전통의 세계를 정확한 묘사와 풍부한 서정으로 형상화했던 김동리 문학 세계를 엿본다.

08 독 짓는 늙은이 황순원 단편선

박혜경(인하대) 책임 편집

수록 작품 소나기 / 별 / 겨울 개나리 / 산골 아이 / 목넘이마을의 개 / 황소들 / 집 / 사마귀 / 소리 / 닭제 / 학 / 필묵장수 / 뿌리 / 내 고향 사람들 / 원색오뚝이 / 곡예사 / 독 짓는 늙은이 / 황노인 / 늪 / 허수아비

한국 산문 문체의 모범으로 평가되는 황순원의 대표 단편 20편 수록. 엄격한 지적 절제와 미학적 균형으로 함축적인 소설 미학을 완성시킨 작가 황순원. 극적인 사건 전개 대신 정적이고 서정적인 울림의 미학으로 깊은 감동을 전한다.

09 만세전 염상섭 중편선

김경수(서강대) 책임 편집

수록 작품 만세전 / 해바라기 / 미해결 / 두 출발

한국 근대 소설의 기념비적 작품인 「만세전」, 조선 최초의 여류화가인 나혜석의 삶을 소설화한 「해바라기」, 그리고 식민지 조선의 현실을 담아내고 나름의 저항의식을 형상화하기 위한 소설적 수련의 과정을 단적으로 보여주는 「미해결」과 「두 출발」수록. 장편소설의 작가로만 알려진 염상섭의 독특한 소설 미학의 세계를 감상한다.

10 천변풍경 박태원 장편소설

장수익(한남대) 책임 편집

모더니스트 박태원이 펼쳐 보이는 1930년대 서울의 파노라마식 풍경화. 근대 자본주의 사회의 이데올로기와 일상성에 대한 비판에 몰두하던 박태원 초기 작품의 모더니즘 경향과 리얼리즘 미학의 경계를 넘나드는 역작. 식민지라는 파행적 상황에서 기형적으로 실현되던 근대화의 양상을 기층 민중의 생활에 초점을 맞춰 본격화한 작품이다.

11 태평천하 채만식 장편소설

이주형(경북대) 책임 편집

부정적인 상황들이 난무하는 시대 현실을 독자적인 문학적 기법과 비판의식으로 그려냄으로써 '문학적 미'를 추구했던 채만식의 대표작. 판소리 사설의 반어, 자기 폭로, 비유, 과장, 희화화 등의 표현법에 사투리까지 섞은 요설로, 창을 듣는 듯한 느낌과 재미를 선사하는 작품. 세태풍자소설의 장을 열었던 채만식이 쓴 가족사소설의 전형에 해당한다.

12 비 오는 날 손창섭 단편선

조현일(홍익대) 책임 편집

수록 작품 공휴일 / 사연기 / 비 오는 날 / 생활적 / 혈서 / 피해자 / 미해결의 장 / 인간동물원초 / 유실몽 / 설중행 / 광야 / 희생 / 잉여인간 / 신의 희작

가장 문제적인 전후 소설가 손창섭의 대표 단편 14작품 수록. 병적이고 불구적인 인간 군상들을 통해 전후 사회 현실에서의 '절망'의 표현에 주력했던 손창섭. 전쟁 그리고 전쟁 이후의 비일상적 사태를 가장 근원적인 차원에서 표현한 빼어난 작품들을 선별했다.

13 등신불 김동리 단편선

이동하(서울시립대) 책임 편집

수록 작품 인간동의 / 홍남철수 / 밀다원시대 / 용 / 목공 요셉 / 등신불 / 송추에서 / 까치 소리 / 저승새

「무녀도」의 작가 김동리가 1950년대 이후에 내놓은 단편 9편 수록. 전기 작품에 이어서 탁월한 문체의 매력, 빈틈없는 구성의 묘미, 인상적인 인물상의 창조, 인간에 대한 깊이 있는 통찰이라는 김동리 단편의 미학을 다시 한 번 경험할 수 있는 기회이다.

14 동백꽃 김유정 단편선

유인순(강원대) 책임 편집

수록 작품 심청 / 산골 나그네 / 총각과 맹꽁이 / 소낙비 / 솥 / 만무방 / 노다지 / 금 / 금 따는 콩밭 / 떡 / 산골 / 봄·봄 / 안해 / 봄과 따라지 / 따라지 / 가을 / 두꺼비 / 동백꽃 / 야앵 / 옥토끼 / 정조 / 땡볕 / 형

고단한 삶을 살아가는 순박한 촌부에서 사기꾼에 이르기까지 다양한 삶의 모습을 문학 속에 그대로 재현한 김유정의 주옥같은 단편 23편 수록. 인물의 토속성과 해학성, 생생한 삶의 언어와 우리 소리, 그 속에 충만한 생명감을 불어넣은 김유정 문학의 정수를 맛본다.

15 소설가 구보씨의 일일 박태원 단편선

천정환(성균관대) 책임 편집

수록 작품 수염 / 낙조 / 소설가 구보씨의 일일 / 애욕 / 길은 어둡고 / 거리 / 방란장 주인 / 비량 / 진통 / 성탄제 / 골목 안 / 음우 / 재운

한국 소설사상 가장 두드러진 모더니즘 작품으로 인정받는 「소설가 구보씨의 일일」을 비롯한 박태원의 대표 단편 13편 수록. 한글로 씌어진 가장 파격적이고 실험적인 작품으로 주목 받은 박태원. 서울 주변부 중산층의 삶이라는 자기만의 튼실한 현실 공간을 구축하여 새로운 소설 기법과 예술가소설로서의 보편성을 획득한 작품들이다.

¹⁶ 날개 이상 단편선

김주현(경북대) 책임 편집

수록 작품 12월 12일 / 지도의 암실 / 지팡이 역사 / 황소와 도깨비 / 공포의 기록 / 지주회시 /
동해 / 날개 / 봉별기 / 실화 / 종생기

근대와 맞닥뜨린 당대 식민지 조선의 기념비요 자화상 역할을 하는 이상의 대표 단편
11편 수록. '천재'와 '광인'이라는 꼬리표와 함께 전위적이고 해체적인 글쓰기로 한국
의 모더니즘 문학사를 개척한 작가 이상. 자유연상, 내적 독백 등의 실험적 구성과 문체
로 식민지 근대와 그것에 촉발된 당대인의 내면을 예리하게 포착해낸 이상의 문제작들
을 한데 모았다.

¹⁷ 흙 이광수 장편소설

이경훈(연세대) 책임 편집

한국 최초의 근대 장편소설 『무정』을 발표하면서 한국 소설 문학의 역사를 새롭게 쓴
이광수. 『흙』은 이광수의 계몽 사상이 가장 짙게 깔린 작품으로 심훈의 『상록수』와
함께 한국 농촌계몽소설의 쌍벽에 속한다. 한국 근대 문학사상 가장 많이 연구되고
있는 작가의 대표작답게 『흙』은 민족주의, 계몽주의, 농민문학, 친일문학, 등장인물
론, 작가론, 문학사 등의 학문적·비평적 논의의 중심에 있는 작품이다.

¹⁸ 상록수 심훈 장편소설

박헌호(성균관대) 책임 편집

이광수의 장편 『흙』과 더불어 한국 농촌계몽소설의 쌍벽을 이루는 『상록수』. 심훈의
문명(文名)을 크게 떨치게 한 대표작이다. 1930년대 당시 지식인의 관념적 농촌 운동
과 일제의 경제 침탈사를 고발·비판함으로써, 문학이 취할 수 있는 현실 정세에 대
한 직접적인 대응 그리고 극복의 상상력이란 두 가지 요소를 나름의 한계 속에서 실
천해냈고, 대중적으로도 큰 호응을 불러일으킨 작품이다.

¹⁹ 무정 이광수 장편소설

김철(연세대) 책임 편집

20세기 이래 한국인이 가장 많이 읽고 가장 자주 출간돼온 작품, 그리고 근현대 문학
가운데 가장 많이 연구의 대상이 된 작가 이광수의 대표작 『무정』. 씌어진 지 한 세기
가 가까워오도록 여전히 읽히고 있고 또 학문적 논쟁의 중심에 서 있는 『무정』을 책
임 편집자의 교정을 충실하게 반영한 최고의 선본(善本)으로 만난다.

²⁰ 고향 이기영 장편소설

이상경(KAIST) 책임 편집

'프로문학의 정점'이자 우리 근대 문학사의 리얼리즘의 확립을 결정적으로 보여주는
이기영의 『고향』. 이기영은 1920년대 중반 원터라는 충청도의 한 농촌 마을을 배경
으로 봉건 사회의 잔재를 지닌 채 식민지 자본주의화가 진행되어가는 우리 근대 초기
를 뛰어난 관찰로 묘사한다. 일제 식민 치하 근대화에 대한 문학적·비판적 성찰과 지
식인의 고뇌를 반영한 수작이다.

21 까마귀 이태준 단편선

김윤식(명지대) 책임 편집

수록 작품 불우 선생 / 달밤 / 까마귀 / 장마 / 복덕방 / 패강랭 / 농군 / 밤길 / 토끼 이야기 / 해방 전후

'한국 근대소설의 완성자' '단편문학'의 명수. 이태준은 우리 근대 문학의 전개 과정에서 결코 간과할 수 없는 역할을 담당했던 작가 가운데 한 사람이다. 문학의 자율성과 예술성을 상실하지 않으면서도 현실 문제에 각별한 관심을 보여주었던 그의 단편은 한국소설사에서 1930년대를 대표하는 것으로 인정받고 있다.

22 두 파산 염상섭 단편선

김경수(서강대) 책임 편집

수록 작품 표본실의 청개구리 / 암야 / 제야 / E선생 / 윤전기 / 숙박기 / 해방의 아들 / 양과자갑 / 두 파산 / 절곡 / 얼룩진 시대 풍경

한국 근대사를 증언하고 있는 횡보 염상섭의 단편소설 11편 수록. 지식인 망국민으로서의 허무적인 자기 진단, 구체적인 사회 인식, 해방 후와 전후 시기에 대한 사실적 증언과 문제 제기를 포함한 대표작들을 통해 횡보의 단편 미학을 감상한다.

23 카인의 후예 황순원 소설선

김종회(경희대) 책임 편집

수록 작품 카인의 후예 / 너와 나만의 시간 / 나무들 비탈에 서다

인간의 정신적 순수성과 고귀한 존엄성을 문학의 제일 원칙으로 삼았던 작가 황순원. 그의 대표작 가운데 독자들의 가장 많은 사랑을 받은 장편소설들을 모았다. 한국전쟁을 온몸으로 체득하면서 특유의 절제되고 간결한 문장으로 예술적 서사성을 완성한 황순원은 단편에서와 마찬가지로 변함없는 감동의 세계를 열어놓는다.

24 소년의 비애 이광수 단편선

김영민(연세대) 책임 편집

수록 작품 무정 / 소년의 비애 / 어린 벗에게 / 방황 / 가실 / 거룩한 죽음 / 무명 / 꿈

한국 근대소설사와 이광수 개인의 문학 세계에서 중요한 의미를 갖는 단편 8편 수록. 이광수가 우리말로 쓴 최초의 창작 단편 「무정」, 당시 사회의 인습과 제도를 비판한 「소년의 비애」, 우리나라 최초의 서간체 소설인 「어린 벗에게」, 지식인의 내면적 갈등과 자아 탐구의 과정을 담은 「방황」, 춘원의 옥중 체험을 바탕으로 쓰여진 「무명」 등 한국 근대문학의 장르와 소재, 주제 탐구 면에서 꼼꼼히 고찰해야 할 작품들이다.

25 불꽃 선우휘 단편선

이익성(충북대) 책임 편집

수록 작품 테러리스트 / 불꽃 / 거울 / 오리와 계급장 / 단독강화 / 깃발 없는 기수 / 망향

8·15 해방과 분단, 6·25전쟁으로 이어지는 한국 근현대사의 열병을 깊이 있게 고찰한 선우휘의 대표작 7편 수록. 평판작 「불꽃」과 「깃발 없는 기수」를 비롯해 한국 근현대사의 역동성과 이를 바라보는 냉철한 작가의식이 빚어낸 수작들을 한데 모았다.

²⁶ 맥 김남천 단편선

채호석(한국외대) 책임 편집

수록 작품 공장 신문 / 공우회 / 남편 그의 동지 / 물 / 남매 / 소년행 / 처를 때리고 / 무자리 / 녹성당 / 길 위에서 / 경영 / 맥 / 등불 / 꿀

카프와 명맥을 같이하며 창작과 비평에서 두드러진 족적을 남긴 작가 김남천. 1930년 대 초, 예술운동의 볼세비키화론 주장과 궤를 같이하는 「공장 신문」 「공우회」, 카프 해산 직후 그의 고발문학론을 담은 「처를 때리고」 「소년행」 「남매」, 전향문학의 백미로 꼽히는 「경영」 「맥」 등 그의 치열했던 문학 세계의 변화를 일별할 수 있는 대표작 14편 수록.

²⁷ 인간 문제 강경애 장편소설

최원식(인하대) 책임 편집

한국 근대 여성문학의 제일선에 위치하는 강경애의 대표작. 일제 치하의 1930년대 조선, 자본가와 농민·노동자의 대립 구조 속에서 농민과 도시노동자가 현실의 문제를 해결하고자 하는 주체로 성장하는 과정과 그들의 조직적 투쟁을 현실성 있게 그려낸 작품. 이기영의 「고향」과 더불어 우리 근대 소설사에서 리얼리즘 소설의 수작으로 꼽힌다.

²⁸ 민촌 이기영 단편선

조남현(서울대) 책임 편집

수록 작품 농부 정도룡 / 민촌 / 아사 / 호외 / 해후 / 종이 뜨는 사람들 / 부역 / 김군과 나와 그의 아내 / 변절자의 아내 / 서화 / 맥추 / 수석 / 봉황산

카프와 프로문학의 대표 작가 이기영. 그가 발표한 수십 편의 단편소설들 가운데 사회사나 사상운동사로서의 자료적 가치가 높으면서 또 소설 양식으로서의 구조미를 제대로 보여주는 14편을 선별했다.

²⁹ 혈의 누 이인직 소설선

권영민(서울대) 책임 편집

수록 작품 혈의 누 / 귀의 성 / 은세계

급진적이고 충동적인 한국 근대의 풍경 속에 신소설이라는 새로운 서사 양식을 창조해낸 이인직. 책임 편집자의 꼼꼼한 텍스트 확정과 자세한 비평적 해설을 통해, 신소설의 서사 구조와 그 담론적 특성을 밝히고 당시 개화·계몽 시대를 대표하는 서사양식에 내재화된 일본적 식민주의 담론을 꼬집는다.

³⁰ 추월색 이해조 안국선 최찬식 소설선

권영민(서울대) 책임 편집

수록 작품 금수회의록 / 자유종 / 구마검 / 추월색

개화·계몽시대의 대표적인 신소설 작가 3인의 대표작. 여성과 신교육으로 집약되는 토론의 모습을 서사 방식으로 활용한 「자유종」, 구시대적 인습을 신랄하게 비판한 「구마검」, 가장 대중적인 신소설 가운데 하나로 꼽히는 「추월색」, 그리고 '꿈'이라는 우화적 공간을 설정하여 현실 비판의 풍자적 색채가 강한 「금수회의록」까지 당대의 사회적 풍속과 세태의 변화를 민감하게 반영한 작품들을 수록했다.

31 젊은 느티나무 강신재 소설선
김미현(이화여대) 책임 편집

수록 작품 안개 / 해방촌 가는 길 / 절벽 / 젊은 느티나무 / 양관 / 황량한 날의 동화 / 파도 / 이브 변신 / 강물이 있는 풍경 / 점액질

1950, 60년대를 대표하는 여성 작가 강신재의 중단편 10편을 엄선했다. 특유의 서정적인 문체와 관조적 시선, 지적인 분석력으로 '비누 냄새' 나는 풋풋한 사랑 이야기에서 끈끈한 '점액질'의 어두운 욕망에 이르기까지, 운명의 폭력성과 존재론적 한계를 줄기차게 탐문한 강신재 소설의 여정을 한눈에 볼 수 있는 기회다.

32 오발탄 이범선 단편선
김외곤(서원대) 책임 편집

수록 작품 일요일 / 학마을 사람들 / 사망 보류 / 몸 전체로 / 갈매기 / 오발탄 / 자살당한 개 / 살모사 / 천당 간 사나이 / 청대문집 개 / 표구된 휴지 / 고장난 문 / 두메의 어벙이 / 미친 녀석

손창섭·장용학 등과 함께 대표적인 전후 작가로 꼽히는 이범선의 대표작 14편 수록. 한국 현대사의 비극에 대한 묘사를 바탕으로 하면서도 잃어버린 고향, 동양적 이상향에 대한 동경을 담았던 초기작들과 전후의 물질적 궁핍상을 전통적 사실주의에 기초해 그리면서 현실 비판적 성격을 강하게 드러낸 문제작들을 고루 수록했다.

33 메밀꽃 필 무렵 이효석 단편선
서준섭(강원대) 책임 편집

수록 작품 도시와 유령 / 깨뜨려지는 홍등 / 마작철학 / 프레류드 / 돈 / 계절 / 산 / 들 / 석류 / 메밀꽃 필 무렵 / 삽화 / 개살구 / 장미 병들다 / 공상구락부 / 해바라기 / 여수 / 하얼빈산협 / 풀잎 / 낙엽을 태우면서

근대 작가의 문화적 정체성이 끊임없이 흔들렸던 식민지 시대, 경성제대 출신의 지식인 작가로서 그 문화적 혼란기를 소설 언어를 통해 구성하고 지속적으로 모색했던 이효석의 대표작 20편 수록.

34 운수 좋은 날 현진건 중단편선
김동식(인하대) 책임 편집

수록 작품 희생화 / 빈처 / 술 권하는 사회 / 유린 / 피아노 / 할머니의 죽음 / 우편국에서 / 까막잡기 / 그믐 홀긴 눈 / 운수 좋은 날 / 발 / 불 / B사감과 러브 레터 / 사립정신병원장 / 고향 / 동정 / 정조와 약가 / 신문지와 철창 / 서투른 도적 / 연애의 청산 / 타락자

한국 근대 단편소설의 형식적 미학을 구축하고 근대적 사실주의 문학의 머릿돌을 놓은 작가 현진건의 대표작 21편 수록. 서구 중심의 근대성과 조선 사회의 식민성 사이에서 방황하는 지식인의 내면 풍경뿐만 아니라, 식민지 조선의 일상을 예리하게 관찰함으로써 '조선의 얼굴'을 담아낸 작가 현진건의 면모를 두루 살폈다.

35 사랑 이광수 장편소설
한승옥(숭실대) 책임 편집

춘원의 첫 전작 장편소설. 신문 연재물의 제약에서 벗어나 좀더 자유롭고 솔직한 그의 인생관이 담겨 있다. 이른바 그의 어떤 장편소설보다도 나아간 자유 연애, 사랑에 관한 작가의 생각을 엿볼 수 있는 작품. 작가의 나이 지천명에 이르러 불교와 『주역』 등 동양고전에 심취하여 우주의 철리와 종교적 깨달음에 가닿은 시점에서 집필된, 춘원의 모든 것.

36 화수분 전영택 중단편선

김만수(인하대) 책임 편집

수록 작품 천치? 천재?/운명/생명의 봄/독약을 마시는 여인/화수분/후회/여자도 사람인가?/하늘을 바라보는 여인/소/김탄실과 그 아들/금붕어/차돌멩이/크리스마스 전야의 풍경/말 없는 사람

1920년대 초반 자연주의, 사실주의적 색채가 강한 작품 세계로 주목받았던 작가 전영택의 대표작선. 이들 작품에서 작가는, 일제 초기의 만세운동, 일제 강점기하의 극심한 궁핍, 해방 직후의 사회적 혼돈, 산업화 초창기의 사회적 퇴폐상에 대한 자신의 경험을 소박한 형식 속에 담고 있다.

37 유예 오상원 중단편선

한수영(동아대) 책임 편집

수록 작품 황선지대/유예/균열/죽어살이/모반/부동기/보수/현실/훈장/실기

한국 전후 세대 문학의 대표 작가 오상원의 주요작 10편을 묶었다. '실존'과 '행동'에 초점을 맞춘 그의 작품은, 한결같이 극한 상황에 처한 인간 존재의 의미를 묻는 데 천착하면서 효과적인 주제 전달을 위해 낯설고 다양한 소설적 실험을 보여준다.

38 제1과 제1장 이무영 단편선

전영태(중앙대) 책임 편집

수록 작품 제1과 제1장/흙의 노예/문 서방/농부전 초/청개구리/모우지도/유모/용자소전/이단자/B녀의 소묘/O형의 인간/들메/며느리

한국 농민문학의 선구자로 평가받는 이무영의 주요 단편 13편 수록. 이들 작품에서 작가는, 농민을 계몽의 대상이 아닌, 흙을 일구는 그들의 삶을 통해서 진실한 깨달음을 얻는 자족적 대상으로 바라본다. 이무영의 농민소설은 인간을 향한 긍정적 시선과 삶의 부조리한 면을 파헤치는 지식인의 냉엄한 비판 의식이 공존하고 있다.

39 꺼삐딴 리 전광용 단편선

김종욱(세종대) 책임 편집

수록 작품 흑산도/진개권/지층/해도초/GMC/사수/크라운장/충매화/초혼곡/면허장/꺼삐딴 리/곽 서방/남궁 박사/죽음의 자세/세끼미

1950년대 전후 사회와 60년대의 척박한 삶의 리얼리티를 '구도의 치밀성'과 '묘사의 정확성'을 통해 형상화한 작가 전광용의 대표 단편 15편 모음집. 휴머니즘적 주제 의식, 전통적인 서사 형식, 객관적이고 냉철한 묘사 태도, 짧고 건조한 문체 등으로 집약되는 전광용의 작품 세계를 한눈에 살필 수 있는 계기.

40 과도기 한설야 단편선

서경석(한양대) 책임 편집

수록 작품 동경/그릇된 동경/합숙소의 밤/과도기/씨름/사방공사/교차선/추수 후/태양/임금/딸/철로 교차점/부역/산촌/이념/모자/혈로

식민지 시대 신경향파·카프 계열 작가로서 사회주의 리얼리즘 문학을 추구한 작가 한설야의 문학적 특징을 잘 드러내는 단편 17편을 수록했다. 시대적 대세에 편승하며 작품의 경향을 바꾸었던 다른 카프 작가들과는 달리 한설야는, 주체적인 노동자로서의 삶을 택한 「과도기」의 '창선'이 그러하듯, 이 주제를 자신의 평생 과제로 삼아 창작에 몰두했다.

41 사랑손님과 어머니 주요섭 중단편선

장영우(동국대) 책임 편집

수록 작품 추운 밤/인력거꾼/살인/첫사랑 값/개밥/사랑손님과 어머니/아네모네의 마담/북소리 두둥둥/봉천역 식당/낙랑고분의 비밀

주요섭이 남녀 간의 애정 문제를 주로 다룬 통속 작가로 인식되어온 것은 교정되어야 마땅하다. 그는 빈민 계층의 고단하고 무망(無望)한 삶을 사실적으로 재현하는 데 탁월한 기량을 보였으며, 날카로운 현실인식과 객관적 묘사의 한 전범을 보여주었고 환상성을 수용함으로써 보다 탄력적인 소설미학을 실험하기도 하였다.

42 탁류 채만식 장편소설

우찬제(서강대) 책임 편집

채만식은 시대의 어둠을 문학의 빛으로 밝히며 일제 강점기와 해방기의 우리 소설 사를 빛낸 작가다. 그는 작품활동 전반에 걸쳐 열정적인 창작열과 리얼리즘 정신으로 당대의 현실상을 매우 예리하게 형상화했다. 특히 『탁류』는 여주인공 봉의 기구한 운명의 족적을 금강 물이 점점 탁해지는 현상에 비유하면서 타락한 당대의 세계상을 여실하게 드러내주고 있다.

43 벙어리 삼룡이 나도향 중단편선

우찬제(서강대) 책임 편집

수록 작품 젊은이의 시절/별을 안거든 우지나 말걸/옛날 꿈은 창백하더이다/여이발사/행랑 자식/벙어리 삼룡이/물레방아/꿈/뽕/지형근/청춘

위험한 시대에 매우 불안하게 살았던 작가. 그러나 나도향은 불안에 강박되기보다 불안한 자유의 상태를 즐기는 방식으로 소설을 택한 작가였다. 낭만적 환멸의 풍경이나 낭만적 동경의 형식 등은 불안에 대한 나도향 식 문학적 향유의 풍경으로 다가온다.

44 잔등 허준 중단편선

권성우(숙명여대) 책임 편집

수록 작품 탁류/습작실에서/잔등/속습작실에서/평대저울

한국 근대소설사에서 허준만큼 진보적 지식인의 진지한 자기 성찰을 깊이 형상화한 작가는 없었다. 혁명의 연성을 기꺼이 인정하면서도 혁명과 해방으로 인해 궁지와 비참에 몰린 사람들에 대해 깊은 연민과 따뜻한 공감의 눈길을 던진 그의 대표작 다섯 편을 한데 모았다.

45 한국 현대희곡선
김우진 김명순 유치진 함세덕 오영진 차범석 최인훈 이현화 이강백

이상우(고려대) 책임 편집

수록 작품 산돼지/두 애인/토막/산허구리/살아 있는 이중생 각하/불모지/옛날 옛적에 훠어이 훠이/카덴자/봄날

한국 현대희곡 100년사를 대표하는 작품 아홉 편. 1920년대부터 1980년대까지 각 시기의 시대 정신과 연극 경향을 대표할 만한 희곡들을 골고루 선별하였고, 사실주의 희곡과 비사실주의희곡의 균형을 맞추어 안배하였다.

46 혼명에서 백신애 중단편선

서영인 책임 편집

수록 작품 나의 어머니/꺼래이/복선이/채색교/적빈/낙오/악부자/정현수/학사/호도/어느 전원의 풍경—일명·법률/광인수기/소독부/일여인/혼명에서/아름다운 노을

일제강점기 한국문학을 대표하는 여성 작가이자 사회운동가인 백신애의 주요 작품 16편을 묶었다. 극심한 가난과 봉건적 인습의 굴레에 갇힌 여성들의 비극, 또는 그로부터 벗어나고자 하는 의지를 섬세한 필치와 치열한 문제의식으로 그려냈다. 그의 소설을 통해 '봉건적 가족제도와 여성의 욕망'이라는 해묵은 주제가 오늘날에도 여전히 풀리지 않는 과제로 존재하고 있음을 알게 된다.

47 근대여성작가선

김명순 나혜석 김일엽 이선희 임순득

이상경(KAIST) 책임 편집

수록 작품 의심의 소녀/선례/돌아다볼 때/탄실이와 주영이/경희/현숙/어머니와 딸/청상의 생활—희생된 일생/자각/계산서/매소부/탕자/일요일/이름 짓기/딸과 어머니와

일제강점기 한국문학을 대표하는 여성 작가들의 주요 작품 15편을 한 권에 묶었다. 근대 여성의 목소리로서 여성문학은 봉건적 가부장제에서 벗어나고자 개인으로서 여성의 자유로운 선택을 가로막는 온갖 질곡에 저항해왔다. 여성이 봉건적 공동체를 벗어나 개성을 찾아 나서는 길은 많은 경우 가출, 자살, 일탈 등으로 귀결되었지만, 그럼에도 여성 자신의 힘을 믿으면서 공동체의 인습에 저항하고 새로운 공동체를 지향하는 노력이 있었다. 여기에 식민지라는 조건 속에서 민족의 해방은 더 큰 과제이기도 했다. 이 책에 실린 여성 작가의 작품들은 신여성의 이러한 꿈과 현실, 한계를 여실히 드러내 보여준다.

48 불신시대 박경리 중단편선

강지희(한신대) 책임 편집

수록 작품 계산/흑흑백백/암흑시대/불신시대/벽지/환상의 시기/약으로도 못 고치는 병

여성의 전쟁 수난사를 가장 탁월하게 그려낸 작가 박경리의 대표 중단편 7편 수록. 고독과 절망의 시대를 살아내면서도 현실과 타협하지 못하는 결벽성으로 인간의 존엄을 고민했던 작가의 흔적이 역력한 수작들이 담겼다.

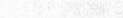